M.C. Poets

Mordswald

EDITION M

Das Buch

Dieser Kriminalroman enthält:

- 3 Tote
- 3 Verletzte
- 1 wilde Autofahrt durch Hamburg
- 2 Schlägereien
- 1 dramatische Rettungsaktion

Es geht um:

- Mobbing
- Datenklau
- Bankenrettung
- Enttäuschte Erwartungen

Im Wald wird die Leiche des 33-jährigen Informatikers Philip Birkner aufgefunden. Die Spuren am Tatort weisen auf mehrere Täter hin. Lina Svenson und Max Berg von der Hamburger Mordkommission ermitteln und stoßen bald auf mehr als nur ein dunkles Geheimnis in der Vergangenheit des Toten.

Die Autorin

M.C. Poets, geboren 1966, flüchtete mit neunzehn Jahren aus einer unerträglichen norddeutschen Kleinstadt in die Großstadt. Nach einem kurzen Abstecher ins Studentenleben folgten viele gute und ein paar schlechte Jahre in der Druckbranche. 2006 kam sie per Zufall zum Übersetzen, seitdem hat sie mehr als 40 Bücher aus dem Englischen ins Deutsche übertragen.

Heute lebt M.C. Poets in Norddeutschland auf dem Land, wo sie ihren Lieblingsbeschäftigungen Lesen, Schreiben und Träumen nachgeht.

»Mordswald« ist ihr zweiter Roman.

Mehr Infos unter: www.mcpoets.com

M.C. POETS

MORDS WALD

KRIMI

EDITION M

Die Erstausgabe erschien 2013 unter dem Titel
»Mordswald« im Selbstverlag.

Veröffentlicht bei
Edition M, Amazon EU S.a.r.l.
5 Rue Plaetis, L-2338, Luxemburg
Juli, 2014

Umschlaggestaltung: bürosüd⁰ München, www.buerosued.de
Lektorat: Karla Schmidt
Satz: Monika Daimer, www.buch-macher.de

Gedruckt durch
Amazon Distribution GmbH
Amazonstraße 1
04347 Leipzig, Deutschland

ISBN: 978-1-477-82679-9

www.amazon.de/editionm

PROLOG

Diese blöde Kuh. Diese Schlampe. Die treibt's echt mit jedem. Jetzt knutscht sie vorm Haus mit diesem Kerl rum, dabei geht sie doch eigentlich mit Carsten. Das ist doch die reinste Nutte.

Was denn, die geht allein nach Hause? Die hat doch heute Abend garantiert wieder mit jedem rumgemacht. Und gesoffen hat sie, das seh' ich doch. Kann ja gar nicht mehr gerade laufen. Die merkt ja nicht mal, dass ich ihr nachgehe. Wahrscheinlich würd' sie mich nicht mal erkennen, so zugedröhnt ist die. Dabei waren wir mal ein Paar, sie und ich. Erst war sie ganz scharf auf mich, und dann hat sie mich abserviert. Hat sich 'nen anderen geschnappt. Ist aber vielleicht auch ganz gut, dass sich so schnell gezeigt hat, wie sie wirklich tickt.

Jetzt biegt die in den Park ein. Klar, ist ja der kürzeste Weg zu ihr nach Hause. Zu Mama und Papa. Ganz schön dunkel hier, vor allem unter den Bäumen, da, wo das Mondlicht nicht hinkommt. Jetzt ist sie nur noch ein Schatten. Ein torkelnder Schatten. Ein Schatten mit Schluckauf. Mann, ist die peinlich! Bloß gut, dass wir nicht mehr zusammen sind. Die nähme ich nicht mal mehr, wenn man mir die untern Bauch schnallen würde.

Jetzt hält die sich an 'nem Baum fest. Sieht aus, als müsste sie gleich kotzen. Tut sie aber nicht, sie geht weiter. Unter der Laterne sehe ich ihr Gesicht. Eigentlich sieht sie richtig hübsch aus, auch wenn ihr Lippenstift verschmiert ist. Ich bin jetzt so nah an ihr dran, dass ich sie riechen kann. Sie stinkt nach Alkohol und Zigarettenrauch, aber auch ein bisschen nach Parfum. Nach dem Parfum, das ich ihr mal geschenkt habe. Is' ja irgendwie cool, dass sie das immer noch benutzt.

Sie bleibt wieder stehen. Schnieft. Die heult ja! Wieso das denn? Die hat doch alles, wovon Tussen in ihrem Alter träumen! Sieht gut aus, die Hälfte der Jungs aus dem Jahrgang fährt auf sie ab, und ihre Eltern sind total cool und nicht so knickerig wie meine … Echt, die heult. Steht hier im Park und heult.

Irgendwie … irgendwie krieg ich plötzlich Mitleid mit ihr. Ich meine, wenn jemand *so* heult, muss es ihm schon ziemlich beschissen gehen. Ich geh zu ihr.

»Hi«, sage ich.

Sie guckt mich an. Der Mond malt scharfe Schatten auf ihr Gesicht, und ihre Augen funkeln im Mondlicht. Wie Diamanten. Wie Sterne. Wie …

Sie hört auf zu heulen. Und lacht. Es hört sich an, als würde sie mich auslachen. »Ach, du bist das … ich hab' dich gar nicht auf der Party gesehen!«

Kein Wunder, ich war ja auch nicht da, denke ich, sag es aber nicht. Sondern schaue sie nur an. In ihren Augen glitzern noch ein, zwei Tränen. Ihre Lippen sind fast schwarz, obwohl ich weiß, dass sie sie rot geschminkt hat. Ich merke, wie ich steif werde. Sie hat einen Minirock an und ein superenges Top. Zum ersten Mal fällt mir auf, dass sie inzwischen echt große Titten hat. Geil. Voll geil.

Sie hat aufgehört zu lachen. »Was willst du?«, fragt sie.

Ich muss die ganze Zeit ihre Titten anstarren. Mann, sind die geil. Richtige Frauentitten, nicht solche Mädchenteile wie damals. Ich strecke die Hand danach aus, aber sie macht einen Schritt zurück. Auf einmal sieht sie mich ganz merkwürdig an. So, als hätte sie … Angst. Geil. Ich mache einen Schritt auf sie zu. Sie macht noch einen zurück. Ich folge ihr. Mann, hab' ich einen Ständer.

Sie will sich umdrehen und wegrennen, aber weil sie so besoffen ist und ihre Schuhe so hohe Absätze haben, stolpert sie. Wenn ich sie nicht festgehalten hätte, wäre sie voll hingeknallt. Und weil ich ihren Arm schon mal festhalte, lasse ich ihn nicht wieder los.

»Mensch, was soll das. Hör auf!«, sagt sie. Sie versucht, mich zu abzuschütteln, dabei hüpfen ihre Titten total irre auf und ab. Total geil.

»Lass mich los, verdammt!«, schreit sie. Ich hab Angst, dass uns jemand hört, und geb ihr eine Ohrfeige. Ich sehe mich um, aber auf dem Weg kommt niemand. Ist ja auch schon ziemlich spät. Ich hab sie immer noch nicht losgelassen, und sie fängt an, mich zu kratzen. Blöde Kuh! Diese Schlampe treibt's mit jedem, aber ein alter Freund darf sie noch nicht mal anfassen. Ich geb ihr noch 'ne Ohrfeige. Sie tritt mir gegen das Schienbein.

»Lass mich los, du Idiot!«

Ich will sie gerade noch einmal schlagen, als sie anfängt, *mich* zu hauen. Wir fangen an zu rangeln. Obwohl sie so besoffen ist, kann sie echt ziemlich zuschlagen. Schließlich kriege ich ihre Haare zu fassen und zieh sie daran vom Weg runter, tiefer ins Gebüsch, wo es noch ein bisschen dunkler ist. Sie versucht zu schreien, aber ich geb ihr noch eine Ohrfeige. Irgendwann stolpern wir und landen beide auf dem Boden. Ich liege auf ihr und sehe ihre Augen, die wieder im Mondlicht funkeln. Sie sieht mich an, irgend so eine Mischung aus ein bisschen wütend und total panisch. Voll cool. Ich merke, dass ich total Bock auf sie hab, und fummel an meiner Hose rum, um diesen bescheuerten Reißverschluss aufzukriegen. Sie merkt, was ich vorhabe, und wimmert plötzlich los, ich soll ihr doch bitte, bitte, nichts tun. Dabei weiß ich doch genau, dass es ihr gefällt! Die soll sich bloß nicht so anstellen!

Ich bin so mit diesem verdammten Reißverschluss beschäftigt, dass ich erst ziemlich spät merke, dass da jemand auf dem Weg näher kommt. Zwei Leute, 'n Typ und 'ne Frau. Sie lachen und sind ziemlich laut, aber ich hab Angst, dass sie uns hören könnten. Ich sehe, wie sie unter mir den Mund aufmacht, um zu schreien, aber gerade noch rechtzeitig halte ich ihr den verdammten Mund zu. Sie zappelt rum. Scheiße. Ist echt anstrengend, ihr den Mund zuzuhalten, wenn sie so rumzappelt. Ich box' sie ins Gesicht, damit sie still ist. Dann sind meine Hände plötzlich an ihrem Hals, ich weiß auch nicht, wieso. Ihr Hals ist ganz glatt und weich, und ich weiß noch, dass sie da immer besonders gut gerochen hat, weil sie das Parfum, das ich ihr geschenkt habe, immer hinter die Ohrläppchen getupft hat.

Das muss sie heute auch gemacht haben, weil sie genauso riecht wie früher. Nein, nicht genauso, früher hat sie nicht so nach Alkohol gestunken, und nach Angst, und nach anderen Kerlen, das macht mich ganz wild, geil und sauer auf einmal, ich halte ihren Hals fest und drücke zu, immer stärker, als wollte ich ihren Hals auswringen, als wollte ich den letzten Tropfen aus ihr herauspressen. Den letzten Tropfen von was? Von Liebe, von Angst? Angst, die sich in ihren Augen spiegelt, kleine, funkelnde Angstdiamanten, die sich in mich reinbohren, aber ich kann nicht aufhören und drücke und drücke und drücke, o Mann, ist das geil. Wahnsinn!

1. KAPITEL

In der Nacht hatte es geregnet. Der Boden war noch feucht, und auf den Blättern glitzerten dicke Tropfen in den ersten Sonnenstrahlen. Die Vögel unterhielten sich lautstark, obwohl es erst kurz nach sechs Uhr war. Von der nahen Autobahn wehte der Verkehrslärm als gleichmäßiges Rauschen herüber. Verstohlen wischte sich Lina Svenson den Schlaf aus den Augen und sehnte sich nach einer Tasse Kaffee, während sie neben ihrem Kollegen den Kiesweg entlangtrottete. Max Berg wirkte mit den kurzen schwarzen Haaren, der ordentlichen Jeans, dem Jackett und den auf Hochglanz polierten Schuhen wie aus dem Ei gepellt. Nicht zum ersten Mal fragte sich Lina, wie zum Teufel er das bloß immer schaffte.

Zwanzig Meter vor ihnen flatterte das weiß-rote Band der Polizeiabsperrung. Der uniformierte Kollege erkannte Max und ließ sie passieren. Sie näherten sich dem Tatort, an dem mehrere Gestalten in weißen Ganzkörperoveralls vorsichtig das Gelände absuchten. Kleine, nummerierte Schilder markierten die Stellen, an denen die Spurensicherung etwas gefunden hatte. Ein Beamter war eifrig am Fotografieren. Fünf Meter neben dem Weg, von ein paar Brennnesseln nur notdürftig verborgen, lag die Leiche. Ihretwegen hatte man Lina so verdammt früh aus dem Schlaf geklingelt. Karl Sotny hob den Kopf, als sie näher kamen. Seit sie bei der Hamburger Mordkommission arbeitete, hatte Lina schon mehrmals mit dem Gerichtsmediziner zu tun gehabt und war froh, ihn heute hier zu sehen. Anders als manch anderer hatte er noch nie irgendwelche dummen Bemerkungen über ihre nicht besonders imponierende Körpergröße von gerade mal einem Meter vierundfünfzig, ihr Alter oder ihre punkige Frisur gemacht.

Max blieb stehen, sodass Lina beinahe in ihn hineingerannt wäre. Sotny kam aus dem matschigen Unterholz auf sie zu und grüßte mit einem Kopfnicken, wobei ihm eine graue Strähne in die Stirn fiel. Auch eine der weiß gekleideten Gestalten der Kriminaltechnik richtete sich auf und kam zu ihnen herüber. Lina erkannte Reiner Hartmann, fast so etwas wie ein Freund von Max.

»Guten Morgen«, sagte Max, ohne jemand Bestimmtes und zugleich alle zu meinen. »Wie sieht's aus?«

Der Gerichtsmediziner reichte ihnen beiden einen Einmaloverall und Schutzschuhe und deutete mit einem Kopfnicken ins Unterholz. »Kommt mit.«

Vorsichtig folgte Lina ihrem Kollegen und blieb wenige Schritte vor der Leiche stehen. Der Tote trug ein helles T-Shirt, Lederjacke und eine Jeans, die einmal ganz ordentlich gewesen zu sein schien, jetzt aber mit dunkler Erde, Blut und noch etwas Rötlich-Grauem beschmutzt war. Er lag auf der Seite, eine Hand schützend auf der Schläfe, als wollte er sich immer noch gegen das wehren, was ihm widerfahren war. Eine Gesichtshälfte lag auf dem dunklen Waldboden, die andere war unter einer Schicht verkrusteten Blutes kaum zu erkennen. In einer offenen Wunde an der Schläfe krabbelte eine Ameise.

Lina hob den Kopf und schnüffelte. »Hat er vor seinem Tod gekotzt?«

Sotny legte den Kopf schräg. »Das können Sie riechen? Erstaunlich.«

Ehe Lina etwas erwidern konnte, flog ein Flugzeug im Tiefflug direkt über ihren Köpfen hinweg und machte jede Unterhaltung unmöglich. Wenige Sekunden später ging ein Rauschen durch die Baumwipfel, als folgten die Seelen der Reisenden dem Flugzeug in ihrem eigenen Tempo.

»Er hat sich«, fuhr Sotny fort, als es wieder ruhiger wurde, »tatsächlich vor seinem Tod übergeben. Wir haben an seinem Mund Spuren von Erbrochenem entdeckt, und ich gehe davon aus, dass auch die Pfütze auf dem Boden von ihm stammt.«

»Können Sie uns schon etwas über den Toten sagen?«, fragte Max.

»Männlich, zwischen dreißig und vierzig Jahre, vermutlich näher an der Dreißig. Gute körperliche Verfassung, wenn man einmal davon absieht, dass er tot ist.«

»Ist er an der Kopfwunde gestorben?«, fragte Lina.

»Gut möglich. Ein Schlag mit einem stumpfen Gegenstand. Möglicherweise ein Stein.« Sotny machte eine unbestimmte Handbewegung, die das Unterholz um den Toten herum mit einschloss. »Davon gibt es hier mehr als genug. Es ist vermutlich nur eine Frage der Zeit, bis wir was finden.«

»Todeszeitpunkt?«

»Irgendwann letzte Nacht.«

Darauf wäre Lina auch allein gekommen. Beim Niendorfer Gehege im Norden von Hamburg handelte es sich um ein kleines, hoch frequentiertes Waldstück. Ein Radfahrer auf dem Weg zur Arbeit hatte die Leiche heute Morgen gefunden, und es war so gut wie ausgeschlossen, dass sie länger als ein paar Stunden unentdeckt im Unterholz gelegen hatte.

»Geht's etwas genauer?«, fragte Max.

»Zwischen elf und etwa drei Uhr, aber nageln Sie mich bitte nicht fest, wenn es eine halbe Stunde früher oder später wird. Genaueres kann ich erst nach der Obduktion sagen.«

Max Berg nickte und betrachtete aufmerksam den Toten und die Umgebung. »Ziemlich viele Spuren, oder täusche ich mich?«, bemerkte er und wandte sich an Hartmann. »Oder stammen die alle von dir und deinen Leuten?«

»Einige, aber längst nicht alle. Es muss hier in der Tat zugegangen sein wie in einem Taubenschlag. Wir scheinen es mit mindestens drei, vielleicht vier verschiedenen Fußabdrücken zu tun zu haben, wobei einer natürlich dem Toten gehört.«

»Also zwei oder drei Täter?«

»Könnte sein. Oder jede Menge Neugierige, von denen keiner die Polizei gerufen hat.«

»Raubüberfall?«

Hartmann zuckte die Schultern. »Ich wollte gerade die Taschen durchsuchen, als ihr kamt.«

Max nickte in Richtung der Leiche. »Dann will ich dich nicht länger aufhalten.«

Vorsichtig ging Hartmann neben dem Toten in die Hocke. Linas Blick fiel auf das geschundene Gesicht des Toten. Vermutlich hatte er gar nicht schlecht ausgesehen: dunkle, kurze Haare, glatt rasiertes Kinn. Das aufgerissene Auge, das immer noch in das grüne Unterholz zu starren schien, war blau. Sie wandte den Blick ab. Dies war nicht die erste Leiche, die sie sah, aber gewöhnen würde sie sich nie an den Anblick. Dabei sah diese hier noch vergleichsweise harmlos aus. Sie musste an die Überreste der Frau denken, die sie im Winter vor zwei Jahren aus dem Hamburger Hafenbecken gefischt hatten, und war froh, dass sie noch nicht gefrühstückt hatte.

Hartmann durchsuchte behutsam die Taschen des Toten, wobei er die Leiche so wenig wie möglich bewegte. Er förderte einen Schlüsselbund, ein Smartphone sowie eine Brieftasche zutage, die er aufklappte und ebenfalls durchsuchte. In einem der Fächer steckte ein neuer Personalausweis, den Hartmann vorsichtig herauszog und in einem kleinen Plastikbeutel verstaute. Dann stand er auf und kam wieder zu Berg und Lina Svenson zurück.

»Hier«, sagte er und stand auf. »Erleichtert euch hoffentlich die Arbeit.«

Max griff nach dem eingetüteten Personalausweis.

»Philip Birkner«, las er vor, dann die Adresse und das Geburtsdatum. Sotny hatte recht gehabt. Der Tote war vierunddreißig Jahre alt geworden.

2. KAPITEL

Auf dem Weg zur Adresse auf dem Personalausweis hielt Max an einer Bäckerei an, damit sich Lina einen Kaffee holen konnte. Er selbst wollte einen Orangensaft, was Lina ihren Lebtag nicht verstehen würde. Seit zwei Jahren waren sie Kollegen, und noch nie hatte sie ihn etwas anderes als Saft, Tee oder Mineralwasser mit wenig Kohlensäure trinken sehen. Als sie am Tresen wartete, warf sie einen Blick in den Spiegel an der Wand dahinter: verstrubbeltes, kurzes Haar, dunkle Ringe unter den Augen und ein zerknittertes T-Shirt. Sie hatte zu wenig Schlaf bekommen, wie meistens nach dem Training, und sechs Uhr morgens war noch nie ihre Zeit gewesen. Früher, als sie noch bei der Sitte gearbeitet hatte, hatten die Arbeitszeiten ihr besser in den Kram gepasst. Sie wandte den Blick ab, nahm Kaffee und Saft entgegen und ging zurück zum Wagen.

Max fuhr, während sie ihren heißen schwarzen Kaffee schlürfte und spürte, wie ihre Lebensgeister langsam erwachten. Keiner von ihnen sagte etwas, dazu war es zu früh am Tag und zu früh nach dem Fund der Leiche. Sie ließen sich Zeit, denn keiner von ihnen mochte daran denken, was sie bei der angegebenen Adresse erwartete. Die Zahl der Singlehaushalte nahm zwar immer mehr zu, aber auf so viel Glück wollten sie nicht hoffen.

»Keine üble Gegend«, sagte sie, als sie sich der Wohnung des Verstorbenen näherten. Hamburg Rothenbaum, direkt an der Alster gelegen, war eine der besten Adressen der Stadt. Wer hier in einem der noblen Jugendstilhäuser wohnte, musste außerordentlich gut verdienen. Oder aus einer reichen Familie stammen, womöglich aus dem Geldadel der Stadt. Das Haus, in dem Philip Birkner gewohnt hatte, entpuppte sich als etwas schlichtere Ausgabe der Prunkbauten ringsherum, war jedoch mit der Stuckfassade und den großen, hohen Fenstern immer noch ganz ansehnlich. Auf dem Klingelschild stand neben dem Namen Philip Birkner ein zweiter: Katja Ansmann. Max und Lina sahen sich an.

Sie klingelten, und der Summer ertönte. Als sie sich der Wohnung im ersten Stock näherten, hörten sie das leise Weinen eines Kindes.

»Scheiße«, sagte Lina.

Die Frau, die sie an der offenen Wohnungstür erwartete, war schön. Das war das Erste, das Lina an ihr auffiel. Schlank, hochgewachsen, hohe Wangenknochen, blonde, schulterlange Haare. Eine Klassefrau, die in einem Kostüm vermutlich aussah, als sei sie darin zur Welt gekommen. Jetzt trug sie allerdings einen Morgenmantel und schien gerade aus der Dusche zu kommen. Auf dem Arm trug sie ein kleines Kind, das schlaftrunken den Kopf in ihre Halsbeuge schmiegte.

»Frau Ansmann?«, fragte Max. Die Frau musterte erst ihn und dann Lina. Diese kam sich vor, als stünde sie zum Verkauf und fände in den Augen der potenziellen Käuferin nur wenig Gefallen. Max zückte seinen Dienstausweis, und Lina tat es ihm gleich.

»Dürfen wir einen Moment hereinkommen?«

»Ich weiß nicht … ich muss Leon zum Kindergarten bringen und danach sofort ins Büro … ich habe heute einen wichtigen Kundentermin.« Doch etwas an Max' Blick schien ihr zu sagen, dass es Wichtigeres gab als Kundentermine. Sie seufzte, als würde sie den Kripobeamten nur widerwillig diesen Gefallen erweisen. »Also gut, kommen Sie herein. Aber ich habe nicht viel Zeit.«

»Es tut mir leid, aber ich fürchte, es wird eine Weile dauern«, sagte Max behutsam. Die Frau hielt noch immer seinen Dienstausweis in der Hand. Max hasste diese Momente, hasste den

Augenblick, wenn er in den Augen seines Gegenübers das Begreifen sah, warum er hier war.

Frau Ansmann warf einen zweiten Blick auf den Ausweis und schluckte. Ohne ein Wort drückte sie das Kind enger an sich, bat Max und Lina herein und schloss die Wohnungstür. Schweigend ging sie durch den breiten Flur voran ins Wohnzimmer und deutete stumm auf die Sessel. Sie selbst nahm auf dem Sofa Platz, den Jungen immer noch auf dem Arm. Er hatte einen Daumen in den Mund gesteckt und schien nahe daran, wieder einzuschlafen.

»Frau Ansmann«, sagte Max leise, »ich nehme an, Herr Birkner ist Ihr Lebensgefährte?«

Die Frau nickte, ohne den Blick von ihm abzuwenden.

»Ich habe eine schlechte Nachricht für Sie.«

Dass das Kind dabei war, machte die Sache natürlich nicht leichter. Lina brauchte nicht zu fragen, ob Philip Birkner der Vater des Kindes war, denn sie hatte längst die Bilder gesehen, die übergroß an den Wänden hingen: die Frau und Philip, die Frau mit Leon, Leon und Philip, alle drei zusammen. Schwarz-Weiß-Fotografien, Profiaufnahmen, die wenig mit der üblichen Familienalbenidylle zu tun hatten.

»Herr Birkner ist tot.«

Langsam, wie in Zeitlupe, legte Katja Ansmann eine Hand vor den Mund.

»Es war kein Unfall. Wir können noch nicht mit Sicherheit sagen, wie er ums Leben kam, aber sein Leichnam wurde heute Morgen im Niendorfer Gehege gefunden.«

»Wo?«

»Im Niendorfer Gehege. Sie wissen schon, das kleine Waldstück im Norden Hamburgs.«

Frau Ansmann machte Anstalten, den Kopf zu schütteln, nein, unmöglich, in so einer Gegend hatte Philip nichts zu suchen, er war bestimmt nie dort gewesen. Leute wie sie gingen an der Alster spazieren oder joggen, aber doch nicht *da*. Sie sprach es nicht aus, und sie schüttelte auch nicht den Kopf, aber Lina ahnte ihre Gedanken, zumindest den wichtigsten, alles beherrschenden: Es kann nicht sein, dass Philip tot ist. Die Frau hatte die Augen geschlossen und wiegte das Kind in ihrem Arm, das jetzt tatsächlich eingeschlafen war und dessen erhitztes Gesicht im Licht der Morgensonne leicht glänzte. In der Wohnung war es still, aber irgendwo im Haus rauschte eine Wasserleitung, und im Treppenhaus schlug eine Tür zu. Im Zimmer roch es nach Kind und Schlaf, nach altem Blumenwasser und den Resten eines Parfüms.

»Wie ist er … ich meine, warum … wer …« Sie schien selbst zu spüren, dass weder Lina noch Max ihr Antworten geben konnten.

»Gibt es jemanden, den Sie anrufen können? Oder möchten Sie, dass wir einen Seelsorger kommen lassen?«

»Ich … nein, nein, nicht nötig, ich komme schon zurecht.« Mehr sagte sie nicht. Ihre Stimme klang abwesend, als sei sie mit den Gedanken weit weg.

»Frau Ansmann, wir müssen Ihnen leider ein paar Fragen stellen«, sagte Max behutsam. Er hatte eine angenehme Stimme, die auf die meisten Menschen beruhigend wirkte. »Wissen Sie, wo Ihr Lebensgefährte gestern Abend war?«

Die Frau nickte. »Bei einem Konzert.«

»Wo?«

»Ich habe den Namen vergessen, irgendwas furchtbar Altmodisches, obwohl es wohl ganz nett sein soll … irgendwo in …« Sie stockte. »In Niendorf.«

Max Berg verzog keine Miene. »Ist er allein dorthin gegangen?«

»Ja.«

»Und Sie sind wegen des Kindes zu Hause geblieben?«

»Nein. Ich war bei einem Vortrag der Industrie- und Handelskammer. Ich bin Unternehmensberaterin und habe dort einige Kunden getroffen. Friedericke Moosig, ein Mädchen aus der Nachbarschaft, hat auf Leon aufgepasst.«

»Wann waren Sie wieder zu Hause?«

»Etwa um halb eins.«

»Warum haben Sie den Abend nicht gemeinsam verbracht? Haben Sie sich gestritten?« Max sah Katja Ansmann aufmerksam an.

»Nein. Wir unternehmen öfter etwas getrennt. Unsere Interessen sind … waren sehr unterschiedlich.«

»Was hat Herr Birkner beruflich gemacht?«

»Er ist … war Softwareentwickler.« Sie nannte ihnen den Namen der Firma und eine Adresse in der City, die Lina sich notierte.

»Leben seine Eltern noch?«, fragte Max.

Die Frau nickte, stand auf und ging ins Nebenzimmer, um ihr Smartphone zu holen. Lina und Max wechselten einen Blick. Die Adresse des Arbeitgebers kannte sie auswendig, die der Eltern ihres Lebensgefährten musste sie nachschlagen?

Lina sah sich im großen, luxuriös leeren Raum um. Designermöbel, Musikanlage von B&O, gepflegter Parkettfußboden. Ein großes Fenster, daneben eine zweiflügelige Balkontür, davor eine alte Kastanie, die das Zimmer in grünes Licht tauchte.

Katja Ansmann kehrte zurück, der Junge auf ihrem Arm war aufgewacht und begann zu quengeln. »Leon Hunger.« Seine Mutter redete mit leisen Worten auf ihn ein und schaukelte ihn beruhigend. Der Junge steckte den Daumen in den Mund und musterte die beiden Besucher aus schlafkleinen Augen. Katja Ansmann nannte ihnen die Adresse von Philip Birkners Eltern. Dann lehnte sie sich auf dem Sofa zurück und schloss einen Moment lang die Augen.

»Frau Ansmann, wissen Sie, ob Herr Birkner irgendwelche Feinde hatte?«

»Feinde? Philip?« Sie öffnete die Augen wieder, der Blick einen Moment lang verwirrt. Dann lachte sie, tatsächlich, sie lachte. »Philip kommt mit allen Menschen hervorragend aus, sieht gut aus, lacht gerne. Er schafft es im Handumdrehen, eine ganze Runde wildfremder Menschen für sich einzunehmen. Nein, ich kann mir nicht vorstellen, dass jemand einen Groll gegen ihn hegt. Obwohl …« Sie zog nachdenklich die Augenbrauen zusammen. »Frank Jensen. Ein ehemaliger Angestellter von Philip.« Lina meinte, sie leicht erröten zu sehen. »Philip hatte bis vor zwei Jahren ein eigenes Softwareunternehmen. Er musste aufgrund eines folgenschweren Fehlers von Frank Jensen Insolvenz anmelden.«

Max legte den Kopf schräg. »Und warum sollte Herr Jensen jetzt wütend auf Ihren Lebensgefährten sein? Müsste es nicht eher andersherum sein?«

Ehe sie antworten konnte, stand Lina rasch auf und sagte: »Wenn es Ihnen nichts ausmacht, sehe ich mich kurz in der Wohnung um.«

Ein verwirrter Blick, mit einem Hauch Misstrauen und Wachsamkeit.

»Warum … ich meine, er ist doch tot, oder? Er hat doch nichts verbrochen, er ist … er war doch …«

»Frau Ansmann«, sagte Max mit seiner Beruhigungsstimme, »ich versichere Ihnen, dass wir keinerlei Verdacht gegen Herrn Birkner hegen, aber wir müssen jede Möglichkeit nutzen, um den Menschen zu finden, der ihm das angetan hat. Vielleicht finden sich hier in der Wohnung wichtige Hinweise.«

Katja Ansmann zuckte die Schultern, drückte das Kind, das erneut eingeschlafen war, an sich und nickte Lina zu, als entließe sie ihr Hausmädchen in die Küche.

Lina verließ den Raum.

Der Flur war breit und bis auf eine Flurgarderobe und eine Kommode, die als Schuhschrank diente, leer. Lina öffnete die Kommode und besah sich die darin stehenden Schuhe. Leon hatte Größe 26, Katja Größe 41, Philip 44. Von Katja gab es mindestens sechs Paar Pumps in verschiedenen Farben, aber nichts, was derber war als ein Paar Wildlederstiefel mit Absätzen. Nichts, womit man im Wald durch das vom Regen matschige Unterholz stapfte. Lina schloss die Tür und widmete sich der Garderobe. Taschen, Jacken und Schals – alles von erstklassiger Qualität. In Katjas Jacken hatte sich der Duft ihres Parfüms verfangen, aus Philips Jackett wehte ihr ein herbes Aftershave entgegen. Der erste Raum hinter dem Wohnzimmer war das Kinderzimmer, in das Lina nur einen kurzen Blick warf. Spielzeug auf dem Fußboden, ein Kinderbett, Regale mit Bilderbüchern und weiterem Spielzeug, ein Schrank und eine Kommode. Das Fenster zeigte auf einen grünen Hinterhof. Neben dem Kinderzimmer lag die Küche. Glänzende Fronten, weinroter Lack und Edelstahl, alles auf Hochglanz poliert. Teures Design, ausschließlich hochwertige Geräte der oberen Preisklasse. Auf der Arbeitsplatte standen neben der Jura-Espressomaschine die Reste des gestrigen Abendessens, Nudeln mit roter Soße, dazu zwei Teller, einer davon ein Kinderteller. Wer hatte mit dem Kleinen gegessen? Philip oder Katja? Oder die Babysitterin? Drei benutzte Kaffeebecher, ein schmutziges Weinglas. Von der Küche führte eine schmale Tür auf einen zweiten Balkon, der auf denselben Hinterhof zeigte wie Leons Zimmer. Lina öffnete die Tür zur Speisekammer. Nur wenig Vorräte, italienische Antipasti, italienischer Espresso, spanische Oliven. Verpackungen und Namen, die Lina aus ihrem Supermarkt nicht kannte. Sie tippte auf Feinkostläden mit ihren exotischen Sortimenten, von denen es hier in der Gegend nur so wimmelte.

Das Zimmer neben der Küche war als Arbeitszimmer eingerichtet, komplett mit Schreibtisch, Stuhl, Computer sowie Regalen mit Ordnern und Fachliteratur zum Thema Informatik und Programmiersprachen. Vor dem Fenster stand eine Schlafcouch mit einem kleinen Tisch davor, an einer Wand hing ein Squash-Schläger, der allerdings schon reichlich angestaubt war. In einem weiteren Regal, das den Raum unterteilte, standen ein paar zerlesene Taschenbücher, eine Musikanlage von B&O wie die im Wohnzimmer sowie ein Flachbildfernseher. Ein Büro, das auch als Gästezimmer genutzt wurde? Oder als Ausweichquartier bei Streit und Stress?

Das Schlafzimmer lag auf der anderen Seite des Flurs, das Fenster wies auf einen zweiten Hinterhof, düster und nur am Boden mit etwas Efeu begrünt. Ein großes Doppelbett, links und rechts kleine Tische ohne Schubladen, ein Kleiderschrank von den Ausmaßen eines Kleinbusses. Die Bettwäsche roch frisch und nach irgendeinem Weichspüler, dessen Geruch Lina niesen ließ. An der Wand ein großformatiger Druck von Kandinskys *Lyrical.* Als sie das Bild zum ersten Mal gesehen hatte, hatte Lina darin eine kotzende Ratte erkannt, keinen Jockey, den es eigentlich darstellen sollte. Die Dinge sind nicht immer das, was sie auf den ersten Blick zu sein scheinen.

Das Badezimmer hatte Marmorfliesen und Badmöbel von Villeroy & Boch. Auf dem Spiegel waren ein paar Zahnpastaspritzer zu sehen, auf dem Fußboden lag ein großes, flauschiges Handtuch.

Aus dem Wohnzimmer hörte Lina das anfangs leise, dann immer lauter werdende Quengeln des Jungen. Sie ging zurück, der helle Parkettboden unter ihren Füßen knarzte leise.

»Sie sollten jetzt besser gehen«, sagte Katja Ansmann gerade, als Lina das Wohnzimmer betrat. »Sie sehen ja, das Kind wird unruhig.«

Lina wollte noch etwas sagen, aber Max war bereits aufgestanden.

»Ja, natürlich, das verstehen wir. Sind Sie sicher, dass Sie allein zurechtkommen? Haben Sie eine Freundin, die Sie anrufen können?«

Katja Ansmann nickte stumm und begleitete sie zur Tür. »Danke, ich komme schon zurecht.«

Als sie wieder im Auto saßen, griff Lina nach dem Pappbecher mit dem Kaffee, der inzwischen natürlich nur noch lauwarm war. Sie nahm trotzdem einen Schluck und verzog das Gesicht. Als sie den Kopf kreisen ließ, knackte es vernehmlich. Max sah sie an. »Mal wieder zu viel geturnt?«

Lina verzog das Gesicht. Sie war gestern endlich einmal wieder beim Kickboxen gewesen, das ihr Kollege so respektlos »Turnen« nannte. Sie seufzte. »Früher habe ich mehr vertragen.«

Max lachte. »Tu nicht so, als wärst du steinalt. Mit neunundzwanzig gehst du gerade eben als erwachsen durch.« Dabei sah sie sogar noch jünger aus, Anfang zwanzig vielleicht. »Und, was denkst du?«

»Sieht für mich nicht so aus, als hätte die Nachricht sie besonders beeindruckt.«

Max sagte nichts. Er hatte Menschen schreien hören, sobald sie die schlechte Nachricht hörten, hatte sie still weinen oder stumm zusammenbrechen sehen. Manche saßen da wie versteinert, andere kochten Kaffee, als hätten sie gerade Besuch von alten Bekannten bekommen, die sie lange nicht gesehen hatten. Ab und zu kam es auch vor, dass jemand lachte, aus Verlegenheit, Unglauben und ja, auch vor Erleichterung. Die Reaktion von Frau Ansmann lag seiner Erfahrung nach vollkommen im Rahmen des Üblichen, trotzdem verstand er, was Lina meinte. Ein flüchtiger Eindruck, der Hauch eines Gefühls, dass hier etwas nicht so war, wie es sein sollte. »Irgendwas Interessantes in der Wohnung entdeckt?«

Lina zuckte die Schultern. »Frau Ansmann hat Schuhgröße 41 und ein Faible für edle Klamotten. Die scheinen Geld zu haben. Riesenwohnung, überall Parkett, teure Möbel. Philip Birkner hat ein Arbeitszimmer, das gut auch als zweites Wohn- und Schlafzimmer durchgehen könnte.« Sie schwieg und nahm den letzten Schluck Kaffee. »Wie viel verdient man eigentlich so als Softwareentwickler und Unternehmensberaterin?«

Max blinkte und bog links ab, nachdem er den Gegenverkehr vorbeigelassen hatte. »Mehr als wir.«

»Ach nee. Aber genug, um so eine Wohnung zu finanzieren?«

Er zuckte die Schultern. »Vielleicht hat einer von beiden reiche Eltern. Oder geerbt. Oder im Lotto gewonnen. Ich weiß, dass du keine Karrierefrauen magst, aber allein die Tatsache, dass Katja Ansmann Geld hat, macht sie noch nicht zur Verdächtigen.«

»Ich habe gar nichts gegen Karrierefrauen, aber …«

»Lina, es ist noch zu früh, um irgendwelche Spekulationen anzustellen. Werd erst mal richtig wach.«

Womit Max nicht ganz unrecht hatte. Früh morgens befand sich Lina oft in einem Zustand der Scheinwachheit, in dem sie zwar herumlief und in ganzen Sätzen sprechen konnte, aber die Hälfte von dem, was sie sagte, hatte weder Hand noch Fuß. Also schwieg sie, rollte den Pappbecher zusammen und schaute aus dem Fenster.

Von Philip Birkners Eltern stammte das Geld für die Wohnung jedenfalls nicht, so viel war ihr klar, sobald sie vor dem für Hamburg so typischen Rotklinker-Genossenschaftsbau im Stadtteil Wandsbek standen. Die Wohnung im ersten Stock war zwar frisch renoviert und überraschend großzügig geschnitten, doch mit dem hochherrschaftlichen Domizil ihres Sohnes in Rothenbaum hatte sie etwa so viel Ähnlichkeit wie ein VW Golf mit einem Porsche.

Die Eltern waren beide zu Hause. Der Vater, im Rentenalter oder kurz davor, sah krank aus und saß auf dem Sofa, ein aufgeschlagenes Buch neben sich. Frau Birkner, eine zierliche Frau in einem einfachen, hellen Sommerkleid, bot dem Besuch einen Kaffee an, den Lina und Max höflich ablehnten.

Philips Mutter schlug sich die Hände vors Gesicht, als sie vom Tod ihres Sohnes erfuhr, der Vater starrte Max mit weit aufgerissenen Augen an, bis er schließlich den Kopf hängen ließ. Mit seiner ruhigen Stimme erzählte Max ihnen das Nötigste: Niendorfer Gehege, letzte Nacht, ein Schlag auf den Kopf, nein, er habe vermutlich nicht gelitten, obwohl er das noch gar nicht wissen konnte, aber warum sollte er den Eltern den letzten Trost verwehren, den es noch gab? Wie sich herausstellte, wussten sie wenig vom Leben ihres Sohnes, sahen auch den Enkel selten, viel zu selten, wie Lina zwischen den Zeilen heraushörte.

»Frau Birkner, Herr Birkner, wissen Sie, ob Ihr Sohn irgendwelche Feinde hatte? Irgendwelche Probleme bei der Arbeit vielleicht oder im Bekanntenkreis?«

»Philip? Nein, der hatte doch keine Feinde! Wer sollte ihm denn etwas Böses wollen?«, sagte die Mutter. »Er ist so ein guter Junge! Alle mögen ihn, er ist überall willkommen. Und er ist so klug! Er ist Computerfachmann, wissen Sie, und hat eine gute Stelle.«

Lina runzelte die Stirn, sagte jedoch nichts, sondern sah sich unauffällig im Wohnzimmer um. Eine dreiteilige Schrankwand inklusive Glasvitrine mit dem guten Geschirr. Helle Polstermöbel, die nach Reinigungsmittel rochen, ein dicker, flauschiger Teppich in Beige- und Brauntönen. Geraffte Stores am Fenster, auf der Fensterbank zwei Töpfe mit Orchideen. An der Wand neben dem Fernseher hingen Bilder von Philip und Leon, dieses Mal die typischen Amateuraufnahmen, nur auf einer war Katja Ansmann zu sehen. Weitere Bilder zeigten einen Mann, der ein paar Jahre älter als Philip zu sein schien, zusammen mit einer Frau und zwei Kindern.

»Hat Philip noch einen Bruder?«, fragte sie die Eltern und deutete mit einem Nicken auf die Bilder.

»Ja, Lukas. Er wohnt in Eppendorf, gar nicht weit weg von Philip.«

»Hatten die beiden ein gutes Verhältnis zueinander? Könnte er vielleicht wissen, ob Ihr Sohn möglicherweise irgendwelche Schwierigkeiten hatte?«

»Philip hatte keine Probleme«, beharrte die Mutter. Ihre Stimme klang ein klein wenig schrill. Sie saß kerzengerade auf der Sofakante und hatte den Mund zu einer schmalen Linie verzogen.

»Frau Birkner, vermutlich haben Sie recht«, sagte Max behutsam. »Sie kennen Ihren Sohn schließlich besser als wir, aber Sie verstehen doch sicherlich, dass wir in alle Richtungen ermitteln müssen, um herauszufinden, wer Ihrem Sohn das angetan hat.«

Die Frau schien sich ein wenig zu entspannen.

»Er hatte immer Glück im Leben«, sagte der Vater leise. »Er hat ja sogar schnell wieder was Neues gefunden, nachdem es mit der eigenen Firma nicht geklappt hat.« Seine Frau warf ihm einen Blick zu, der Unheil ahnen ließ, und der Mann senkte stumm den Blick.

»Philip hatte mal eine eigene Firma, wissen Sie. Die hat Pleite gemacht, aber da konnte er gar nichts für«, wandte Frau Birkner sich an Max. »Ein Angestellter von ihm hat einen Fehler gemacht, und Philip musste dafür büßen.«

Lina dachte kurz an die große, weitläufige Wohnung und fand, dass diese Buße recht milde ausgefallen war. Herr Birkner sagte nichts und blickte weiterhin auf einen Punkt einen Meter vor sich auf dem Teppich. Er hatte leichtes Übergewicht und schwitzte in dem warmen Zimmer.

Max beugte sich vor und sagte freundlich: »Wir lassen Sie jetzt erst einmal in Ruhe. Wenn Sie uns vielleicht noch die Adresse Ihres zweiten Sohnes geben könnten?«

»Was wollen Sie denn von Lukas? Der hat doch mit Philips Tod nichts zu tun!« Die Stimme der Mutter bohrte sich schrill in Linas Ohren.

»Wir haben nur ein paar Routinefragen, das versichere ich Ihnen. Sie wollen doch auch, dass der Mörder Ihres Sohnes gefunden wird. Da kann uns jeder Hinweis weiterhelfen.«

»Dann sollten Sie mal seine Freundin genauer unter die Lupe nehmen! Dieses kalte Aas! Die hat da bestimmt ihre Finger mit im Spiel! Die ist …«

»Gisela …«

»Frau Birkner, solche Anschuldigungen sollte man besser nicht einfach so dahinsagen.« Max' Stimme klang trotz des leisen Tadels sanft. »Ich verstehe, dass Sie aufgeregt sind, aber der Freundin Ihres Sohnes vorzuwerfen, sie habe etwas mit dessen Tod zu tun … Da müssen Sie schon gute Gründe haben.«

»Diese … diese piekfeine Dame.«

»Gisela, lass doch Katja in Ruhe.«

»Die will ja nicht einmal, dass wir unser Enkelkind regelmäßig sehen«, fuhr Frau Birkner fort, als hätte ihr Mann nichts gesagt. »Die behauptet, Leon würde sich bei uns langweilen, und wir würden ihn zu sehr verwöhnen. Aber das stimmt nicht. In Wirklichkeit sind wir ihr einfach nicht gut genug. Die kommt aus 'nem feinen Stall, die Eltern wohnen in Blankenese und schleppen zu jedem Geburtstag und jedem Weihnachten Riesenberge von Geschenken an, da können wir natürlich nicht mithalten.« Sie richtete sich auf der Sofakante noch ein Stückchen mehr auf. »Ha! Wer wohl den Kleinen verwöhnt!«

»Gisela …« Herr Birkner legte seiner Frau eine Hand auf den Arm, doch sie schüttelte ihn unwirsch ab.

»Und diese Katja, dieses Aas … wie die mich manchmal behandelt hat! Als wäre ich ihr Dienstmädchen!«, empörte sich Frau Birkner, nachdem sie sich ein paar Tränen aus den Augen gewischt hatte, Tränen der Wut und der Trauer gleichermaßen. »Sie waren einmal zum Kaffeetrinken hier, da hat sie sich von vorne bis hinten bedienen lassen. Nicht dass sie mal in der Küche mit angefasst hätte beim Aufräumen oder so. Nichts da, dazu war sich die Dame zu fein.«

»In der letzten Zeit besucht Philip uns nur noch alleine. Manchmal bringt er Leon mit, aber nicht oft.« Herr Birkner blickte kurz auf. »Anfangs sind wir noch manchmal zu ihnen gefahren, aber da war es noch schlimmer … Gerade, dass wir mal eine Tasse Kaffee bekommen haben. Wir waren da nie willkommen.«

»Auch nicht, wenn Ihr Sohn dabei war?«

Die Birkners sahen sich an.

»Na ja, er …«, fing der Mann an.

»Er steht völlig unter der Fuchtel dieser Frau. Er tut alles, was sie will. Meinen Sie etwa, er hätte sich so eine protzige Wohnung ausgesucht? Darauf hat Katja bestanden, und Philip hat brav gemacht, was sie wollte.« Frau Birkner war rot angelaufen und schnaufte, als wollte sie ihre Worte mit einem deutlichen Ausrufezeichen versehen. Doch von einer Sekunde auf die andere wechselte ihre Gesichtsfarbe, als ihr wieder einfiel, dass ihr Sohn tot war. Sie sackte in sich zusammen und begann leise zu weinen. Ihr Mann streichelte ihr hilflos den Rücken.

Max und Lina sahen sich an.

»Sollen wir jemanden kommen lassen, der sich um Sie kümmert?«, fragte Berg.

Herr Birkner schüttelte den Kopf. »Lassen Sie man, wir rufen gleich Lukas an, der kommt dann sofort. Ist ein guter Junge, genau wie Philip.«

3. KAPITEL

Als sie gerade auf dem Weg zum Auto waren, klingelte Max' Handy. Reiner Hartmann meldete sich.

»Eine Sache, die euch vielleicht interessieren könnte: Im Portemonnaie des Toten haben wir eine Quittung für die Waldschänke gefunden, eine Kneipe ganz in der Nähe des Tatorts. Von gestern Abend.«

»Danke«, sagte Max und öffnete die Zentralverriegelung. »Hast du dir sein Smartphone schon vorgenommen?« Diese Dinger waren Gold wert, wenn es darum ging herauszufinden, was ein Mensch so trieb und wofür er sich interessierte. Max hörte Papiere rascheln.

»Von den letzten fünf Telefonaten, die er von dem Gerät aus geführt hat, waren zwei mit einer gewissen Tanja Fischer. Das letzte Mal hat er gestern Abend um sechs Uhr mit ihr gesprochen.« Max notierte sich die Telefonnummer. »Die ausführliche Liste schick ich euch später.«

»Danke«, sagte Max. »Und sonst?«

»Was sonst?«

»Hast du sonst noch was? Wie sieht's mit sonstigen Spuren aus? Fasern, Fingerabdrücke …«

»Aber sonst geht's dir gut, oder? Vor gerade mal einer halben Stunde haben wir den Tatort verlassen, und schon willst du erste

Ergebnisse hören? Und wovon träumst du nachts?« Max sah Reiner Hartmanns Gesicht förmlich vor sich. Sie hatten zusammen die Ausbildung bei der Kripo gemacht, und der Kollege hatte sich anschließend auf die Sicherung und Auswertung von Tatortspuren spezialisiert. Jetzt runzelte er vermutlich gerade die Stirn und schüttelte den Kopf.

»Okay, okay, ich weiß, der Dienstweg dauert sechs Wochen. Meinst du, ich bekomme die ersten Ergebnisse noch vor Weihnachten?« Er warf einen Blick in den strahlend blauen Himmel. Nächste Woche waren die Sommerferien zu Ende.

»Mal sehen, was sich machen lässt.«

»Hat Sotny was gesagt, wann er die Obduktion machen will?«

»Heute Nachmittag. Willst du zusehen?«

»Nein danke.« Max verzog das Gesicht. Er hatte einmal bei einer Obduktion zugesehen und anschließend noch monatelang Albträume gehabt. Ihm reichte es völlig, hinterher den Bericht zu lesen oder, noch besser, sich die Ergebnisse von Sotny persönlich erläutern zu lassen. Der Gerichtsmediziner hatte es nicht nötig, einem mit seinem Fachchinesisch die Ohren zu verstopfen, bis man das Wesentliche überhörte.

Sie legten auf, ohne sich zu verabschieden. Max sah zu Lina hinüber, die am Wagen lehnte und sich die Sonne ins Gesicht scheinen ließ.

»Wir wissen jetzt, wo Birkner gestern Abend war«, sagte er. »In der Waldschänke, im Niendorfer Gehege.«

Lina drehte sich zu ihm um. »Den Laden kenne ich. Die machen regelmäßig Konzerte, auch gerne mal was Ausgefallenes.« Sie holte ihr Smartphone aus der Tasche, hatte kurz darauf gefunden, wonach sie gesucht hatte, und las vor: »›Ingenia. Indische Klänge auf abendländischen Instrumenten. Vertraute Rhythmen mit exotischen Tönen. Die fünf Musiker verzaubern und verwirren den Zuhörer aufs Angenehmste mit einem Crossover durch Zeit und Raum. Waldschänke, Beginn 19.30 Uhr.‹ Klingt spannend.« Sie blickte auf. »Lass uns gleich mal hinfahren. Wir haben doch das Bild des Toten, das seine Eltern uns gegeben haben.«

Max schüttelte den Kopf. »Birkner hat kurz vor dem Konzert mit einer Frau namens Tanja Fischer telefoniert, ihr Name taucht öfter in der Anrufliste auf. Ich versuche, sie aufzuspüren, und unterhalte mich mal mit ihr.« Dann lächelte er. »Und ich sag Hanno Bescheid.«

Lina nickte. Hanno Peters war ihr direkter Vorgesetzter, Anfang sechzig, Typ gemütlicher Bär, der auf die Rente wartete und das Polizeipräsidium nur noch zum Feierabend verließ. Die übrige Zeit verbrachte er an seinem Schreibtisch, um »die Fäden zusammenzuführen«, wie er es nannte. Ab und zu berief er eine Teamsitzung ein, aber im Großen und Ganzen ließ er seine Leute einfach machen.

»Und wie kommst du dahin? Wir haben nur ein Auto«, sagte Lina.

»Setz mich an der U-Bahn ab.« Sie tauschten die Seiten, und Lina brauchte eine Weile, um Sitz und Spiegel neu einzustellen. Max grinste. Der nächste Kollege würde sich wundern. Lina musste den Sitz ganz nach vorn schieben, und es sah immer noch so aus, als käme sie gerade so eben an das Gaspedal.

»Was hat eigentlich Frau Ansmann von der Pleite ihres Freundes erzählt?«, fagte Lina, nachdem sie sich in den fließenden Verkehr eingefädelt hatte.

»Sie sagte, sie wüsste nicht besonders viel darüber. Es habe da einen schwerwiegenden Fehler gegeben, für den Birkner diesen Frank Jensen verantwortlich gemacht hat. Daraufhin hat er den Mann entlassen und ihm ein miserables Zeugnis ausgestellt, und das hat der wiederum Philip Birkner übel genommen. Eine Zeit lang hat er wohl regelmäßig bei seinem alten Chef angerufen und ihn beschimpft.«

Lina sah in den Rückspiegel und blinkte. »Ich wette, es war ihr verdammt unangenehm, dass ihr Freund seine Firma verliert. Vor allem, wenn sie aus so einem guten Stall kommt.«

Max schwieg, während sie an einer Ampel warten mussten. Vermutlich hatte Lina nicht ganz unrecht, aber er wollte sie nicht noch in ihrer Abneigung gegen Katja Ansmann bestärken. Schließlich kam der U-Bahnhof in Sicht. »Da vorne kannst du anhalten.« Lina ließ ihn aussteigen, winkte kurz und brauste davon. Ihr Kopf ragte nur knapp über das Lenkrad.

Die Fahrt ins Niendorfer Gehege dauerte nicht lange, und kurz nach elf bog sie bereits auf den Parkplatz der Waldschänke ein. Zur einen Seite lag der Wald, zur anderen Wiesen, auf denen die Pferde eines nahen Ponyhofs grasten. Am Wochenende bei schönem Wetter war es hier gerappelt voll, doch jetzt standen hier nur drei Fahrzeuge.

Das Restaurant hatte noch geschlossen und würde erst um halb zwölf Uhr öffnen, doch aus der Küche war bereits Geschirrgeklapper zu hören. Lina ging um das Holzgebäude herum zum Nebeneingang und klopfte an eine Tür. Nichts geschah, sie klopfte noch einmal, kräftiger. Die Tür wurde aufgerissen, ein Hüne mit verschwitztem Gesicht und Kochmütze ragte vor ihr auf und musterte sie mit zusammengezogenen Brauen. »Wir haben noch geschlossen. Geh noch mal 'ne Stunde spazieren.«

Ehe er die Tür wieder zuknallen konnte, schob Lina einen Fuß dazwischen und zückte ihren Dienstausweis. »Kriminalpolizei Hamburg, Morddezernat. Ich möchte Ihren Chef sprechen.«

Der Koch musterte den Ausweis, dann Lina, wobei er kaum merklich den Kopf schüttelte. Er murmelte etwas wie »jetzt nehmen die schon Kinder!« und rief laut über die Schulter: »Bertram! Hier ist jemand von der Polizei.«

Er blieb in der Tür stehen, bis ein Mann in schwarzer Hose, weißem Hemd und schwarzer Weste auftauchte, der sich die Hände mit einem Geschirrtuch abtrocknete. Als er Lina erblickte, spitzte er die Lippen.

»Ja bitte? Worum geht's?«

Lina hielt ihm den Ausweis vor die Nase, und das Wort Morddezernat verfehlte auch bei ihm nicht seine Wirkung. Bertram wurde eine Spur blasser, bat Lina herein und führte sie durch die Küche in den Gastraum. Ein kleines Podest bildete die Bühne, rechts davon lag etwas zurückgesetzt der Tresen. Kleine Bistrotische in der Mitte des Raumes wurden von langen Tischen an den

Wänden eingerahmt. Oft saßen hier einander unbekannte Gäste zusammen.

Ursprünglich war die Waldschänke ein Ausflugslokal mit rustikalem Ambiente und gutbürgerlicher deutscher Küche gewesen, doch seit dem Besitzerwechsel vor zwei Jahren hatte sich einiges geändert. Die Speisekarte war internationaler geworden, und statt des Kännchenkaffees gab es jetzt eine große Auswahl an Kaffeespezialitäten, die diesen Namen auch verdienten. Die massiven Holzbalken waren hell lackiert und die dunklen, schweren Tische durch leichtere Möbel ersetzt worden, was den Raum größer und städtischer wirken ließ. Die röhrenden Hirsche an den Wänden waren Werken junger Künstler gewichen, die hier ihre Arbeiten ausstellen konnten. Am Wochenende und gelegentlich auch donnerstags gab es Konzerte oder kleine Theateraufführungen fernab des großen Kulturbetriebes. Die Waldschänke war auf dem besten Weg, sich zu einem Geheimtipp in der Hamburger Kulturszene zu mausern.

Lina spürte den skeptischen Blick des Wirts, was sie ihm nicht einmal verdenken konnte. Sie wirkte wahrlich nicht imposant, und was ihr Äußeres anging, so entsprachen verwaschene Jeans und zerknitterte T-Shirts nicht gerade der landläufigen Vorstellung einer Ordnungshüterin. Zum Glück war das Tattoo auf ihrer Schulter nicht zu sehen, und die neongrünen Strähnen im Haar hatte sie längst übergefärbt – gleich nachdem sie zum Morddezernat gekommen war. »Stell dir vor, du musst jemandem die Nachricht überbringen, dass ein geliebter Angehöriger gestorben ist«, hatte Hanno Peters noch am ersten Tag zu ihr gesagt. »Da kannst du unmöglich *so* aufkreuzen. Also lass diesen pubertären Unsinn in Zukunft bleiben.« Im ersten Moment hatte Lina geschäumt, doch wo Hanno Peters recht hatte, hatte er recht. Logischen Argumenten konnte sie sich einfach nicht verschließen.

»Sind Sie der Eigentümer der Waldschänke?«, fragte sie Bertram, der sich ihr immer noch nicht vorgestellt hatte.

»Ja, Vogt, Bertram Vogt. Was kann ich für Sie tun?«

»Heute Morgen wurde hier in der Nähe die Leiche eines Mannes gefunden. Er hatte eine Quittung von Ihrem Laden dabei, von gestern Abend. Können Sie sich vielleicht an ihn erinnern?« Sie hatte das Foto von Philip Birkner aus ihrem Rucksack geholt und hielt es Vogt hin.

»Deswegen also war heute Morgen hier alles voller Polizei … Wo hat man ihn denn gefunden?«

Lina machte eine unbestimmte Geste in Richtung Wald. »Da hinten, in der Nähe vom Bahndamm.«

Bertram Vogt betrachtete das Foto und legte den Kopf schräg. »Ich weiß nicht recht, ich kann mir Gesichter nicht besonders gut merken. Könnte sein, dass er hier war. Aber ich stand sowieso hinterm Tresen, da bekomme ich von den Gästen nicht viel mit.«

»Und Ihre Angestellten? Sie waren gestern Abend bei dem Konzert doch bestimmt nicht alleine.«

»Nein, natürlich nicht, wir waren zu fünft, zwei hinterm Tresen und drei Frauen an den Tischen. Jule und Sabrina müssten jeden Moment kommen, Antje hat heute frei.«

»Wer stand mit Ihnen hinterm Tresen?«

»Meine Frau, Ulrike. Sie hat heute ebenfalls frei.«

»Gut, dann warte ich auf Ihre beiden Angestellten«, sagte Lina und schwang sich auf einen der Barhocker. »Und ich brauche eine Adresse, wo ich die Dritte … hat Frau Antje auch einen Nachnamen? … und Ihre Frau erreichen kann.«

Bertram Vogt sah in einem Adressbuch hinterm Tresen nach und nannte ihr das Gewünschte. Lina warf einen sehnsüchtigen Blick auf die Espressomaschine, und der Wirt lachte. »Ich muss sie sowieso einschalten. Möchten Sie einen Kaffee?«

Lina nickte. »Gerne. War es gestern Abend sehr voll?«

»Wir waren nicht ausverkauft, aber es war ein guter Abend.« Der Mann machte sich an der Maschine zu schaffen. Das Ding machte einen Höllenlärm, als der Kaffee frisch gemahlen wurde, anschließend zischte es, als Bertram Vogt die Leitungen einmal mit heißem Wasser durchspülte. »Was wollen Sie haben? Espresso, Cappuchino, Latte macchiato …«

»Einen Espresso bitte«, unterbrach Lina ihn, ehe er die gesamte Kaffeekarte herunterbeten konnte. »Gab es auch die Möglichkeit, Karten vorzubestellen?«

»Ja, sicher. Das machen wir immer, schon allein, damit wir besser abschätzen können, wie voll es wird. Obwohl wir noch nie vorher ausverkauft waren.«

»Kann ich die Liste mal sehen?«

»Sicher.«

Er zog ein weiteres Buch hervor, einen Kalender diesmal, und blätterte bis zum gestrigen Tag vor. »Hier.« Anschließend widmete er sich wieder Linas Espresso.

Gerade als er die kleine Tasse vor ihr auf den Tresen stellte, hatte sie den Namen Birkner entdeckt, daneben eine Handynummer. Zwei Karten waren auf diesen Namen vorbestellt worden. »Von wann ist der Eintrag?«

Bertram Vogt warf einen Blick auf die Liste der Vorbestellungen. »Wir haben vor vier Wochen mit dem Vorverkauf begonnen. Ich schätze, der Eintrag hier stammt von vor einer Woche. Genau kann ich das aber nicht sagen.«

»Haben Sie die Vorbestellung entgegengenommen?«

»Nein, das ist die Handschrift meiner Frau. Wer immer gerade Zeit hat, ans Telefon zu gehen, trägt den Namen, die Anzahl der Karten und die Telefonnummer unter dem entsprechenden Datum ein. Sehen Sie, die Schrift ist immer unterschiedlich. Das hat meine Frau geschrieben, das hier ist Antjes Schrift, das da ...«

»Schon gut, so genau brauche ich es gar nicht.« Lina nahm einen Schluck vom Espresso, so heiß und stark, dass sie das Gefühl hatte, die Wachheit würde endlich ungehindert ihr Hirn fluten.

Bertram Vogt wollte das Buch schon zuklappen, doch Lina legte die Hand auf die aufgeschlagene Doppelseite. »Tut mir leid, ich wollte nicht unhöflich sein. Wenn ich Ihren Espresso vorher getrunken hätte, wäre mir das nicht passiert.« Sie lächelte, und die Furchen auf der Stirn des Wirts glätteten sich. »Können Sie mir hiervon eine Kopie machen?« Sie klimperte mit den Wimpern, ein

Trick, der ihr jedes Mal übertrieben vorkam und trotzdem jedes Mal funktionierte. Oder fast jedes Mal.

Die Augen des Wirts blitzten auf, und er verschwand in einem Kabuff hinterm Tresen, das vermutlich als Büro diente. Als er wiederkam und ihr zwei kopierte Blätter reichte, überflog Lina noch einmal die Liste. »Der Name ist durchgestrichen, das heißt doch, dass die beiden Karten auch abgeholt wurden, oder?«

»Nicht unbedingt. Es bedeutet nur, dass wir sie nicht länger zurückhalten müssen. Vielleicht hat er noch einmal angerufen und abgesagt, aber das ist eher unwahrscheinlich. Es kommt auch vor, dass die Leute mehr Karten bestellen, als sie nachher brauchen.«

»Es kann also sein, dass er allein hier war?«

»Schon möglich. Aber wer geht schon allein auf ein Konzert?«

Aus der Küche waren Stimmen zu hören. Vorausgesetzt, der Koch führte keine Selbstgespräche mit verschiedenen Stimmen, war eine der beiden Angestellten eingetroffen. Lina sah Bertram Vogt an, der erneut verschwand. Sie hörte seine tiefe Stimme, kurz darauf kamen zwei Frauen zu ihr an den Tresen. Glück gehabt.

Jule Wollschütter sah aus wie eine BWL-Studentin, die blonden langen Haare hatte sie zu einem Zopf geflochten. Sabrina Prost wirkte älter, was aber auch an der etwas biederen Aufmachung liegen konnte. Sie war klein und rundlich, hatte braune kurze Haare und erkannte Philip sofort.

»Aber klar doch, er saß dahinten.« Sie zeigte auf einen der großen Tische links vom Eingang. »Zusammen mit zwei Frauen.«

»Mit zwei Frauen? Sind Sie sicher?«

»Jedenfalls hat er sich ziemlich schnell angeregt mit der einen unterhalten, mit der, die neben ihm saß. Sie schienen sich zu kennen, und die Frau wiederum kannte die andere Frau.«

»Sind die drei denn zusammen gekommen?«

»Tut mir leid, das weiß ich nicht. Antje hat gestern an der Kasse gesessen.«

»Sind Sie denn sicher, dass die drei sich kannten? Oder könnte es sich auch um eine Zufallsbekanntschaft handeln?«

Sabrina Prost dachte nach. »Kann natürlich sein«, räumte sie schließlich ein. »Allerdings sind die beiden, also der Mann und die eine Frau, für eine Zufallsbekanntschaft ziemlich vertraut miteinander umgegangen, wenn Sie verstehen, was ich meine.«

Lina ahnte, worauf die Frau anspielte, aber Ahnungen machten sich im Polizeibericht nicht gut. »Nein, ich verstehe nicht genau. Was meinen Sie mit ›vertraut‹?«

»Na, rumgeknutscht haben die beiden. Als wären sie allein auf der Welt.«

»Und die Zweite, hat die einfach nur stumm danebengesessen?«

»Die habe ich irgendwann gar nicht mehr gesehen. Jule, hast du die zweite Frau noch gesehen?«

»Nee, ich habe gar nichts mitbekommen. Ich hatte ja die Tische dahinten. Ich habe nur mitgekriegt, dass sie am Ende beide besoffen waren und kaum die Finger voneinander lassen konnten.«

»Wer? Die beiden Frauen?«

»Nein, der Mann und die eine Frau.«

»Haben Sie hier an dem Tisch bedient?«, wollte Lina von Sabrina Prost wissen. Ob sie sich wohl jedes Mal angesprochen fühlte, wenn an ihrem Arbeitsplatz jemand »Prost« sagte?

»Nur solange die Kasse auf war. Später hat Antje die Tische hier übernommen.«

»Es kann also sein, dass sie zu dritt angekommen sind, aber genauso gut können der Mann und die beiden Frauen getrennt gekommen sein. Der Mann und eine der Frauen unterhalten sich … sehr intensiv … und die zweite Frau ist irgendwann weg. Das Pärchen bleibt allein übrig. Habe ich das so weit richtig verstanden?«

»Die sind sogar zusammen gegangen. Ziemlich spät, sie waren die Letzten. Und sie waren ziemlich angetrunken, alle beide.«

»Die waren nicht angetrunken, die waren besoffen«, präzisierte Jule.

Lina blickte von einer zur anderen. Sabrina Prost zuckte die Schultern. »Na gut, sie waren stark angeheitert.« Dann grinste sie. »Der Chef hört es nicht gerne, wenn seine Gäste *besoffen* sind. Passt nicht zum *Ambiente*.«

»Wann sind die beiden gegangen?«

Die Frauen sahen sich an. »Wir waren um zwölf hier draußen«, erklärte Sabrina Prost schließlich. »Das heißt Tür zu um halb. Das heißt, kurz vor halb zwölf sind sie gegangen.«

Jule Wollschütter nickte. »Gegangen worden«, ergänzte sie.

Lina schwieg kurz und sah auf die Notizen, die sie sich gemacht hatte. »Haben Sie irgendwas von dem aufgeschnappt, worüber die beiden sich unterhalten haben?«

Sabrina Prost schüttelte den Kopf. »Am Anfang war es ziemlich stressig, weil ich ja auch die Tische von Antje mit übernommen hatte, und später war ich woanders.«

»Können Sie die Frau, die sich so gut mit dem Mann verstanden hat, beschreiben?«

»Hm. Lange Haare, die sie aber hochgebunden hatte. Mausblond, würde ich sagen. Vielleicht auch braun. Eher klein, jedenfalls kleiner als er.« Sie tippte auf das Bild.

»Ist Ihnen sonst noch etwas aufgefallen? Trug sie vielleicht eine Brille? Hatte sie irgendwelche Piercings? War sie geschminkt?«

»Nein, ich glaube nicht. Sie sah ganz normal aus.«

»Wieso, die hatte doch eine Brille, oder nicht? So eine ganz unauffällige, mit Drahtgestell.« Jule stützte sich auf den Tresen und fuhr fort: »Und ihre Haare waren schwarz und mittellang. Sie hatte eine Fleecejacke an, und Jeans. Und derbe Schuhe.«

»Die hatte keine Brille, ganz bestimmt nicht.«

»Doch, ich schwör's!«

Lina verdrehte die Augen. Zeugenaussagen waren ungefähr so zuverlässig wie die Wettervorhersage für die nächste Woche.

»Wie alt war die Frau etwa? Was schätzen Sie?«

»Dreißig vielleicht. Oder was meinst du, Sabrina?«

Ihre Kollegin nickte langsam. »Könnte hinkommen.«

Lina notierte sich die Angaben der beiden Frauen, dann packte sie den Block weg und rutschte vom Barhocker. Erstaunt blickten die beiden Angestellten zu ihr herunter. Lina unterdrückte ein Grinsen und gab beiden eine Visitenkarte. »Vielen Dank für Ihre Hilfe. Falls Ihnen noch etwas einfällt, rufen Sie bitte an.«

Als Lina draußen auf dem Parkplatz stand, begann ihr Magen zu knurren. Sie überlegte kurz, ob sie zurückgehen und sich eine warme Mahlzeit gönnen sollte, beschloss dann jedoch, dass ihr das als Frühstück zu viel war. Sie sah auf die Uhr, dann auf ihren Block, auf dem sie die Adressen von Ulrike Vogt und Antje Niemann notiert hatte. Letztere wohnte ganz in der Nähe, und Lina beschloss, auf gut Glück bei ihr vorbeizufahren und unterwegs an einer Bäckerei anzuhalten.

Die Tüte mit dem Schokocroissant neben sich auf dem Beifahrersitz, suchte sie kurz darauf in unmittelbarer Nähe des kleinen Waldes nach der richtigen Hausnummer. Mehrgeschossige Rotklinkergebäude aus den Achtzigerjahren, dazwischen große Grünflächen, Parkplätze und diese jämmerlichen Spielplätze, auf denen ein Kind eingehen musste wie eine Sumpfblume in der Wüste. Lina stellte ihren Wagen an der Straße ab und schlug den schmalen Fußweg ein. Die Nummer 5c war der letzte Eingang, der Name Niemann stand auf dem obersten Klingelschild. Sie drückte auf den Knopf, aber nichts geschah. Sie klingelte noch einmal. Schließlich nahm sie ihr Handy aus der Tasche und tippte die Nummer ein, die Bertram Vogt ihr gegeben hatte. Während das Freizeichen ertönte, sah sie sich um. Vom anderen Ende des Weges, von dort, wo die kleine Fußgängerzone und das Tibarg–Center lagen, näherte sich eine Frau mit einer Kinderkarre. Sie blieb stehen und begann in ihrer Tasche zu wühlen. Im selben Moment, in dem sie ihr Handy aufklappte, hörte Lina eine leicht heisere Stimme.

»Ja bitte?«

»Frau Niemann? Hier ist Lina Svenson von der Kriminalpolizei Hamburg. Ich stehe gerade vor Ihrer Haustür.«

Die Frau mit der Kinderkarre blickte auf. Ohne ein Wort klappte sie das Handy zu und kam langsam näher. Der schwarze Minirock gab den Blick auf lange, schlanke Beine frei, das enge Top und die fliederfarbene Kunstlederjacke wirkten eine Spur zu aufgetakelt für einen normalen Freitagvormittag.

»Was wollen Sie?« Jetzt, wo sie direkt vor ihr stand, sah Lina den blauen Lidschatten und die dicke Wimperntusche, die aber den müden Ausdruck in den Augen nicht verbergen konnte. Die Haare waren zu einem lockeren Pferdeschwanz zurückgebunden. Das Kind in der Kinderkarre nuckelte an einer Flasche und starrte Lina mit großen Augen an.

»Geht es um Marcel? Was hat er denn jetzt schon wieder angestellt?«

Lina schüttelte den Kopf. »Soweit ich weiß, nichts.« Wer immer dieser Marcel war, die Frau schien ihre Gründe zu haben, das Schlimmste zu vermuten. Sie zeigte ihren Dienstausweis vor. »Ich ermittle in einem Mordfall. Das Opfer ist gestern Abend bei dem Konzert in der Waldschänke gewesen, und ich möchte Sie gerne als Zeugin dazu befragen.«

Die Frau wirkte nicht gerade erleichtert. Es schien ihr unangenehm zu sein, am helllichten Tag von der Polizei aufgesucht zu werden, auch wenn die kleine, zierliche Person, die da vor ihr stand, so gar nicht nach Polizei aussah.

»Können wir vielleicht reingehen? Ich würde ungern hier draußen darüber reden.«

»Ja, natürlich.« Die Frau schloss die Tür auf, schob die Karre samt Kind in den Flur und zerrte anschließend die Einkaufstüten von den Griffen. Lina half ihr, nahm ihr die Tüten ab, damit sie das Kind tragen konnte, das immer noch keinen Ton gesagt hatte.

Die Wohnung lag im vierten Stock. Schweigend standen sie nebeneinander im Fahrstuhl, in dem es nach Reinigungsmitteln roch. In der Wohnung war es warm und stickig. Frau Niemann bedeutete Lina, die Einkäufe in der Küche abzustellen, und verschwand mit dem Kind im Wohnzimmer. Kurz darauf hörte Lina Fernsehgeräusche, irgendeine Kindersendung, und Antje Niemann kehrte in die Küche zurück, setzte sich an den Küchentisch, kramte eine Schachtel Zigaretten aus der Tasche und zündete sich eine an. Die künstlichen Fingernägel waren mit winzigen Glitzersteinchen verziert.

»Dieser Bengel raubt mir noch den letzten Nerv. Ständig hab ich das Jugendamt und die Bullen hier.« Sie zuckte zusammen, als ihr einfiel, wer da gerade vor ihr saß.

»'Tschuldigung, Sie hab' ich natürlich nicht gemeint.«

Lina hob eine Hand. »Kein Problem. Ich bin da nicht so pingelig.« Sie setzte sich der Frau gegenüber an den Tisch. »Aber ich bin nicht wegen Marcel hier.« Sie zeigte der Frau das Foto von Philip Birkner. »Haben Sie diesen Mann schon einmal gesehen?«

Antje Niemann brauchte nur einen kurzen Blick auf das Bild zu werfen. »Klar, gestern Abend. Ist mir gleich aufgefallen, als er reinkam. Ein echter Hingucker. Und wie der roch!« Sie seufzte. »Hat seine Karte bezahlt und ist reingegangen. Später sehe ich dann, dass er an einem von meinen Tischen sitzt. Aber leider nicht allein.« Sie seufzte noch einmal.

»Sind Sie sicher, dass er allein gekommen ist?«

»Aber hundert pro.«

»Er hatte aber zwei Karten reserviert. Haben Sie ihn deswegen angesprochen?«

»Nee, er hat selber gesagt, dass er zwei bestellt hat, aber nur eine nimmt. Dabei hat er mich ganz traurig angelächelt. Da wusste ich gleich: Der hat Ärger mit seiner Süßen.«

»Aber er ist ja nicht lange allein geblieben.«

»Das können Sie laut sagen.« Sie lachte und blies den Rauch hoch in Richtung Zimmerdecke. »Die Kerle trösten sich ja immer ganz fix, darin sind sie gut, einer wie der andere.«

Sie schien aus Erfahrung zu sprechen.

»Ihre Kolleginnen haben mir erzählt, er hätte mit zwei Frauen an einem Tisch gesessen. Wer war eigentlich zuerst da, dieser Mann hier«, Lina tippte auf das Bild, »oder die beiden Frauen?«

»Keine Ahnung, die beiden sind mir erst aufgefallen, als ich sie mit dem da am Tisch gesehen habe. Eine von den beiden ist allerdings gleich gegangen, sobald die Band aufgehört hatte zu spielen. Sie hatte nur eine Apfelsaftschorle und hat ein bisschen kotterig ausgesehen. Danach haben sich der Kerl und die andere Dame erst richtig amüsiert. Drei, vier Gläser Wein hatten die bestimmt. Jeder. Und zum Schluss noch einen Grappa.«

»Haben sie auch etwas gegessen?«

Antje Niemann dachte kurz nach. »Er hatte eine Pizza, aber sie … ich glaube, nichts.«

»Wissen Sie noch, wann er die Pizza gegessen hat?«

»Er hat vor Konzertbeginn bestellt, und ich hab ihm die Pizza gebracht, kurz bevor die Musik losging, also schätzungsweise gegen Viertel vor acht.«

Lina notierte sich die Uhrzeit.

»Haben Sie zufällig mitbekommen, worüber sich die beiden unterhalten haben?«

Antje Niemann schüttelte den Kopf. »Keine Zeit, und es hat mich auch nicht interessiert.«

In der Küchentür tauchte das kleine Kind auf. Immer noch ohne ein Wort zu sagen, schmiegte es sich an das mütterliche Bein. Lina konnte nicht erkennen, ob es sich um einen Jungen oder ein Mädchen handelte. Die Mutter tätschelte dem Kind den Kopf und sagte: »Geh mal wieder rüber, Charlene, Mama muss noch ein büschen mit der Tante hier reden.«

Charlene reagierte nicht, nuckelte weiter an der fast leeren Flasche und schaukelte hin und her, wobei sie das Bein der Mutter als Scharnier benutzte. Antje Niemann seufzte und hob das Mädchen hoch, die Zigarette im Mundwinkel.

»Und jetzt ist der Kerl tot, sagen Sie?«

Lina nickte.

»Wo haben Sie ihn denn gefunden?«

»Im Niendorfer Gehege, nicht weit von der Waldschänke entfernt.«

»Ach nee. Dann ist aus denen ihrem Rumgeturtel wohl nichts geworden.«

»Wie meinen Sie das?«

»Na ja, so wie die rumgemacht haben … noch in der Kneipe, als schon fast alle anderen Gäste weg waren. Ich musste denen drei Mal sagen, dass wir jetzt schließen, die hätten wohl am liebsten da übernachtet. Schließlich sind die raus, und ich seh' noch, wie sie zusammen in den Wald torkeln.«

»Die beiden haben sich also kein Taxi gerufen? Könnten sie zur U-Bahn gegangen sein?«

»Keine Ahnung. Zur U-Bahn kommt man ja auch durch den Wald, ist sogar der kürzeste Weg. Schon möglich, dass sie nach Niendorf Markt wollten. Oder Hagendeel, obwohl das ein Stückchen weiter ist.«

»Welchen Weg haben die beiden ganz genau genommen?«

»Also, wenn Sie aus der Waldschänke kommen, über die Straße und dann rechts. Den Weg, der erst noch ein Stück neben der Straße langführt.«

Antje Niemann drückte die Zigarette im Aschenbecher aus und zog ihre Tochter auf dem Schoß näher zu sich heran.

»Wie sah die Frau aus? Können Sie sie mir beschreiben?«

»Hm, mal überlegen. Eher klein, dunkle Haare, kräftig. Hat nicht viel aus sich gemacht, sich nicht geschminkt oder so. Und die Haare waren ziemlich zerzaust, nur mit 'nem einfachen Haargummi zurückgebunden.« Dann hellten sich ihre Züge auf. »Ich habe sie schon mal gesehen, jetzt weiß ich wieder, klar!«

»Sie kennen die Frau?«

»Nee, kennen tu ich die nicht, aber sie war schon mal in der Waldschänke. Warten Sie mal, gestern war das Konzert, Mittwoch oder Dienstag muss das gewesen sein, irgendwann mittags. Hat einen Kaffee Latte und ein Sandwich bestellt.« Frau Niemann nahm eine halb volle Flasche Apfelschorle und goss sich etwas davon in ein benutztes Glas. »Das war so 'ne Ökotussi, mit Wanderstiefeln, derben Klamotten und Rucksack, Sie wissen schon, was ich meine. Eigentlich nichts Besonderes.« Antje Niemann zuckte die Schultern, als könnte sie nicht verstehen, wie sich jemand wie der Mann auf dem Foto für *so* eine interessieren könnte.

»War die Frau am Dienstag oder Mittwoch allein da?«

»Ja.«

»Haben Sie mit ihr gesprochen?«

»Nee, nur die Bestellung aufgenommen und dann, als ich ihr den Kram gebracht habe, guten Appetit oder so gewünscht. Sie hat da auch gleich gezahlt, und irgendwann war sie weg. Sie hatte noch fünfzig Cent Trinkgeld auf den Teller gelegt, das fand ich nett.«

»Haben Sie gesehen, wie die Frau am Dienstag oder Mittwoch gekommen ist? War sie zu Fuß unterwegs? Mit dem Fahrrad, mit dem Auto?«

Antje Niemann schüttelte den Kopf. »Mittags ist immer viel los, da hab ich keine Zeit, den Gästen hinterherzuspionieren.«

Im Gegensatz zu gestern, dachte Lina.

4. KAPITEL

Das Polizeipräsidium am Bruno-Georges-Platz war ein riesenhafter Rundbau mit zehn abstehenden Flügeln, die das Gebäude von oben wie eine steifbeinige Sonne aussehen ließen. Max Berg fuhr mit dem Fahrstuhl hinauf in den fünften Stock zu den Räumen des Morddezernats des LKA. Insgesamt sechs Mordermittlungsgruppen mit je fünf Beamten waren für sämtliche Morde und ungeklärte Todesfälle im Hamburger Stadtgebiet zuständig. Er teilte sich ein Büro mit Lina, direkt daneben, durch eine Seitentür verbunden, residierte Hauptkommissar Hanno Peters, und noch einen Raum weiter arbeiteten die Hauptkommissare Alexander Osterfeld und Sebastian Muhl.

Max hatte gerade sein Büro betreten und die Jacke ausgezogen, als das Telefon klingelte. Auf dem Display sah er die Nummer der Kriminaltechnik und nahm noch im Stehen den Hörer ab.

»Was gibt's?«

»Eine merkwürdige Sache, die uns eben erst aufgefallen ist. Stefan und Susanne sind noch draußen, sie haben gerade angerufen. Direkt am Tatort wurde eine Pflanze umgesetzt, und zwar vermutlich, *nachdem* das Opfer draufgekotzt hat.«

Max hielt mitten in der Bewegung inne und ließ sich langsam auf seinen Stuhl sinken. »Was meinst du damit: Die Pflanze wurde umgesetzt?«

»Jemand hat sie ausgebuddelt und ein Stückchen weiter wieder eingepflanzt. Sehr sorgfältig übrigens, da hat sich jemand anscheinend richtig Mühe gegeben. Stefan meinte, es sähe außerdem so aus, als sei die Pflanze zwischendurch abgespült worden.«

»Halt, stopp. Du willst mir also weismachen, dass da jemand mitten in der Nacht durch den Wald läuft und Pflanzen *wäscht?* Um sie anschließend wieder einzupflanzen?«

»Tut mir leid, ich erzähle dir nur, was wir gefunden haben. Dein Job ist es, dir einen Reim darauf zu machen.«

Max schloss die Augen und rieb sich nachdenklich die Stirn. »Was für eine Pflanze ist es?«

Kurze Pause. »Äh, die beiden kennen sich mit dem Grünzeug nicht aus, aber wir kümmern uns darum.«

Berg lachte. »Kann sich die Spurensicherung nicht einmal ein Pflanzenbestimmungsbuch leisten?«

»Wir haben sogar zwei«, verteidigte sich Hartmann, »aber die schleppen wir nicht zu jedem Tatort mit.« Er tat beleidigt.

»Oh, bitte verzeiht, edler Herr der Spuren.«

Hartmann lachte.

Max hatte gerade aufgelegt, als Hanno den Kopf durch die Tür steckte. Wie immer blieb sein Blick kurz an Linas Schreibtisch hängen. Im Gegensatz zu Max' Arbeitsplatz herrschte bei ihr das, was sie kreatives Chaos nannte: Zettel, Stifte, Schokoriegelverpackungen und Kaffeebecher lagen und standen wild verstreut herum, Papiere und Akten stapelten sich in mehreren Haufen auf dem Tisch, der Fensterbank und sogar auf dem Fußboden. Trotzdem fand sie immer auf Anhieb, wonach sie suchte, was sämtliche Kollegen stets aufs Neue überraschte. Eine Zeit lang hatte sie auf Hannos Anweisung hin den Schreibtisch regelmäßig und zähneknirschend aufgeräumt. In diesen drei Wochen hatte sie fürs Suchen doppelt so lange gebraucht wie vorher, bis Hanno schließlich klein beigegeben und ihr ihre eigene Ordnung zugestanden hatte.

»Lina schon da?«, fragte Hanno.

Max wollte gerade den Kopf schütteln, als die Gesuchte in der Tür auftauchte, einen Becher Kaffee in der Hand.

»Kommt gleich mal rüber. Teambesprechung«, brummte Hanno.

Lina verdrehte die Augen.

In Hannos Zimmer war es kühl, das Fenster stand auf kipp, und von draußen wehte der Verkehrslärm herein. Alex, ein träger Mittvierziger, der sich am liebsten in den Akten vergrub, ansonsten aber ganz verträglich war, hatte noch Urlaub. Der Mann mit Schnauzbart, Bauchansatz und beginnender Glatze, der bereits auf einem der Besucherstühle saß und Lina unverhohlen auf den Busen starrte, war Sebastian. Lina ignorierte ihn und ließ den Rucksack auf den Boden rutschen, ohne den Kaffee abzustellen. Hanno beobachtete ihr umständliches Manöver misstrauisch und fürchtete um seinen Filzteppich.

Als endlich alle saßen, räusperte er sich und blickte auf das Blatt Papier vor sich. »Also, was haben wir?«

Max fasste zusammen, was die Spuren am Tatort bisher hergaben. Philip Birkner war vierunddreißig Jahre alt geworden. Gestorben war er gestern Nacht zwischen elf und drei Uhr, vermutlich an einer Kopfverletzung, hervorgerufen durch einen Schlag mit einem stumpfen Gegenstand. Am Tatort waren auffallend viele verschiedene Fußspuren gefunden worden. Zu der Geschichte mit der abgewaschenen und umgesetzten Pflanze fiel seinen Kollegen genauso wenig ein wie ihm.

»Könnte es eine Gang gewesen sein?«, fragte Sebastian und konzentrierte sich zunächst auf das Offensichtliche, die zahlreichen Fußspuren.

»Schon möglich. Obwohl weder Geld und Papiere fehlen«, sagte Max.

»Wenn die nur auf Rumprügeln aus waren, hat das Geld sie doch gar nicht interessiert«, bemerkte Hanno. »Die wollten nur ihren Spaß haben, und Birkner lief ihnen zufällig über den Weg.«

»Da draußen im Wald?«, fragte Lina zweifelnd. »Die Stelle, wo der Tote entdeckt wurde, ist ziemlich weit von der nächsten

U-Bahn entfernt. Außerdem«, fügte sie rasch hinzu, ehe jemand anders etwas sagen konnte, »war er vermutlich nicht alleine.« Sie erzählte, was sie in der Waldschänke und von Antje Niemann erfahren hatte.

»Möglicherweise handelt es sich dabei um die Frau, mit der er kurz vor Konzertbeginn telefoniert hat«, sagte Max und erzählte von der Nummer in Birkners Handy, die dieser offensichtlich häufig benutzt hatte. »Ich habe versucht, sie zu erreichen, habe aber bislang nur die Mailbox erwischt. Die Handynummer ist auf eine Tanja Fischer angemeldet, aber bei der angegebenen Adresse in Eimsbüttel war niemand zu Hause. Ich habe einen Nachbarn aufgetrieben, der die Frau allerdings noch nie gesehen hat.«

»Könnte natürlich sein, dass das mit der zurückgegebenen Karte nur Show war«, meinte Lina. »Die Zeuginnen meinten jedenfalls, dass sich Birkner und die Unbekannte wohl kannten. Auf jeden Fall sind sie ziemlich schnell sehr vertraut geworden.« Sie nahm einen Schluck Kaffee. »Und zum Schluss sind sie zusammen in stark angetrunkenem Zustand im Wald verschwunden.«

»Wann war das?«

»Gegen halb zwölf.«

»Könnten die beiden nicht zusammen überfallen worden sein, und nur die Frau konnte entkommen?«, fragte Sebastian.

»Aber warum hat sie dann keine Hilfe gerufen?«, wandte Max ein.

»Vielleicht hat sie kein Handy?«, schlug Sebastian vor. »So was soll es geben.«

»Aber irgendwann wäre sie in die Nähe eines Telefons gekommen, so riesig ist das Niendorfer Gehege schließlich nicht. Und um diese Zeit waren sicherlich noch Menschen auf der Straße.«

»Oder sie liegt irgendwo tot oder verletzt im Wald, und keiner hat sie bis jetzt entdeckt«, sagte Lina.

Unbehagliches Schweigen breitete sich aus. »Kann ich mir nicht vorstellen«, sagte Max schließlich. »Das Niendorfer Gehege ist ziemlich klein, stark frequentiert und es gibt so gut wie kein dichtes Unterholz, jedenfalls nicht in der Nähe des Tatorts. Wenn sie verletzt im Wald liegen würde, hätte man sie inzwischen bestimmt gefunden.«

»Bleibt noch die Möglichkeit, dass sie Philip Birkner in eine Falle gelockt hat«, überlegte Hanno laut. »Sie hat sich in dieser Kneipe an ihn herangemacht, ihn betrunken gemacht und in den Wald gelockt, wo ihre Kumpane auf sie warteten.«

»Und das Motiv?« Linas Frage hallte im Raum nach, als keiner eine Antwort darauf hatte.

»Auftragsschläger? Russeninkasso?«, spekulierte Sebastian schließlich.

»Hm«, machte Max.

»Wieso, ist doch alles schon vorgekommen.«

»Aber die Frau passt da nicht rein«, bekräftigte Lina den Zweifel ihres Kollegen. »Nach den Beschreibungen, die ich in der Waldschänke bekommen habe, sah die Frau nicht nach Russenmafia aus. Eher nach ›Ökotussi‹, wie eine Angestellte meinte.«

Hanno machte ein nachdenkliches Gesicht. »Max, versuch weiter, diese Frau Fischer zu erreichen. Wenn wir Glück haben, ist sie unsere Unbekannte. Lina, hast du dir die Liste mit den Vorbestellungen für den Abend geben lassen?«

Lina nickte und ahnte schon, was jetzt kam.

»Gut, telefonier sie durch. Wenn wir Glück haben, sind die beiden Frauen darunter, wenn nicht, kann jemand vielleicht eine gute Beschreibung geben. Oder«, meinte er säuerlich, »zumindest eine, die mit einer der drei anderen übereinstimmt.«

Lina sackte auf ihrem Stuhl zusammen. Irgendwelche Listen abzutelefonieren hatte in der Regel etwa so viel Erfolg wie Lottospielen, machte aber mehr Arbeit. »Das sind über vierzig Nummern«, murmelte sie, aber niemand meldete sich freiwillig, ihr dabei zu helfen.

Max sah auf die Uhr. »In einer Stunde geben die Kollegen von der Pressestelle eine Erklärung raus. Sollen wir die Zeugin erwähnen und sie bitten, sich zu melden?«

Hanno dachte kurz nach, dann schüttelte er den Kopf. »Nein. Wenn sie wirklich nur Zeugin ist, wird sie sich hoffentlich melden, sobald sie hört, dass es einen Toten gegeben hat. Vielleicht hat sie das noch nicht mitbekommen. Wenn sie allerdings irgendwie mit drinsteckt, nützt auch die Aufforderung, sich zu melden, nichts.« Er machte eine kurze Pause. »Wir müssen die U-Bahnhöfe in der Nähe überprüfen, ob die Videoaufnahmen irgendwelche ausgeflippten Jugendlichen zeigen.« Er schaute auf den großen Stadtplan an der Wand gegenüber von seinem Schreibtisch. »Niendorf Markt und Hagendeel. Ich kümmere mich darum, dass wir Kopien der Bänder bekommen. Sobald die da sind, schaust du sie dir an, Sebastian. Bis dahin fragst du bei den Kollegen von der Streife nach, ob denen irgendetwas aufgefallen ist. Gib den Leuten auch gleich eine Beschreibung der Zeugin mit.« Stirnrunzelnd blickte er auf den Stadtplan.

»Und dann ist da ja auch noch die Sache mit der Pflanze. Merkwürdige Geschichte, so was hab ich ja noch nie gehört.« Er kratzte sich am Kopf. »Bei diesem Niendorfer Gehege müsste es doch eigentlich so etwas wie einen Förster geben. Max, du findest heraus, wer da zuständig ist, und redest mal mit dem Menschen. Vielleicht kommt so was ja doch öfter vor, als man denkt.«

Hanno sah seine Kollegen über den Rand seiner Brille hinweg an. »Was ist mit dem Umfeld des Opfers? Offensichtlich hat er ja seine Lebensgefährtin betrogen. Weiß sie davon?« Er wandte sich direkt an Lina und Max. »Was für einen Eindruck hattet ihr von Frau Ansmann?«

Lina und Max sahen sich an. »Für meinen Geschmack hat sie sich etwas zu unberührt von Birkners Tod gezeigt«, sagte Lina. »Der Mann ist immerhin ihr Lebensgefährte und Vater ihres Sohnes.« Sie hob erneut die Schultern. »Und wenn er sie betrogen hat, hatte sie auch ein Motiv.«

Hanno kratzte sich am Kopf. »Nur, wenn sie davon wusste.«

»Ich weiß. Aber trotzdem …«

»Hast du ihr Alibi überprüft?«, fragte Hanno.

»Nein, noch nicht. Aber irgendwie habe ich ein blödes Gefühl bei der Frau. Mit der stimmt was nicht.«

»Ja, ja, das Bauchgefühl«, murmelte Sebastian, und Lina verdrehte die Augen. Natürlich hatte jeder Ermittler ab und zu ein *komisches Gefühl.* Manchmal erwies es sich als richtig, manchmal nicht. Nur ihr gegenüber tat Sebastian so, als sei das nichts als eine ihrer Macken.

Hanno beendete die Diskussion. »Lina, wenn dir so viel daran liegt, dann kannst du der Sache ja nachgehen. Überprüf ihr Alibi.« Er grinste. »Und dein Bauchgefühl.«

»Ja, mein Herr und Meister«, murmelte Lina, aber so leise, dass nur Max es hörte. Der grinste.

»Und wie sieht es sonst mit irgendwelchen persönlichen Feinden aus? Irgendwelche alten Schulden? Offene Rechnungen?«, fragte der Chef.

»Frau Ansmann hat uns den Rat gegeben, einen früheren Mitarbeiter von Philip Birkner mal genauer unter die Lupe zu nehmen: Frank Jensen.« Max berichtete kurz, was er bisher über das Ende von Birkners Firma erfahren hatte. »Jensen ist ihrer Aussage nach für die Insolvenz verantwortlich gewesen. Birkner hat ihm natürlich ein schlechtes Zeugnis ausgestellt, weswegen er jetzt arbeitslos ist.«

Hanno sah ihn stirnrunzelnd an. »Und das soll ein Motiv für einen Mord sein?«, fragte er zweifelnd.

Max zuckte mit den Schultern. »Du hast nach offenen Rechnungen gefragt. Das scheint eine zu sein.«

Hanno stöhnte leise. »Sei vorsichtig, was du dir wünschst. Es könnte in Erfüllung gehen.«

5. KAPITEL

»Wieso muss eigentlich immer ich die Arschkarte ziehen?«, fragte Lina ohne aufzublicken, als Max sich mit einem Becher Tee in der Hand auf seinen Platz setzte. Der Schreibtischstuhl knarzte vernehmlich.

»Weil du die Jüngste bist. Im Übrigen ist Sebastian auch nicht besser dran. Streife fragen und Videos ansehen. Du darfst dich immerhin noch um deine Lieblingsfeindin kümmern.« Er blies über den dampfenden Tee, um ihn abzukühlen.

»Sie ist nicht meine Lieblingsfeindin.«

»Aber du hättest es gerne, wenn du ihr irgendetwas anhängen könntest.« Max schüttelte den Kopf. »Was hast du bloß gegen die Frau? Nur weil sie offensichtlich Geld hat, muss sie doch kein schlechter Mensch sein. Auch wenn sie dir vielleicht nicht sympathisch ist.« Er nahm einen Schluck von dem Tee. Lina stieg der Geruch von Kräutern in die Nase, Pfefferminze, Zitronenmelisse und noch irgendetwas, das sie nicht identifizieren konnte. »Gibt es überhaupt irgendwelche Leute mit Geld, an denen du nichts auszusetzen hast?«

Lina blickte auf und sah ihn stirnrunzelnd an. »Wie kommst du denn darauf? Unsinn!«

»Na ja, beim Fall Schmehl war es ähnlich, und als wir voriges Jahr in Duvenstedt ermittelt haben, in dieser Villa, war es genauso.«

»Zufall«, sagte Lina und wandte sich den Kopien mit den Kartenvorbestellungen zu, die sie in der Waldschänke erhalten hatte. »Ist vermutlich wirklich nur so ein Gefühl. Eins von den falschen«, fügte sie mit einem schiefen Lächeln hinzu. Sie schnappte sich das Telefon und wählte die erste Nummer auf der Liste, ehe Max noch weiter auf dem Thema herumreiten konnte.

Die ruhige Wohnstraße in Hamburg-Eppendorf lag in unmittelbarer Nähe zum Universitätskrankenhaus. Kleine Reihenhäuser und Doppelhäuser, unter die sich hin und wieder ein größeres Einfamilienhaus aus den zwanziger Jahren des letzten Jahrhunderts mischte. Kastanien säumten die schmale Einbahnstraße, von der nahen Hauptverkehrsstraße wehte der Autolärm herüber. Halb fünf am Freitagnachmittag, der Feierabendverkehr hatte seinen Höhepunkt erreicht.

Das Haus, in dem Frank Jensen wohnte, entpuppte sich als Doppelhaushälfte mit weißer Fassade. Ein Erker mit schmutzigen Fensterscheiben ragte in den ungepflegten Vorgarten. Der Stellplatz vor dem Haus war leer, das Garagentor verschlossen, im Briefkasten steckte die Werbung eines Pizzaservices. Max Berg klingelte. Er hörte es im Haus läuten, aber niemand öffnete. Er klingelte noch einmal. Immer noch nichts.

Er trat einen Schritt zurück und schaute hinauf zu den Fenstern im Dachgeschoss. Doch auch dort entdeckte er kein Anzeichen von Leben. Er ging die drei Stufen vom Eingangsvorbau hinunter und in den Vorgarten, in dem dringend mal wieder Rasen gemäht werden müsste. Die Erkerfenster lagen zu hoch, um in das dahinterliegende Zimmer zu spähen, doch als er gerade nachschauen wollte, ob es einen Weg am Haus vorbei gab, hörte er jemanden rufen.

»Hallo? Junger Mann, was machen Sie da, wenn ich fragen darf?«

Auf dem Nachbargrundstück stand direkt an der Ligusterhecke eine alte Frau, die Max hinter einer dichten Tanne nicht gesehen hatte. Misstrauisch musterte sie ihn aus wässrig blauen Augen, während sie sich auf eine Hacke stützte. Offensichtlich arbeitete sie gerade im Garten, dem man ansah, dass sich jemand Mühe damit gab.

»Guten Tag«, sagte Max und ging langsam auf die Frau zu, um sie nicht zu erschrecken. »Mein Name ist Max Berg, ich bin von der Kripo Hamburg. Ich suche Herrn Jensen.« Er zeigte ihr seinen Dienstausweis, doch sie winkte ungeduldig ab mit der Bemerkung, dass sie ohne ihre Brille ohnehin nichts erkennen könne.

»Was hat er denn angestellt, der Herr Jensen?«, wollte die Nachbarin wissen.

»Soweit wir wissen, gar nichts. Er soll als Zeuge vernommen werden. Sie wissen wohl nicht zufällig, wo ich ihn finden kann?«

»Da suchen Sie man am besten die Kneipen im Umkreis ab, irgendwo wird er schon hocken, der Herr Jensen.«

»Arbeitet er denn nicht?«

»Schon seit bestimmt drei Jahren nicht mehr, oder sind es sogar schon vier? Warten Sie mal, mein Ältester ist damals gerade an der Prostata operiert worden, in dem Jahr war das, und das ist bestimmt schon drei Jahre her. Aber dann müsste Jonas – das ist mein Urenkel, wissen Sie – ja schon vier sein, weil wir kurz danach seinen ersten Geburtstag gefeiert haben. Aber Jonas ist doch erst drei, oder nicht? Oder war es gar nicht der erste Geburtstag, sondern der zweite? Ich müsste da mal nachsehen, ich hab's mir doch irgendwo aufgeschrieben …«

Geduldig hatte Max der alten Frau zugehört, doch jetzt unterbrach er sie sanft. »Ich glaube, das ist nicht nötig, Frau … Wie lautet gleich Ihr Name?«

»Berger. Elli Berger. Und ich bin sechsundachtzig Jahre alt«, fügte sie hinzu, damit ja niemand auf die Idee kam, sie für irgend so ein junges Ding zu halten.

»Frau Berger, ich glaube, ich weiß, worauf Sie anspielen. Die Firma, bei der Herr Jensen beschäftigt war, musste Insolvenz anmelden, das war vor etwas mehr als zwei Jahren.«

Die alte Frau nickte begeistert. »Sag ich doch, sag ich doch. Furchtbare Geschichte. Ich hab das ja erst gar nicht richtig mitbekommen, aber wie dann die Kirsten immer mit verweinten Augen rumgelaufen ist und sie erst das große Auto und dann auch noch das kleine verkauft haben, da hab ich die Ärmste mal angesprochen, und da hat sie mir erzählt, dass ihr Mann stempeln gehen muss. Furchtbar, so was. Es heißt ja, er sei reingelegt worden.«

»Ach«, sagte Max.

»Aber ja. Wissen Sie«, Frau Berger beugte sich ein Stück weiter über die Hecke, die ihr bis zur Brust reichte, »der Frank ist ja so ein Computerspe-zi-a-list.« Sie betonte jede Silbe einzeln, als gehörte das Wort nicht zu ihrem aktiven Wortschatz. »Ich kenn' mich ja damit nicht aus, wozu brauch ich das denn noch, in meinem Alter? Nee, nee. Aber der Frank, der hat in so einer Firma gearbeitet, und da ist er dann reingelegt worden.«

»Ach«, wiederholte Max. »Und wie ging es danach weiter? Hat er danach keine Stellung mehr gefunden?«

»Nee, das sag ich doch die ganze Zeit. Man hat ihn reingelegt, und danach war er arbeitslos.« Sie deutete mit einem Kopfnicken zum Haus der Jensens. »Seitdem hockt er zu Hause. Hockt da und starrt die Wand an.«

Vermutlich stand vor dieser Wand noch ein Computermonitor, dachte Max.

»Jetzt ist er aber nicht zu Hause.«

»Nee, jetzt kippt er sich bestimmt einen hinter die Binde. Das macht er, seit Kirsten mit den Kindern ausgezogen ist. Vor drei Wochen war das. Oder vor vier? Ich müsste da mal nachsehen, ich hab's mir doch irgendwo aufgeschrieben …«

»Lassen Sie man, Frau Berger, so genau brauche ich es gar nicht. Aber Sie wissen nicht zufällig, wo Frau Jensen jetzt wohnt?«

»Sie hat's mir aufgeschrieben, warten Sie, ich muss mal nachsehen, irgendwo hab ich den Zettel doch noch …«

Ohne Max noch einmal anzuschauen, drehte die alte Frau sich um und zuckelte zur Haustür. Erst jetzt erkannte Berg, dass sie über ihrem Kleid eine Schürze trug, allerdings falsch herum gebunden, sowie zwei verschiedene Socken. Er folgte ihr, und obwohl er den Umweg über den Bürgersteig nehmen musste, war er vor ihr an der Tür. Die alte Frau schloss auf und betrat das Haus. Der Flur war hell gestrichen, an den Wänden hingen Naturfotografien, und es roch angenehm frisch. Nicht unbedingt das, was er vom Haus einer alten Frau erwartet hatte.

»Die hat mein Enkel gemacht«, erklärte Frau Berger stolz und zeigte auf die Bilder. »Er wohnt hier, mit seiner Freundin.«

»Und Jonas?«

»Jonas? Welcher Jonas? Ich kenne keinen Jonas!«

Sie stand im Flur und musterte Max mit einer Mischung aus Verwirrung und Furcht.

»Wer sind Sie überhaupt? Was wollen Sie hier?«

»Frau Berger, ich bin Max Berg von der Kripo Hamburg. Ich bin hier, weil Sie mir die Adresse von Ihrer Nachbarin Frau Jensen geben wollten.«

»Die Adresse von meiner Nachbarin? So ein Unsinn, junger Mann. Die wohnt doch nebenan. Gehen Sie doch einfach rüber, wenn Sie was von der wollen, aber belästigen Sie mich nicht! So eine Unverschämtheit! Und das am helllichten Tag! Verschwinden Sie oder ich rufe die Polizei! So eine Frechheit, also wirklich ...«

Max zog sich langsam zurück, wobei er freundlich lächelte und beruhigend auf die alte Frau einredete.

»Ja, Frau Berger, ich gehe schon. Und Sie brauchen die Polizei nicht anzurufen, ich bin ja selbst von der Polizei. Keine Angst, ich bin schon weg.«

Doch die alte Frau sah ihm nur argwöhnisch nach und schlug laut schimpfend die Tür hinter ihm zu.

Max seufzte, dann schaute er auf die Uhr. Mit etwas Glück erreichte er vielleicht noch jemanden in der Revierförsterei im Niendorfer Gehege. Von hier aus würde er nicht lange bis zu dem kleinen Wald brauchen. Er holte sein Handy aus der Jackentasche und wählte die Nummer, die er vorher eingespeichert hatte. Er *hatte* Glück. Herr Behnke, der Revierförster, nahm nach dem zweiten Klingeln ab, war noch im Wald und versprach Max, auf ihn zu warten.

Zwanzig Minuten später hatte das Navi ihn zielsicher durch das Niendorfer Gehege gelotst. Max stellte den Wagen auf dem von roten Holzhäuschen eingefassten Hof ab. Aus einem der flachen Gebäude, bei denen es sich zumeist um Schuppen zu handeln schien, trat ein kräftig gebauter, hochgewachsener Mann mit gepflegtem Dreitagebart. Er trug Jeans und T-Shirt, das Gesicht und die Arme waren braun gebrannt. Max schätzte ihn auf nicht älter als neunundzwanzig Jahre. Die tiefe Stimme hatte ihn am Telefon älter klingen lassen.

»Herr Behnke?«, rief er und ging auf den Mann zu. Dieser nickte und musterte mit raschem Blick Bergs Jackett und die guten Schuhe. Max stellte sich vor und schüttelte dem jungen Mann die Hand. Warmer, kräftiger Händedruck, nicht zu fest, nicht zu weich.

»Schöne Scheiße, das mit dem Toten«, sagte Behnke, wobei ihm das Kunststück gelang, nicht respektlos zu wirken.

Max nickte. »Ich wollte Sie fragen, ob Ihnen heute oder in der letzten Zeit irgendetwas Besonderes aufgefallen ist, hier im Gehege und besonders in der Nähe des Tatorts.«

Tobias Behnke lachte. »Noch allgemeiner konnten Sie Ihre Frage wohl nicht formulieren, was?«

Max musste ihm recht geben und lächelte, ohne jedoch seine Frage zu präzisieren.

»Ich habe«, erklärte der Förster, »mir natürlich meine Gedanken gemacht, als ich heute Morgen mitbekommen habe, dass man hier in meinem Wald eine Leiche gefunden hat.« Er zuckte die Schultern. »Ich weiß, es ist nicht *mein* Wald, aber … aber irgendwie eben doch. Ich bin dafür verantwortlich, ich muss ihn schützen und pflegen. Und dann so was!« Als sei der Tote ein Schaden, den irgendjemand dem Wald zugefügt hatte. Eine Schande, ein Makel, der ihm ab jetzt anhaften würde und ihn seiner Unschuld beraubte. Behnke schüttelte den Kopf. »Wollen wir ein paar Schritte gehen?« Er blickte auf Bergs Schuhe. »Oder lieber nicht?«

Max lächelte. »Die sind nicht so empfindlich, wie sie aussehen«, sagte er. »Außerdem sind es nur Schuhe.«

Sie kamen an ein paar knorrig verwachsenen Hainbuchen vorbei, kurz darauf an einem schmucken Haus auf riesigem Grundstück. Max wollte den Förster gerade fragen, als dieser bereits erklärte: »Das Forsthaus. Vermietet an die Schutzgemeinschaft Deutscher Wald, die es günstig an einen CDU-Bundestagsabgeordneten untervermietet hat. Vielleicht haben Sie ja von der Sache gehört.«

Max nickte, er hatte davon in der Zeitung gelesen. »Seltsame Geschichte.«

Tobias Behnke schnaubte. »Das können Sie laut sagen. Das Niendorfer Gehege ist vermutlich der einzige Wald Deutschlands, in dem der Förster nicht im Forsthaus wohnt. Dabei«, fügte er erläuternd hinzu, »herrscht für unsereins eigentlich Residenzpflicht.« Er warf einen letzten Blick auf den Rotklinkerbau, der in der Nachmittagssonne freundlich leuchtete. »Fragen Sie mich nicht, wieso der das darf.«

Wenige Schritte später kam eine halb verfallene Villa in Sicht. Max Berg atmete tief ein und lächelte, als er ein paar Vögel zwitschern hörte. Die Sonne beschien den Weg vor ihnen.

»Einen schönen Arbeitsplatz haben Sie«, sagte er.

Tobias Behnke nickte. »Einhundertvierzig Hektar Mischwald und Buchenwald mit den typischen Kräutern. Aber weil ein Teil des Geheges im neunzehnten Jahrhundert von Hamburger Kaufleuten als Parkgrundstücke angelegt worden ist, wachsen hier auch ein paar eher untypische Bäume. Rosskastanien, Esskastanien, Ginkgo. Direkt an der Kollau wuchert zum Beispiel eine ursprünglich aus Indien und dem Himalaya stammende Pflanze, das drüsige Springkraut, bis zu zwei Meter hoch, mit rosa Blüten. Sieht nicht schlecht aus, aber es verdrängt die heimische, wesentlich unscheinbarere Art völlig.«

Tobias Behnke führte Max über ein paar gut ausgebaute Wege, bis sie zehn Minuten später vor den flatternden Bändern der Polizeiabsperrung standen.

»Nicht gerade groß hier, was?«

Behnke zuckte die Schultern. »Immer noch größer als irgendein Büro in der City.«

Max blieb vor der Stelle, an der der Tote gelegen hatte, stehen und betrachtete das Unterholz. Von den ursprünglichen Spuren war nicht mehr viel zu erkennen, nachdem die Spurensicherung hier gründliche Arbeit geleistet hatte. Trotzdem suchte er sorgfältig den Boden ab, bis er fand, wonach er gesucht hatte. Die Pflanze wirkte seltsam fehl am Platz. Er zeigte darauf und fragte:

»Wissen Sie, was das für eine Pflanze ist?«

»Ein Aronstab«, kam es wie aus der Pistole geschossen. »Wow, den habe ich noch nie hier gesehen. Wissen Sie, das ist eine ziemlich skurrile Pflanze«, erklärte der Förster und trat näher heran. »In diesem Kelch hier fängt sie Schmetterlingsfliegen, aber nicht, um sie zu verdauen wie zum Beispiel die Venusfliegenfalle, sondern um sich von ihnen bestäuben zu lassen und ihnen ihrerseits ihre Pollen mit auf den Weg zu geben, wenn sie die Insekten wieder freilässt.« Er schwieg und betrachtete die Pflanze genauer. »Komisch, eigentlich ist das eine Schattenpflanze und steht nicht gerne in der prallen Sonne.« Er stutzte, beugte sich vor und richtete sich kopfschüttelnd auf.

»Diese Pflanze ist …«

»… umgesetzt worden, ich weiß.«

Tobias Behnke machte ein verwirrtes Gesicht, was ihn noch jünger aussehen ließ.

»Haben Sie so etwas schon einmal gesehen? Ich meine, dass Pflanzen hier im Wald umgesetzt werden?«

Der Förster schüttelte den Kopf. »Nein, noch nie. Allerdings achte ich eher selten auf so Kleinigkeiten. Ich kümmere mich mehr um das große Ganze.«

»Haben Sie eine Ahnung, wer so etwas tun würde?«

Behnke warf noch einmal einen Blick auf den Aronstab, dann sah er wieder Max an. »Keine Ahnung. Von meinen Leuten war es jedenfalls keiner.«

»Ihre Leute?«

»Die fünf Forstarbeiter, die hier fest angestellt sind. Aber die Männer geben sich mit solchem Kleinzeug gar nicht erst ab. Für die zählt nur, was dick genug ist, um ihm mit der Kettensäge zu Leibe zu rücken.«

»Und sonst? Sind Ihnen in der letzten Zeit irgendwelche Jugendlichen aufgefallen?«

»Jugendliche?« Behnke kratzte sich am Kopf. »Da hinten bei der Kirche ist ein Gymnasium, und manchmal sind die Schüler hier im Wald … Biounterricht in der Natur. Oder Sport.«

»Ich meinte eher … na ja, Jugendliche, die auf Krawall aus sind.«

Behnke lachte. »Hier? Freiwillig? Nee, das ist doch viel zu viel Natur hier. Hier gibt's Käfer und Würmer und Matsch.« Er schüttelte den Kopf. »Wenn Sie wüssten, was ich manchmal zu hören bekomme, wenn ich eine Schülergruppe betreuen muss. Die meisten fahren doch lieber in die City oder hängen da hinten in der Fußgängerzone rum.« Er machte eine unbestimmte Handbewegung in Richtung Norden, wo die U-Bahn-Station und eine kleine Einkaufsstraße lagen. »Von denen will sich doch keiner dreckig machen.«

Berg sah den Förster nachdenklich an. Er wirkte ausgesprochen offen und sympathisch, aber Max war Polizist genug, um sich nicht davon bestechen zu lassen. »Wohnen Sie eigentlich hier irgendwo in der Nähe?«

»Ja, im Bondenwald. Direkt am Waldrand.«

»Und wo waren Sie gestern Abend zwischen elf und drei Uhr?«

»Zu Hause. Meine Freundin war auch da.« Er nickte. »Ja, ich hätte es innerhalb kürzester Zeit hierher schaffen können. Nein, es ist zu weit weg, um etwas gehört zu haben.«

Für alle Fälle ließ sich Max den Namen und die Adresse der Freundin geben. »Ich würde mich gerne noch einmal mit Ihren Angestellten unterhalten«, sagte er. »Vielleicht ist einem von ihnen etwas aufgefallen?«

Der Förster wiegte den Kopf. »Ich glaube kaum. Im Moment haben wir am anderen Ende des Geländes zu tun. Hier in dieser Ecke war ich selbst schon eine ganze Weile nicht mehr. Und ob den Männern so was wie umgesetzte Pflanzen auffallen würde … Aber ich fürchte«, er hob bedauernd die Hände, »die Kollegen sind ohnehin schon alle weg. Wochenende und öffentlicher Dienst, da haben Sie am Freitagnachmittag schlechte Karten.«

Max runzelte die Stirn. Das Problem kannte er. Blieb noch die Möglichkeit, die Leute zu Hause aufzuspüren, aber das lohnte sich eigentlich nur, wenn die Aussicht bestand, dass er dabei etwas Neues erfuhr. Seufzend hob er die Schultern. »Ich denke, das hat Zeit bis Montag. Falls Ihnen vorher noch etwas einfällt, oder einem Ihrer Leute, rufen Sie mich bitte an.«

Er reichte Tobias Behnke seine Karte und schaute sich noch einmal um. Im Sonnenlicht bildeten die Blätter der Bäume ein mildgrünes Dach. Obwohl es ein heißer Tag war, herrschte hier im Halbschatten eine angenehme Temperatur. Keine zwanzig Meter entfernt hörte er Wasser plätschern. Das musste die Kollau sein, ein kleiner Bach, der irgendwo im Norden Hamburgs entsprang und in die Tarpenbek mündete, einen der vielen Alsterzuflüsse. Direkt hinter der Kollau verlief ein Bahndamm, auf dem ausgerechnet jetzt ein endlos langer Güterzug vorbeirauschte und eine ganze Weile jede Unterhaltung unmöglich machte.

Behnke bemerkte Max' Unmut über den Krach und hob die Schultern. »Wir sind eben in der Stadt«, sagte er, als der Zug vorbeigefahren war und man sich wieder ohne Schreien verständigen konnte. Dann hellte sich seine Miene auf. »Warten Sie, da fällt mir ein, dass das Gelände hier gerade kartiert wird.«

Max legte den Kopf schräg. Er hatte keine Ahnung, wovon der Mann sprach.

»Im gesamten Hamburger Stadtgebiet wird in regelmäßigen Abständen von zehn, fünfzehn Jahren nachgeschaut, was da so kreucht und fleucht. Ich hatte letzte Woche eine Benachrichtigung von der Behörde für Stadtentwicklung und Umweltschutz in der Post, dass jetzt das Niendorfer Gehege an der Reihe ist.«

»Und wie läuft das im Einzelnen ab?«

»Soweit ich weiß, schickt die Behörde einen Vertreter, der hier eine Bestandsaufnahme macht. Gesehen habe ich den allerdings noch nicht, es hat sich auch niemand bei mir gemeldet.«

»Das heißt, wenn jemandem so etwas wie eine umgesetzte Pflanze aufgefallen sein könnte, dann diesem Mitarbeiter?«

»Davon gehe ich aus.«

»War in dem Schreiben vielleicht eine Telefonnummer angegeben?«

»Bestimmt. Kommen Sie, ich suche Ihnen den Schrieb raus. Aber«, erklärte Behnke, nachdem er den Weg zurück zur Försterei eingeschlagen hatte, »da werden Sie jetzt auch niemanden mehr erreichen.«

Tobias Behnke hatte natürlich recht. Noch im Niendorfer Gehege fuhr Max Berg auf den Seitenstreifen und rief von seinem Handy aus die Nummer an, die der Förster ihm gegeben hatte, aber dort meldete sich niemand. Inzwischen war es fast halb sechs, und er vermutete, dass auch im Polizeipräsidium niemand mehr sein würde. In diesem Fall hatte er sich allerdings getäuscht. Als er probeweise Linas Büronummer wählte, nahm sie sofort ab. Im Hintergrund hörte er das Klappern ihrer Tastatur.

»Hi, du bist ja noch da.«

»Fünfunddreißig.«

»Wie bitte?«

»Ich bin jetzt bei der fünfunddreißigsten Nummer. Erinnerst du dich? Die Liste.«

»Du Ärmste.« Max beobachtete eine Gruppe Jogger, die auf dem Waldweg neben ihm vorbeiliefen. Sie waren alle gut trainiert und hatten einen ganz passablen Laufstil. Niemand schlenkerte mit den Armen und Beinen wie ein Hampelmann. »Ist wenigstens etwas dabei herausgekommen?«

»Vielleicht. Ein Mann erinnert sich an Philip Birkner und die Frau, weil die beiden die Waldschänke kurz nach ihm verlassen haben. Er stand mit seiner Frau auf dem Parkplatz, und sie haben beobachtet, wie das Pärchen torkelnd im Wald verschwand. Offensichtlich mussten sie sich aneinander festhalten, um nicht umzufallen, aber sie waren quietschfidel und kicherten die ganze Zeit.«

»Konnte er eine brauchbare Personenbeschreibung abgeben?«

»Das nicht, aber er hat gehört, wie die Frau zu Birkner sagte, sie wolle ihm ihren Stab zeigen.«

Max runzelte die Stirn. »Ihren Stab zeigen? Was zum Teufel soll das denn heißen?«

»Frag mich was Leichteres. Ich habe extra noch einmal nachgefragt, aber der Zeuge war sich ganz sicher, auch dass sie *ihm* den Stab zeigen wollte, nicht umgekehrt. Er meinte, er hätte sich sogar mit seiner Frau darüber unterhalten, ob sie wohl ihren Lockenstab irgendwo im Wald verbuddelt hat.«

Lina schwieg, und Max hörte erneut das leise Klappern, bis er das energische Klicken der Entertaste vernahm. Dann gähnte sie. »Und was hast du rausgefunden?«

»Nicht viel. Birkners ehemaliger Angestellter, Frank Jensen, war nicht da, aber anscheinend hat seine Frau ihn vor Kurzem verlassen. Meine Zeugin ist allerdings eine demente Sechsundachtzigjährige, die sogar vergessen hat, dass sie einen Urenkel hat.« Er blickte aus dem Fenster in das viele Grün um ihn herum. »Und gerade eben habe ich mich nett mit dem Revierförster unterhalten. Stell dir vor, dein Arbeitsplatz ist ein Wald, in dem du auch wohnen musst. Ein altes Forsthaus als Dienstwohnung, zumindest theoretisch. Nicht schlecht, was?«

»Höre ich da etwa Neid aus deiner Stimme? So kenne ich dich ja gar nicht.« Irgendetwas knisterte in der Leitung, vermutlich aß Lina gerade ein Brötchen direkt aus der Tüte. »Aber du hast mich doch bestimmt nicht angerufen, um mir von deinem neuen Traumberuf vorzuschwärmen und die Enkel von dementen Damen zu bedauern.«

Max lachte. Sie kannte ihn verflixt gut. »Du hast recht. Ich wollte dich fragen, ob du morgen mit zu Frank Jensen kommst. Seine Nachbarin, die bereits mehrfach erwähnte demente Dame, meinte, er würde im Moment nur trinken. Unter Umständen stehen also unsere Chancen nicht schlecht, ihn morgen früh zu erwischen.«

»Wie früh?« Lina gab sich keine Mühe, ihren Argwohn zu verbergen.

»Gegen elf?«

»Das geht gerade noch.«

»Also gut. Ich hol dich ab.«

6. KAPITEL

Die Doppelhaushälfte in der kleinen Seitenstraße sah heute nicht freundlicher aus als gestern. Am Vortag hatte immerhin noch die Sonne geschienen, während jetzt der Himmel bedeckt war und ein kühler Wind wehte. Im Gegensatz zu gestern früh fühlte sich Lina heute allerdings schon fast topfit. Sie hatte den Wecker auf neun Uhr gestellt, hatte ausgiebig geduscht, sich anschließend Brötchen geholt und in Ruhe gefrühstückt. Mit zwei Tassen Kaffee im Bauch konnte ihr die Welt nichts mehr anhaben.

Jetzt standen sie vor der Tür, und Max drückte auf den Klingelknopf. Nichts regte sich. Er klingelte erneut, bis er schließlich, als sie immer noch nichts hörten, die Hand hob, um anzuklopfen. Doch kaum hatten seine Knöchel das Holz berührt, schwang die Tür mit einem leisen Quietschen auf. Sie war nur angelehnt gewesen.

Max und Lina sahen sich unschlüssig an, dann nickten sie beinahe gleichzeitig. Vorsichtig stieß Max die Tür ganz auf.

»Hallo?«, rief er mit lauter Stimme. »Herr Jensen? Sind Sie zu Hause?«

Beide blieben stehen und lauschten. Nichts. Aus dem Inneren des Hauses wehte ihnen ein muffiger, stechender Geruch entgegen. Langsam machte Max einen Schritt nach vorn, Lina folgte dicht auf.

Im Flur stolperten sie fast über einen Haufen Schuhe. Ein gutes Paar mit Ledersohle, das noch leidlich passabel aussah und nur von einer dünnen Staubschicht überzogen war, ein paar leichte Turnschuhe und schwere Wanderstiefel, bei denen eingetrockneter Dreck in der Sohle klebte. Frank Jensen hatte Schuhgröße 44, was ausgesprochen gut zu den Fußspuren am Tatort passte.

Das Wohnzimmer war komplett ausgeräumt: kein Sofa, kein Regal, keine Schrankwand. Nur ein einsamer Sessel und ein alter Fernseher auf dem Fußboden. Neben der Küche lag ein kleines Büro, der Tisch mit dem Computermonitor war mit einer dicken Schicht aus Zetteln und Briefen bedeckt, von denen ein paar schon auf den Boden gerutscht waren. Auf einem der Schreiben erkannte Lina das Logo des Amtsgerichts und unter Betreff das Wort »Zwangsräumung«. Die Tastatur des Computers war eingestaubt und seit Längerem nicht mehr benutzt worden. Vom Arbeitsplatz aus hatte man einen schönen Blick in den kleinen Garten mit altem Baumbestand und ein paar pflegeleichten Büschen. Doch der Rasen war schon seit Wochen nicht mehr gemäht worden, und nirgendwo blühte eine Blume. Lina wandte den Blick ab.

In der Küche entdeckten sie einen mit Krümeln und schmutzigem Geschirr übersäten Campingtisch. Vermutlich hatte an dieser Stelle einmal ein richtiger Küchentisch gestanden, mit Platz für eine vierköpfige Familie. Jetzt standen hier nur dieser klapprige Ersatz und ein Hocker. Die Arbeitsflächen waren ebenfalls schmutzig und fleckig.

Max rief noch einmal laut Frank Jensens Namen, wieder hielten sie inne, um zu lauschen, doch sie hörten immer noch nichts. Max deutete mit einer Kopfbewegung auf die schmale Treppe, die in den ersten Stock führte. Die oberste Stufe lag im Dunkeln, doch als Max den Lichtschalter betätigte, spendete eine nackte 40-Watt-Glühbirne im oberen Flur mattes Licht. Es war still, der Stadtlärm drang allenfalls gedämpft zu ihnen durch. Nur ein leises Summen war zu vernehmen, das Lina vorher nicht aufgefallen war. Langsam stieg Max die Treppe hinauf. Als er oben war, folgte Lina ihm. Das Summen wurde lauter. Als Lina etwa auf der Mitte der Treppe stand, wurde es auf einen Schlag stockdunkel. Sie konnte gerade noch einen Aufschrei unterdrücken, ehe sie begriff, dass die Glühbirne durchgebrannt sein musste. Max stieß vernehmlich die Luft aus, dann tastete er nach einer der verschlossenen Zimmertüren und stieß sie auf. Fahles Tageslicht fiel auf den schmalen Flur, und Lina stieg die restlichen Stufen empor.

Die Tür, die Max aufgestoßen hatte, führte ihn in ein ehemaliges Kinderzimmer. An den Wänden klebten Tapeten mit Tiermotiven, auf dem Boden lag ein Teppichboden mit Straßenmuster. Bis auf einen Schraubenzieher auf der Fensterbank und eine zusammengeknüllte Plastiktüte in der Ecke war der Raum leer. Im nächsten Zimmer hatte offensichtlich einmal ein kleines Mädchen gewohnt. Hundertfach lachte Prinzessin Lillifee von den Wänden herunter, der Fußboden war weich, plüschig und rosa. Auch dieser Raum war leer.

Als Max und Lina wieder auf dem düsteren, engen Flur standen, hörten sie jemanden stöhnen. Es könnte auch eine Mischung aus Schnarchen, Husten und Gähnen gewesen sein. Vorsichtig drückte Lina die Türklinke zu dem Raum herunter, aus dem das Geräusch gekommen war. Unterm Fenster lag eine Matratze direkt auf dem Fußboden, darauf zeichneten sich unter einer dünnen Wolldecke die Umrisse eines Körpers ab. Der Kopf mit den zotteligen Haaren und Bartstoppeln, die längst über das Stadium »gepflegter Dreitagebart« hinaus waren, war leicht zur Tür gedreht. Der Mann lag auf dem Rücken, eine Hand hatte er über die Augen gelegt, und er atmete durch den halb offenen Mund.

»Herr Jensen?«, rief sie leise.

Der Mann zuckte mit der Nase, dann kratzte er sich daran, als verspüre er einen Niesreiz. Er stöhnte kaum hörbar.

»Herr Jensen?«, wiederholte Lina, diesmal etwas lauter.

Erschrocken riss der Mann die Hand von den Augen, hob den Kopf und starrte Lina mit zusammengekniffenen Augen an. Sein Alter war schwer zu schätzen, irgendwo zwischen dreißig und fünfzig. An seinem Mundwinkel hing ein schleimiger Speichelfaden.

Max schob sich hinter Lina in den Raum, der einmal das Elternschlafzimmer gewesen sein musste. Auf dem Teppich waren noch die Abdrücke des Kleiderschranks und des Doppelbetts zu erkennen. Das Fenster war geschlossen, und es roch nach ungewaschenem Körper und Alkohol.

»Herr Jensen, ich bin Max Berg von der Kripo Hamburg. Das ist meine Kollegin Lina Svenson.«

Der Mann starrte sie an, ohne ein Wort zu sagen.

»Die Haustür war nur angelehnt, und auf unser Klingeln haben Sie nicht reagiert.« Geduldig sprach Max auf den Mann ein, doch dieser regte sich immer noch nicht.

»Wir haben ein paar Fragen an Sie. Würden Sie bitte aufstehen und mit nach unten kommen?«

Frank Jensen runzelte die Stirn und schien sich immer noch über die Anwesenheit der beiden wildfremden Menschen in seinem Schlafzimmer zu wundern. Sein Blick wanderte von Max zu Lina und dort vom Kopf bis zu den Füßen.

»Ich warte unten«, sagte sie und verließ den Raum.

Kurz darauf knarrten über ihrem Kopf die alten Holzdielen, sie hörte leises Gemurmel und Gefluche, dann lautes Gepolter, als Frank Jensen die Treppe heruntergestolpert kam. Max folgte ihm schweigend.

Frank Jensen schlurfte in die Küche, ohne sich um seine Besucher zu kümmern. Der Bund seiner Jeans rutschte fast über die Hüfte, die Hose hatte eine Wäsche dringend nötig, und das T-Shirt sah aus, als stammte es aus der Altkleidersammlung. Lina roch, dass er gestern Abend ausgiebig getrunken und längere Zeit nicht geduscht hatte.

Jensen nahm den einzigen Hocker in der Küche in Beschlag, sodass Lina und Max stehen mussten. Immer noch stumm suchte Jensen mit fahrigen Bewegungen auf dem Tisch herum, bis er eine Schachtel Zigaretten gefunden hatte. Seine Hände zitterten, als er sich eine ansteckte. Die Luft war stickig, und ohne zu fragen, ging Max zum Küchenfenster und riss es auf. Jensen hob nicht einmal den Kopf.

»Herr Jensen, wir ermitteln in einem Mordfall, der sich vorletzte Nacht zugetragen hat.« Keine Reaktion. Jensen balancierte leicht schwankend auf der Hockerkante. »Sie kennen doch Philip Birkner, nicht wahr?«

Endlich hob Jensen den Kopf und blickte zu Max auf, der die Frage gestellt hatte. »Er wurde in der Nacht von Donnerstag auf Freitag umgebracht.«

Jensen rülpste, dann bekam er einen Schluckauf, der seinen Bauch wackeln ließ. Es dauerte eine Weile, bis Lina merkte, dass es kein Schluckauf war, sondern dass der Mann lachte. Schließlich holte er tief Luft und sagte: »Gut so.«

Lina und Max sahen sich an.

»Herr Jensen, ich muss Sie fragen, wo Sie Donnerstagnacht zwischen elf und drei Uhr waren.«

Jensen rülpste noch einmal. Dann runzelte er die Stirn, als müsste er angestrengt nachdenken. »Hier«, sagte er schließlich. Seine Stimme klang verwaschen, als hätte er seinen Rausch noch nicht einmal ansatzweise ausgeschlafen. »Erst inner Kneipe und dann hier.«

»In welcher Kneipe?«, fragte Max geduldig.

»Weiß nicht. Bin rumgezogen.« Jensen runzelte die Stirn. »Im Almira, glaub ich. Und im Azaley. Oder Tropicana. Oder in dieser einen Spelunke, wie heißt die noch, in der einen Straße, in der Nähe vom Markt, oh Mann.« Er fuhr sich mit der Hand übers Gesicht.

»Waren Sie allein?«

Der Mann nickte. »Im Almira hab ich Dirk getroffen. Oder Dieter? Nee, Dirk heißt der. Hab ich schon öfter da gesehen. Oder war's im Tropicana?« Er hickste erneut, dann begann er zu nicken und schien gar nicht wieder aufhören zu können. »Philip, dieser Schnösel«, erklärte er schließlich mit schleppender Stimme, »der hat mir das alles hier eingebrockt.« Er machte eine unbestimmte Handbewegung, die den Tisch und die Bierflaschen und die Küche und das ganze Haus, das kein Zuhause mehr war, mit einschloss. »Dieser Scheißkerl hat mich ruiniert. Lief alles super, ich dachte, klasse, endlich 'n richtig guter Job, und dann: Peng. Pustekuchen.

Herr Birkner hat mich gelinkt. Nach Strich und Faden. Hat 'nen Dummen gesucht und mich gefunden.« Er hickste und sah nach, ob in einer der Flaschen auf dem Tisch noch ein Schluck Bier war, doch Max suchte schon in den leeren Schränken nach einem Glas. Er ließ Wasser aus dem Hahn einlaufen und reichte es Frank Jensen. Dieser trank, ohne abzusetzen, dann schüttelte er den Kopf. »Und der ist jetzt tot, sagen Sie?«

Zum ersten Mal schien er Max richtig wahrzunehmen. Dann wanderte sein Blick zu Lina.

»Wer war's denn?«

Als weder Lina noch Max antworteten, begann er zu lachen, krächzend und hustend, als wüsste sein Körper nicht mehr genau, wie das geht.

»Sie glauben, ich war's?« Er schnaubte. »Na super, das hat mir jetzt noch gefehlt. Aber was soll's. Is eh alles für'n Arsch. Job weg, Frau weg, Wohnung weg … vielleicht war ich's ja wirklich. Wer weiß?« Er holte tief Luft. »Verdient hat er's jedenfalls.« Der Mann schüttelte den Kopf.

»Herr Jensen, ich muss Sie bitten, uns auf das Polizeipräsidium zu begleiten.« Max zögerte. »Möchten Sie sich vielleicht vorher umziehen?«

Jensen blickte an sich herunter, und zum ersten Mal schienen ihm die Flecken auf der Hose und dem T-Shirt aufzufallen. Er sackte in sich zusammen und nickte stumm.

»Kommen Sie.« Max half dem Mann auf die Beine und die Treppe hinauf in den ersten Stock. Lina wartete vor der Tür, während Frank Jensen sich im Badezimmer frisch machte. Im Schlafzimmer entdeckte Max ein Regal mit ein paar T-Shirts und Hemden und an einem Haken an der Wand zwei Anzüge, die noch in den Plastikhüllen der Reinigung steckten. Er nahm einen der Anzüge aus seiner Plastikumhüllung und hängte ihn sich über den Arm. Mit einem weißen Hemd in der anderen Hand sah er aus wie ein Kammerdiener.

Im Badezimmer rauschte das Wasser, doch sonst war kein Geräusch zu hören. Max sah Lina an. Sie klopfte an die Tür. »Herr

Jensen?«, fragte sie laut. Keine Antwort. Sie legte die Hand auf die Klinke. Es war abgeschlossen. Nach einem kurzen Seitenblick auf Max rannte sie die Treppe hinunter und raus in den Garten. Sie schaute nach oben. Das Veluxfenster des Badezimmers stand offen, eine nackte Gestalt klammerte sich an die Regenrinne an der Hausecke. Lina sagte nichts, um den Mann nicht zu erschrecken, doch Frank Jensen kletterte mit einer für seinen Zustand erstaunlichen Geschicklichkeit an der Rinne herunter. Den letzten Meter sprang er. Er ging in Hocke und kam nicht wieder hoch.

Lina schlenderte langsam auf ihn zu. »Bleiben Sie man lieber hier, Herr Jensen. So nackig können Sie doch nicht auf die Straße.«

Sie fasste seinen linken Arm, um ihm aufzuhelfen, doch er versuchte sie abzuschütteln, geriet aus dem Gleichgewicht und blieb zusammengekrümmt auf dem Boden liegen.

Inzwischen war Max hinzugekommen, den Anzug immer noch über dem Arm. »Das war keine gute Idee, Herr Jensen«, sagte er und klang, als täte es ihm aufrichtig leid.

»Ich weiß. Sorry«, murmelte der nackte Mann und versuchte, seine Blöße zu bedecken.

Lina und Max zogen ihn mit vereinten Kräften hoch. Frank Jensen wehrte sich nicht, aber er gab sich auf keine große Mühe, ihnen zu helfen. Mit Max' Unterstützung schlüpfte er in die Anzughose und das Hemd, dann hängte Lina ihm die Jacke über die Schultern. Er war bleich und aufgeschwemmt, als würde er sich schon seit Längerem vor allem von Bier und Fastfood ernähren.

»Kommen Sie.«

Lina rannte noch einmal zum Haus, um die Tüte mit der getragenen Kleidung, die Wanderstiefel sowie das gute Paar Lederschuhe zu holen. An einem einsamen Nagel im Flur entdeckte sie einen Schlüssel und schloss damit die Haustür hinter sich ab.

In ihrem Büro im Präsidium wartete eine Nachricht von Hanno auf sie. *Obduktionsbericht ist da. Kommt mal rüber, wenn ihr wieder hier seid.* Während Lina rasch die Tüte mit der sichergestellten Kleidung und die Stiefel zur Spurensicherung brachte, klopfte Max bei seinem Chef an den Rahmen der offen stehenden Tür. Hanno blickte auf, genau wie Sebastian, der ihm gegenüber auf einem der Besucherstühle saß.

»Und, wie ist es gelaufen?«

»Wir haben Frank Jensen mitgebracht.« Max setzte sich auf einen freien Stuhl. »Nachdem wir ihn aus dem Schlaf geklingelt haben. Wir versuchen nachher mal, uns mit ihm zu unterhalten. Könnte aber auch sein, dass er erst noch seinen Rausch ausschlafen muss.« Dass der Verdächtige einen Fluchtversuch unternommen hatte, erwähnte er nicht. »Lina ist gerade bei der Spusi, sie sollen ein Team hinschicken und sich mal umsehen.«

Hanno nickte. »Gut. Sotny hat den Obduktionsbericht gemailt«, sagte er und wedelte mit einem mehrseitigen Computerausdruck herum. »Erfreulich übersichtlich. Birkner hat mehrere Schläge auf den Kopf erhalten, allerdings mit verschiedenen Tatwerkzeugen. Zwei Schläge stammen vermutlich von einem kräftigen Stock, die haben aber nicht mehr als ein paar Kratzer hinterlassen. Mindestens drei Schläge stammen von einem stumpfen, harten Gegenstand, vermutlich einem Stahlrohr oder Ähnlichem, von denen einer tödlich war.« Hanno überflog geübt die medizinischen Fachbegriffe, die für ihn nicht weiter von Belang waren. »Ansonsten hatte er nur noch eine weitere Verletzung: ein Riss in einer kleinen Ader im linken Skrotum mit anschließender erheblicher Schwellung.« Er verzog das Gesicht. »Nicht lebensgefährlich, aber äußerst schmerzhaft.«

»Mit anderen Worten, jemand hat ihm gewaltig in die Eier getreten«, stellte Sebastian klar.

»Wem wurde in die Eier getreten?«, frage Lina von der Tür. »Dir?«

»Philip Birkner.« Hanno wiederholte kurz, was er gerade seinen Kollegen erklärt hatte.

»Und sonst?«, fragte Max.

»Nichts sonst. Birkner war kerngesund, hat anscheinend regelmäßig Sport getrieben und sich leidlich gesund ernährt. Keine Krankheiten, die Organe und sämtliche Laborwerte, die Sotny bis jetzt ermitteln konnte, sind allesamt unauffällig. Allerdings hatte er etwa 1,8 Promille im Blut, als er starb.«

»Passt zu dem, was das Personal aus der Waldschänke erzählt hat«, sagte Lina.

»Gegessen hat er eine Salamipizza, die er allerdings größtenteils wieder erbrochen hat. Zwischen der Mahlzeit und Birkners Tod sind etwa vier bis fünf Stunden vergangen.« Hanno sah Lina an. »Weißt du, wann er die Pizza gegessen hat? Haben die in der Waldschänke was gesagt?«

Lina musste nur kurz überlegen. »Sein Essen kam, kurz bevor die Band anfing zu spielen, gegen Viertel vor acht. Das heißt, er ist zwischen Viertel vor zwölf und Viertel vor eins gestorben.« Sie räusperte sich. »Hat sich die unbekannte Zeugin aus der Waldschänke gemeldet?« Kopfschütteln bei Hanno, Schulterzucken bei Sebastian. Nichts, obwohl seit gestern Abend im Regionalfernsehen und den Zeitungen ausführlich über den Fall berichtet wurde.

»Entweder, sie hat's noch nicht mitbekommen, oder sie war's«, schlussfolgerte Sebastian.

»Du meinst, die Frau aus der Kneipe könnte Birkner erschlagen haben?« Hanno machte ein interessiertes Gesicht.

»Wieso nicht? Vielleicht hat er sie mal abblitzen lassen, und sie sinnt auf Rache. Bei dem Konzert macht sie sich an ihn ran, lockt ihn in den Wald, verpasst ihm einen Tritt in die Eier, brät ihm erst mit einem Stock eins über und dann mit was Härterem.« Sebastian zog einen Mundwinkel nach unten und sah Lina direkt an. »Solche Frauen soll's ja geben, die es gar nicht gerne haben, wenn man sie nicht genügend beachtet.«

»Es soll auch Frauen geben, die sich erfolgreich gegen ihre Vergewaltiger zur Wehr setzen«, sagte Lina, ohne Sebastians Blick auszuweichen. Alle in dieser Runde hatten mitbekommen, wie Sebastian vor zwei Jahren, als Lina neu ins Team kam, sie penetrant angebaggert hatte. Er hatte erst Ruhe gegeben, nachdem Lina ihn bei einem gemeinsamen Selbstverteidigungstraining gewaltig zur Schnecke gemacht hatte, sodass er drei

Tage später noch humpelte. Seitdem war er ihr in inniger Feindschaft zugetan.

Ehe Sebastian etwas darauf erwidern konnte, sagte Max ruhig: »Aber wie passen die vielen Spuren dazu? Und vergiss nicht, die Frau hatte auch einiges getrunken.«

Sebastian öffnete den Mund, doch Hanno unterbrach ihn. »Max, was ist mit dieser Tanja Fischer?«

Kopfschütteln. »Weder telefonisch noch persönlich erreichbar. Ich war heute Morgen noch einmal bei ihrer Wohnung und habe eine Nachbarin aufgetan, die meinte, dass Frau Fischer häufig für ein paar Tage verreise, vermutlich beruflich.« Max sah auf seine Notizen. »Sie beschreibt Tanja Fischer als mittelgroß und schlank, Anfang bis Mitte dreißig, mit Brille.«

»Hm«, machte Hanno. »Das passt doch zur Personenbeschreibung von der Unbekannten in der Waldschänke, oder?«, fragte er Lina.

»Ja. Aber auch auf schätzungsweise dreißig Prozent der Frauen in Hamburg.«

Hanno seufzte. »Also abwarten und weitersuchen. Sebastian, was gibt es Neues von den U-Bahnhöfen?«

»Die Aufnahmen der Überwachungskameras sind gerade gekommen«, sagte Sebastian. Man hörte ihm an, dass er immer noch sauer war. »Ich sehe sie mir gleich an.«

»Gut.« Er sah Max und Lina an. »Und was ist mit diesem Jensen? Warum habt ihr ihn mitgebracht? Hat er gestanden?«

»Das nun nicht gerade, aber er kann sich nicht erinnern, was er am Donnerstagabend getrieben hat. Und er hat Philip Birkner beschuldigt, ihn ruiniert zu haben.« Max fasste zusammen, was im Haus von Frank Jensen geschehen war. Nach kurzem Zögern erzählte er von Jensens Fluchtversuch.

Hanno runzelte die Stirn. »Du hast also einen Verdächtigen unbeaufsichtigt gelassen?«

»Hanno, der Mann war schwer verkatert und konnte die Augen kaum offen halten. Und das Badezimmer lag im ersten Stock.« Max holte tief Luft. »Ich wollte ihm einfach die

Chance geben, sich zusammenzureißen, ehe wir ihn hierherbringen.«

Sein Chef schüttelte den Kopf. »Du bist einfach zu weich für diesen Job«, sagte er, nur halb im Scherz.

»Besser zu weich als zu hart«, sagte Max leise.

Kurz darauf saßen er und Lina in einem der Vernehmungszimmer dem Verdächtigen gegenüber. Jensen trug Hemd, Anzug und Schuhe, dazu hatte Max ihm ein Paar von seinen eigenen Socken geliehen, von denen er stets ein Ersatzpaar in seiner Schreibtischschublade aufbewahrte. Jetzt wirkte er leidlich wie ein normaler Mensch und hielt sich an einem Kaffeebecher fest, den Lina ihm in die Hand gedrückt hatte. Vor ihm auf dem Tisch stand ein Teller mit zwei Brötchenhälften, die er beäugte, als wüsste er nichts damit anzufangen. Als er zögernd nach der ersten Hälfte griff, vorsichtig ein kleines Stückchen abbiss und langsam kaute, stand Max auf und schaltete das Licht ein. Es hatte zu regnen begonnen, und die Vernehmungsräume lagen nach Norden raus.

Er stellte das Tonbandgerät an und nannte seinen und Linas Namen sowie das Datum.

»Herr Jensen, wir vernehmen Sie heute als Zeugen im Mordfall Philip Birkner. Ich weise Sie darauf hin, dass Sie nichts sagen müssen, womit Sie sich selbst belasten würden. Machen Sie von Ihrem Zeugnisverweigerungsrecht Gebrauch?«

Jensen schüttelte den Kopf.

»Herr Jensen, bitte sprechen Sie ins Mikrofon. Kopfbewegungen können wir leider nicht aufzeichnen.« Max klang ruhig und höflich wie immer.

»Nein, ich hab nichts zu verbergen.«

»Kannten Sie Philip Birkner?« Dabei schob er ein Bild des Toten über den Tisch, auf das Jensen nur einen flüchtigen Blick warf.

»Ja. Er war mal mein Chef.«

»Wann?«

»Fünf Jahre lang, von 2004 bis 2009.«

»Was geschah dann?«

»Er musste mit seiner Firma *Inoware* Insolvenz anmelden und alle Mitarbeiter entlassen.«

»Bei der Vernehmung in Ihrem Haus sagten Sie, Philip Birkner hätte Sie ruiniert. Bleiben Sie bei dieser Aussage?«

Jensen nickte. »Ja.«

»Erklären Sie bitte, wie Sie zu dieser Einschätzung kommen«, sagte Max sachlich.

Frank Jensen holte tief Luft. »Philip Birkner hat mich eingestellt, als er seinen Laden neu aufgemacht hat. Ich bin Programmierer, genau wie Philip. Am Anfang haben wir noch zusammen an der Software geschrieben, aber später hat er sich vor allem um die Kunden und die Akquise gekümmert. Er hat … hatte einfach ein Gespür dafür, wie er die Menschen um den Finger wickeln konnte.« Die Firma wuchs, Philip stellte weitere Mitarbeiter ein, die Aufträge kamen regelmäßiger und wurden umfangreicher. Etwa ein Jahr vor der Pleite zog Birkner einen Riesenauftrag an Land. Wesseling & Kröger, ein mittelständisches Unternehmen aus der Metallverarbeitung, mit Niederlassungen in Indien und Irland und mehr als fünfhundert Mitarbeitern, wollte von *Inoware* ein neues, maßgeschneidertes Softwarepaket zur internen Kommunikation und Datenverwaltung haben, das absolut sicher gegen Angriffe von außen sein sollte. »Natürlich«, erklärte Frank Jensen, »gibt es keine absolute Sicherheit, die beste Software ist in Windeseile veraltet, die Hacker schlafen schließlich nicht. Aber das hat Philip den Leuten natürlich nicht erzählt, sondern getan, als sei das alles kein Problem.« Frank Jensen hatte nicht nur das Konzept entwickelt, sondern auch die Programme größtenteils selbst geschrieben. Schließlich war man so weit, dass die neue Software installiert werden konnte. Und sie lief. Lief sogar sehr gut. Der Auftraggeber war begeistert, Philip Birkner ebenso. Frank Jensen bekam einen Bonus und eine dicke Gehaltserhöhung, nachdem er Birkner anvertraut hatte, dass schon öfter Headhunter versucht hatten, ihn abzuwerben. Doch er ließ sich von seinem Chef überreden, zumindest noch eine Weile zu bleiben.

Frank Jensen stellte den leeren Kaffeebecher ab und rieb sich die Stirn. »Könnte ich vielleicht etwas Wasser und eine Aspirin bekommen?«, bat er. Lina holte ihm eine frische Flasche Wasser aus dem Automaten im Flur und kramte eine Tablette aus ihrer Schublade. Als sie zurückkam, hatte Jensen auch die zweite Brötchenhälfte verdrückt.

»Danke«, sagte er, nachdem er die Tablette mit einem Schluck Wasser heruntergespült hatte. Seine Augen waren nicht länger blutunterlaufen, sondern nur noch klein und müde. Eine Haarsträhne fiel ihm in die Stirn, die Haut war fleckig.

»Und wie hat Philip Birkner Sie hereingelegt?«, fragte Max schließlich, um Frank Jensen wieder auf das Thema zurückzubringen.

Jensen zuckte die Schultern. »Die Software für Wesseling & Kröger wurde gehackt, und dafür hat er mir die Schuld gegeben. Aber ich war's nicht, echt nicht. Ich hatte überhaupt keine Ahnung. Kurz nach dem fünfjährigen Jubiläum ging es los, das weiß ich noch genau. Großer Empfang im Hotel Steigenberger, mehr als einhundert Gäste, Riesenbüfett, eigene Cocktailbar … Der Präsident der IHK hat ein Grußwort gesprochen. Es hieß, Philip Birkner sollte zum erfolgreichsten Jungunternehmer der Stadt gekürt werden.« Frank Jensen trank etwas Wasser direkt aus der Flasche. »Philip lief tagelang in Hochstimmung herum. War'n ein paar schöne Tage.« Er nahm noch einen Schluck Wasser, dann wischte er sich den Mund mit der Hand ab.

»Kurz nach der Party wurde das System des Kunden gehackt. Das allein war schon schlimm genug, immerhin hatten Wesseling & Kröger viel Geld dafür bezahlt, damit genau so etwas nicht vorkommt. Aber es kam noch schlimmer. Die Hacker hatten es offensichtlich auf die Daten für ein neues Produkt abgesehen, das kurz vor der Patentierung stand. Kurz darauf meldete nämlich eine Konkurrenzfirma von Wesseling & Kröger ein Produkt zum Patent an, und das war einem Prototyp, den Wesseling & Kröger in jahrelanger Arbeit entwickelt hatten, verdammt ähnlich. Dem Kunden von *Inoware* entstand ein Schaden in dreistelliger Millionenhöhe.«

Er schwieg und blickte aus dem Fenster. Regentropfen lieferten sich Wettrennen auf der Scheibe, dahinter war die Silhouette der City Nord zu erkennen. »Meine Software wurde als Einfallstor für den Hackerangriff ausgemacht. Als ich die Nachricht erhielt, konnte ich es zuerst nicht glauben. Ich *wusste*, dass ich gute Arbeit geleistet hatte. Der Fehler musste beim Kunden liegen. Vermutlich hatte dort jemand Unbefugtes oder ein von der Konkurrenz geschmierter Mitarbeiter an den Einstellungen herumgespielt. Oder die Konkurrenz war auf anderem Weg an die Daten gelangt.« Er seufzte. »Natürlich wurde die Sache untersucht. Es stellte sich heraus, dass der … Fehler tatsächlich auf unserer Seite lag. Und ich war für diese Sicherheitslücke verantwortlich.«

»Wie kam es, dass der Fehler nicht vorher aufgefallen ist?«, fragte Lina. »Haben Sie bei so einem wichtigen Auftrag das Programm nicht noch einmal kontrolliert, ehe es zum Kunden ging?«

Jensen hob langsam den Kopf. »So einfach ist das nicht, so ein Programm ist unglaublich umfangreich und besteht aus Tausenden von Einzelsequenzen. Natürlich hatte ich nicht alles komplett selbst geschrieben, sondern zum Teil auf fertige Module zurückgegriffen und die dann für den Kunden angepasst. Und natürlich hat Daniel Vogler, der zweite Programmierer, immer mal wieder einen Blick auf den Quellcode geworfen, schließlich weiß jeder, dass Fehler vorkommen können. Aber ihm ist nie etwas aufgefallen.«

»Und wieso«, fragte Max, »werfen Sie Philip Birkner vor, Sie ruiniert zu haben? Immerhin musste er mit seiner Firma Insolvenz anmelden. Genauso gut hätte er Ihnen vorwerfen können, *ihn* ruiniert zu haben.«

Jensen lachte bitter auf. »Hat er ja auch. Er hat mir vorgeworfen, die Sicherheitslücke bewusst eingebaut zu haben.« Er holte tief Luft. »Aber ich *war* es nicht. Ich bin schließlich kein Anfänger in meinem Job und weiß, worauf es ankommt. So ein bescheuerter Fehler wäre mir nie passiert, aber Philip hat mir nicht geglaubt und mich sogar angezeigt, nachdem die Sache mit dem Patentdiebstahl bekannt wurde. Aber ich *war* es nicht«, wiederholte er.

»Ist denn überhaupt klar, ob der Fehler absichtlich eingebaut wurde?«, fragte Lina. »Ich meine, jeder Mensch macht Fehler, und …«

»Klar, jeder Mensch macht Fehler«, sagte Jensen spöttisch, »aber ich schwöre Ihnen, *so* ein Fehler wäre mir aufgefallen, der wäre sogar einem Studenten im ersten Semester aufgefallen. Und außerdem – wieso hat die Konkurrenzfirma genau den Zeitpunkt abgepasst, um das System vom Wesseling & Kröger zu hacken? Normalerweise wäre dieser Fehler spätestens beim nächsten Update aufgefallen und behoben worden.« Er holte noch einmal tief Luft. »Irgendjemand muss den Quellcode manipuliert haben, als die Software bereits beim Kunden installiert, aber das erste Update noch nicht fertig war. Und dafür kamen nur Philip, Daniel und ich infrage. Ich war's nicht, bleiben also nur noch Philip und Daniel.«

Max und Lina wechselten einen Blick. Dieser Mann wirkte als zu Unrecht beschuldigtes Opfer recht überzeugend. Fragte sich bloß, ob er es wirklich war.

»Wesseling & Kröger forderten von Philip Schadensersatz in voller Höhe«, fuhr Frank Jensen fort, »und auch gleich die Rückerstattung der Kosten für die miserable Software, die sie bekommen hatten, obwohl die im Großen und Ganzen super zuverlässig lief. Philip versuchte, mir die ganze Schuld in die Schuhe zu schieben, aber *Inoware* ging trotzdem pleite.« Frank Jensen starrte auf den Tisch vor sich, den leeren Teller mit den Brötchenkrümeln schien er indes gar nicht wahrzunehmen. »Vier Monate nach dem fünfjährigen Jubiläum war der Laden dicht. Alle zwölf Mitarbeiter saßen auf der Straße. Philip hatte als Erster wieder einen Job.« Jensen lachte verbittert auf. »Ausgerechnet Philip.« Auch die anderen Mitarbeiter fanden nach und nach neue Stellen, nur für Frank Jensen sah es schlecht aus. Das Desaster hatte sich in der Branche herumgesprochen, und der Name, der in einem Atemzug mit »Patentdiebstahl« genannt wurde, war Frank Jensen. Da konnte er seine Unschuld beteuern, so oft er wollte. Spätestens, wenn in einem Bewerbungsgespräch der Name *Inoware* fiel, machte es bei seinem Gegenüber Klick und die Sache war gelaufen. Dass immer noch wegen Industriespionage gegen ihn ermittelt wurde, machte die Sache auch nicht besser.

»Wieso war Philip Birkner eigentlich so sicher, dass Sie die Daten manipuliert haben?«, fragte Max. »Hätte es nicht auch Ihr Kollege, dieser Daniel Vogler, gewesen sein können?«

»Genau das habe ich Philip auch versucht zu erklären. Aber der meinte nur, Daniel hätte damit garantiert nichts zu tun. Geld, Karriere – das alles interessiere ihn angeblich nicht, damit könne man ihn nicht locken. Ich meine, es stimmt schon, Daniel ist ein totaler Crack. Der gerät beim Anblick von schönen Quellcodes aus dem Häuschen wie andere Leute beim Betrachten schöner Gemälde.« Frank Jensen zuckte die Schultern. »Bliebe nur noch Philip selbst.«

»Aber was für ein Motiv sollte Herr Birkner gehabt haben?«, wollte Lina wissen.

Frank Jensen schaute zu Lina hinüber. »Waren Sie mal in seiner Wohnung? Beste Lage, Riesenzimmer, Designermöbel vom Feinsten. Hat er zusammen mit Frau Ansmann gekauft, kurz nachdem das Projekt Wesseling & Kröger abgeschlossen war.« Wieder dieses verbitterte Lachen. »Die Rechnung, die er der Firma geschrieben hatte, war zwar ziemlich gewaltig, aber *so* gewaltig nun auch wieder nicht.«

»Sie vermuten also, er hat von der Konkurrenz seines eigenen Kunden Geld angenommen, um nachträglich diese Sicherheitslücke einzubauen?«

»Wieso nicht?« Er hob die Schultern. »Könnte doch sein, dass er sich drauf verlassen hat, dass die Versicherung zahlt. Wer weiß, vielleicht hat er das Ding ja mit seiner Freundin zusammen gedreht.« Er seufzte schwer. »Ehrlich gesagt, ich weiß nicht mehr, was ich glauben soll.«

Max zog die Augenbrauen hoch. »Kennen Sie Frau Ansmann?«

»Klar, Philip hat sich doch von ihrer Firma beraten lassen, etwa ein Jahr vor der Pleite, vor allem zu Personalfragen. Wir mussten mal eine Mitarbeiterschulung bei ihr mitmachen, zum Thema ›Umgang mit wichtigen Kunden‹.« Frank Jensen zuckte die Schultern. »Keine Ahnung, was Philip an der gefunden hat. Okay, sie sieht klasse aus, hat wohl auch einigermaßen Kohle, aber mir kam sie immer ziemlich unterkühlt vor. Außerdem hatte ich den Eindruck, als sei sie eigentlich ein paar Nummern zu groß für ihn. Sie wissen schon, wie sie sich ausdrückt und kleidet … die hat einfach Stil.«

Lina malte Kringel auf ihren Notizblock.

»Ich wette mit Ihnen, dass sie ihm den neuen Job verschafft hat.« Er schnaubte verächtlich. »Während ich auf keinen grünen Zweig mehr gekommen bin. Wer will schon jemanden haben, der Programme schreibt, mit denen Patentdiebstahl zum Kinderspiel wird? Meine Frau hat wieder angefangen, Vollzeit zu arbeiten, damit wir über die Runden kamen. Aber nicht einmal das hat gereicht. Und ja, natürlich habe ich versucht, mich selbstständig zu machen.« Sein Lachen wurde von Mal zu Mal bitterer. »Einmal bekam ich sogar einen Auftrag. Eine Mitgliederverwaltung für den Handarbeitsverein Poppenbüttel. Plus Forum. Das Geld reichte gerade mal für eine Tankfüllung.«

Schweigen legte sich über den kleinen Raum. Erst jetzt fiel Lina auf, wie stickig es hier drin war. Sie stand auf und stellte das Fenster auf kipp. Draußen nieselte es. Auf dem Weg zurück zu ihrem Platz musterte sie Frank Jensen. Er wirkte wacher als heute Morgen, wacher und zorniger. Wenn seine Version der Geschichte stimmte, hatte er auch allen Grund dazu.

»Herr Jensen, wo waren Sie Donnerstagnacht?«, fragte sie, als sie sich wieder setzte.

Jensen zuckte die Schultern. »Ich weiß nicht genau. In ein paar Kneipen, ich bin so durch die Gegend gezogen. Ich kann mich nicht mehr erinnern, wo ich überall war.«

»Versuchen Sie's.«

Jensen seufzte. »Almira, Azaley, Tropicana, in den dreien bin ich am häufigsten.« Er schloss die Augen. »Aber im Azaley war ich schon länger nicht mehr, die Musik ist mir da eigentlich zu laut und das Bier zu teuer. Nein, es werden wohl das Tropicana und das Almira gewesen sein.«

»In welche Kneipen gehen Sie sonst noch?«

Weitere Namen konnte Frank Jensen nicht nennen, aber er beschrieb die Lage der Kneipen, so gut er konnte, und Lina notierte seine Angaben sorgfältig.

»Erinnern Sie sich, ob Sie sich mit jemandem unterhalten haben? Bei sich zu Hause sagten Sie, Sie hätten mit einem Dieter oder Dirk gesprochen.«

Jensen runzelte die Stirn. »Den sehe ich öfter im Tropicana, gut möglich, dass er auch Donnerstag da war.« Er schloss die Augen. »Ja, ich glaube ich habe mit ihm was getrunken und geredet.«

»Wann sind Sie nach Hause gekommen?«

»Keine Ahnung. Irgendwann ist Dirk, oder Dieter, abgezogen. Ich hab noch eine Weile am Tresen gesessen, mich mit meinem Nebenmann unterhalten … keine Ahnung, ob ich den vorher schon mal gesehen habe. Irgendwann bin ich dann aufgebrochen. Vermutlich bin ich direkt nach Hause gegangen.«

»Wann war das?«

Jensen hob die Schultern. »Woher soll ich das wissen?«

»Gibt es jemanden, der bezeugen könnte, wann Sie nach Hause gekommen sind?«, fragte Max.

Jensen lachte spöttisch auf. »Meinen Sie die Mäuse? Oder die Silberfischchen? Sonst wohnt da nämlich niemand mehr außer mir. Meine Frau ist vor fünf Wochen mit den Kindern ausgezogen. Oder sollte Ihnen das womöglich entgangen sein?«

»Nein, das war ja nicht zu übersehen.« Max blieb ruhig. »Ich meinte auch eher Nachbarn, vielleicht ein Taxifahrer, jemand, der mit seinem Hund noch einmal eine Runde dreht.«

Jensen zuckte die Schultern. »Keine Ahnung. Wenn ich ehrlich bin, kann ich mich nicht einmal daran erinnern, wie ich nach Hause gekommen bin. Filmriss. Absoluter Blackout.«

7. KAPITEL

Die Cafeteria war am Samstagnachmittag nur spärlich besucht. Max nahm einen Kräutertee und Lina einen Espresso. Die Brötchen in der Auslage sahen aus, als würden sie demnächst in Rente gehen, also nahm Lina lieber einen Salat, der immerhin noch in den besten Jahren zu sein schien. Max entschied sich für einen Joghurt mit Dosenfrüchten.

»Und? Was denkst du?«, fragte Lina, nachdem sie sich an einem Fensterplatz niedergelassen und den ersten Hunger und Durst gestillt hatten.

»Hm«, machte Max und schluckte in aller Ruhe ein Stückchen Ananas herunter. »Hört sich so an, als hätte Birkner viel eher Grund gehabt, auf Jensen wütend zu sein, als umgekehrt.«

»Aber Birkner hat sich wieder aufgerappelt, Jensen nicht.«

»Wofür Birkner ja nichts kann«, entgegnete Max. »Ich fürchte, Frank Jensen sieht sich zu sehr als armes, unschuldiges Opfer.«

Lina nickte. Ihr kam es auch merkwürdig vor, dass ein gut ausgebildeter Programmierer keinen neuen Job finden sollte, egal, was vorher passiert war. »Ob was an seiner Anschuldigung dran ist, Philip Birkner hätte den Fehler selbst eingebaut, um seinen eigenen Kunden zu schädigen?«

Max fischte ein Stückchen matschige Aprikose aus dem Joghurt. »Das halte ich für unwahrscheinlich. Das Risiko, dass die Sache auffliegt oder sein eigener Ruf darunter leidet, wäre doch viel zu groß.« Er steckte das Obst in den Mund und schluckte bedächtig. »Aber nehmen wir einmal an, er hätte sich wirklich darauf eingelassen. Dann hätte er mit Sicherheit einen ziemlichen Batzen Geld verlangt, den er irgendwie am Finanzamt vorbeigeschleust haben muss. Wie hat er das Geld gewaschen?«

»Vielleicht hat ihm seine Lebensgefährtin dabei geholfen?«, schlug Lina zwischen zwei Bissen vor. »Sie ist doch Unternehmensberaterin. Ein paar Seminare und Beratungen für Firma X, und schon kommt eine erkleckliche Summe zusammen.«

Max grinste. »Du magst diese Frau wirklich nicht.«

»Wieso? Wäre doch möglich, oder nicht?«

Max musste Lina zustimmen. Katja Ansmann war in einem Geschäftszweig tätig, in dem man unter »Beratung« alles Mögliche verkaufen und verpacken konnte. Doch nach kurzem Nachdenken schüttelte er den Kopf. »Das bringt uns nicht weiter, wir untersuchen hier keinen Fall von Industriespionage, sondern einen Mord. Dafür zählt nur, dass Frank Jensen offensichtlich eine schlechte Phase durchmacht und Philip Birkner dafür verantwortlich macht.«

»Aber warum bringt er ihn erst jetzt um, nicht schon vor zwei Jahren?«

Max legte den Löffel neben die Joghurtschale auf den Teller. »Vielleicht dachte er bislang immer, er könnte sich wieder berappeln. Aber jetzt hat er nichts mehr zu verlieren. Kein Job, kein Geld, keine Frau.«

»Keine Wohnung«, fügte Lina hinzu und erinnerte Max an das Schreiben des Amtsgerichts auf Jensens Schreibtisch.

»Vielleicht ist seine Wut deshalb noch mal so richtig hochgekocht.«

»Seine Schuhgröße stimmt jedenfalls.« Lina sah auf die Uhr. »Ich hab die Kriminaltechnik gebeten, die Sache vorzuziehen.« Sie grinste. »Hartmann hat nur gelacht.« Trotzdem würde der Kollege sich Mühe geben, so gut kannte sie ihn mittlerweile.

»Aber selbst wenn er im Wald war: Mit wem war er dort? Immerhin haben wir es vermutlich mit mehreren Tätern zu tun«, sagte Max. »Von denen einer eine Frau gewesen sein könnte.«

»Vielleicht Katja Ansmann?«

»Ach komm, das meinst du doch wohl nicht ernst«, sagte Max.

»Immerhin kannten sich die beiden.«

»Aber Jensen scheint sie nicht zu mögen. Würdest du mit jemandem, der dir unsympathisch ist, einen Mord begehen?«

Lina musste lachen. »Du stellst aber auch Fragen.« Dann wurde sie ernst. »Vielleicht tut er ja nur so, als könne er sie nicht ausstehen. Zur Tarnung.«

»Da tippe ich ja noch eher auf diese Unbekannte, mit der zusammen Birkner die Waldschänke verlassen hat.«

»Vielleicht ist Jensen mit einer Kneipenbekanntschaft in den Wald gefahren?« Lina nippte an ihrem Espresso. »Er heult sich bei jemandem aus, die Idee kommt auf, dem Mistkerl Birkner eine Abreibung zu verpassen, und auf geht's.«

Ehe Max etwas darauf erwidern konnte, rief jemand mit lauter Stimme: »Hier steckt ihr also!«

Hanno winkte ihnen zu, holte sich eine Cola und kam schließlich an ihren Tisch geschnauft. »Ich hab euch schon gesucht«, sagte er, als er sich setzte. »Und?«, fragte er und sah von einem zum anderen. »Wie läuft's mit Jensen?«

»Geht so«, sagte Max und erzählte von der Vernehmung. »Gestanden hat er zwar nicht, aber er hat ein Motiv, und sein Alibi gehört nicht gerade zu den besten.«

Hanno nickte, als hätte er so etwas schon erwartet. »Ich habe überprüft, ob wir etwas über ihn haben«, sagte er und nestelte umständlich ein vollgekritzeltes Blatt Papier aus der Jackentasche. »Vor zwei Jahren hat Philip Birkner Anzeige gegen ihn erstattet, wegen des Verdachts auf Industriespionage. Das Verfahren läuft noch. Beim Namen Birkner hat der Computer übrigens auch gleich Laut gegeben.« Tadelnd blickte er von einem zum anderen. »Wieso hat das eigentlich gestern keiner überprüft? Er war vor fünfzehn Jahren in einen Mordfall verwickelt, wenn auch nur am Rande. Birkner war damals neunzehn, als ein junges Mädchen aus seiner Schule umgebracht wurde, Julia Munz, achtzehn Jahre alt. Sie und Philip

Birkner waren einige Zeit zusammen gewesen. Kurz vor ihrem Tod haben sie sich getrennt.«

»Wer hat sie getötet?«

»Der Täter wurde nie gefunden. Birkner gehörte anfangs zu den Verdächtigen, da gerüchteweise das Mädchen sich von ihm getrennt hatte, wovon er wohl einigermaßen überrascht wurde, aber er war zum Zeitpunkt des Mordes gar nicht in der Stadt.«

Sie schwiegen eine Weile, Lina knabberte an ihrem Salat.

»Ja und?«, fragte Max. »Kommt da noch mehr?«

Hanno zuckte die Schultern. »Julia Munz ist nach einer Party in einem Park erwürgt worden, sie war halb entkleidet, ist aber nicht vergewaltigt worden. Möglicherweise wurde der Täter gestört, oder er wollte eine Vergewaltigung lediglich vortäuschen.«

»Sonst irgendwelche Spuren? Haare, Fasern, DNA?«

»Man hat DNA-Spuren sichergestellt, die man damals allerdings nicht verwerten konnte, da die Technik noch nicht ausgereift genug war. Außerdem fanden sich Haare von mindestens vier verschiedenen männlichen Personen an der Kleidung der Toten.«

»Also eine versuchte Gruppenvergewaltigung?«, fragte Lina.

Hanno schüttelte erneut den Kopf. »Eher nicht. Laut den Zeugenaussagen hat Julia Munz sich auf der Party recht … freizügig verhalten und sich mal dem einen, mal dem anderen an den Hals geworfen.«

Alle drei schwiegen erneut, bis Max schließlich aussprach, was alle dachten: »Hat das jetzt etwas mit unserem Fall zu tun oder nicht?«

Hanno lehnte sich zurück und nahm einen Schluck von seiner Cola. »Ich habe für alle Fälle die alten Akten angefordert. Falls uns mal die Ideen ausgehen, können wir ja einen Blick hineinwerfen.« Er wedelte mit dem Zettel in seiner Hand herum. »Vorerst habe ich hier noch was Frischeres. Die Liste mit den Telefonnummern aus Birkners Handy. Auffallend viele Frauen darunter.« Hanno blickte auf. »Jedenfalls für einen Mann, der in einer festen Partnerschaft lebt. Klemmt euch mal dahinter.«

Lina und Max sahen sich an. »Und was machen wir mit dem Jensen?«, fragte Max. »Ich würde ihn gerne erst noch einmal hierbehalten, bis wir sein Alibi überprüft haben.«

Hanno sah ihn zweifelnd an. »Wie war das noch – er gibt an, am Donnerstag eine Sauftour in Eppendorf gemacht zu haben. Und ihr meint, er sei danach ins Niendorfer Gehege gefahren, um seinen ehemaligen Chef zu erschlagen? Woher wusste er denn, dass Birkner im Wald war?«

»Möglicherweise hat er ihn am Abend beschattet, hat ihn mit zwei Leuten, die er angeheuert hat, zusammengeschlagen und ist anschließend in eine seiner Stammkneipen gefahren, um ein Alibi zu haben.« Lina merkte, wie der Strohhalm, an den sie sich klammerte, sich langsam auflöste.

»Hm«, machte Hanno. »Ihr wisst aber, dass das ziemlich an den Haaren herbeigezogen ist, oder?« Dann grinste er. »Sieht so aus, als stünde heute noch eine Kneipentour auf eurem Programm. Ihr habt es nicht anders gewollt. Aber wenn ihr nichts Eindeutiges findet, kommt Jensen heute noch raus, ist das klar?«

Am späten Samstagnachmittag war in der Gegend um den Eppendorfer Markplatz nicht besonders viel los. Die meisten der schickeren Geschäfte hatten schon geschlossen, für den abendlichen Kneipenbummel war es noch zu früh. Lina und Max schlenderten die Straßen entlang, sahen sich die Schaufenster an und schwiegen. Es hatte aufgehört zu regnen und war schwül und drückend. Lina zog ihre Jacke aus und band sie sich um die Hüfte.

Sie begannen im Almira, einer der Kneipen, die Frank Jensen öfter aufsuchte, möglicherweise auch am Donnerstagabend. Oder auch nicht. Denn in der kleinen Kneipe erinnerte sich niemand, den Mann auf dem Foto, das Max herumzeigte, am fraglichen Abend gesehen zu haben. Weder die Frau hinterm Tresen noch der Wirt noch ein Stammgast, der angab, so gut wie jeden Abend hier zu sein.

»Ich weiß, Willi«, sagte die Tresenkraft zu dem Endsechziger mit grauen Stoppeln im Gesicht, »ich frag mich schon lange, wieso du eigentlich noch zum Schlafen nach Hause gehst.« Die Frau sah aus wie Ende fünfzig, war vermutlich Mitte vierzig und schien zum Inventar zu gehören. Die Einrichtung war schäbig, die Getränkekarte überschaubar und zu essen gab's Schmalzbrot, Bockwurst und Gulaschsuppe. Doch das Almira war eine Raucherkneipe, weshalb es Frank Jensen vermutlich ab und zu hierherverschlug.

»Aber gesehen haben Sie den Mann schon einmal?«, hakte Max nach. Die Frau sah sich das Foto noch einmal an. »Doch, ja, klar. In der letzten Zeit war er öfter mal hier. Trinkt sein Bier, sagt aber nie viel.«

Lina betrachtete den Namen des Lokals, der in geschwungener Schrift über dem Tresen an die Wand gemalt war. Wie war dieser Laden bloß zu so einem Namen gekommen? »Bierhimmel« oder »Zur Krone« hätten besser gepasst als das leicht exotische Almira.

Der nächste Laden war das Tropicana. Hier hielt der Name eher, was er versprach: brasilianisches Flair, brasilianische Musik, brasilianische Bedienung, zumindest der Optik nach. Das Lokal war groß und hallenartig, eher Cocktailbar als Kneipe, und die Terrassentüren zum kleinen Vorgarten standen weit offen. Lina schlug vor, hier etwas zu trinken. Sie würde Max einladen.

»Das macht die Leute redseliger«, erklärte sie, der nicht entgangen war, dass die Menschen im Almira eher abweisend reagiert hatten, nachdem sie gesagt hatten, wer sie waren und was sie wollten.

»Meinetwegen«, erwiderte Max. »Ich nehme einen Orangensaft.«

»Oh, machst du heute mal einen drauf?«, fragte sie, doch ihr Kollege hob nur die Schultern.

Lina entschied sich für ein Bier, bezahlte die Getränke und hielt Max sein Glas hin. Sie kletterte auf einen der Barhocker und sah sich um. Es war noch nicht besonders voll, und die junge Frau hinterm Tresen schaute aufmerksam in die Runde. Sie war höchstens dreiundzwanzig, hatte milchkaffeebraune Haut, Korkenzieherlocken und ein einfach umwerfendes Lächeln. Lina winkte sie heran und schob ihr ein altes Bild von Frank Jensen über den Tresen, auf dem er wesentlich besser in Schuss war als heute.

»Sorry, hast du diesen Mann schon mal gesehen?«, fragte sie die Frau. »Wobei er heute etwas … kaputter aussieht.«

Die junge Frau beugte sich vor und betrachtete das Bild.

»Den hier?« Sie zuckte bedauernd die Schultern. »Tut mir leid, nie gesehen. Ist das dein Kerl? Hat er dich sitzen lassen?«

Lina zögerte einen Moment, dann nickte sie. »So ähnlich. Ich muss wissen, ob er Donnerstagabend hier war.«

Die junge Frau sah zu Max hinüber, der unbeteiligt an seinem O-Saft nippte, und wieder zu Lina. Die Neugier stand ihr ins Gesicht geschrieben.

»Das hier«, sagte Lina und klopfte Max auf die Schulter, »ist mein großer Bruder.« Max verschluckte sich fast an seinem Saft. Die Frau hinterm Tresen kicherte.

»Könnte einer von deinen Kollegen den Mann kennen?«, fragte Lina und tippte auf das Foto vor sich. »Oder dein Chef?«

»Vielleicht.« Sie schaute sich suchend um und winkte schließlich einen etwa dreißigjährigen, schwarzhaarigen Mann herbei, der gerade auf der Terrasse bediente. Er bewegte sich wie ein Tänzer, als er näher kam, und sein Lächeln reichte bis an die schmalen Koteletten. Seine Kollegin flüsterte ihm etwas zu, und er zwinkerte Lina zu, ehe er sich über das Bild beugte, das immer noch auf dem Tresen lag.

»Du bist also auf der Suche nach einem Mann?« Er hatte einen deutlichen Akzent, der portugiesisch sein könnte, aber genauso gut auch geschäftsfördernder Bühnendialekt. Seine Augen blitzten sie an, und Lina juckte es in den Fingern, doch noch ihren Dienstausweis zu zücken. Stattdessen klimperte sie wieder mit den Wimpern, und siehe da, der Mann sah sich das Bild prüfend an und nickte schließlich. »Aber ja, er war in der letzten Zeit öfter hier, aber ich kenne seinen Namen nicht. Er trinkt viel, meistens allein, unterhält sich nur manchmal mit anderen Gästen.« Er ließ das R rollen, dass es eine Freude war.

»Auch am Donnerstag?«

Der Mann wiegte den Kopf hin und her. »Kann ich nicht mit Sicherheit sagen.«

»Warst du Donnerstag allein hier?«

»Nein, Michele war noch hier. Und Linus.«

»Sind die heute Abend auch hier?«

»Michele kommt in einer halben Stunde. Aber Linus hat sich krankgemeldet.« Der Mann runzelte die Stirn. »Du stellst Fragen wie die Polizei. Was hat dein Mann denn angestellt?«

»Er ist nicht mein Mann.«

Sein Blick wanderte zu Max. Der hob sein Glas mit dem O-Saft und sagte: »Ich bin nur der große Bruder.«

Lina machte noch einmal ihr Wimpernklimpern. »Wir warten hier auf Michele, okay?«

»Gerne«, sagte der Mann und wandte sich ab.

»So, so«, hörte sie Max leise neben sich sagen. »Ich bin also dein großer Bruder.« Lina hörte seinen amüsierten Unterton.

»Hätte ich dich lieber als meinen Onkel vorstellen sollen?«

Max lachte, doch dann wurde er ernst. »Warum hast du nicht gesagt, dass wir von der Polizei sind?«, fragte er leise. »Du weißt doch, dass wir deswegen Ärger bekommen können.«

Sie zuckte die Schultern. »Ich hatte keine Lust.«

»Ach«, sagte Max.

Lina nahm einen großen Schluck Bier. Manchmal war Max ihr regelrecht unheimlich, und sie fühlte sich von ihm auf seltsame Art durchschaut, obwohl er nicht mehr als diese eine kurze Silbe von sich gegeben hatte. Aber so, wie Max das Wort aussprach und wie er Lina ansah, waren es mehr als nur diese drei Buchstaben. Sie schwieg lange. So lange, dass Max schließlich fragte: »Wie bist du eigentlich zur Polizei gekommen?«

Daraufhin lachte sie auf. Hob die Bierflasche, stellte fest, dass sie leer war, und bestellte sich noch eine. Erst nachdem die junge Frau mit dem umwerfenden Lächeln ihr eine neue Flasche gebracht hatte, grinste sie: »Wegen einer Wette.«

Max glaubte, sich verhört zu haben, was nur selten vorkam. »Wie bitte?«

»Ganz recht, ich bin wegen einer Wette zu den Bullen gekommen.«

»Du willst mich auf den Arm nehmen.«

Lina schüttelte den Kopf und trank noch einen Schluck Bier. »Ich weiß, das glaubt kein Schwein, aber es stimmt.«

Und sie erzählte Max von dem Abend vor acht, fast neun Jahren. Es war nach dem Kickboxentraining gewesen, sie war wie so oft mit ein paar anderen aus der Gruppe noch in die Kneipe gegangen. »Wir waren alle um die zwanzig, ein paar waren arbeitslos, ein paar studierten halbherzig, andere jobbten, einer machte eine Ausbildung zum Drucker. Ich war seit zwei Jahren an der Uni eingeschrieben, Ethnologie, aber ich hatte mir mehr davon versprochen und langweilte mich. Die Frage, wie Menschen in unterschiedlichen Kulturen ihr Leben bewältigen, wie sie es gestalten, wurde in den Veranstaltungen nur am Rande behandelt, obwohl es doch eigentlich der Kern des Faches sein sollte. Oder ich saß immer in den falschen Seminaren.« An jenem Abend in der Kneipe kam das Thema irgendwann auf Berufe und die Zukunftsperspektiven, die sich ihnen boten. Jemand warf den Satz in die Runde, die Sicherheit, die man als Beamter so hätte, wäre doch total cool. »Igitt, Beamte!«, hatte jemand anders geätzt, und dann ging es los mit der Aufzählung der Eigenschaften von Beamten, wobei sie kaum ein Klischee ausließen: faul, träge, bieder, reaktionär, fantasielos und absolut veränderungsresistent. Und die Bullen, das waren ohnehin die Schlimmsten. »Ich möchte ja zu gerne mal wissen, ob das wirklich stimmt«, hatte Lina nachdenklich gesagt. »Ich meine, ich kenne Bullen nur von Demos und Verkehrskontrollen, aber das können doch unmöglich nur Idioten sein.«

»Probier's doch aus«, hatte Lutz gesagt, »dann weißt du's.«

»Hm, wär vielleicht gar keine schlechte Idee.«

Die anderen hatten sich ausgeschüttet vor Lachen. Lina bei den Bullen? Lina, die schon als Kleinkind mit ihrer Mutter auf Demos gegangen war und die beim Anblick eines Uniformierten Zustände kriegte? »Das traust du dich nie!«, hatte Lutz gesagt.

»Und ob ich mich traue.«

»Nie im Leben.«

»Doch.«

»Nein.«

»Doch!«

Da konnte sie natürlich keinen Rückzieher mehr machen. Es wurde abgemacht, dass Lina sich bei der Bullerei bewirbt und, falls sie genommen wurde, vier Wochen durchhält. Sie musste hoch und heilig schwören, dass sie bei der Bewerbung nicht mogeln würde, um durchzufallen. Wenn sie es danach vier Wochen durchhielt, würden alle, die mit am Tisch saßen, eine Riesenparty für sie steigen lassen. Wenn sie vorher das Handtuch warf, würde sie einen Monat lang im Dojo das Klo putzen.

»Am Anfang habe ich das alles gar nicht ernst genommen, ich hätte ohnehin nie gedacht, dass die mich nehmen. Ich meine, meine Mutter hat früher Häuser besetzt und ist immer noch aktiv, du weißt schon, St. Pauli, Bündnis gegen Gentrifizierung und so. Aber trotzdem … ich hab die Aufnahmetests für die Kripo bestanden.« Sie lächelte schief. »Für die Schutzpolizei bin ich ja etwas zu kurz geraten, aber bei der Kripo haben ja sogar Zwerge eine Chance. Tja, und dann fing die Ausbildung an.«

»Und als deine vier Wochen um waren?«, fragte Max schließlich und bestellte noch einen Saft und ein Bier.

«Da gab's 'ne fette Party. Meine Kumpels hatten eine ganze Kneipe angemietet, jeder wusste Bescheid, ich war nur noch die Bullette, und alle lachten sich schlapp, weil wir, ausrechnet wir, es geschafft hatten, jemanden bei den Bullen einzuschleusen.«

Max legte den Kopf schräg, wie er es immer tat, wenn er über etwas, was der andere gesagt hatte, gestolpert war. »Das klingt, als hättet ihr in der Polizei den Feind gesehen.«

Lina sah ihn erstaunt an. »Natürlich! Was hast du denn gedacht? Sonst wäre diese Wette doch ein Witz gewesen. Der Verein sitzt direkt in St. Pauli, mitten auf dem Kiez. Die Hälfte der Leute war irgendwo politisch aktiv.« Sie zuckte die Schultern. »Die Bullen waren das Feindbild Nummer eins. Damit bin ich groß geworden, und so ist es bei einigen im Verein noch heute.« Sie nahm einen Schluck Bier und schwieg, die Ellenbogen auf den Tresen gestützt.

»Und warum bist du geblieben?«, fragte Max nach einer Weile leise.

Lina schwieg weiterhin. Einen Moment lang wunderte sie sich, dass sie hier so mit Max in der Kneipe sitzen und ihm erzählen konnte, was sie noch keinem anderen Kollegen erzählt hatte. Und worüber sie überhaupt nur mit wenigen Menschen sprechen konnte. Schließlich sagte sie: »Die Ausbildung war überraschend interessant, also blieb ich nach den ersten vier Wochen erst mal dabei. Bei einem meiner ersten Einsätze während der Ausbildung haben wir ein Bordell durchsucht. Wir fanden drei Mädchen aus Sri Lanka, die garantiert noch keine achtzehn waren. Sie waren illegal im Land, natürlich, und sprachen kein Wort Deutsch … außer ein paar Brocken Fachsprache.« Sie lachte bitter auf. »Ich sah die Angst in ihren Augen. Ich hörte die Sprüche der Kollegen, nach dem Motto ›Schade, dass wir im Dienst sind‹. So gut ich konnte, versuchte ich, die drei Mädchen zu beruhigen. Versuchte, Englisch mit ihnen zu reden, was sie etwas besser verstanden, immerhin besser als mancher Kollege. Aber am Ende wurden sie trotzdem abgeführt. In Handschellen.« Sie zuckte die Schultern. »Danach bekam ich Ärger mit meinem Ausbilder. Ich hätte mich eigenmächtig in die Ermittlungen eingemischt. Zu viel Eigeninitiative gezeigt. Ich erklärte, dass mir die Mädchen einfach nur leidgetan hätten. ›Wenn Sie bei der Polizei bleiben wollen‹, bekam ich zur Antwort, ›sollten Sie ganz schnell lernen, dass solche Leute es genau darauf abgesehen haben.‹« Lina holte tief Luft. »Ich glaube, das war der Moment, in dem ich mir sagte: ›Ich bleibe.‹ Ich habe die Mädchen gesehen. Habe ihre Angst gesehen. Sie wollten mich nicht um den Finger wickeln, da bin ich mir sicher. Um solchen Mädchen helfen zu können, habe ich bei der Polizei ganz andere Möglichkeiten, als wenn ich mich in irgendwelchen Initiativen gegen Zwangsprostitution und Frauenhandel engagiert hätte.« Sie griff erneut zu ihrem Bier und nahm einen großen Schluck. »Also bin ich geblieben. Auch wenn manche Kollegen damit ein Problem haben.«

Für die meisten Polizisten, die Max kannte, war sie eine Exotin, der man neugierig, misstrauisch oder auch mit offener Abneigung begegnete, zumal sie selten mit ihrer Meinung hinter dem Berg hielt. Er erinnerte sich noch gut an ihren ersten Arbeitstag im Morddezernat. Lina hatte eine schwarze Jeans, derbe Stiefel und einen Kapuzenpulli getragen, in den stachelig gestylten Haaren blitzten neongrüne Strähnchen auf. Hanno waren fast die Augen übergegangen, Alex hatte nur stumm den Kopf geschüttelt und Sebastian hatte sie zuerst für eine Verdächtige gehalten, die irgendwie aus einem der Vernehmungsräume entwischt war.

Max wusste, dass sie es nicht leicht hatte, und wollte gerade etwas erwidern, als eine Frau auf der anderen Seite des Tresens sich zu ihnen herüberbeugte und sagte: »Hey, André sagt, ihr wollt mich was fragen?«

Max blickte auf. Die Frau vor ihm hatte ihre blonden Haare zu einem Pferdeschwanz zurückgebunden und die kleinen, kräftigen Hände auf den Tresen gelegt. Das musste Michele sein, die Frau, die am Donnerstag hier gearbeitet hatte und sich möglicherweise an Frank Jensen erinnern konnte. Lina brütete dumpf vor sich hin, also nickte Max und schob der Frau das Foto hin. »Haben Sie diesen Mann schon einmal gesehen?«

Michele musste nur einen kurzen Blick auf das Bild werfen, dann nickte sie. »Klar, das ist Frank. War in der letzten Zeit öfter hier, hat immer mehr getrunken, als ihm guttat.« Sie schaute auf. »Was hat er denn angestellt?«

»Nichts. Meine Schwester sucht ihn.« Max lächelte. Lina hob den Kopf und sah ihn an. »War er vorgestern auch hier?«

»Vorgestern … Donnerstag. Ja, ich glaube … doch klar. Er hat sich mit einem anderen Stammgast unterhalten, ich glaube, die haben sich angefreundet, jedenfalls unterhalten die sich immer, wenn sie sich hier treffen, obwohl Frank sonst lieber seine Ruhe haben will. Dirk, der andere, war Donnerstag auch hier. Er hat mir einen ausgegeben, weil er eine Woche Urlaub hat.«

Lina räusperte sich. »Das heißt, er ist verreist?«

Michele nickte. »Wollte nach Freiburg, seine Familie besuchen oder so.« Misstrauisch sah sie von einem zum anderen.

»Wissen Sie zufällig, wie wir diesen Dirk erreichen können? Oder wie er mit Nachnamen heißt?«

Michele schnappte sich einen Lappen und fing an, den Tresen abzuwischen, obwohl er nicht schmutzig war. »Wieso wollen Sie das denn wissen? Sind Sie von der Polizei?«

»Oh Mann, das wird nie was bei mir mit dem Undercovereinsatz.« Lina zwinkerte der Frau zu. »Ja, wir sind von der Polizei. Wir ermitteln in einem Mordfall, bei dem ein Mann ums Leben kam und eine Frau und einen kleinen Sohn hinterlassen hat. Wir wollen nur wissen, ob dieser Mann«, sie tippte auf das Foto, »Donnerstag hier war und wann er gegangen ist. Kennen Sie ihn genauer? Immerhin wissen Sie, wie er heißt.«

Michele schaute nachdenklich von Lina zu Max. »Ich hab mich ein paarmal mit ihm unterhalten, wenn nicht so viel los war. Er hat mir erzählt, dass er irgendwas mit Computern macht, und dass er reingelegt wurde oder so.« Sie zuckte mit den Schultern. »Er trinkt ziemlich viel. Ich sag ihm immer, er soll bloß aufpassen, aber er winkt dann nur ab und sagt, es sei sowieso alles egal. Seit ein paar Wochen ist es richtig schlimm, er lässt sich immer mehr gehen. Donnerstag hat er erzählt, dass seine Frau ihn sitzen gelassen hat.«

»Das hat er Ihnen erzählt?«

»Nö, das hat er Dirk erzählt, ich hab's nur zufällig mitbekommen, als ich den beiden ein neues Bier gebracht hab.« Sie zögerte kurz, dann erklärte sie: »Am Anfang hat er, also Frank, noch ab und zu einen Cocktail bestellt, oder einen Grappa, aber in letzter Zeit hat er meistens nur Bier genommen. Ist billiger.«

»Können Sie sich erinnern, wann Frank gekommen und wann er gegangen ist? Und ob er allein gegangen ist?«, fragte Lina.

»Gekommen … weiß nicht, gegen halb acht, acht vielleicht. Irgendwann ist Dirk gegangen, und Frank hat noch ein, zwei Bier am Tresen getrunken. Er war ziemlich dicht, als er schließlich aufgebrochen ist … gegen elf, halb zwölf vielleicht.«

»Ist er zu Fuß gegangen? Oder hat er sich ein Taxi rufen lassen?«

Michele schüttelte den Kopf. »Zu Fuß. Jedenfalls haben wir kein Taxi bestellt. Kann natürlich sein, dass er draußen eins angehalten oder sich mit dem Handy selbst eins gerufen hat.«

»War Frank denn noch in der Lage, zu Fuß nach Hause zu gehen?«

Michele zuckte die Schultern. »Er war ziemlich betrunken, das schon, und konnte schon nicht mehr ganz gerade gehen. Aber er wusste noch, wer er war und wo er war und so.« Sie straffte fast unmerklich die Schultern. »Sonst hätten wir ihn nie allein gehen lassen. Wir tragen schließlich Verantwortung für unsere Gäste.«

Lina und Max wechselten einen raschen Blick, dann nickte Max der Frau zu. »Gut, Frau … tut mir leid, ich kenne nur Ihren Vornamen, Michele. Sie haben uns sehr weitergeholfen.« Er war höflich wie immer, und Micheles Gesichtszüge wurden weicher. »Und falls Ihnen noch etwas einfällt, rufen Sie uns bitte an?« Er schob ihr eine Visitenkarte zu.

Sie warf einen kurzen Blick auf die Karte und steckte sie ein. Sie zögerte kurz, dann fragte sie leise, wobei sie sich ein wenig über den Tresen beugte: »Aber Frank steckt doch nicht Schwierigkeiten, oder?«

8. KAPITEL

Die Sonnenstrahlen fielen durchs Fenster direkt auf Linas Gesicht. Sie blinzelte träge und sog genüsslich den männlichen, herben Geruch ein, diese Mischung aus Schweiß, Bier und Lust. Sie lag auf der Seite und konnte mit halb offenen Augen die kräftigen Arme und das stoppelige Kinn des Mannes neben sich erkennen. Verschlafen rieb sie ihre Nase an der warmen Haut, streichelte mit den Lippen über den festen Bizeps, beugte den Kopf so weit, bis sie die dünne, empfindliche Haut der Armbeuge erreichte. Ein leichtes Grummeln ertönte von weiter oben, halb Schnaufen, halb Murren. Sie tauchte unter dem Ellenbogen hindurch, schob den Kopf zwischen Arm und Brustkorb und kuschelte sich an den nackten Oberkörper.

»Schläfst du noch?«, flüsterte sie.

»Ja.«

Ein Arm legte sich um ihre Schulter, zog sie näher an den warmen Körper. Wohlig schloss sie die Augen und seufzte leise. Ein Kopf beugte sich zu ihrem herunter, sie spürte den heißen Atem, als die trockenen Lippen ihre Stirn berührten. Eine raue Zunge fuhr über ihre Augenbrauen. Sie legte den Kopf in den Nacken, ein kratziges Kinn schrammte an ihrer Wange entlang, bis die Lippen ihren Mund fanden. Der trockene, unentschlossene Kuss, verschlafen und schlecht gezielt, schmeckte nach Knoblauch und Zigaretten. Lina schob eine Hand auf die Brust, suchte tastend nach den kleinen, nippeligen Erhebungen, kratzte sanft daran, zupfte und zwirbelte.

»Mmmhh …«

Das Klingeln des Telefons nahm sie zuerst gar nicht wahr. Lutz' Küsse wurden drängender, er wühlte unruhig herum, als wollte er absichtlich Krach machen, damit sie das digital-melodische Läuten nicht hörte. Lina wollte es auch nicht hören, doch schließlich konnte sie es nicht länger ignorieren.

»Ich muss rangehen«, sagte sie und entzog sich seiner Umarmung, in die sie sich selbst begeben hatte.

»Ach komm, du bist doch nicht im Dienst.«

»Aber so gut wie.« Sie stand auf und hörte, wie Lutz scharf die Luft einsog.

Das Display zeigte eine unbekannte Rufnummer an, und sie zögerte. Es könnte wichtig sein oder auch nicht. Schließlich siegte die Neugier, und sie hob ab.

»Hallo Lina, ich bin's.«

Lina verdrehte die Augen. »Was willst du?«, fragte sie anstelle einer Begrüßung.

»Ach … Lina, Liebes, jetzt sei doch nicht gleich wieder so eingeschnappt.«

Sie verdrehte erneut die Augen.

Der Mann am Telefon räusperte sich. »Ich habe erfahren, dass der Lebensgefährte von Katja Ansmann umgebracht wurde, und dass du in die Ermittlungen involviert bist.«

Lina brauchte einen Moment, um sich zurechtzufinden. Katja Ansmann? Sie kannte keine Katja Ansmann. Dann fiel ihr alles wieder ein, und sie musste sich setzen. »Warum interessiert dich das?«

Ein weiteres Räuspern. »Katjas Vater ist ein guter Freund von mir. Er war ganz aufgebracht, weil die Polizei seine Tochter befragt hat, und zwar auf nicht sehr zartfühlende Weise, wie er sich ausdrückte.«

Lina dachte an Max, an seinen sanften Blick, die leise Stimme, und wusste, dass das nicht stimmte. »Ja und?«, sagte sie, schnappte sich die Decke vom Sofa und wickelte sich darin ein.

»In diesem Zusammenhang fiel dein Name ... Johannes weiß nicht, dass du meine Tochter bist« – natürlich nicht, dachte Lina – »aber ich möchte dich bitten, vorsichtig zu sein. Dieser Mann hat Kontakte bis in die allerhöchsten Stellen.«

»Und du meinst, mit dieser Drohung könntest du mich einschüchtern?«

»Aber Lina, Liebes, ich drohe dir doch nicht, ich mache mir nur Sorgen um dich. Ich weiß doch, wie leicht du über die Stränge schlagen kannst.«

Gar nichts weißt du, dachte Lina. Sie hatte große Lust, einfach das Telefon gegen die Wand zu pfeffern. Sie hasste es, wenn ihr Vater sie *Liebes* nannte, aber sein Anruf hatte ihre Neugier geweckt. Es war schließlich nicht so, dass sie viel miteinander zu tun hätten. Sie unterdrückte ein Gähnen und sah auf die Uhr. Es war kurz nach halb neun.

»Sieh mal«, fuhr ihr Vater fort, »Johannes sorgt sich einfach um seine Tochter. Sie hat erzählt, zwei Beamte seien bei ihr gewesen und hätten sie verhört, als gehöre sie zu den Verdächtigen. Ich möchte einfach nur wissen, ob die Polizei tatsächlich glaubt, seine Tochter könnte etwas mit dem Tod des Mannes zu haben.«

»Hat dir nie jemand erklärt, dass die Polizei solche Auskünfte generell nicht erteilt, schon gar nicht an Angehörige der Beteiligten? Oder hast du bisher einfach immer bekommen, was du wolltest?«

»Ich weiß nicht, was du damit andeuten willst, Lina. Ich will einfach nur dir und meinem Freund einen Gefallen tun. Wenn ich wüsste, dass die Frau nicht verdächtigt wird, könnte ich Johannes vielleicht einen kleinen Tipp geben, damit er sich wieder beruhigt.« Er machte eine Pause. »Nicht dass er noch seine Beziehungen spielen lässt. Bisher ist er sehr diskret gewesen.«

»Und wieso hat er dir davon erzählt?«

»Weil ich sein Freund bin.«

Die Art und Weise, wie ihr Vater das Wort »Freund« aussprach, verursachte ihr einen Brechreiz. Sie verzog angewidert das Gesicht, riss sich jedoch zusammen und fragte möglichst sachlich: »Womit verdient dein *Freund* eigentlich sein Geld?«

Ihr Vater zögerte, dann sagte er: »Er ist Eigentümer einer alteingesessenen Hamburger Privatbank. Fünfte Generation.« Er schwieg erneut. »Was ich dir jetzt sage, ist niemandem außer einer Handvoll Menschen bekannt. Ich hoffe, du erkennst daran, wie sehr ich dir vertraue.« Lina hörte ihn tief Luft holen. »Das Bankhaus Ansmann & Sohn steht kurz vor der Insolvenz, auch wenn das letzte Wort noch nicht gesprochen ist. Sie haben in der Finanzkrise schwere Verluste erlitten und sich bis heute nicht davon erholt. Verstehst du, Johannes braucht gerade seine ganze Kraft, um das Familiengeschäft zu retten! Ich würde ihn gerne entlasten und ihm sagen können, dass er sich um Katja keine Sorgen zu machen braucht.«

Linas Gedanken überschlugen sich. Warum teilte ihr Vater ihr diese brisante Neuigkeit mit? Seine Behauptung, es sei ein Zeichen seines Vertrauens, war ein Witz, und sie fühlte sich fast beleidigt, weil er zu glauben schien, sie würde diesen Köder schlucken. Möglicherweise war die Nachricht gar nicht so vertraulich. Oder noch nicht einmal wahr. Aber ihr Vater glaubte offensichtlich, sie würde ihm im Austausch gegen diese Information geben, was er von ihr verlangte: dass sie Katja Ansmann von der Liste der Verdächtigen strich. Es war ein klarer Beweis dafür, wie wenig er seine Tochter kannte, denn jetzt würde die Lebensgefährtin des Toten erst recht auf ihrer Liste der Verdächtigen bleiben. Ganz oben und rot unterstrichen. Lina merkte, dass ihr Vater auf ihre Antwort wartete.

»Wenn Katja Ansmann unschuldig ist, hat sie nichts zu befürchten«, sagte sie. »Das kannst du deinem Freund gerne ausrichten, falls er nicht schon allein auf diesen Gedanken gekommen ist.«

»Ach Lina, ich wünschte wirklich, wir könnten …«

»Es ist mir egal, was du dir wünschst.« Sie legte auf.

In der Wohnung war es still, und auch von draußen drangen nur die gemächlichen Sonntagmorgen-Geräusche herein. Hin und wieder ein Auto, leise Musik aus dem Nachbarhaus, in dem dieser notorische Frühaufsteher wohnte, hier und da eine plappernde Kinderstimme. Lachen. Lina stand auf und ging nackt, wie sie war, zum Schlafzimmer. Lutz hatte sich auf die Seite gedreht und schnarchte leise. Einen Moment lang überlegte sie, ob sie wieder zu ihm ins Bett schlüpfen sollte, entschied sich jedoch dagegen. Der Anruf ihres Vaters hatte ihr die Stimmung gründlich verdorben, sie war hellwach und mit den Gedanken schon wieder bei der Arbeit.

Also duschte sie ausgiebig in dem kleinen Bad neben der Küche. Während das warme Wasser auf ihren Körper prasselte, ließ sie sich den Besuch in Katja Asmanns Wohnung in Rothenbaum durch den Kopf gehen. Hatten sie sich vielleicht doch unhöflich benommen? Völlig ausgeschlossen, jedenfalls, was Max anging, und sie selbst hatte kaum ein Wort mit der Frau gewechselt. In dieser morgendlichen, sanften Sonntagsstimmung konnte Lina sich zwar eingestehen, dass sie Frau Ansmann von Anfang an nicht so neutral gegenübergestanden hatte, wie sie es als professionelle Ermittlerin sollte, doch der Anruf ihres Vaters hatte ihrem Argwohn neue Nahrung gegeben, und sie merkte, dass sie Feuer gefangen hatte. Nach dem Abtrocknen schlüpfte sie in frische Klamotten, dreiviertellange Jeans und T-Shirt. Sie kochte Kaffee, machte Milch zum Aufschäumen warm und ging schließlich mit zwei Bechern ins Schlafzimmer. Sie stellte die Becher auf dem alten Koffer ab, der ihr als Nachttisch diente, setzte sich auf die Bettkante und strich Lutz sanft über die strähnigen Haare. Ein dünner Schweißfilm lag auf seiner Stirn, und jetzt, wo sie selbst frisch geduscht war, fiel ihr sein Geruch, der von einem langen Abend in der Kneipe, von Sex und Lust und Falafel um halb zwei erzählte, unangenehm auf. Unwillkürlich musste sie an Max denken, der stets wirkte, als sei er gerade frisch aus der Dusche und seine Kleidung aus der Reinigung gekommen, irgendwie steril und unnahbar, und der sie trotzdem manchmal auf eine Art berührte, wie kaum jemand anders es schaffte; mit seiner Stimme, seinem Blick, der Art, wie er den Kopf schräg legte. Hastig wischte sie den Gedanken beiseite.

Lutz blinzelte, als ihm der Duft von frischem Kaffee in die Nase stieg. Er drehte sich auf den Rücken und stopfte sich ein Kissen unter den Nacken. Lina drückte ihm einen Becher Kaffee in die Hand.

»War das dein Chef?«

Lina nahm einen Schluck Kaffee. »So ähnlich. Auf jeden Fall muss ich noch mal los.«

Lutz sagte nichts, doch seine Miene sprach Bände, und Lina konnte es ihm auch nicht verdenken. Auch sie hatte sich einen ruhigen Tag vorgestellt, vielleicht ein Spaziergang zur Elbe, wo sie den großen Containerschiffen beim Wellenmachen zusehen konnten, zufällig alte Bekannte treffen, ein Kaffee, oder zwei oder drei, an einer der Strandbars und dann … die Seele baumeln lassen, der Zeit beim Stillstehen Gesellschaft leisten.

Doch jetzt ließ der Gedanke an Katja Ansmann ihr keine Ruhe.

Als sie das Haus verließ, war es Viertel vor zehn. In der U-Bahn war es angenehm leer und kühl, und auch das Polizeipräsidium am Bruno-Georges-Platz wirkte, als sei die Hälfte der Menschen, die hier normalerweise arbeiteten, vom Sommerloch verschluckt worden.

Weder Hanno noch einer der anderen Kollegen waren in ihren Büros. Ihr fiel ein, dass Hanno gestern irgendetwas von einer Familienfeier gemurmelt hatte, Schwiegermutters Geburtstag oder so ähnlich, und Sebastian sah sich vielleicht die DVDs mit den Bildern aus den Überwachungskameras an. Oder auch nicht. Und Max? Von Max wusste sie nur, dass er irgendwo in Winterhude wohnte und Single war. Was zum Teufel hielt ihn also davon ab, heute zu arbeiten?

Seufzend schaltete sie ihren Computer ein. Während das Betriebssystem hochfuhr und die Verbindung zum Server herstellte, holte sie sich vom Automaten im Flur einen Kaffee. Sie checkte zuerst ihre E-Mails, dann loggte sie sich in die Polizeidatenbank ein und tippte den Namen »Ansmann, Johannes« ein. Sie bekam die Daten, die bei der Meldebehörde registriert waren: Johannes Ansmann, 59 Jahre alt, verheiratet, zwei Töchter, ein Sohn. Als Berufsbezeichnung war Bankier angegeben. Johannes Ansmann lebte in Blankenese. Lina kannte die ruhige Straße mit den riesigen, uneinsehbaren Grundstücken, auf denen sich große Villen verbargen. Mit Elbblick. Bis auf ein paar Ordnungswidrigkeiten in letzter Zeit wegen zu schnellen Fahrens war im Polizeicomputer nichts über den Freund ihres Vaters gespeichert. Sie versuchte es mit »Ansmann, Katja«, erfuhr jedoch nichts, was sie nicht bereits gewusst hätte. Sie gab beide Namen in verschiedene Suchmaschinen und Netzwerke ein. Ziemlich weit oben in der Liste der angezeigten Treffer entdeckte sie Katjas Namen auf der Homepage der IHK Hamburg. Lina klickte den Link an und stellte fest, dass Katja Ansmann Anfang des Jahres bei der IHK einen Vortrag zum Thema »Personalmanagement und Social Networking« gehalten hatte. Beginn neunzehn Uhr.

Hatte die Frau nicht angeben, am Donnerstagabend bei einem Vortrag der IHK gewesen zu sein? Allerdings war sie erst gegen halb eins wieder zu Hause gewesen. Ziemlich lange für den Besuch eines Vortrags mitten in der Woche, fand Lina. Sie klickte auf das Programm und suchte nach der Veranstaltung vom Donnerstagabend. »Unternehmenskultur und Social Media« von Sonja Richter. Lina runzelte die Stirn. Über der Ankündigung stand in roter Fettschrift: *Vortrag kurzfristig verschoben.* Und dann: »Wir bitten, alle eventuellen Unannehmlichkeiten zu entschuldigen. Sollten Sie unseren Newsletter abonniert haben, werden wir Sie umgehend informieren, sobald ein Ersatztermin feststeht.« Sieh mal an, dachte Lina, die gute Frau Ansmann hat also gelogen. Und wenn sie erst um halb eins zu Hause gewesen ist, was von der Babysitterin bestätigt worden war, hätte sie reichlich Zeit gehabt, ihren Lebensgefährten im Wald zu erschlagen.

Lina lehnte sich in ihrem Schreibtischstuhl zurück, wippte hin und her und spann ihren Gedanken weiter. Philip Birkner war am Donnerstag mit seiner Geliebten verabredet. Katja ahnt etwas, nimmt den Vortrag bei der IHK als Vorwand, ihn allein zu dem Konzert gehen zu lassen, um ihm an diesem Abend nachzuspionieren. Sie sieht ihn zusammen mit der anderen, folgt den beiden und erschlägt im Affekt den Vater ihres Kindes. Und was macht die unbekannte Frau währenddessen? Steht sie dabei und sieht ungerührt zu? Und von wem stammen die anderen Fußspuren am Tatort?

Wie sie es auch drehte und wendete, irgendwas passte da nicht. Dass Katja Ansmann ihren Freund aus Eifersucht umgebracht haben soll, mochte ja vielleicht noch angehen, auch wenn sie auf Lina nicht den Eindruck gemacht hatte, sonderlich tiefe Gefühle für Philip Birkner zu hegen – weder positive noch negative. Ihr schien ja noch nicht einmal aufgefallen zu sein, dass er in der Nacht von Donnerstag auf Freitag nicht zu Hause gewesen war. Weil so etwas öfter vorkam? Oder weil sie getrennt schliefen, sie im Schlafzimmer, er in seinem Arbeitszimmer? Aber was Lina vor allem stutzig machte, waren diese zwei Karten, die Philip Birkner für das Konzert vorbestellt hatte. Wollte er ursprünglich mit seiner Lebensgefährtin hingehen – oder mit seiner Geliebten? Aber wenn es sich bei der Geliebten namens Tanja und der Unbekannten um ein und dieselbe Person handelte, warum hatte er dann zwei Karten bestellt und nur eine genommen, während sie mit einer Freundin gekommen war?

Sie griff zum Telefon und wählte Tanja Fischers Nummer, doch sie erreichte, wie zuvor schon Max, wieder nur die Mailbox.

Grübelnd wandte sie sich wieder dem Computer zu. Sie stieß auf die Homepage des Bankhauses Ansmann & Sohn, die schlicht, aber edel gestaltet war und nur wenig Informationen preisgab; dann auf die Seite der Unternehmensberatung, bei der Katja Ansmann arbeitete. Die Gestaltung war vom Stil her sehr ähnlich, was kein Wunder war, da beide Firmen denselben Webdesigner engagiert hatten. Lina informierte sich auf der Seite des Handelsregisters über die Bank und die Beraterfirma und stellte fest, dass die zweite eine Tochterfirma der ersten und Katja Ansmann als Hauptgeschäftsführerin eingetragen war. Auf eine bevorstehende Insolvenz des Bankhauses Ansmann & Sohn fand sie keinerlei Hinweise, was sie jedoch nicht weiter verwunderte. Nach kurzem Nachdenken tippte sie die Adresse der Seite des Justizportals des Bundes ein. Sie klickte auf den Link, der sie zur Seite mit den Insolvenzbekanntmachungen führte, und gab den Namen der Privatbank ein. Nichts. Lina nagte an der Unterlippe. Dass der Name der Bank hier nicht auftauchte, hatte gar nichts zu bedeuten. Schließlich hatte ihr Vater gesagt, die Insolvenz stehe kurz bevor. Wenn das offizielle Verfahren noch nicht eröffnet war, würde es schwierig werden, auf die Schnelle etwas über die Solvenz des Familienunternehmens zu erfahren.

Während sie noch überlegte, wie sie herausfinden könnte, ob an der Behauptung ihres Vaters etwas dran war, klingelte das Telefon auf ihrem Schreibtisch. Sie fuhr zusammen und stellte nach einem Blick auf die Uhr fest, dass sie bereits seit zwei Stunden am Computer saß. Von ihren Kollegen war weit und breit nichts zu sehen oder zu hören. Sie sah auf das Display, der Anruf kam von der Zentrale, also von jemandem, der ihre Durchwahl nicht kannte. Sie nahm den Hörer ab.

»Guten Tag, ich möchte mit jemandem sprechen, der im Mordfall Birkner ermittelt.« Die Stimme des Mannes klang matt, als sei er übermüdet, und heiser, als hätte er in der letzten Zeit viel geredet. Oder geweint. »Mein Name ist Lukas Birkner. Ich bin der Bruder des Toten.«

Lina stellte sich kurz vor. »Wie kann ich Ihnen weiterhelfen?«

Lukas Birkner fragte, ob sie inzwischen schon herausgefunden hätten, wer seinen Bruder auf dem Gewissen hätte, und, als Lina dies verneinte, ob sie ihm wenigstens sagen könne, wie Philip genau gestorben sei.

»Durch einen Schlag auf den Kopf«, erklärte Lina nach kurzem Zögern. »So, wie wir es auch schon Ihren Eltern erklärt haben.«

Der Mann am anderen Ende der Leitung schwieg, und Lina ahnte, dass die Fragen nicht der eigentliche Grund seines Anrufs waren. Und tatsächlich kam es kurz darauf zögernd: »Ich weiß nicht, wie ich es sagen soll … Ich traue Philips Freundin nicht.«

Lina sagte nichts.

»Das heißt, ich weiß nicht, was ich denken soll. Ich kann mir nicht vorstellen, dass sie in den Wald gegangen und ihn erschlagen hat, dazu ist sie sich ja viel zu fein, aber … hat sie Ihnen von der Lebensversicherung erzählt?«

Lina setzte sich aufrecht hin und schnappte sich Block und Stift.

»Es gibt eine Lebensversicherung?«

»Ja, eine Risikoversicherung auf Gegenseitigkeit. Wenn einem etwas zustößt, ist der andere der Nutznießer.« Er machte eine Pause. »Damit der Junge versorgt ist, wissen Sie.«

»Und wieso wissen *Sie* darüber Bescheid?«

»Ich habe ihnen die Police verkauft. Ich bin Versicherungsvertreter«, fügte er überflüssigerweise hinzu. »Als das Kind unterwegs war, habe ich mit Philip darüber gesprochen. ›Mensch‹, hab ich gesagt, ›wenn dir was passiert, denk doch bloß mal nach.‹ Man kann ja wirklich nie wissen. Eigentlich hatte ich den beiden eine Kapitallebensversicherung empfohlen, Sie wissen schon, auch als Absicherung für das Alter, aber das wollte Katja wohl nicht. Nur eine Risikoversicherung haben sie dann genommen. Ist ja auch günstiger, gerade bei jungen Leuten.«

Lina runzelte die Stirn. Sie hätte nie gedacht, dass jemand wie Katja Ansmann überhaupt eine Lebensversicherung abschloss und dann auch noch bei den monatlichen Beiträgen herumknauserte. War ihre Familie nicht reich und gewieft genug, um selbst in Krisenzeiten noch genügend Privatvermögen übrig zu behalten? Kannten solche Leute nicht genügend Tricks und Schlupflöcher, um auf jeden Fall ihre Schäfchen ins Trockene zu bringen? »Wie hoch ist denn die Deckungssumme?«

»Drei Millionen Euro.«

Lina musste schlucken. Ob sich diese Summe für Katja Ansmann genauso gewaltig anhörte wie für sie?

»Wissen Sie, ich hatte das mit der Versicherung ja fast vergessen, jedenfalls war es nicht das Erste, woran ich dachte, als ich die Nachricht von meinem Bruder hörte. Aber heute Morgen ruft Katja bei meinen Eltern an, ich bin gerade bei ihnen und gehe ans Telefon. Erst wollte sie wissen, was wir uns wegen der Beerdigung vorstellen, also vor allem unsere Eltern, aber dann fragte sie mich nach der Versicherung, und was sie einreichen müsse, um sich das Geld auszahlen zu lassen und wie lange das wohl dauern würde.« Der Mann holte tief Luft, und Lina meinte fast zu spüren, wie er die Tränen zurückdrängte. »Mein Bruder ist noch nicht einmal unter der Erde, und da fragt die schon nach dem Geld!«

Lina hörte, wie er sich die Nase putzte. Im Hintergrund war Stimmengemurmel zu erkennen, entweder der Fernseher oder das Ehepaar Birkner, das sich leise unterhielt.

»Dabei wollte sie die Versicherung gar nicht haben! Philip hat sie überredet, das hat er mir später mal erzählt. Ist ja alles über ihn gelaufen, Katja kannte ich damals ja gar nicht richtig, bevor das Kind da war.« Er schwieg kurz. »Na ja, eigentlich kenne ich sie immer noch nicht richtig. Ich weiß nur, dass sie viel Geld hat, von ihren Eltern, wissen Sie. Und jetzt kann es ihr gar nicht schnell genug gehen!« Jetzt hörte Lina deutlich die Empörung aus der Stimme des Bruders heraus. »Schlimm, so was, ganz schlimm.«

Sie schwiegen einen Moment, dann fragte Lina: »Und Sie meinen also, das sei verdächtig?«

»Und ob ich das meine! Der Dame sollten Sie mal ein bisschen auf den Zahn fühlen, ein kaltes Aas ist das, das kann ich Ihnen sagen.«

»Ich dachte, Sie kennen Katja Ansmann eigentlich gar nicht?«

»Tu ich auch nicht, aber mein Bruder hat mir so das ein oder andere erzählt. Wussten Sie zum Beispiel, dass die beiden seit Leons Geburt kein einziges Mal miteinander geschlafen haben?«

Nein, das hatte Lina nicht gewusst, aber irgendwie überraschte sie das auch nicht – falls es der Wahrheit entsprach. »Das hat Ihnen Ihr Bruder erzählt?«

»Ja. Wir haben … hatten ein gutes Verhältnis, schon immer. Wir sind nämlich nur elf Monate auseinander, wissen Sie. Ich hab alles mitgekriegt … wie er sich verliebt hat, wie er ganz aus dem Häuschen war, als Katja schwanger war … Aber wie die mit dem Kleinen umgeht! Früh morgens in den Kindergarten, danach zur Tagesmutter. Sogar am Wochenende hat sie ihn oft weggegeben. Oder Philip mit ihm allein gelassen. Er musste immer wieder Verabredungen absagen, weil er wegen dem Kleinen zu Hause bleiben musste.«

»Wissen Sie, ob es in der Beziehung gelegentlich zu Streitereien oder Auseinandersetzungen kam?«

»Davon hat Philip nie etwas erzählt, aber er ist … ach verdammt, *war* auch nicht der Typ, der sich streitet. Er hat lieber klein beigegeben, und zwar öfter, als gut für ihn war.«

»Wie meinen Sie das?«

»Na, was glauben Sie, wer in der Beziehung die Hosen anhatte? Es wurde gemacht, was Katja wollte, aus und Ende. Diese Wohnung in Rothenbaum zum Beispiel … Sie glauben doch wohl nicht, dass Philip das nötig gehabt hätte? Katja wollte die unbedingt haben, Geld war ja kein Problem, das kam von ihren Eltern.«

»Wissen Sie, ob die beiden sich vielleicht trennen wollten?«

Lukas Birkner schwieg eine Weile. Schließlich sagte er: »Ich glaube, Philip hat darüber nachgedacht, vor allem in letzter Zeit. Aber er wollte Leon wohl nicht im Stich lassen.« Er seufzte laut. »Katja hat ihn oft abends mit dem Kind allein gelassen. Philip hatte Angst, dass sein Sohn sonst nur noch Erzieherinnen, Tagesmütter und Babysitterinnen zu sehen bekäme.«

»Und Frau Ansmann? Wollte sie die Beziehung zu Ihrem Bruder aufrechterhalten?«

Birkner stutzte. »Was für einen Grund sollte sie haben, sich von ihm zu trennen? Einen Mann wie Philip verlässt man nicht so einfach.« Lina runzelte die Stirn. Klar, man sollte nichts Schlechtes über die Toten sagen, aber so eine Lobhudelei war dann doch zu viel des Guten. »Fragen Sie, wen Sie wollen, ich schwöre Ihnen, niemand wird ein böses Wort über ihn sagen.« Er schluchzte auf, und Lina hörte ihn leise weinen. Schließlich schniefte er und sagte: »Tut mir leid. Aber ich vermisse ihn so.«

Lina sagte nichts, auch der Mann am anderen Ende der Leitung blieb stumm. »Herr Birkner, wissen Sie vielleicht, ob Ihr Bruder eine Freundin hatte? Ich meine, *neben* Katja Ansmann?«

»Nein.« Die Antwort kam wie aus der Pistole geschossen. Natürlich, der perfekte Mann geht nicht fremd, völlig ausgeschlossen. Doch dann sagte Birkner: »Obwohl … als wir das letzte Mal zusammen losgezogen sind, fiel mir auf, dass er auffallend offensiv mit der Frau hinterm Tresen geflirtet hat. Das hat er vorher noch nie gemacht.«

»Wo war das?«

»Im Blue Motion, glaube ich. Vor vielleicht sechs Wochen.«

»Wissen Sie noch, wie die Frau aussah?«

»Jung, schlank, lange blonde Haare, ziemlich groß, ich glaube, sie war fast so groß wie Philip. Stark geschminkt, Minirock, enges Top ... schon fast nuttig, würde ich sagen, eigentlich gar nicht so Philips Typ.« Die Unbekannte aus der Waldschänke war es also offensichtlich nicht gewesen, und auf Tanja Fischer könnte die Beschreibung passen – oder auch nicht.

»Sie können sich also vorstellen, dass Ihr Bruder eine Affäre mit einer anderen hatte?«

»Keine Affäre«, widersprach Birkner. »Ich könnte mir vorstellen, dass er eine andere Frau kennengelernt hat und mit ihr etwas anfängt, aber das wäre dann was Ernstes. Für Affären war Philip sich zu schade.«

Ach ja, der Sonnyboy. Wie hatte sie das vergessen können.

»Eine Frage noch, Herr Birkner. Wissen Sie etwas über die Insolvenz der Firma Ihres Bruders?«

»Tut mir leid, davon hat er nicht viel erzählt. Ich weiß nur, dass einer seiner Mitarbeiter einen wichtigen Auftrag vermasselt hat, und das war's dann. Irgendwie war da wohl auch was mit Industriespionage. Dieser Depp, der den Fehler gemacht hat, hat Philip, glaub ich, noch eine Weile genervt, hat immer angerufen und so, und hat Philip Vorwürfe gemacht, weil er jetzt arbeitslos ist, stellen Sie sich das mal vor!« Lukas Birkner schnaubte verächtlich. »Aber das hat sich mit der Zeit wohl auch gelegt.«

»Kennen Sie vielleicht noch weitere Freunde Ihres Bruders? Ich meine, Sie waren ja fast gleichaltrig, möglicherweise hatten Sie einen gemeinsamen Bekanntenkreis?«

»Früher hatte Philip einen riesigen Freundeskreis, schon in der Schule, und auch später, als er studiert hat. Wissen Sie, er war überall beliebt, alle mochten ihn.« Lina verdrehte die Augen. »Aber in den letzten zwei Jahren, seit der Kleine da ist, hatte Philip kaum noch Zeit. Ich bin quasi der Einzige, der ihn ab und zu noch mal rausgelockt hat. Sonst hockte er immer nur zu Hause oder ging mit seiner Katja fein aus. Oper, Theater, Konzerte ... dafür war immer Zeit. Aber für ein einfaches Bier mit seinem Bruder?« Birkner schien selbst zu merken, dass er gerade an dem strahlenden Bild seines Bruders kratzte. »Ich mache ihm da gar keinen Vorwurf«, erklärte er hastig. »Katja wollte es eben so, und er hat immer alles gemacht, was sie wollte. Er hat sie eben geliebt.«

Eine knappe Stunde später stand Lina vor dem Jugendstilhaus in Rothenbaum. Sie hatte wenig Hoffnung, Katja Ansmann zu Hause anzutreffen, denn es war heiß, und jeder schien irgendwo draußen im Schatten oder am Wasser zu sitzen. Als sie über eine der Alsterbrücken in Winterhude gefahren war, hatte sie die Menschenmassen gesehen, die die Grünflächen entlang der Alster säumten.

Sie klingelte, und kurze Zeit später hörte sie eine fragende Stimme: »Ja bitte?«

«Lina Svenson, Kripo Hamburg. Ich möchte gerne mit Frau Ansmann sprechen.«

Sie hörte Getuschel, dann ein lautes Knacken, als der Hörer der Gegensprechanlage aufgelegt wurde, und dann ertönte der Summer.

Heute trat ihr Katja Ansmann nicht im Morgenmantel entgegen. Stattdessen trug sie einen kurzen, luftigen Rock und eine helle Bluse. Trotz der sommerlichen Kleidung und obwohl sie nur leichte Sandaletten trug, wirkte Frau Ansmann seltsam formal und korrekt gekleidet. Lag es an den hochgesteckten Haaren? An dem perfekten Make-up? Oder an dem strengen Gesichtsausdruck, bei dem der Mund nicht mehr war als eine dünne Linie?

Sie musterte Lina von oben bis unten. Die dreiviertellange Hose, das einfache T-Shirt, die leichten Baumwollschuhe, den Rucksack. »Sind Sie allein?«

Lina nickte. »Ich hätte da noch ein paar Fragen.«

Katja Ansmann zog eine Augenbraue hoch, eine Geste, die Lina verabscheute, wenn darin wie jetzt unverhohlene Verachtung mitschwang.

Aus dem Kinderzimmer hörte sie Leon plappern – und noch eine Stimme, die einer Frau. Hatte Frau Ansmann die Babysitterin kommen lassen, um ihre Ruhe zu haben?

Widerwillig machte Katja Ansmann einen Schritt zur Seite, ließ Lina eintreten und führte sie ins Wohnzimmer. Über dem Sessel hing ein leichter Cardigan, in einer Sofaecke hatte es sich ein Stofflöwe bequem gemacht, und auf dem Tisch standen zwei Kaffeebecher sowie ein Glas mit einem Rest Apfelsaft und deutlichen Spuren eines Kindermunds. Vielleicht doch nicht die Babysitterin?

Lina setzte sich. »Frau Ansmann, bei unseren Ermittlungen sind wir noch auf ein, zwei Fragen gestoßen.« Sie holte ihren Block heraus und tat, als müsste sie ihre Notizen zurate ziehen.

»Herr Birkner ist, wie wir inzwischen festgestellt haben, tatsächlich bei dem Konzert in der Waldschänke gewesen. War eigentlich von Anfang an geplant, dass er allein dorthin gehen würde?«

Katja Ansmann saß aufrecht auf dem Sofa, die nackten Knie nebeneinander, die Hände im Schoß. »Ja. Ich sagte Ihnen ja bereits, ich war bei einem Vortrag bei der IHK. Für mich steht nun einmal die Arbeit an erster Stelle.« Sie lächelte knapp.

»Ach ja, dieser Vortrag. Worum ging es da eigentlich?«

»Sonja Richter, eine prominente Personalerin, hat über das Thema Unternehmenskultur und Social Media gesprochen.« Katja Ansmann zögerte keine Sekunde.

»Wie lange hat der Vortrag gedauert?«

»Etwa eineinhalb Stunden. Anschließend war ich noch mit einem Kunden, den ich dort getroffen habe, in einer Bar ganz in der Nähe, im Tell's.«

Lina musterte die Frau, die ihr gegenübersaß. Die Arroganz der Macht, dachte sie unwillkürlich. Dieser gerade Blick, der Hauch eines Lächelns auf den Lippen, die aufrechte Haltung, die eine Selbstsicherheit ausstrahlte, die durch nichts zu erschüttern zu sein schien. Für eine Frau, deren Lebensgefährte gerade umgebracht worden war, wirkte sie erstaunlich entspannt. »Sie lügen.«

Katja Ansmanns Wangen röteten sich leicht, doch Lina konnte nicht sagen, ob aus Verlegenheit, weil sie ertappt worden war, oder aus Empörung über diese dreiste Konfrontation.

»Der Vortrag ist kurzfristig ausgefallen.« Lina zuckte mit den Schultern. »Dumm gelaufen.« Sie unterdrückte ein Grinsen und lehnte sich zurück. »Also, wo waren Sie wirklich?«

Katja Ansmann war äußerlich kaum etwas anzumerken. Weder ließ sie die Schultern hängen, noch zeigte ihre Miene auch nur die geringste Spur von Schuldbewusstsein. Diese Frau hatte sich vollkommen unter Kontrolle. Sie drehte den Kopf zum Fenster und schwieg. Lina musste sich zusammenreißen, doch sie wusste, dass Drängen sie im Moment nicht weiterbringen würden. Schließlich sagte die Frau: »Ich war bei meiner Freundin.«

Im ersten Moment war Lina enttäuscht. Das war alles? Was für eine lasche Erklärung! Andererseits – was hatte sie erwartet? Ein Geständnis, dass sie ihren Freund beschattet und erschlagen hatte? Das Eingeständnis, dass sie einen anderen hatte? Dann dämmerte es ihr.

»Sie meinen ... eine Frau, mit der Sie eine Beziehung haben?«

Katja Ansmann nickte stumm.

Lina sah sie nachdenklich an. Zum ersten Mal meinte sie, so etwas wie Verletzlichkeit im Blick der anderen zu erkennen. Aber wieso? War es denn so ein Drama, lesbisch zu sein? Wir haben schwule Bürgermeister und einen schwulen Außenminister, da kräht doch kein Hahn danach, wenn zwei Frauen ... Aber das dachte *sie*. Gut möglich, dass Katja Ansmann das anders sah, und *das* war schließlich das Einzige, was zählte, wenn es darum ging, ihre Beweggründe zu verstehen. »Ich brauche den Namen und die Adresse der Frau«, sagte sie.

Katja Ansmann zögerte. Dann wandte sie den Kopf zur Tür und rief: »Evelyn, kommst du bitte einmal?« Schritte auf dem Flur, dann erschien eine schlanke Frau, älter als Katja Ansmann, jedoch ebenso perfekt gepflegt und gestylt wie die Unternehmensberaterin. Sie trug eine weit geschnittene Hose und ein enges Oberteil, das Eleganz und Qualität verriet. Lina glaubte, das Gesicht irgendwoher zu kennen, war sich jedoch nicht sicher. Leon trottete an der Hand neben ihr her.

»Das ist Evelyn Riemann.« Frau Ansmann seufzte leise. »Staatsrätin der Behörde für Wirtschaft und Innovation. Ich bitte Sie, diese Information vertraulich zu behandeln.«

Lina nickte langsam, weniger, weil sie Frau Ansmann damit ihre Diskretion zusichern wollte, sondern vielmehr, weil ihr klar wurde, warum die Freundin von Philip Birkner diese Liebschaft verschwiegen hatte. Über einem Staatsrat oder einer Staatsrätin stand nur noch der Senator oder die Senatorin selbst, die jedoch rasch ausgetauscht werden konnten. Die Staatsräte indes blieben oft über Jahre im Amt und hatten beinahe mehr Möglichkeiten, Einfluss zu nehmen, als die Senatoren, denen sie formell unterstellt waren. Natürlich machte Evelyn Riemanns hohe Position die Affäre mit Katja Ansmann zu einer heiklen Angelegenheit – aber so sehr, dass sie deshalb der Polizei gegenüber falsche Angaben gemacht hatte?

Lina ließ es vorerst dabei bewenden und fragte die Staatsrätin, wie sie denn – möglichst diskret natürlich – zu erreichen sei. Evelyn Riemann nannte ihr eine Handynummer.

»Wie lange … kennen Sie sich eigentlich schon?«, fragte Lina, solange Evelyn Riemann noch im Zimmer war, mit bedeutungsvollem Blick auf den Jungen.

Die beiden Frauen wechselten einen Blick. »Wir sind seit etwa vier Jahren befreundet«, sagte Frau Riemann schließlich.

»Ach«, machte Lina und sah Katja Ansmann an. »Dann kennen Sie Frau Riemann also schon länger als Herrn Birkner?«

»Ja.«

»Interessant.«

Katja Ansmann und Evelyn Riemann wechselten einen Blick, dann verschwand die Staatsrätin wieder mit dem zweijährigen Leon im Kinderzimmer. Katja blickte den beiden nach, und ehe Lina die Frage stellen konnte, sagte sie: »Philip wusste, dass … es neben ihm noch jemanden gab, aber er wusste nicht, wer es war. Das wollte Evelyn nicht.« Sie sah Lina an. »Philip und ich führten eine sehr offene Beziehung. Ich weiß, dass er ebenfalls gelegentlich eine Geliebte hatte.«

Lina betrachtete die Frau nachdenklich. Sie kannte zwei Paare, die offene Beziehungen führten, die ihre sexuellen Bedürfnisse auf mehrere Partner verteilten, sich aber dennoch zueinander bekannten und füreinander einstanden, aber von Katja Ansmann hätte sie so etwas nie und nimmer erwartet. Eine Frau, die in allem, was sie nach außen von sich preisgab, so ganz und gar den gesellschaftlichen Konventionen entsprach. Zudem eine Frau, die sich in einem konservativen Umfeld bewegte, in dem Abweichungen von der Norm nicht gerne gesehen waren.

»Warum haben Sie auf die Frage, wo Sie am Donnerstagabend waren, gelogen?«

Katja Ansmann zuckte die Schultern. »Gewohnheit. Evelyn und ich möchten nicht, dass unsere Beziehung bekannt wird. Wir haben, wenn wir uns treffen, immer einen Vortrag oder eine Veranstaltung als Alibi – für die Familie, für Freunde, für Fremde. Ich wusste nicht, dass der Vortrag bei der IHK ausgefallen war, sonst hätte ich Ihnen gleich die Wahrheit gesagt.«

Oder sich eine andere Veranstaltung aus dem Internet herausgesucht, dachte Lina. Schon möglich, dass die lesbische Unternehmensberaterin aus bester Hamburger Familie gute Gründe hatte, ein falsches Alibi anzugeben, aber Lina war noch lange nicht bereit, die Frau von der Liste der Verdächtigen zu streichen. Schweigend musterte sie Katja Ansmann. Wenn der Hinweis ihres Vaters der Wahrheit entsprach und das Bankhaus Ansmann & Sohn tatsächlich vor dem Aus stand, wäre davon auch ihre Unternehmensberatung als Tochterfirma betroffen. Somit hätte Katja Ansmann ein starkes Motiv, ihren Lebensgefährten zu töten, um das Geld von der Lebensversicherung zu bekommen. Als Katja Ansmann sich ungeduldig räusperte, blickte sie sich demonstrativ im Zimmer um.

»Diese Wohnung ist ja sicherlich nicht ganz billig. Haben Sie sie eigentlich gemietet oder gekauft?«

Katja Ansmann wirkte pikiert, als sei es unanständig, solche Fragen mit Fremden zu erörtern. »Wir haben die Wohnung vor etwa zwei Jahren gekauft, kurz vor Leons Geburt.«

Lina nickte langsam. »Für einen Immobilienerwerb braucht man ja in der Regel etwas Eigenkapital. Ich nehme an, Sie hatten einen Bausparvertrag oder etwas Ähnliches?« Sie schaffte es, eine völlig ernste Miene beizubehalten.

»Einen Bauspar... nein, natürlich nicht.« Katja Ansmann schien kurz davor, die Nase zu rümpfen. »Meine Eltern haben uns unterstützt. Meinem Vater gehört das Bankhaus Ansmann & Sohn.«

Lina verzog keine Miene. »Und Herr Birkner? Hat er auch einen Teil dazu beigesteuert?«

»Woher denn? Er hat mit seiner Firma zwar ganz gute Umsätze gemacht, hatte aber keinerlei Vermögen.« Sie verzog leicht das Gesicht. »Und dann kam ja auch noch die Insolvenz.« Was ihr offensichtlich ganz gewaltig gegen den Strich gegangen war. Lina konnte sich vorstellen, dass der Haussegen in der Zeit ziemlich schief gehangen hatte. Kurz nach der Geburt des Kindes muss das gewesen sein.

»Aber zum Glück hat er ja schnell wieder einen Job gefunden«, sagte Lina und lächelte freundlich.

Irrte sie sich, oder errötete Katja Ansmann tatsächlich leicht? »Einer meiner Geschäftspartner suchte zu der Zeit gerade einen neuen Mitarbeiter. Ich habe den Kontakt hergestellt.«

»Und Herr Birkner hat wirklich keine unerwartete Erbschaft gemacht? Nirgendwo im Lotto gewonnen?«

»Ich weiß nicht, worauf Sie hinauswollen, aber ich versichere Ihnen, dass er nichts zu der Wohnung beigesteuert hat. Er hat zwar mit seiner Firma den einen oder anderen lukrativen Auftrag an Land gezogen«, Katja Ansmanns rechter Mundwinkel sackte leicht nach unten, als habe sie Mitleid mit Lina, die nie mit diesen Geldsummen umgehen würde, mit denen sie tagtäglich zu tun hatte, »aber von seinen Einkünften hätte er sich nie und nimmer diese Wohnung leisten können.« Sie lachte kurz auf. »Er hat mich ab und zu mal zum Essen eingeladen. Oder in die Oper.«

Lina musterte Katja Ansmann erneut, ohne etwas zu sagen. Könnte diese Frau tatsächlich das Geld gewaschen haben, das ihr

Freund für einen Sabotageakt erhalten hatte? Immerhin hatte sie ohne mit der Wimper zu zucken gelogen, als es um die Frage ging, wie sie den Donnerstagabend verbracht hatte. Und es gelang ihr bereits seit vier Jahren, eine Beziehung mit einer anderen Frau geheim zu halten, was auf eine gewisse Routine im Täuschen und Tricksen schließen ließ. Gut möglich, dass diese Frau noch mehr Geheimnisse hatte. Andererseits: Hätte sie das Geld aus einem Datendiebstahl nötig gehabt, um diese Wohnung zu erwerben? Vor zwei Jahren stand ihr Vater noch nicht kurz vor der Insolvenz – oder doch?

»Haben Sie eigentlich schon überlegt, was Sie mit dem Geld aus der Lebensversicherung anfangen wollen?«, fragte sie schließlich liebenswürdig, und da, endlich, schien Katja Ansmann einen Moment lang außer Fassung zu geraten. Ihre Gesichtsfarbe wechselte von normal zu bleich und dann zu Rot, sie öffnete kurz den Mund und schloss ihn wieder. Lina konnte ein gewisses Gefühl der Genugtuung nicht leugnen.

Katja Ansmann holte tief Luft. »Nein, das weiß ich noch nicht«, sagte sie schließlich knapp. »Dafür ist es ja wohl noch reichlich früh.«

»Früh? Lukas Birkner, der Bruder Ihres verstorbenen Lebensgefährten, erzählte mir, dass Sie selbst ihn heute Morgen nach ebendieser Lebensversicherung gefragt hätten.«

Frau Ansmann lachte verächtlich auf. »Ach, der. Ich hatte bei Philips Eltern angerufen, um mit ihnen über die Beerdigung zu sprechen, aber er ging an den Apparat. Er konnte mich noch nie leiden, was allerdings auf Gegenseitigkeit beruht. Irgendwann während des Gesprächs fiel mir die Lebensversicherung ein, und da sprach ich ihn eben direkt darauf an.« Sie lächelte spöttisch. »Immerhin hat er uns diese Police quasi aufgedrängt. Philip schlug irgendwann vor, zu unterschreiben, nur damit sein Bruder endlich Ruhe gibt und seine paar Euro Provision bekommt.«

Lina nickte nachdenklich. »Was für ein Verhältnis hatte Ihr Lebensgefährte eigentlich zu seinem Bruder? Verstanden die beiden sich gut?« Hätte Philip ihm wirklich alles anvertraut, wie Lukas Birkner offensichtlich glaubte?

»Keine Ahnung.« Katja Ansmann zuckte die Schultern. »Ich glaube, sie haben sich nicht oft gesehen. Philip hat sich ein paarmal am Telefon verleugnen lassen, wenn Lukas versucht hat, ihn über das Festnetz statt übers Handy zu erreichen. Oder er hat Verabredungen mit ihm einfach vergessen.« Sie dachte kurz nach. »Lukas war eben sein kleiner Bruder«, erklärte sie, als seien kleine Brüder per se ein lästiges Übel, mit dem man einfach leben musste. Sie sah demonstrativ auf die Uhr. »Haben Sie noch weitere Fragen, Frau Svenson? Sonst würde ich vorschlagen, dass wir uns ein anderes Mal weiterunterhalten, falls nichts Dringendes anliegt.« Sie lächelte dünn. »Wie Sie sich denken können, haben meine Freundin und ich nicht viel Zeit füreinander. Umso ärgerlicher ist es, wenn davon auch noch etwas verloren geht.«

Lina nickte langsam, steckte den Notizblock ein, stand auf und schob ihren Rucksack über die Schultern. Sie lächelte, als sie sich an der Tür von Katja Ansmann verabschiedete, doch dann, sie hielt die Türklinke bereits in der Hand, fragte sie: »Ach ja, stimmt es eigentlich, dass die Bank Ihres Vaters kurz vor der Insolvenz steht?«

Diesmal fiel Katja Ansmanns Reaktion sogar noch heftiger aus. Sie wurde bleich und musste sich an der Kommode festhalten, um nicht umzukippen. Sie schwankte leicht, als sie Lina anstarrte, dann holte sie tief Luft und drückte die Schultern durch, um sich wieder in den Griff zu bekommen. Sie machte den Mund auf, aber Lina winkte ab.

»Schon gut, Frau Ansmann, war nur so eine Frage.«

9. KAPITEL

Montagmorgen stand Lina gut gelaunt auf, duschte und fuhr nach einem schnellen Frühstück ins Präsidium. Sie war gestern direkt von Rothenbaum nach Hause nach Ottensen gefahren, den Stadtteil, in dem sie aufgewachsen war und wo sie sich trotz aller Veränderung weg vom Liebenswert-Schrabbeligen, hin zum snobistischen Schmuddel-Schick immer noch am wohlsten fühlte. Sie hatte keine Ahnung, ob von ihren Kollegen jemand am Sonntagnachmittag im Büro gewesen war, aber es hatte sie auch nicht interessiert. Nach der Begegnung mit Katja Ansmann war sie regelrecht euphorisch gewesen, sodass sie doch noch ihren ursprünglichen Plan für den Sonntag umgesetzt und sich mit Lutz an der Elbe verabredet hatte.

Als sie in der U-Bahn saß, überlegte sie, wie lange es wohl dauern würde, bis der Richter einen Durchsuchungsbeschluss ausgestellt hatte. Sie konnte es kaum abwarten, die Wohnung in Rothenbaum sowie die Geschäftsräume der Unternehmensberatung auf den Kopf zu stellen. Katja Ansmann war in ihren Augen höchst verdächtig, auf jeden Fall verdächtiger als Frank Jensen.

Im Büro wünschte sie Max einen guten Morgen, pfefferte schwungvoll ihren Rucksack neben den Schreibtisch und schaltete den Computer ein. Max hob den Kopf und sah sie stirnrunzelnd an. »Was ist denn in dich gefahren? Bist du verliebt?«

Lina lachte. »Nein, aber ich habe gestern einiges Interessantes über Katja Ansmann herausgefunden. Sie hat …«

Max hob eine Hand. »Stopp. Ehe du mir alles haarklein erzählst, solltest du mal bei Hanno vorbeischauen. Er hat schon nach dir gefragt.« Er deutete mit einem Kopfnicken auf die halb offene Verbindungstür zum Nachbarbüro.

»Das passt gut. Ich wollte sowieso zu ihm.« Lina, die sich gerade erst gesetzt hatte, sprang wieder auf. Sie war schon fast an der Tür, als Max leise sagte: »Erwarte nicht zu viel. Er sah nicht sonderlich … froh aus.«

In etwas gedämpfterer Stimmung klopfte sie kurz an und trat in das Büro ihres Chefs. Sie wusste nicht genau, was auf sie zukam, aber vermutlich hatte sie mal wieder irgendeine popelige Vorschrift missachtet, ein Formular nicht richtig ausgefüllt oder eine Akte mit ihrer Sauklaue verhunzt. Sie ließ die Tür hinter sich offen und ging lächelnd auf den Schreibtisch zu. »Moin«, sagte sie, bevor sie Hannos Gesichtsausdruck sah und ihre gute Laune schlagartig verflog.

»Mach mal die Tür zu«, sagte er.

Au weia. Lina machte kehrt, schloss vorsichtig die Tür, als sei sie aus hauchdünnem Glas, und setzte sich auf den Besucherstuhl vor dem Schreibtisch. Sie versuchte, Hannos Miene zu deuten, aber sie sah nur, dass es Ärger gab.

Hanno Peters starrte sie eine Weile an, doch solche Spielchen hatten bei Lina keinen Erfolg, nicht einmal, wenn es ihr Vorgesetzter war, der spielte. Sie hob das Kinn und starrte zurück. Schließlich schüttelte er den Kopf und stützte die Ellenbogen auf den Schreibtisch.

»Was hast du am Wochenende angestellt?«

Lina musste sich zusammenreißen. Sie war zwar klein und sah jünger aus als neunundzwanzig, aber sie war kein unartiger Teenager, mit dem Hanno sie offensichtlich verwechselte. Er war mit seinen einundsechzig Jahren zwar alt genug, um ihr Vater sein zu können, aber diesen Ton würde sie sich nicht bieten lassen. »Ich habe gearbeitet«, sagte sie knapp.

Hanno seufzte. »Und wieso warst du bei Katja Ansmann?« Er blickte auf ein Blatt Papier vor sich auf dem Schreibtisch. »Und hast sie beleidigt und bedroht?«

»Beleidigt und bedr… Woher hast du das denn?«

»Antworte erst einmal auf meine Frage. Was wolltest du von ihr?«

»Aus den Ermittlungen hatten sich noch ein paar Fragen ergeben, die ich gerne mit ihr abklären wollte.«

Hannos Glatze ging nahtlos in einen gepflegten Kurzhaarschnitt über, und den Bauch, der unter der Schreibtischkante hervorlugte, hatte er sich in zäher Kleinarbeit angezüchtet. Er war schon lange bei der Polizei, seit mehr als dreißig Jahren, und jetzt musterte er die kleine, energische Person mit halb geschlossenen Lidern. »Und das hätte nicht bis heute warten können?«

Lina zuckte die Schultern. »Ich war einfach neugierig auf ihre Reaktion.«

»Reaktion worauf?«

»Zum Beispiel auf die Tatsache, dass sie beim Alibi gelogen hat. Sie hatte angegeben, bei einem Vortrag gewesen zu sein, dabei war sie bei ihrer Freundin.« Hanno horchte auf. »Oder auf die Frage, was sie mit den drei Millionen aus der Lebensversicherung anfangen will.«

Hanno hob die Augenbrauen. »Bist du dir sicher?«

»Aber ja.« Lina erzählte kurz, was sie am Sonntag herausgefunden hatte, ohne jedoch den Anruf ihres Vaters zu erwähnen. Den Namen Evelyn Riemann verschwieg sie hingegen nicht.

»Meinst du *die* Evelyn Riemann, die …«

Lina nickte.

Hanno ließ sich in seinem Sessel zurücksinken und stieß vernehmlich die Luft aus. »Und Frau Ansmann ist die Tochter von Johannes Ansmann aus Blankenese?«

Lina nickte erneut, und Hanno blickte stirnrunzelnd auf die Notizen vor sich. »Darf ich jetzt endlich einmal erfahren, was eigentlich los ist?«, fragte sie.

Hanno lehnte sich zurück. »Ich habe heute Morgen einen Anruf vom Polizeipräsidenten höchstpersönlich bekommen. Er fragte mich, ob eine gewisse Lina Svenson, die, soweit er wisse, meinem Team zugeteilt ist, tatsächlich im Mordfall Birkner ermittelt.« Als er dies bejaht hatte, hatte der Polizeipräsident ihn aufgefordert, der Oberkommissarin Lina Svenson den Umgang mit Frau Katja Ansmann, Lebensgefährtin des verstorbenen Philip Birkner, zu verbieten und für Gespräche im Rahmen der Ermittlungen im Todesfall Birkner andere Beamte einzusetzen, da Frau Svenson sich der Zeugin in »beleidigender und bedrohlicher Weise« genähert habe.

»Das ist nicht wahr!«, verteidigte Lina sich empört. »Und überhaupt, seit wann schaltet sich der Polizeipräsident persönlich in die laufenden Ermittlungen zu einem Mordfall ein?«

»Wenn er glaubt, er hätte Anlass dazu«, sagte Hanno knapp. »Jemand hat sich bei ihm beschwert, dass seine Beamten – in diesem Fall wohl eine Beamtin im Besonderen – sich nicht korrekt verhalten haben. Streng genommen ist es sogar seine Pflicht, sofort einzuschreiten.«

Lina hatte noch nie erlebt, dass der Polizeipräsident eingeschritten wäre, wenn sich »seine Beamten« bei einem Einsatz, zum Beispiel bei einer Razzia auf dem Kiez, nicht korrekt verhalten hatten. Aber eine Katja Ansmann war eben nicht irgendeine Nutte.

»Das ging aber nicht über den offiziellen Dienstweg.« Sie stellte sich vor, wie Katja Ansmann, kaum, dass sie das Haus verlassen hatte, zum Telefon gegriffen hatte.

»Dazu kann ich nichts sagen. Ich habe hier eine Beschwerde und eine Anweisung von ganz oben, das reicht mir.«

»Aber ich habe niemanden beleidigt oder bedroht!« Lina spürte, wie ihr Magen sich vor Zorn zusammenzog, aber sie beherrschte sich. »Ich habe ihr auf den Kopf zugesagt, dass sie lügt, aber das war schließlich die Wahrheit.«

Hanno sah sie ernst an. »Die Frage ist natürlich: Bist du wirklich auf was gestoßen, oder ist die nur empfindlich? Sie hat darüber gelogen, wo sie den Abend verbracht hat, okay, das war nicht korrekt, aber sie hat einen plausiblen Grund genannt. Und dann ist da diese Lebensversicherung. Zugegeben, das klingt erst einmal verdächtig.« Er runzelte die Stirn. »Aber Katja Ansmanns Familie hat Geld, viel Geld. Die drei Millionen aus der Lebensversicherung sind für sie vermutlich ein Klacks. Die hat es doch nicht nötig, sich deswegen in Schwierigkeiten zu bringen.«

Lina wich seinem Blick aus. Wenn sie ihm von der drohenden Insolvenz des Bankhauses Ansmann & Sohn erzählte, würde er wissen wollen, woher sie das wusste. Und das sollte er auf gar keinen Fall erfahren. Nie im Leben. Völlig undenkbar. Aber sie konnte die Sache auch nicht für sich behalten. »Ich glaube, das Bankhaus ihres Vaters steht kurz vor der Pleite. Das heißt, ich bin mir fast sicher.«

Hanno runzelte die Stirn. »Wie kommst du denn auf die Idee?«

Lina zuckte die Schultern. »War so ein Schuss ins Blaue«, erklärte sie betont gleichmütig. »Du weißt schon, Bankenkrise und so, da habe ich einfach mal nachgehakt. Sie ist fast ohnmächtig geworden. Ich schwöre dir, irgendetwas ist an der Geschichte dran. Das Bankhaus Ansmann & Sohn steckt zumindest in ernsten Schwierigkeiten.«

Hanno sah sie misstrauisch an. »Ein Schuss ins Blaue, so, so.« Als Lina nichts sagte, zog er die Augenbrauen hoch. »Du verheimlichst mir doch nichts?«

»Nein.« Sie hielt seinem Blick stand.

Er schloss die Augen und rieb sich die Nasenwurzel. Aus dem Nebenzimmer war leises Stimmengemurmel zu hören. Lina wartete angespannt auf ihr Urteil. Hanno wollte keinen Ärger, das war ihr klar. Er wollte hier gemächlich seine letzten Jahre bis zur Rente absitzen und wäre der Letzte, der sich mit dem Polizeipräsidenten anlegen würde.

»Also gut. Versuch, ein paar Zahlen über dieses Bankhaus zu bekommen. Was weiß ich, Bilanzen, Jahresberichte, irgendetwas muss es da doch geben. Vielleicht hattest du ja recht mit deinem merkwürdigen Schuss ins Blaue. Aber solange sich das mit der Insolvenz nicht bestätigt, unternehmen wir erst einmal nichts. Das gilt vor allem für dich! Halt dich von der Ansmann fern!«

»Aber …«

»Nichts aber. Das ist ein Befehl.«

»Fassen wir also zusammen. Frank Jensen hätte ein Motiv, die richtige Schuhgröße und ein wackeliges Alibi. Bei Katja Ansmann sieht es ähnlich aus, Motiv, passende Schuhgröße, unsicheres Alibi. Die Unbekannte aus dieser Waldkneipe hat sich immer noch nicht gemeldet, und diese Tanja Fischer, Philip Birkners potenzielle Geliebte, ist nach wie vor nicht erreichbar.«

Hanno Peters schaute in die Runde. Lina Svenson saß mit verschränkten Armen in der Nähe der Tür, sie war immer noch sauer auf ihn. Max Berg hatte die Beine übereinandergeschlagen und das Jackett geöffnet. Er wirkte wach und entspannt, als sei er gerade frisch aus dem Urlaub zurück – und nicht Alex Osterfeld, der heute den ersten Tag wieder im Dienst war, aber mit den dunklen Ringen unter den Augen aussah, als hätte er das ganze Wochenende durchgearbeitet. Sebastian Muhl fläzte sich auf seinem Stuhl und grinste verhalten. Er merkte, dass es zwischen Hanno und Lina Zoff gegeben hatte, und das gefiel ihm.

»Sebastian, haben die Überwachungsvideos aus den U-Bahnhöfen etwas ergeben?«

Sebastian setzte eine geschäftige Miene auf und richtete sich auf. »Möglicherweise. Auf dem U-Bahnhof Niendorf Markt haben ein paar Jugendliche rumgegrölt und randaliert. Sie haben offensichtlich eine Frau belästigt, die aus der U-Bahn gestiegen ist. Das war gegen elf. Die Bänder verraten nicht, wie die Geschichte ausgegangen ist, weil der ganze Trupp den Bahnhof verlassen hat. Die Kollegen von der Streife wussten nichts von einer Belästigung, aber die Jugendgang kannten sie. Die örtlichen Möchtegernschläger. Ich bekomme heute noch die Namen, soweit sie die in ihrer Kartei haben.«

»Gut. Du bleibst an der Geschichte dran. Max, hast du was Neues von der Kriminaltechnik gehört?«

»Ja, die haben sich am Wochenende ordentlich ins Zeug gelegt. Sie haben eine der Tatwaffen gefunden, einen kräftigen Stock aus Hartholz, und zwar Rosskastanie. An einem Ende haben sie winzige Spuren Blut und ein paar Haare entdeckt, am anderen konnten sie DNA-Spuren sicherstellen.«

»Das heißt, wenn wir den Täter finden, können wir ihn damit festnageln?«

Max nickte. »Zumindest einen der Täter. Allerdings wurde der tödliche Schlag nicht mit diesem Stock ausgeführt.« Er blickte auf seinen Notizzettel. »Hartmann hat inzwischen auch herausgefunden, dass es sich bei der umgesetzten Pflanze um einen Aronstab handelt.« Er lächelte, als er daran dachte, wie enttäuscht Hartmann gewesen war, weil er das schon wusste. »Sie haben sich auch die Fußspuren am Tatort genauer angesehen und sind zu dem Schluss gekommen, dass außer dem Toten tatsächlich noch mindestens drei andere Menschen zur Tatzeit oder kurz davor oder danach am Tatort rumgelaufen sind.« Max nahm einen Schluck Tee. »Einer trägt Schuhe in Größe 41, einer in 43 und der dritte in Größe 44.« Max hob den Kopf und sah seine Kollegen an. »Hartmann ist dabei auf etwas Merkwürdiges gestoßen. In einigen der Spuren Größe 43 wurden Faserreste einer Pflanze gefunden, die ein paar hundert Meter weiter an diesem Bach, der Kollau, wachsen.« Er schaute auf seinen Zettel. »Vom Himalaya-Springkraut, um genau zu sein. Am Tatort direkt wächst die nicht. Also scheint die Person mit Schuhgröße 43 zwischendurch zum Bach gegangen und wieder zurückgekommen zu sein. Die Vermutung liegt nahe, dass diese Person den Aronstab ausgegraben hat, damit zur Kollau gegangen ist, ihn dort gewaschen hat und anschließend zurückgekehrt ist, um die Pflanze wieder einzusetzen.«

Sie versuchten sich die Szene vorzustellen, aber keiner konnte sich einen Reim darauf machen. Wer würde schon mitten in der Nacht, mitten während einer Schlägerei, eine kleine Pflanze ausbuddeln, säubern und wieder eingraben?

Max fuhr fort. »Vor seinem Tod ist Birkner in die Knie gegangen, möglicherweise, bevor er die tödlichen Schläge erhielt. Sie haben Handabdrücke gefunden, die eindeutig dem Toten zugeordnet werden konnten. Diese Abdrücke sind von Fußspuren in Größe 43 und 44 überdeckt, aber nicht von denen in Größe 41.«

»Birkner hat doch auch noch einen Tritt in die Eier bekommen«, sagte Lina. »Möglicherweise ist er danach in die Knie gegangen und hat sich mit den Händen abgestützt.«

Die Männer verzogen allesamt das Gesicht, als sie sich die Szene vorstellten. »Bestimmt«, sagte Sebastian. »So was tut aasig weh.« Einen Moment schwiegen alle.

»Wie passen denn die Obduktionsergebnisse zu den Spuren?«, fragte Alex.

Hanno suchte die Mail, die er am Samstag bekommen hatte, aus seinen Unterlagen heraus. »Zwei Wunden am Hinterkopf, die, wie es aussieht, von der sichergestellten Tatwaffe stammen, und drei Wunden an der rechten oberen Schläfe, die von einem stumpfen, bisher nicht identifizierten Gegenstand verursacht wurden. Hartmann tippt auf ein Stahlrohr oder eine von diesen schweren Taschenlampen.«

Alle ließen die Informationen sacken und versuchten, sich die Szene vorzustellen. »Sieht aus, als hätten wir es mit einem typischen Gruppenüberfall zu tun«, sagte Sebastian. »Einer fängt an, um anschließend seinen beiden Kumpanen das Feld zu überlassen. Ich tippe auf die Jugendlichen aus der U-Bahn.«

»Wie viele waren das?«, wollte Hanno wissen.

»Sechs.«

»Und was haben die anderen drei währenddessen getrieben?«, wandte Lina ein. Sebastian zuckte nur die Schultern.

»Könnten nicht auch alle Schläge von einer Person stammen?«, schlug Alex vor. »Er oder sie schnappt sich einen Stock und schlägt zweimal zu, ist nicht zufrieden mit dem Ergebnis und sucht nach einem anderen Stock. Vielleicht ist die Person ja deswegen zum Bach gegangen.«

»Während er gerade dabei ist, jemanden totzuschlagen? Und wo er schon mal da ist, wäscht er noch mal eben die Pflanze ab?« Hanno schüttelte den Kopf. »Nee. Es sei denn, er ist zweimal am Bach gewesen. Aber grundsätzlich hast du recht: Wir wissen nicht, wie viele Personen zugeschlagen haben.«

»Oder wie viele es insgesamt waren«, sagte Sebastian. »Könnte doch sein, dass alle sechs von der U-Bahn dabei waren, aber nur drei auf Birkner losgegangen sind. Die anderen haben auf dem Weg gewartet, deshalb haben wir keine Spuren gefunden.«

»Ich kann mir nicht vorstellen, dass die Jugendlichen etwas damit zu tun haben«, sagte Lina. »Wie passt die Sache mit der umgesetzten Pflanze da rein? Wieso sollten die das machen?«

»Was weiß ich?« Sebastian zuckte mit den Schultern. »Vielleicht ist einer von denen ein Pflanzenliebhaber und konnte es nicht sehen, dass so ein kleiner, süßer Aronstab was abgekriegt hat?«

»Und die Unbekannte aus der Waldschänke? Was ist mit der?«, meldete auch Max seine Zweifel an.

»Die hat Schiss bekommen und das Weite gesucht.«

Hanno sah Sebastian an. »Du bist doch ohnehin an der Sache dran. Sieh zu, dass du die Namen der Jungs vom U-Bahnhof bekommst, und schaff die Jugendlichen hierher.«

Sebastian grinste so fies, dass Lina ihm am liebsten eine gelangt hätte. »Schon allein, um ihnen einen Dämpfer zu verpassen. Selbst, wenn sie nichts damit zu tun haben. Nur so, prophylaktisch.«

Lina verdrehte die Augen und stellte fest, dass Max ebenfalls die Stirn gerunzelt hatte, doch keiner von beiden sagte etwas. Es war immerhin nicht ganz auszuschließen, dass irgendwelche halbwüchsigen Jungs tatsächlich etwas mit Birkners Tod zu tun hatten, auch wenn sie das für unwahrscheinlich hielt. Sie hoffte nur, dass Sebastian anständig mit den Verdächtigen umging, aber die Chancen standen nicht gut.

»Also«, sagte Hanno. »Fest steht, dass wir mindestens drei Personen suchen, von denen eine den tödlichen Schlag ausgeführt hat. Wenn wir die Jugendlichen außer Acht lassen, sind wir im Umfeld des Toten bislang auf drei Personen gestoßen, die infrage kommen: Tanja Fischer, Katja Ansmann und Frank Jensen.«

»Wobei die letzten beiden sich kennen«, sagte Lina nachdenklich. »Wir haben Tatortspuren«, fuhr sie fort, »die Katja Ansmann zugeordnet werden könnten, da sie Schuhgröße 41 trägt, und andere, die zu Frank Jensen passen, Schuhgröße 44. Allerdings haben wir nirgends Schuhe gefunden, die wirklich am Tatort getragen wurden.«

»Schuhe kann man leicht in der nächsten Mülltonne verschwinden lassen«, sagte Alex.

»Konnte die Spurensicherung uns schon mehr über die Schuhe verraten außer der Größe? Firma, Alter ...?«, wollte Hanno wissen.

Max sah in seinen Aufzeichnungen nach. »Bei den Schuhen in Größe 41 handelt es sich vermutlich um feste Wanderstiefel von guter Qualität. Die Profilsohle ist noch in gutem Zustand, das heißt, die Schuhe sind entweder neu oder frisch besohlt.«

»Marke?«

»Die Kollegen sind noch dabei, das Profil mit ihrer Sammlung abzugleichen. Bei dem Paar Größe 43 handelt es sich um ein altes, abgewetztes Paar, linker Absatz etwas stärker abgelaufen als der rechte, aber nicht so stark, dass man dem Träger ein Humpeln anmerken würde. Einfache Sohle mit wenig Profil, wahrscheinlich irgendein Billigprodukt. Da wird die Suche nach dem Hersteller wohl etwas länger dauern.«

»Und die dritte Spur?«

»Flache Freizeitschuhe mit Gummisohle, schon etwas älter. Die Hacken sind gleichmäßig abgescheuert, was darauf hindeutet, dass der Träger einen leicht schlurfenden Gang hat. Die Kollegen haben winzige Lederfetzen sichergestellt, die von diesen Schuhen stammen könnten. Weinrot.«

»Weinrote Herrenschuhe?« Sebastian runzelte die Stirn.

»Warum nicht?« Max ließ die Papiere vor sich auf den Tisch sinken. »Frank Jensen hätte demnach weinrote Halbschuhe getragen, und Katja Ansmann Wanderstiefel.«

»Teuer und von guter Qualität«, ergänzte Lina. »Falls Katja Ansmann überhaupt jemals etwas Derberes als Pumps anziehen würde, dann vermutlich nur irgendeinen Hightech-Schnickschnack von bester Qualität.«

»Und Jensen? Schlurft er beim Gehen?«, fragte Hanno.

Max und Lina sahen sich an. »Schon möglich. Besonders schwungvoll war er jedenfalls nicht, als wir ihn Samstag mitgenommen haben, aber das dürfte eher an seinem Zustand gelegen haben.«

»Aber wie passt das zusammen?«, fragte Alex nachdenklich in einen kurzen Moment der Stille hinein. »Die Lebensgefährtin und der ehemalige Angestellte hätten zwar beide mit viel Fantasie ein Motiv für den Mord, aber kein gemeinsames, oder? Bei Jensen wäre es Rache, bei der Ansmann Geldgier.«

»Vielleicht hat die Ansmann Jensen beauftragt«, schlug Sebastian vor. »Vielleicht wusste sie, wie es um den ehemaligen Mitarbeiter ihres Lebensgefährten bestellt war, und so, wie ihr sie geschildert habt, würde die sich doch nie und nimmer die Finger schmutzig machen.«

»Hm«, machte Hanno, dem der Zweifel ins Gesicht geschrieben stand. »Was haltet ihr davon?«, fragte er Lina und Max direkt, die Einzigen in der Runde, die Katja Ansmann und Frank Jensen persönlich kannten. Beide schwiegen nachdenklich, wiegten die Köpfe in einer synchronen Bewegung, sodass sie für den Bruchteil einer Sekunde aussahen wie zwei Wackeldackel auf der Hutablage eines Autos.

»Aber wie passt die Unbekannte aus der Waldschänke da rein?«, gab Max schließlich zu bedenken.

»Vielleicht war das die Geliebte von der Ansmann?«, spekulierte Alex. »Sie macht sich an Philip Birkner ran und lockt ihn in den Wald, wo er von Frank Jensen zusammengeschlagen wird.«

Max lachte auf. »Staatsrätin der Wirtschaftsbehörde spielt Lockvogel für einen Mord! Schöne Schlagzeile.« Er schüttelte den Kopf. »Tut mir leid, das kann ich mir beim besten Willen nicht vorstellen.«

»Außerdem ist sie zu groß dafür«, erklärte Lina. »Die Personenbeschreibungen aus der Waldschänke passen absolut nicht zu Evelyn Riemann, egal, wie widersprüchlich die auch sein mögen.«

»Also gehörte die Unbekannte vielleicht zu den Leuten, die von Frau Ansmann angeheuert wurden, um ihren Lebensgefährten umzubringen«, dachte Hanno laut nach. »Aber wieso gleich drei Leute? Einer hätte doch gereicht.«

»Möglicherweise wusste die Ansmann nichts von den anderen beiden.« Alex beugte sich vor. »Sie hat Jensen angeheuert, weil sie wusste, dass er Geld braucht und außerdem einen Hass auf Birkner hat, und der hat sich noch zwei Leute dazugeholt.« Er blickte in die Runde. Überall nachdenkliche Gesichter.

»Das Ganze steht und fällt mit der Frage, wie wahrscheinlich eine Pleite des Bankhauses Ansmann & Sohn ist«, sagte Max schließlich. »Wenn es nicht stimmt, dann hätte Katja Ansmann keinen Grund, Birkner tot sehen zu wollen. Kohle hat sie genug.«

»Vielleicht war sie einfach nur wütend auf ihn?«, schlug Alex vor. »Er hat sie betrogen, mit dieser Tanja zum Beispiel, wollte sie verlassen, irgend so was?«

Lina schüttelte den Kopf. »Das halte ich für unwahrscheinlich. Katja Ansmann und Philip Birkner führten nach ihren eigenen Worten eine offene Beziehung, und sie wusste, dass er hin und wieder eine andere Freundin hatte. Abgesehen davon war sie ihm ja selbst nicht treu.«

»Das zählt doch nicht richtig«, murmelte Sebastian.

Max legte den Kopf schräg. »Wieso nicht?«

»Na ja, sie war ja nur mit 'ner anderen Frau zusammen. Wenn es ein Mann gewesen wäre, ja dann, aber vielleicht war sie einfach nur ein bisschen dicke mit ihrer Freundin.«

Max und Lina sahen sich an. Max hob eine Augenbraue und deutete ein Schulterzucken an, Lina verdrehte die Augen. »Wenn, dann hatte ja wohl eher Birkner Grund, eifersüchtig zu sein«, sagte sie. »Immerhin waren die beiden Frauen schon zusammen, als Katja Ansmann Birkner kennenlernte. Und dann ist da dieses Arbeitszimmer in der Wohnung, das genauso gut ein getarntes zweites Schlafzimmer sein könnte. Vielleicht haben die beiden getrennt geschlafen?«

»Merkwürdige Beziehung«, stellte Alex kopfschüttelnd fest. »Ich könnte mir so etwas nicht vorstellen.« Hanno und Sebastian nickten zustimmend, doch keiner der beiden sagte etwas.

Lina holte tief Luft. »Wir müssen uns Katja Ansmann genauer vorknöpfen.« Sie wusste, dass Hanno das nicht gerne hörte, aber einen Versuch war es wert. »Wie steht es wirklich um die Finanzen ihres Vaters? Hat sie in letzter Zeit Zahlungen an Jensen geleistet?«

Sie sah Hanno direkt an. »Ich halte sie nach wie vor für die Hauptverdächtige.«

»Ich nicht«, sagte Hanno. Sein Gesicht war leicht gerötet, als fühlte er sich von ihrer Hartnäckigkeit provoziert. »Wir werden erst mal in alle Richtungen weiterermitteln. Wer ist diese Unbekannte? In welcher Beziehung steht Tanja Fischer zu Philip Birkner? Max, hast du inzwischen was aus der Revierförsterei gehört? Vielleicht hat einer der Leute da irgendetwas gesehen. Hak da mal nach.«

Max nickte. »Mach ich. Ich versuche auch weiter, jemanden beim Amt für Stadtentwicklung und Naturschutz zu erreichen, um herauszufinden, wer das Niendorfer Gehege kartiert.«

Hanno richtete sich in seinem Schreibtischsessel auf und tat energisch. »Sebastian, du kümmerst dich um die Jungs vom U-Bahnhof. Lina, du versuchst, diese Tanja Fischer aufzustöbern. Irgendwo muss die Frau doch stecken.« Er warf einen Blick auf seine Notizen. »Versucht auch, noch mehr Bekannte und Freunde von Birkner aufzutreiben. Alex, sobald die Akte zum Mordfall Julia Munz da ist, wirfst du einen Blick hinein, vielleicht findest du da etwas Interessantes. Befragt auch den Bruder noch mal, vielleicht kann er ein paar Namen nennen. Möglicherweise gibt es ja außer Frank Jensen noch mehr Leute, die sauer auf ihn waren.«

10. KAPITEL

Kaum hatte Max mit einem frischen Tee in der Hand sein Büro betreten, als das Telefon klingelte und die Telefonzentrale ihm ausrichtete, ein Herr Behnke habe angerufen, er möge doch bitte zurückrufen.

Der Förster des Niendorfer Geheges meldete sich sofort und erklärte Max, er habe mit seinen Kollegen über diesen Mord geredet, und einer der Männer, ein gewisser Herr Barsfeld, habe so einen komischen Kauz erwähnt, der ständig durch den Wald schleiche.

»Ich habe ihn selbst schon öfter gesehen, er ist schon älter und vermutlich etwas zurückgeblieben. Der ist wirklich oft hier im Gehege. Vielleicht ist ihm etwas aufgefallen.«

»Wissen Sie, wo ich diesen Mann finden kann?«, wollte Max wissen. Er hörte, wie Tobias Behnke etwas in den Raum hineinfragte, dann meldete er sich wieder.

»Hören Sie? Herr Barsfeld hat ihn gerade gesehen und meint, er könnte ihn eine Weile im Auge behalten, bis Sie hier sind, falls Sie jetzt gleich vorbeikommen wollen.«

Max wollte. Nach der Besprechung in Hannos kleinem Büro brauchte er Bewegung und frische Luft, da kam ihm ein Ausflug in den Wald gerade recht.

Bei der Revierförsterei wartete bereits Tobias Behnke auf ihn. Neben ihm stand ein hochgewachsener, älterer Mann mit grauem

Schnauzer und kurz geschorenem Haar. »Herr Barsfeld ist schon am längsten hier in der Försterei«, sagte Behnke.

Barsfeld nickte. »Der Mann, den Sie suchen, heißt Niels Hinrichsen. Ich kannte noch seinen Großvater, der war hier nach dem Krieg Förster. Niels ist harmlos, aber etwas zurückgeblieben.«

»Wissen Sie, wo ich ihn jetzt finde?«

Barsfeld nickte. »Gleich hinterm Wildgehege, in dem Stück, wo gerade das Unterholz gerodet wird.« Er deutete einmal quer über das eingezäunte Gehege mit dem Damwild. »Er hat sich hinter einem Baum versteckt und sieht zu.«

Max warf Tobias Behnke einen Blick zu. »Können Sie Ihren Mitarbeiter eine Weile entbehren?«, fragte er, und als der Förster nickte, bat er den alten Waldarbeiter, ihn zu Niels Hinrichsen zu bringen. Keine fünf Minuten später zeigte Barsfeld auf einen Mann in abgetragener, grüner Kleidung, der sich an den dicken Stamm einer Buche presste und in das dichte Unterholz spähte. Max schätzte den hageren Mann auf etwa Mitte fünfzig. Unter einer Schirmmütze lugten graue Haarsträhnen hervor, und der ebenfalls graue Vollbart war struppig. Als Max sich näherte, entdeckte er einen kleinen trockenen Zweig darin.

»Hallo Niels!«, rief Herr Barsfeld leise.

Der Angesprochene zuckte zusammen und drehte sich um. Als er Herrn Barsfeld erkannte, grinste er schief und entblößte eine Reihe gelber, schiefer Zähne. »Hallo Herr Barsfeld. Wie geht's?« Dann lachte er glucksend, als hätte er einen guten Witz gemacht.

»Gut, Niels, danke.« Barsfeld ging auf Hinrichsen zu, Max blieb wenige Schritte hinter ihm. Das Glucksen erstarb. »Niels, das ist Max Berg. Er möchte dir gerne ein paar Fragen stellen.«

»Ich weiß nichts.« Der Mann zog vernehmlich hoch und wischte sich mit dem Jackenärmel über die Nase. Jetzt, wo Max nur noch zwei Armlängen von ihm entfernt stand, roch er das Ungewaschene, Einsame, das diesem Mann anhaftete. Das Hemd war fleckig, die grüne Hose starrte vor Schmutz, die Schuhe waren abgewetzt und mit zwei verschiedenen Schnürsenkeln zugebunden.

Max blieb stehen und lächelte. Seine Arme hingen locker an der Seite herab, die Handflächen leicht dem Mann vor sich zugedreht. »Herr Barsfeld hat mir erzählt, dass Sie sich hier in dem Wald sehr gut auskennen.«

Niels Hinrichsens Miene hellte sich auf wie bei einem Kind, das gelobt wurde. »Ja, das tu ich. Mein Opa hat mir alles über den Wald erzählt. Ich kenn' alle Bäume und alle Tiere.« Hinter ihm knackte es laut, und Max entdeckte zu seinem Erstaunen ein Fohlen, das durch das Unterholz aus jungen Buchenstämmen trabte. Es lief seiner Mutter nach, einer kräftigen Stute, die an einem Geschirr zwei Baumstämme hinter sich herzog. Niels Hinrichsen hatte sich umgedreht und beobachtete die Tiere ebenfalls. Er freute sich, und wieder hatte Max das Gefühl, einem Kind gegenüberzustehen. »Die wohnen nicht hier, die sind nur zu Besuch«, erklärte der Mann und schob seine Schirmmütze ein Stück höher.

»Hier sind ja auch immer ganz viele Menschen zu Besuch«, nahm Max den Faden auf, »die hier spazieren gehen.«

Niels Hinrichsen sagte nichts und schaute seine Fußspitzen an. Herr Barsfeld räusperte sich. »Niels mag es nicht, dass hier so viele Leute herkommen«, erklärte er. »Vor allem, wenn sie nicht auf den Wegen bleiben. Nicht wahr, Niels?«

Niels schüttelte den Kopf, ohne die anderen beiden Männer anzusehen. »Die machen alles kaputt«, sagte er leise.

»Aber du darfst trotzdem nicht mit ihnen schimpfen, das weißt du doch, oder?«

Niels hielt den Kopf immer noch gesenkt und nickte stumm.

»Herr Barsfeld hat mir erzählt, dass Sie auch nachts hier im Wald sind?«, fragte Max behutsam. Wieder ein Nicken.

»Haben Sie neulich vielleicht ein paar Leute gesehen, die sich … gestritten haben? Drei, vier Männer, vielleicht auch eine Frau? Vielleicht waren es auch keine Männer, sondern … Jungs.«

Niels Hinrichsen hob den Kopf. Seine Augen leuchteten auf. »Hier haben mal zwei Männer wegen einer Frau gekämpft.«

»Wann war das? Und wo? Haben Sie das selbst gesehen?«

Überraschend wendig rannte Hinrichsen los, quer durch den Wald und ohne sich noch einmal zu den beiden Männern umzudrehen. Schulterzuckend folgte Max ihm, während er den Mitarbeiter der Forstverwaltung hinter sich schnaufen hörte. Nach kurzer Zeit hatten sie schon den nächsten Weg erreicht. Hinrichsen bog rechts ab und verschwand nach wenigen Metern bereits wieder links im Unterholz. Hier wuchsen ausschließlich Tannen, der Boden war moosig-grün und weich wie ein Teppich. Vor einem mit Moos und Flechten bedeckten Stein war Niels Hinrichsen stehen geblieben. Quer über den Stein hatte das Wasser eine tiefe Rinne gespült, die dem Felsbrocken Ähnlichkeit mit einem gigantischen Brötchen verlieh. Als Max und Herr Barsfeld neben Hinrichsen stehen blieben, blickte dieser die beiden glücklich an. »Ganz, ganz früher haben hier mal zwei Ritter mit ihren Schwertern gekämpft, weil beide dasselbe Mädchen haben wollten. Der eine hat nicht richtig gezielt und auf den Stein draufgehauen und nicht auf den Kopf von dem anderen. Er hat aber so kräftig zugehauen, dass der Stein Funken gesprüht hat wie ein Feuer, und da hat der andere einen Riesenschreck gekriegt und ist weggelaufen. Aber der Stein hat eine ganz tiefe Rille bekommen von dem Schlag.«

Max lächelte. »Das ist eine schöne Geschichte«, sagte er und versuchte, das Gespräch wieder auf die nicht ganz so weit zurückliegende Vergangenheit zu lenken. »Haben Sie denn schon einmal Männer kämpfen sehen? Ich meine, in der letzten Zeit?«

Hinrichsen legte die Stirn in Falten und schien angestrengt nachzudenken. Sein glückliches Lächeln verschwand. »Weiß nicht«, sagte er leise. »Manchmal schreien welche ganz laut, aber dann lauf ich immer weg. Und Männer mit Schwertern hab ich hier noch nie gesehen. Nur im Fernseher.« Bittend sah er Max an, als hoffe er, dass dieser nicht böse auf ihn war. Max lächelte freundlich und hob die Hand, um sie dem Mann auf den Arm zu legen, doch dieser zuckte zurück, als fürchte er, geschlagen werden. Max ließ die Hand wieder sinken. »Es gibt heute nicht mehr viele Ritter, die sind sehr selten. Und meistens benutzen sie heute Stöcke, wenn sie kämpfen«, erklärte er und hoffte, dass das nicht als Zeugenbeeinflussung ausgelegt werden würde. »Haben Sie hier Männer mit Stöcken gesehen, Herr Hinrichsen?«

Der Mann riss die Augen auf und wich langsam zurück. »Gar nix weiß ich, überhaupt nix!« Er drehte sich um und rannte über die lichte Moosfläche, sprang mit einem Satz über einen Graben, überquerte einen weiteren Weg und verschwand im Unterholz, das an dieser Stelle schon wieder dichter war. Stirnrunzelnd blickte Max ihm nach.

Herr Barsfeld neben ihm seufzte. »So ist es immer mit ihm. Plötzlich haut er ab, als wäre der Teufel hinter ihm her.«

Max wandte sich zu dem Mann um. »Sie sagten vorhin, Herr Hinrichsen solle nicht mit den Leuten schimpfen, wenn sie die Wege verlassen. Hat es da mal Probleme gegeben?«

Barsfeld nickte. »Niels fühlt sich verantwortlich für den Wald, vermutlich, weil sein Opa hier Förster war und immer mit ihm hier draußen war. Er meint, er müsste aufpassen, dass keiner hier was anstellt.« Er zuckte die Schultern. »Leider hat er früher ab und zu mal Leute angepöbelt, und die haben sich dann beim Förster beschwert.«

Max runzelte die Stirn. Wieso hatte Tobias Behnke ihm nichts von diesem Mann erzählt? Ehe er die Frage stellen konnte, fuhr Barsfeld fort: »Aber das ist schon eine ganze Weile her, noch beim alten Förster. Tobias ist ja man gerade erst drei Jahre hier. Der Alte hat Niels ein paarmal gedroht, dass er nicht mehr in den Wald darf, wenn er nicht aufhört, die Besucher zu belästigen. Danach ging es eine Weile gut, aber dann fing er wieder an. Seit ein paar Jahren ist er allerdings ruhiger geworden, der Niels. Ist ja auch nicht mehr der Jüngste.«

Max blickte in das Unterholz, in dem der seltsame Bursche verschwunden war. »Ist er schon einmal gewalttätig geworden?«, fragte er den Forstarbeiter, doch Barsfeld schüttelte den Kopf.

»Nein, soweit ich weiß, nie. Er mag es nicht, wenn man ihn anfasst, aber er hat immer nur rumgepöbelt, und durch seine Art … na ja, Sie haben ihn ja gesehen, so verwahrlost und dreckig, wie er ist, da haben die Leute gleich Schiss bekommen.«

Max nickte nachdenklich. Auch wenn er vielleicht nicht selbst zugeschlagen hatte, auszuschließen war es nicht, dass Niels Hinrichsen gesehen hatte, wie Philip Birkner erschlagen worden war. »Woher wissen Sie eigentlich, dass er auch nachts im Wald unterwegs ist?«

»Vom alten Förster. Herr Wiebert hat ihn oft gesehen, der wohnte ja auch im Forsthaus. Und der junge hat auch zwei-, dreimal erwähnt, er hätte so einen seltsamen Kauz durch den Wald schleichen sehen.« Barsfeld zuckte die Schultern. »In so einem kleinen Gelände kennt man mit der Zeit jeden, der hier rumläuft.«

Die beiden Männer wandten sich zum Gehen und schlenderten zurück zur Försterei. Max fragte Barsfeld noch, ob ihm oder seinen Kollegen irgendetwas aufgefallen sei in den letzten Tagen oder auch den Tagen vor dem Mord, aber der hagere Mann schüttelte den Kopf und bestätigte nur, was der Förster schon am Freitag erzählt hatte. »Wir haben im Moment am ganz anderen Ende zu tun«, er machte eine vage Handbewegung Richtung Westen. »Auf der anderen Seite der Straße.« Er schmunzelte. »So klein ist der Wald nun auch wieder nicht.«

Wie sich herausstellte, arbeitete Tanja Fischer in einer großen Werbeagentur in der Hamburger Innenstadt. Als Lina sie endlich unter der bekannten Handynummer erreichte, meldete sich eine Frau mit angenehmer, sachlicher Stimme. Sie könne sich im Moment nicht von der Arbeit losmachen, erklärte sie, aber sie könnten sich kurz in einem der Konferenzräume hier im Haus treffen. Lina wollte ihr nicht am Telefon sagen, worum es ging, also willigte sie ein und stand eine halbe Stunde später vor dem modernen Neubau mit Spiegelglasfassade und Springbrunnen im Foyer.

Tanja Fischer war schlank und hochgewachsen, sie trug Minirock, Bluse und Pumps und begrüßte Lina mit festem Handschlag, als sie sie am Empfang abholte. Sie hatte eine asymmetrische Kurzhaarfrisur und strahlend blaue Augen, die sie hinter einer kleinen Brille mit einem auffallenden, dunklen Gestell versteckte. Lina dachte an die Beschreibung der unbekannten Frau aus der Waldschänke. Tanja Fischer war es offensichtlich nicht gewesen.

Der Konferenzraum war kühl und zweckmäßig eingerichtet, Parkettfußboden, ein riesiger Tisch mit heller Holzplatte, einfache, aber bequeme Stühle. Tanja Fischer bat Lina mit einer Geste, Platz zu nehmen, und setzte sich dann ihr gegenüber. Sie legte ihr Handy auf den breiten Tisch zwischen ihnen und schob ihr eine Visitenkarte zu.

»Frau Fischer, Sie kennen doch Herrn Philip Birkner, nicht wahr?«, begann Lina. Die Frau schien einen winzigen Moment zu zögern, doch dann nickte sie. »In welchem Verhältnis stehen Sie zu ihm?«, fragte Lina.

»Darf ich fragen, warum Sie das wissen wollen?« Tanja Fischer hatte eine Augenbraue hochgezogen und musterte ihr Gegenüber argwöhnisch. »Ist Philip etwas zugestoßen?«

Lina nickte. »Philip Birkner ist tot. Ich habe Ihre Telefonnummer aus der Anrufliste seines Handys.«

Tanja Fischer wurde blass. Sie hob die Hand, als wollte sie sie vor den Mund legen, genau, wie Katja Ansmann es getan hatte, doch dann ließ sie den Arm wieder sinken und wandte stattdessen den Blick ab. Sie starrte aus dem Fenster auf die Fassade des Bürogebäudes auf der anderen Straßenseite. Von unten wehte gedämpfter Verkehrslärm hinauf.

»Frau Fischer, wie gut kannten Sie Herrn Birkner?«, fragte Lina leise.

Eine Weile sagte sie nichts, dann holte sie tief Luft und wandte ihr Gesicht wieder Lina zu. »Ziemlich gut«, sagte sie. »Wir waren … er war … na ja, wir waren eng befreundet.« Sie schluckte. »Eigentlich waren wir Donnerstagabend verabredet, aber dann musste ich kurzfristig nach Frankfurt zu einer Präsentation. Ich bin erst gestern spätabends wiedergekommen.« Sie holte erneut tief Luft. »Wie ist er … ich meine, hatte er einen Unfall oder so etwas?«

Lina schüttelte den Kopf. »Nein. Er wurde umgebracht, in der Nacht von Donnerstag auf Freitag, im Niendorfer Gehege.«

Tanja Fischer wurde noch blasser. Jetzt hielt sie doch die Hand vor den Mund, und Lina fürchtete fast, sie könnte ohnmächtig werden. Es war offensichtlich, dass ihr Philip Birkners Tod naheging. Ihre Formulierung, sie und der Tote seien enge Freunde gewesen, war vermutlich eine Untertreibung gewesen. Die Tränen, die ihr jetzt in die Augen traten, wirkten aufrichtig, und die zitternden Finger, mit denen sie das Taschentuch entgegennahm, das Lina ihr reichte, zeugten davon, wie wichtig Birkner ihr gewesen war.

»Frau Fischer«, sagte Lina nach einer Weile sanft, »ich nehme an, Herr Birkner und Sie standen sich sehr nahe. Hatten Sie … eine Affäre miteinander?«

Tanja Fischer schniefte leise und putzte sich die Nase. »Ja … nein, ich meine …« Sie schniefte erneut. »Vor zwei, drei Jahren hatten wir schon einmal so etwas wie eine Beziehung. Jedenfalls dachte *ich* das, aber dann lernte Philip eine andere Frau kennen, und plötzlich war es aus zwischen uns.« Sie wischte sich die Tränen fort. »Damals habe ich für ihn gearbeitet, als er noch seine eigene Firma hatte. Assistenz der Geschäftsführung«, fügte sie hinzu. »Ich war seine rechte Hand.«

»Ach, Sie haben bei *Inoware* gearbeitet?«

Tanja Fischer nickte und blickte schweigend aus dem Fenster.

»Waren Sie bis zum Schluss dabei, bis die Firma Insolvenz angemeldet hat, oder haben Sie vorher gekündigt?«

Eine ganze Weile regte sich die Frau nicht, ehe sie langsam den Kopf schüttelte. »Ich bin geblieben, obwohl es echt hart war, nachdem er was mit der anderen angefangen hatte. Katja Sowieso, Unternehmensberaterin, aber vermutlich kennen Sie die ja schon. Zuerst dachte ich, dass das nicht lange dauern würde zwischen den beiden, diese Frau ist ja kalt wie ein Fisch. Erst als Philip mir sagte, dass seine Freundin schwanger ist, habe ich mich nach einem anderen Job umgesehen – aber die Insolvenz war schneller.« Sie lächelte schief, dann sah sie Lina direkt in die Augen. »Wissen Sie schon, wer ihn umgebracht hat?«

»Nein. Wir stehen noch ziemlich am Anfang der Ermittlungen.« Lina beobachtete die Frau aufmerksam. Diese blauen Augen waren wirklich bemerkenswert, strahlend, schon fast grell, wie ein Sommerhimmel. Oder wie Kontaktlinsen.

»Dann sollten Sie sich mal mit Frank Jensen unterhalten«, sagte Tanja Fischer.

Lina legte den Kopf schräg. »Warum?«

»Weil Philip den Mann hochkant rausgeschmissen und ihm ein miserables Zeugnis ausgestellt hat. Er war der Meinung, Frank sei schuld an der Insolvenz.« Lina verriet der Frau nicht, dass sie längst mit Frank Jensen geredet hatten. »Frank ist seit damals arbeitslos, und das nimmt er Philip persönlich übel.«

Lina musterte die Frau, die ihr gegenübersaß. Sie wirkte intelligent und selbstbewusst, als ließe sie sich nicht so leicht ein X für ein U vormachen. »Aber Sie glauben nicht, dass Herr Jensen etwas damit zu tun hatte?«

Tanja Fischer schüttelte den Kopf. »Nie im Leben. Ich meine, von der technischen Seite hab ich ja keine Ahnung, aber das soll ja wohl ziemlich simpel gewesen sein, eher so eine Art Flüchtigkeitsfehler. Aber Frank ist einfach nicht der Typ für so was. Ich meine, der ist so was von brav und bieder ...« Sie schüttelte erneut den Kopf.

»Haben Sie jemals mit Herrn Birkner darüber gesprochen?«

»Nein. Zu der Zeit gingen wir uns, so gut es ging, aus dem Weg. Er war gerade Vater geworden, und drei, vier Wochen später brach die Katastrophe über ihn herein.« Sie errötete leicht. »Ehrlich gesagt, habe ich es ihm am Anfang gegönnt, dass er so einen Dämpfer verpasst bekam. Weil er mich wegen dieser Katja Ansmann ... genau, Ansmann hieß sie, also, weil er mich wegen der so einfach fallen gelassen hatte.« Sie hob die Schultern. »Klar, zuerst war ich verletzt, aber dann kam die Wut, und etwa zur gleichen Zeit wurden dieses Datenleck und der Datenklau und der Patentdiebstahl publik. Ganz ehrlich, ich hab mich gefreut.«

Lina konnte ihr das nicht verdenken. Rache war süß, und wenn dann noch das Schicksal eingriff und sich auf die Seite der Armen und Verstoßenen stellte ... »Und wie kam es dazu, dass Sie und Herr Birkner dann doch wieder was miteinander angefangen haben?«

Tanja Fischer lachte bitter. »Philip fehlte der Sex, so einfach war das.« Dann wurde sie still und senkte den Kopf. »Etwa ein halbes bis dreiviertel Jahr nach der Insolvenz rief er mich an. Er bat mich um ein Treffen. Ich zögerte zunächst, aber schließlich willigte ich doch ein.« Sie seufzte und blickte auf. »Sie haben ihn ja nicht gekannt, aber ich schwöre Ihnen, wenn er es darauf angelegt hat, hat Philip immer bekommen, was er wollte. Er konnte einen um den Finger wickeln, bis man ganz hin und weg war.« Sie seufzte noch einmal. »Er sagte mir, wie sehr er mich vermisste, wie oft er an mich denken und von mir träumen würde … das Übliche eben, aber bei ihm klang es … irgendwie einzigartig. Er machte mir Komplimente, er roch gut, er führte mich zum Essen aus. Er gab mir das Gefühl, schön und begehrenswert zu sein, etwas ganz Besonderes.« Tanja Fischer wischte sich die Tränen aus den Augen. »Ich wusste, dass er vor allem auf Sex aus war. Er hatte mir erzählt, dass mit dieser Katja nichts lief, aber dass er sie wegen des Kindes nicht verlassen würde, jedenfalls vorerst nicht. Er war ehrlich und machte mir zugleich Hoffnungen, die er vermutlich nie erfüllt hätte. Und ich ließ mich darauf ein.« Sie holte tief Luft. »Danach haben wir uns ein-, zweimal in der Woche gesehen. Er hat mich besucht, oder wir haben uns irgendwo getroffen und sind anschließend zu mir gegangen. Seine Wohnung war natürlich tabu, ebenso wie Gespräche über seine Beziehung zu Katja.« Tanja Fischer wandte den Blick ab und schaute erneut aus dem Fenster. »Obwohl es Philip vor allem um den Sex ging, haben wir auch hin und wieder etwas unternommen. Wir konnten ganz gut miteinander reden. Trotzdem war klar, dass er Katja niemals meinetwegen verlassen würde. Sie hatte nämlich etwas, was ich ihm niemals hätte bieten können: Geld. Geld und einen guten Namen.«

Lina hatte schweigend zugehört, hatte sich nicht einmal Notizen gemacht. Als Tanja Fischer verstummte und keine Anstalten machte, erneut das Wort zu ergreifen, fragte sie: »Haben Sie mit ihm noch einmal über die Insolvenz von *Inoware* gesprochen?«

Philip Birkners Geliebte wandte Lina das Gesicht zu. »Einmal, vor ein, zwei Monaten erst. Ich hatte kurz zuvor Frank Jensen getroffen, zufällig, auf dem Markt, und war erschrocken, wie schlecht es ihm ging. Er wirkte richtig verwahrlost und erzählte mir, dass immer noch wegen Industriespionage gegen ihn ermittelt wurde und dass ihn vor einer Woche auch noch seine Frau verlassen hat. Ich sprach Philip auf ihn an und fragte ihn, ob er wirklich glaube, dass dieser Mann Industriespionage betrieben hatte – wenn ja, dann müsste er das ja wohl ehrenamtlich getan haben, denn dass Frank kein Geld hatte, war offensichtlich.« Tanja Fischer lächelte müde. »Philip hat nur die Schultern gezuckt, gesagt, dass er nicht darüber reden will, und das Thema gewechselt. Es hat ihn nicht weiter interessiert.« Sie schüttelte den Kopf. »Es hat ihn nicht die Bohne interessiert, was aus Frank geworden ist. Seitdem«, fügte sie leise hinzu, »war es irgendwie anders, *ich* war anders. Ich habe angefangen, mich zurückzuziehen, habe mich nicht mehr jedes Mal mit ihm getroffen, wenn er es wollte.« Sie zuckte die Schultern. »Diese Reise nach Frankfurt am Wochenende kam mir eigentlich ganz recht. Philip hatte mich zu einem Konzert eingeladen, zu dem ich überhaupt keine Lust hatte. Aber wir hatten uns schon länger nicht gesehen, und langsam begann er zu drängeln.« Sie lächelte schief und sah Lina traurig an. »Wie ein kleiner, trotziger Junge, der unbedingt seinen Willen durchsetzen will.«

Lina zweifelte nicht an den Worten der Frau, trotzdem bat sie Frau Fischer um die genauen Angaben zu der Dienstreise, um sie später zu überprüfen. »Warum hatten Sie eigentlich Ihr Handy nicht dabei? Wir haben das ganze Wochenende über versucht, Sie zu erreichen.«

Die Frau errötete leicht. »Der Akku war leer, und ich hatte das Ladegerät vergessen«, sagte sie.

Lina verkniff sich ein Grinsen. Dann dachte sie über das nach, was Tanja Fischer davor gesagt hatte. »Sie beschreiben Philip Birkner als trotzigen Jungen … Hat er jemals versucht, sich mit Gewalt zu nehmen, was er wollte?«

Tanja Fischer hob eine Augenbraue. »Sie meinen … Nein, jedenfalls nicht bei mir. Aber bei mir hat er ja in der Regel auch immer bekommen, was er wollte.« Sie schluckte. »Er hatte es nie nötig, mich zu vergewaltigen.«

»Hätten Sie ihm so etwas denn zugetraut?«

Die Frau wandte den Blick ab und schaute aus dem Fenster. »Ich weiß nicht. Bei den Männern, die man kennt, kann man sich das nie vorstellen, ist es nicht so?«

Lina nickte langsam. Da war etwas dran. »Frau Fischer, wissen Sie, ob Herr Birkner außer Ihnen noch andere Freundinnen hatte?«

»Ich weiß es nicht mit Sicherheit, aber ich gehe davon aus.« Tanja Fischer sah Lina direkt an. »Wie schon gesagt, Philip wollte vor allem Sex. Und als er den von mir nicht mehr in dem Maße bekam, wie er wollte, hat er sich eben andere Frauen gesucht.« Sie zuckte die Schultern. »Das war schon früher so gewesen, als wir das erste Mal zusammen waren.« Sie errötete, als hätte sie sich gerade verplappert. »Na ja, als *ich* dachte, wir hätten eine feste Beziehung. Damals hat er mich ein-, zweimal betrogen, vielleicht auch öfter. Er hat es noch nicht einmal abgestritten.« Sie presste die Lippen zusammen, bis sie nur noch eine schmale Linie bildeten.

Lina ließ es dabei bewenden. Es genügte ihr zu wissen, dass Philip einem One-Night-Stand offensichtlich nicht abgeneigt gewesen war, und dass es ihm leichtgefallen war, die passenden Frauen dafür zu finden. Weiß der Teufel, was er den Frauen erzählt hatte … oder was diese sich ausmalten.

»Frau Fischer, eine Frage noch zum Schluss: Wenn Sie Frank Jensen nicht zutrauen, damals bei *Inoware* absichtlich die Software manipuliert zu haben – wen haben Sie dann stattdessen in Verdacht?«

Tanja Fischer zögerte kurz, sie war sich der möglichen Tragweite ihrer Anschuldigung sehr wohl bewusst. »Daniel Vogler«, sagte sie schließlich, nur um rasch hinzuzufügen: »Ich meine, wer bleibt denn sonst noch übrig? Philip wird wohl kaum seine eigene Firma ruiniert haben, und wenn Frank es nicht war, bleibt nur noch Daniel. Das waren die einzigen Informatiker bei *Inoware*, die Zugang zu der Programmdatei hatten.«

»Und Herrn Vogler trauen Sie, im Gegensatz zu Herrn Jensen, zu, Industriespionage in diesem Ausmaß betrieben zu haben? Warum?«, fragte Lina neugierig.

Tanja Fischer runzelte nachdenklich die Stirn. »Gute Frage. Ich mochte ihn nicht, im Gegensatz zu Frank. Er ist total überheblich und weiß alles besser. Es scheint ihm völlig egal zu sein, was andere Menschen von ihm denken, und er kann ziemlich schroff sein.« Sie zuckte die Schultern. »Eigentlich ein ziemlicher Kauz, superintelligent, ein totaler Computernarr – aber sozial eine absolute Katastrophe.«

Auf dem Weg zum Polizeipräsidium dachte Lina über das nach, was sie gerade erfahren hatte. Tanja Fischer hatte ihre Einschätzung bestätigt, dass Philip Birkner beileibe nicht der nette Junge von nebenan gewesen war, den alle anhimmelten. Eher ein Mann, der seinen Charme berechnend einsetzte, um zu bekommen, was er wollte – und wenn er von jemandem nichts wollte, diesen Menschen links liegen ließ. Ein Mann, der bei Frauen offensichtlich gut ankam – und der sich möglicherweise auch nicht darum scherte, ob die Frau mit einem anderen zusammen war oder nicht. Vielleicht hat ihm jemand übel genommen, dass er sich an dessen Frau herangemacht hatte? Mord aus Eifersucht? Es wäre nicht der erste in der Geschichte der Menschheit.

Vor einer roten Ampel biss Lina von dem Brötchen ab, das sie sich unterwegs gekauft hatte. Ihre Gedanken wanderten zu dieser Geschichte mit dem Datenklau. Wieso eigentlich hatte Philip Birkner damals sofort Frank Jensen beschuldigt? Hatte er jemals in Betracht gezogen, dass es ja auch dieser andere Kollege, Daniel Vogler, hätte sein können? Dass Philip Birkner es selbst gewesen war, wie Jensen angedeutet hatte, hielt sie, genau wie Tanja Fischer, eher für unwahrscheinlich. Die eigene Firma, die offenkundig glänzende Aussichten hatte, sich zur Goldgrube zu entwickeln, zu ruinieren, um durch Industriespionage Geld zu verdienen – und das alles mit einer reichen Freundin im Hintergrund? Lina schüttelte den Kopf. Nee, das war absoluter Blödsinn.

Als sie in Eppendorf im Stau stand, fiel ihr ein, dass Lukas Birkner irgendwo hier in der Nähe sein Büro haben musste. Sie schlug die Adresse in ihrem Notizblock nach, bog zweimal rechts ab und parkte kurz darauf in einer kleinen Seitenstraße. Vielleicht konnte sie von ihm doch noch etwas mehr über die Freunde und vor allem Freundinnen seines Bruders erfahren.

In dem kleinen Ladengeschäft, das Lukas Birkner als Büro diente, brannte Licht. Das Wort *Generalagentur* und Birkners Name waren in schlichter Schrift an die Scheibe geklebt, dazu das Logo eines großen Versicherungskonzerns. Der erste Raum diente als Empfangsbereich, eine Tür führte in ein Hinterzimmer, eine zweite in ein weiteres Büro, das ebenfalls zur Straße hin lag. Alles machte einen düsteren und verbrauchten Eindruck, was an den dunklen Büromöbeln liegen mochte, oder auch an dem abgewetzten grauen Teppich, auf dem man noch genau sah, wo vor etwa drei Jahren die Schreibtische gestanden hatten. Im ersten Raum saß eine gepflegte Frau, die Lina auf Anfang dreißig schätzte, an einem Computer und tippte etwas ein. Sie war blass und hatte dunkle Ringe unter den Augen, als hätte sie in der letzten Zeit nur wenig geschlafen. Ihr grauer Pullover und der schwarze Rock legten die Vermutung nahe, dass sie Philip Birkner recht gut gekannt hatte.

Als Lina eintrat, blickte sie auf und sagte: »Tut mir leid, wir haben geschlossen.«

Lina stellte sich vor und fragte, ob Lukas Birkner zu sprechen sei.

»Mein Mann ist kurz weg zu einem Kunden.« Die Frau seufzte. »Der hat sich nicht abwimmeln lassen, trotz der Geschichte mit Philip.« Sie lächelte fast entschuldigend. »Und ich nutze die Gelegenheit, um ein bisschen von dem abzuarbeiten, was im Urlaub liegen geblieben ist. Wenn man selbstständig ist, nimmt niemand Rücksicht, ob es einen Trauerfall in der Familie gibt oder nicht.« Ihr jammernder Tonfall schien ihr selbst aufzufallen, denn sie richtete sich leicht auf und sagte: »Kann ich Ihnen vielleicht weiterhelfen? Ich bin Sonja Birkner, die Frau von Lukas.«

Die Frau tat Lina leid. Ein Mordfall in der Familie, und das mitten im Urlaub. Andererseits – gab es irgendeinen Zeitpunkt im Leben, an dem ein Mord gut in den Terminkalender passte?

»Gut möglich. Darf ich?«, fragte Lina freundlich, setzte sich nach einem stummen Kopfnicken auf einen freien Stuhl vor dem Schreibtisch und holte ihren Notizblock hervor. Die Frau ihr gegenüber hatte ein ebenmäßiges Gesicht, der Mund war vielleicht einen Tick zu groß, die Augen hatten einen unauffälligen Farbton irgendwo zwischen Braun und Blau. »Kannten Sie Ihren verstorbenen Schwager gut?«

Sonja Birkner lehnte sich auf ihrem Stuhl zurück. Die Hände lagen im Schoß, sodass Lina sie nicht sehen konnte. »Wie man seinen Schwager eben so kennt.« Ihr Blick hatte etwas Wachsames bekommen.

»Wie lange kennen Sie ihn schon? Oder anders gefragt: Wie lange kennen Sie Ihren Mann schon?«

»Schon ewig. Wir sind zusammen zur Schule gegangen. Aufs Gymnasium«, fügte sie hinzu.

»Dann kennen Sie also beide Birkners schon relativ lange?«

»Eigentlich nur Lukas, mit ihm bin ich in eine Klasse gegangen. Philip war eine Klassenstufe über uns, mit ihm hatte ich eigentlich nie etwas zu tun. Und mit Lukas kam ich erst im letzten Jahr zusammen, als Philip schon weg war.«

»Weg ... Sie meinen, als er nicht mehr auf der Schule war?«

Die Frau nickte. Sie hatte die Hände gefaltet und auf die Tischplatte vor die Tastatur gelegt.

»Gab es da nicht diesen Todesfall ...«, Lina blätterte in ihren Notizen, »... Julia Munz?«

Erneutes Nicken. »Ja, aber darüber weiß ich eigentlich nichts. Wir waren zwar in einer Klasse, Julia und ich, aber wir waren nicht befreundet.«

»Stimmt es, dass Julia und Philip mal zusammen gewesen waren?«

»Ja, ziemlich lange sogar, obwohl sie zwischendurch immer mal wieder getrennt waren und sogar andere Beziehungen hatten.« Sie zuckte die Schultern. »Aber sie gehörten eben zu denen, die nicht miteinander, aber auch nicht ohne einander konnten.«

»Zum Schluss waren sie aber nicht mehr zusammen, oder?«

»Nein.« Frau Birkner schnaubte leise. »Philip hatte was mit einem anderen Mädchen, mal wieder, und da hat Julia kurz vorm Abi mit ihm Schluss gemacht.« Sie machte ein abschätziges Gesicht. »Dabei war sie selbst auch nicht besser, wenn Sie wissen, was ich meine.« Sonja Birkner biss sich auf die Lippen, als hätte sie schon zu viel verraten.

»Julia Munz wurde ja nach einer Party umgebracht. Waren Sie auch auf dieser Party?«

Frau Birkner schüttelte den Kopf. »Wir hatten zwar ein paar Kurse zusammen, aber befreundet waren wir nicht.« Sie zögerte. »Wir gehörten zu verschiedenen Cliquen, die nicht viel miteinander zu tun hatten. Julia hing oft mit Leuten rum, die schon zwei, drei Jahre älter waren.« Schulterzuckend fügte sie hinzu: »Sie wissen ja, wie das ist.«

Lina hörte den unterdrückten Neid hinter der Gleichgültigkeit der Frau. Sie könnte wetten, dass Sonja Birkner – obwohl, damals musste sie noch anders geheißen haben – liebend gerne zur Clique von Julia und Philip dazugehört hätte, aber sie hakte nicht weiter nach.

»Haben Ihr Mann und Philip sich gut verstanden?«

Sonja Birkner zögerte, nur einen winzigen Moment, aber sie zögerte. »Ja.«

Lina lächelte sie an, aber der Argwohn verschwand nicht aus dem Blick der anderen. »Und Sie? Haben Sie sich gut mit Ihrem Schwager verstanden?«

»Ja.« Sonja Birkner nahm einen Kugelschreiber vom Schreibtisch und steckte ihn in einen Becher zu den anderen Stiften.

»Er soll ja sehr charmant gewesen sein«, sagte Lina und beobachtete die Frau.

»Ja, er konnte ganz nett sein.« Die Frau sah sie immer noch nicht an.

»Konnte er denn auch anders sein? Nicht nett?«

Philip Birkners Schwägerin holte tief Luft und sah Lina an. »Ich weiß nicht, was Sie damit andeuten wollen. Er war mein Schwager, das war alles. Wir haben uns ab und zu gesehen, bei Familienfeiern und so, aber eigentlich hatte ich nicht viel mit ihm zu tun.« Sie schaute demonstrativ auf den Monitor vor sich, die rechte Hand wanderte zur Maus und umklammerte sie, als wollte sie sich daran festhalten.

Lina lächelte erneut, auch wenn Frau Birkner ihrem Blick immer noch auswich. »Können Sie mir vielleicht Namen von Freunden … oder Freundinnen von Philip Birkner nennen?«

»Nein«, sagte die Frau. »Ich sagte doch bereits …« Sie hob den Kopf, und Lina erfuhr nicht, was sie bereits gesagt hatte. Stattdessen hörte sie, wie hinter ihr die Ladentür geöffnet wurde. Sie drehte sich um und sah einen höchstens einen Meter siebzig großen Mann mit Geheimratsecken vor sich, dessen Bierbauch vom Anzugjackett nur schlecht kaschiert wurde. Er hatte dünne, mausgraue, leicht fettige Haare, war blass und in seinen Bewegungen fahrig.

»Lukas, das ist Frau Svenson von der Kripo.«

Herr Birkner begann zu zittern und strich sich mit der Hand übers Gesicht. Er sah elend aus, und Lina nahm ihm ab, dass er aufrichtig um seinen Bruder trauerte. »Haben Sie«, seine Stimme klang krächzend, und er musste sich räuspern, um weitersprechen zu können. »Haben Sie denjenigen gefunden, der Philip … der meinen Bruder … ich meine …«

»Nein, Herr Birkner«, sagte Lina ernst, »wir wissen noch nicht, wer Ihrer Familie das angetan hat.«

Dass Lukas und Philip Birkner Brüder waren, die sich darüber hinaus sehr nahegestanden hatten, war nicht auf den ersten Blick zu erkennen. Obwohl Lina den Älteren nur als Leiche und von Bildern kannte, war der Unterschied nicht zu übersehen. Während man dem hochgewachsenen, attraktiven Philip den Erfolg im Leben angesehen hatte, schien sein Bruder mit der Versicherungsagentur nicht gerade das große Los gezogen zu haben. Er wirkte mindestens zehn Jahre älter als dreiunddreißig, und es sah nicht so aus, als sei er erst innerhalb der letzten Woche so stark gealtert. Er musterte Lina, während er um den Schreibtisch herumging und sich hinter seine Frau stellte. Sonja Birkner sah ihren Mann nicht an, sondern starrte vor sich auf die Tischplatte. Ihre Augen wirkten eine Spur größer als vorher, fast wie bei einem Reh. Lina kannte diesen Blick. Die Frau hatte Angst.

Sie zögerte. Sie wollte Birkner nur ungern im Beisein seiner Frau auf das Liebesleben seines Bruders ansprechen. Unversehens hatte sie das Gefühl, in ein Minenfeld geraten zu sein, in dem jeder Schritt eine Katastrophe auslösen könnte.

»Herr Birkner, bei unseren Ermittlungen sind wir darauf gestoßen, dass Ihr Bruder offensichtlich eine Geliebte hatte.« Sie zögerte erneut. »Wussten Sie davon?«

Der Mann starrte sie an. Seine Finger, die die Rückenlehne des Schreibtischstuhls umklammerten, waren weiß. »Nein, davon weiß ich nichts. Ich glaube es auch nicht. Es passt nicht zu Philip.«

Sonja Birkner schien den Kopf einzuziehen.

»Es ist aber wahr. Ich habe mit der Frau gesprochen.«

»Vielleicht lügt die ja, um Philip schlechtzumachen. Haben Sie sich das mal überlegt?«

Lina tat, als würde sie den Einwand bedenken. Plötzlich wünschte sie sich Max an ihrer Seite, Max mit seiner klaren, tiefen Stimme, Max mit seinen einen Meter achtzig und der Ruhe, die er mit sich herumzutragen und an seine Umgebung abzustrahlen schien. Egal, was sie sagen würde, Lukas Birkner würde nichts auf seinen Bruder kommen lassen, egal, welche Belege sie ihm vorlegen würde, und mit jedem Schatten, den sie auf Philip fallen lassen würde, würde er sich nur noch weiter verschließen. Er klammerte sich so blind an das Bild, das er sich von seinem Bruder machte, dass er nichts anderes mehr gelten ließ. Wenn jemand zu einem Menschen wie Lukas Birkner durchdringen konnte, dann Max, das wusste sie plötzlich so sicher, wie sie wusste, dass Philip Birkner nicht der Mann war, für den sein Bruder ihn hielt.

Tief in Gedanken versunken fuhr sie zum Präsidium zurück. Das Ehepaar Birkner mussten sie unbedingt noch einmal befragen.

Dass Sonja Birkner wenn nicht gelogen, so doch zumindest sehr viel verschwiegen hatte, war offensichtlich gewesen. Und sie hatte Angst vor ihrem Mann. Hatte Philip Birkner auch seine Schwägerin angebaggert? Hatte sie sich womöglich darauf eingelassen – und Lukas hatte es herausgefunden?

Doch Hanno hörte nur mit halbem Ohr zu, als sie ihm davon erzählen wollte. Sebastian hatte sich gerade die Jungs aus der U-Bahn vorgenommen. »Drei Bengel hat die Streife aufgespürt, keiner von denen ist volljährig.« Hanno schüttelte den Kopf. »Einer hat Sebastian gegen das Schienbein getreten. Sein Gebrüll hab ich noch hier oben gehört.«

Lina konnte sich die Szene lebhaft vorstellen, und sie wollte nicht in der Haut der drei Jungs stecken. Sie hatte einmal erlebt, wie Sebastian mit einem Verdächtigen umgesprungen war, der es gewagt hatte, ihn anzupöbeln.

Hanno räusperte sich. »Geh mal runter und hilf ihm bei den Jungs.«

Lina starrte ihn ungläubig an. »Ich soll mit Sebastian zusammen … Sag mal, hast du noch nicht mitbekommen, dass wir beide uns nicht ausstehen können?«

»Das ist ja nicht zu übersehen«, erwiderte Hanno säuerlich. »Aber Max ist noch unterwegs, Alex ist schon zu Hause und ich kann hier nicht weg.«

»Aber wieso …«

»Jemand muss da runter und das Schlimmste verhüten. Der Kerl bringt sich sonst noch ins Teufels Küche.« Mit dem Kerl meinte er Sebastian, aber der war Lina herzlich egal. Im Gegenteil, ein paar Stunden in besagter Einrichtung schmoren, am besten mit geschlossenem Deckel, täten ihm ihrer Ansicht nach ganz gut.

Sie starrte ihren Chef finster an, und der hatte immerhin genug Anstand, den Blick abzuwenden. Er hatte zu tun! Ha! Die Seiten in der Akte zählen, oder was? Wütend knallte sie die Tür hinter sich zu.

Die Vernehmungszimmer, in die Sebastian die Jungen hatte bringen lassen, befanden sich im Keller. Karg ausgestattet, ohne Fenster, drei Stühle und ein Tisch fest am Boden verschraubt, Videokameras in den Ecken, Gucklöcher in den Türen. Vor einem der Räume stand Sebastian und stritt sich lautstark mit zwei Kollegen von der Bereitschaftspolizei.

»Mensch, Sebastian, nu mach aber mal einen Punkt«, hörte Lina einen der Uniformierten sagen. Sie kannte ihn nur flüchtig, Stefan Melzer, ein bedächtiger Endfünfziger mit Schnauzer, der glatt als Werbefigur für die sympathische Polizei von nebenan herhalten könnte. Den zweiten, jüngeren, kannte Lina gar nicht.

»Dieser kleine Scheißer hat mich schon wieder getreten, verdammt noch mal! Das kann ich dem doch nicht durchgehen lassen!«

»Herrje, der Junge ist vierzehn! Dem kannst du doch nicht einfach eine langen, als hättest du einen Schläger vom Kiez vor dir!«

Sebastian schüttelte die Hand des Kollegen ab und fuhr sich mit der Hand durchs zerzauste Haar. Er hob den Kopf und entdeckte Lina, die die Szene mit verschränkten Armen beobachtet hatte.

»Was willst du denn hier?«, blaffte er.

»Hanno schickt mich. Ich soll dir helfen«, fügte sie süffisant hinzu, »falls du mit den Kids nicht klarkommst.«

»Danke, das schaffe ich schon allein.«

»Klar, indem du sie verprügelst, oder was?«

»Ich verprügel' niemanden.«

Die beiden Uniformierten schauten weg, der Jüngere zu Boden, Stefan Melzer betrachtete interessiert die Decke.

»Und jetzt verpiss dich.« Sebastian starrte sie an, als würde er ihr am liebsten ebenfalls eine langen.

»Sebastian, jetzt lass den Scheiß. Ich soll hier die Jungs befragen, und das werde ich auch tun.« Sie holte tief Luft. »Komm jetzt erst mal runter. Hol dir 'n Kaffee aus der Kantine, mach kurz Pause und dann …«

»Ich brauch mir von dir nicht sagen zu lassen, wie ich meinen Job zu erledigen habe«, fiel er ihr ins Wort. Sein Gesicht war gerötet, die Halsschlagadern traten deutlich hervor. »Wenn du so scharf drauf bist, dann lass dich doch von dem kleinen Pisser vermöbeln. Viel Spaß!« Damit rauschte er ab, riss die Tür zum nächsten Vernehmungsraum auf und ließ sie mit lautem Knall hinter sich ins Schloss fallen.

Lina starrte ihm mit gerunzelter Stirn nach, dann sah sie Melzer an, der schweigend die Schultern hob. Von ihm würde sie nicht erfahren, was hier vorgefallen war. Lina schluckte ihren Zorn herunter und fragte: »Und, wer ist dieser gefährliche Schläger?«

Stefan Melzer kratzte sich am Kopf. »Marcel Niemann, vierzehn Jahre alt, wurde vor mehreren Monaten schon einmal aufgegriffen, als er mit einer Gruppe von anderen Jugendlichen unterwegs war. Sie hatten im Tibarg-Center randaliert, gestohlen und Kunden angepöbelt.« Er deutete mit einem Kopfnicken auf die solide Stahltür, hinter der der Junge saß. »Letzten Donnerstag war er wieder unterwegs, Sie haben ja die Videos aus der U-Bahn gesehen. Sieht so aus, als würde er inzwischen den Ton angeben, obwohl er der Jüngste ist.«

»Irgendwelche konkreten Straftaten?«

Melzer schüttelte den Kopf. »Wir konnten ihm bislang nichts nachweisen.« Er zuckte die Schultern. »Ist aber vermutlich nur eine Frage der Zeit.«

»Wie sieht's mit Drogen aus?«

»Wir haben Dope bei seinen Kumpels gefunden, er hatte nur Tabak dabei.«

Lina glaubte nicht, dass der Junge artig ablehnte, sobald der Joint rumging. Entweder war es Zufall, oder der Junge hatte die anderen geschickt reingelegt.

»Hat Sebastian ihn schon befragt?«

Melzer schüttelte den Kopf. »Nein. Der Junge hat bei seiner Verhaftung so einen Aufstand gemacht, dass er erst mal eine Weile schmoren sollte.« Er zögerte kurz. »Als Sebastian zu ihm rein ist, ging es gleich wieder los.«

Lina nickte. »Wie war noch mal der Name?«, fragte sie, die Hand schon an der Klinke.

»Marcel Niemann.«

Irgendwie kam ihr der Name bekannt vor, und sie ging im Kopf die Liste der Zeugen im Mordfall Birkner durch. Evelyn Riemann, die Staatsrätin, fiel ihr ein. Vielleicht hatte sie sich durch die Namensähnlichkeit täuschen lassen.

Sie betrat den Raum. Als der junge uniformierte Kollege ihr folgen wollte, schüttelte sie den Kopf. »Lassen Sie man, ich glaube, es reicht, wenn Sie draußen warten.« Der Kollege zuckte die Schultern und zog sich zurück. Die ganze Zeit über hatte er nicht ein einziges Mal den Mund aufbekommen.

Marcel Niemann saß zusammengesunken auf einem der Stühle, hielt sich die linke Wange und starrte Lina finster an. Unter der Hand erkannte Lina die kräftige Rötung. Sebastian hatte also tatsächlich ganz ordentlich zugelangt, dabei war der Junge eher schmächtig und nur wenige Zentimeter größer als Lina. Ziemlich zart also, was bedeutete, dass er einiges auf dem Kasten haben musste, wenn Melzer richtiglag mit der Vermutung, dass er inzwischen der Boss der kleinen Niendorfer Gang war. Beim Stichwort Niendorf klingelte es. Antje Niemann, das war doch die Zeugin aus der Waldschänke gewesen, die Lina zu Hause aufgesucht und befragt hatte. Die zuerst geglaubt hatte, sie sei wegen ihres Sohnes gekommen.

Marcel beobachtete sie schweigend, als sie ihm gegenüber auf der anderen Seite des Tisches Platz nahm. Lina erwiderte seinen Blick genauso wortlos. Er schien irritiert, weil sie kleiner war als er, weil sie eine Frau war, weil sie allein hereingekommen war, weil sie nichts sagte. Und dann war da noch etwas, etwas Vertrautes, nicht richtig Fassbares, etwas, das er kannte: die Art, wie sie ihn anblickte, provozierend, testend, fragend und zugleich mit der unmissverständlichen Botschaft: Mit mir nicht! Er war verwirrt, diesen Blick kannte er nur von anderen, denen er auf der Straße begegnete, die den gleichen Stallgeruch hatten, dieselbe Sprache sprachen wie er. Aber nicht von einer Bullenschlampe.

»Also«, sagte Lina.

Eine Weile geschah nichts, außer dass die Zeit verstrich. Schließlich wandte Marcel den Blick ab, und Lina holte unbemerkt tief Luft.

»Du weißt, wieso du hier bist, oder?«

Der Junge gab keinen Ton von sich. Mir doch egal, sagte sein Körper, die Art, wie er sich jetzt mit dem Ärmel übers Gesicht fuhr.

»Was habt ihr am Donnerstagabend gemacht, nachdem ihr die Frau am U-Bahnhof Niendorf Markt belästigt habt?«

Keine Reaktion.

»Seid ihr danach vielleicht noch im Wald spazieren gegangen?«

Marcel sah sie an, als sei sie nicht ganz dicht.

»Wolltest du vielleicht deine Mutter von der Arbeit abholen?«

Er war sofort auf der Hut. »Lassen Sie meine Mutter da raus.«

»Keine Sorge, deine Mutter hat ein Alibi. Du bist derjenige, der einiges zu erklären hat.«

Er hatte die Augenbrauen leicht zusammengezogen, was bedrohlich ausgesehen hätte, wenn er etwa vierzig Zentimeter größer und breiter gewesen wäre.

»Wo warst du Donnerstagnacht zwischen halb zwölf und eins?«

Schulterzucken. »Keine Ahnung.«

»Solltest du aber besser. Diesmal geht's um Mord.«

Der Kopf schoss herum. Zum ersten Mal sah Lina Angst in seinen Augen aufblitzen.

»Ihr habt zu dritt, vielleicht auch zu viert oder fünft oder sechst, einen Mann erschlagen. Ich will nur wissen: Wer von euch war's?«

»Wir haben niemanden verkloppt, verdammt, was soll der Scheiß?« Die Augen waren größer als vorher, sein Atem ging hektischer.

»Wieso sollte ich dir glauben? Es gibt Videoaufzeichnungen, wie ihr auf dem U-Bahnhof randaliert und eine Frau belästigt. Und am Tatort gibt es jede Menge Spuren. Es ist nur eine Frage der Zeit, bis wir wissen, zu wem sie gehören.« Es war ein billiger Trick, aber Lina wunderte sich, wie oft er dennoch den gewünschten Erfolg brachte. Und siehe da, Marcel trat der Schweiß auf die Stirn, und er rutschte unruhig auf seinem Stuhl herum.

»Wir haben niemanden umgebracht, echt ey, und wir waren auch gar nicht im Wald, nicht richtig jedenfalls, nur auf dem Friedhof, jedenfalls wollten wir dahin, aber dann war da dieser Penner mit seinem BMW, der Macki fast umgenietet hat, und da sind wir abgezogen, den Tibarg hoch, aber da war tote Hose, und außerdem war's schon spät, und dann hat mich meine Ma erwischt und mich nach Hause geschleift.« Endlich holte er Luft. »Wir waren nicht im Wald, echt nicht, und wenn da irgendwelche Spuren sind, dann will uns jemand was unterschieben, echt.«

Stirnrunzelnd musterte Lina den Jungen. Sie glaubte ihm, hatte ohnehin nie daran geglaubt, dass randalierende Jugendliche etwas mit Philip Birkners Tod zu tun haben könnten, aber das brauchte Marcel jetzt noch nicht zu wissen. »Was war das mit dem BMW, der euch fast umgenietet hat?«, fragte sie.

Marcel zuckte die Schultern. »Keine Ahnung.«

»Ich frag ja nur, könnte ja ein Zeuge sein, der deine Aussage bestätigt.« Sie machte Anstalten aufzustehen.

»Der war dunkel, schon älter, aus der 3er-Reihe, so 'ne Opa-Kiste. Mit 'nem HSV-Sticker.«

Lina versuchte zu schätzen, ab wann jemand für Marcel ein Opa war, doch sie gab es auf. »Hast du den Fahrer erkannt?«

Kopfschütteln.

»Das Kennzeichen?«

»Irgendwas mit HH.«

Sehr vielversprechend. Wie viele dunkle BMW der 3er-Baureihe mochten in Hamburg gemeldet sein? Eindeutig zu viele. Selbst wenn man sich nur auf die mit HSV-Aufkleber beschränkte.

Schweigend und ohne die Miene zu verziehen, sah Lina den Jungen an. Er starrte zurück, kaute an seiner Unterlippe, die Nasenflügel zitterten leise bei jedem Atemzug. Lina dehnte das Schweigen aus, bis der Junge stockend Luft holte und sich noch einmal mit dem Ärmel über das gerötete Gesicht strich. Dann ließ er den Kopf hängen, und Lina wusste, dass sie jetzt an ihn herankäme, dass sie jetzt, in diesem Moment, etwas sagen musste, ehe er wieder dichtmachte, sich in sein Schicksal ergab, das es sowieso nur schlecht mit ihm meinte und ihm den Buckel runterrutschen konnte. Sie hatte sich gerade auf dem Stuhl etwas vorgebeugt und den Mund schon geöffnet, als sie aus dem Augenwinkel wahrnahm, wie sich die schwere Eisentür neben ihr bewegte. Kurz darauf ertönte ein heiseres Knarren, und der Moment, der kostbare Moment, war vorbei. Wütend fuhr sie herum, überzeugt, Sebastian hereinstürmen zu sehen, doch es war nur ein uniformierter Kollege, der die Tür aufstieß, von Lina zu Marcel und wieder zurück zu Lina schaute, ein knappes »Tut mir leid« murmelte und die Tür wieder zuknallte.

Lina brodelte innerlich, auch wenn sie versuchte, sich nichts anmerken zu lassen. Doch der Junge hatte seine Verteidigungsanlagen schon wieder in Stellung gebracht, dem war wieder alles egal, sollten sie ihn doch wegen Mordes einlochen, wie cool wär das denn, ey. Er sah ihr sogar wieder in die Augen, den Kopf leicht schräg gelegt, die Mundwinkel nach unten gezogen, als könnte er dieses Häufchen Bullentussi, das da vor ihm saß, ohnehin nicht ernst nehmen.

Nachdenklich musterte Lina den schmächtigen Jungen. Sie sah seine Mutter vor sich, die mit ihm garantiert überfordert war. Und der Vater, fragte sie sich im Stillen, aber nicht laut, weil sie schon ahnte, dass die Antwort nicht mehr als ein Schulterzucken sein würde. Festhalten konnte sie den Jungen nicht, wollte es auch gar nicht, was also blieb ihr anderes übrig? Seufzend stand sie auf, nickte und sagte: »Okay, das war's dann.«

Sie ging zur Tür. Als sie sich umdrehte, saß der Junge immer noch an seinem Platz, die Arme verschränkt, den Mund schmal. »Kommst du? Ich bringe dich nach Hause.« Dann konnte sie sich gleich Marcels Alibi von der Mutter bestätigen lassen, vielleicht noch ein, zwei Worte mit Antje Niemann wechseln, möglicherweise irgendwas verhindern, verändern, verbessern. Marcel starrte sie mit zusammengezogenen Brauen an, versuchte zu begreifen, was sie gesagt hatte. Nach Hause? Zu seiner Ma? Er kam nicht in den Knast? Schulterzuckend stand er auf. Sollte einer daraus schlau werden, was die Bullen wollten. Der eine verprügelt ihn, die Nächste schleimt sich an, bis er fast weich wird, und dann kutschiert sie ihn noch nach Hause. Hoffentlich mit Blaulicht, ey, sonst hätte sich die ganze Sache doch gar nicht gelohnt.

Die ganze Zeit auf dem Weg nach draußen sagte der Junge keinen Ton. Nicht, als sie im Fahrstuhl standen und Lina Hanno übers Handy anrief, und auch nicht, als sie sich und den Jungen vorn in der Wache abmeldete. Mit verkniffenem Gesicht stand er daneben, als sie die Formulare unterschrieb, dann drückte der Beamte hinterm Empfang den Türöffner. Wie sie so nebeneinander über den Parkplatz zum Wagen gingen, hätte man sie glatt für Geschwister halten können, mit Lina als kleiner Schwester, die einen halben Schritt hinter ihrem Bruder hertrottete. Nur die Hand an seinem Ellenbogen, mit dem sie ihm hin und wieder dezent in die richtige Richtung lenkte, passte nicht ins Bild. Marcel hatte immer noch nichts gesagt. Er hielt den Kopf gesenkt, doch Lina wusste, dass er versuchte, unauffällig die Lage zu peilen und nach Fluchtmöglichkeiten abzuchecken. Klar, das gehörte dazu. Sie tat, als würde sie nichts merken, und wartete ab. Und siehe da, sie hatte bereits die Fernbedienung gedrückt, der Wagen zehn Meter vor ihr begrüßte sie blinkend, als Marcel sich losriss und wegzurennen versuchte. Mit einem Satz hatte Lina ihn eingeholt und hielt ihn fest.

»Schön hiergeblieben! Wir fahren jetzt … na warte!«

Ein heftiger Tritt gegen das Schienbein, der nur deshalb glimpflich blieb, weil sie im letzten Moment ausgewichen war. Eine halbe Drehung, ein Sidekick. Er wollte ihr einen Haken versetzen, aber sie packte seinen Arm und schon lag der Junge auf der Motorhaube des Autos.

»Schlecht gezielt! Und was anderes als Kicks gegen's Schienbein fällt dir wohl auch nicht ein?« Seufzend ließ sie ihn los. »Komm schon.« Mürrisch richtete sich der Junge auf. »Hältst du uns echt für so dämlich? Weißt du nicht, dass die meisten Bullen irgendeinen Kampfsport machen?«

»Lina Svenson im unermüdlichen Einsatz gegen das Verbrechen!« Die Stimme hinter ihr ließ sie herumfahren. Max stand in der Nähe an einen Wagen gelehnt und hatte das kleine Intermezzo offensichtlich beobachtet. Sie streckte ihm die Zunge raus, dann drehte sie sich wieder zu Marcel um. Schweigend wischte er sich die Hände ab und trottete auf die Beifahrertür zu, die Lina ihm aufhielt.

»Und was hast du in der Zwischenzeit getrieben?«, fragte sie Max, der inzwischen zu ihr herübergekommen war. Er berichtete kurz von seinem Gespräch mit Niels Hinrichsen im Niendorfer Gehege.

»Und der Kleine hier?«, fragte er leise und deutete auf den Jungen, der sich neugierig im Wagen umsah. »Ist das einer von den gefährlichen U-Bahn-Schlägern?«

Lina nickte. »Im Moment ist er nur eine halbe Portion, aber das kann sich schnell ändern. Ich glaube zwar nicht, dass er was mit unserem Birkner zu tun hat, aber wenn wir nicht aufpassen, werden wir ihn in ein paar Jahren wieder bei uns oben sitzen haben.« Oben, damit meinte sie die Mordkommission. Sie sah Max nachdenklich an, als versuchte sie, zu einer Entscheidung zu kommen. »Hast du gerade Zeit?«

»Im Prinzip schon. Ich wollte den Bericht schreiben, aber du weißt ja …« Alex war der Einzige von ihnen, der ganz versessen darauf war, Berichte und Protokolle zu schreiben.

»Dann steig ein. Ist eh ganz gut, wenn einer den Bösewicht im Auge behält. Aber halt den Mund.« Als Max sie neugierig ansah, errötete sie, was für sie völlig untypisch war, und fügte hinzu: »Ich will dir etwas zeigen.«

Max kletterte auf die Rückbank auf den Sitz hinter Lina, sodass Marcel ihn und er den Jungen sehen konnte. Dieser schien sich unbehaglich zu fühlen, was Lina ihm nicht verdenken konnte.

Nachdem sie eine Weile gefahren waren, fragte sie den Jungen: »Wo hast'n kicken gelernt?«

Mit finsterem Gesicht hob er die Schultern. »Von 'nem Kumpel.«

»Auf der Straße?«

Der Junge nickte.

Lina blinkte und bog rechts ab. Eine Weile fuhren sie schweigend, hin und wieder warf sie Marcel einen raschen Seitenblick zu. Vom Profil her ähnelte er seiner Mutter, und selbst diesen müden Zug um den Mundwinkel hatte er schon. Kurz vor einer großen

Kreuzung, an der sie rechts abbiegen müsste, um zu ihm nach Hause zu kommen, wurde sie langsamer und sagte: »Willst du es lernen? Ich meine, richtig Kickboxen?«

Sie sah, wie er mit sich kämpfte. Schließlich schnaubte er verächtlich. »Im Polizeisportverein oder was?«

»Nein.« Sie fuhr noch langsamer. »Also, was ist?« Sie sah ihn an und entdeckte etwas Vertrautes in seinem Blick. Sich selbst vielleicht, die sie einmal war oder hätte sein können.

»Also gut«, gab er schließlich großzügig nach. »Ich kann es mir ja mal anschauen.«

Lina nickte und bog an der großen Kreuzung links ab. Im Rückspiegel sah sie Max' fragend hochgezogene Braue.

Sie hatte gewusst, dass sie ihn hier finden würde. Lutz lebte praktisch fürs Kickboxen und verbrachte jede freie Minute im Dojo in Nord-Altona. Entweder trainierte er selbst an den paar Geräten, die sie da hatten, oder mit den Kumpels. Oder er unterrichtete: Kids und Jugendliche aus dem Viertel. Kids, die Erfahrung im Prügeln hatten, aber nicht unbedingt im fairen Kämpfen. Das versuchte Lutz ihnen beizubringen, zusammen mit der Kunst, sich zu verteidigen, ohne den anderen gleich totzuschlagen, aber natürlich erzählte er ihnen das nicht, jedenfalls nicht so direkt, weil sie dann nämlich sofort wieder weg wären. Die meisten waren Jungs, obwohl auch ein paar Mädchen darunter waren. Als Lina mit Marcel und Max den mit Trainingsmatten ausgelegten Raum betrat, riss der Junge die Augen auf, weil ein halber Riese gerade seinen Partner mit einer Reihe Schläge traktierte, von denen jeder einzelne aussah, als täte er gemein weh. Was auch stimmte, wenn man sich nicht wie der Partner mit einem dicken Schaumstoffkissen schützte. Lina wartete, bis der Riese den Kopf hob, und winkte ihm zu. Er sagte etwas zu seinem Partner, der Mann nickte und verschwand, dann wischte er sich mit einem Handtuch den Schweiß aus der Stirn und kam auf Lina zu. Er lächelte.

»Hey Lina.« Er legte ihr den Arm um die Schulter und drückte ihr einen Kuss auf die Wange. Dann wandte er sich an Max, grüßte ihn mit einem Nicken. Sein Lächeln wirkte ein wenig gezwungen. »Ich bin Lutz.«

»Max.« Max neigte höflich den Kopf. Mit seinem ordentlichen Hemd, den glänzenden Schuhen und dem Jackett wirkte er hier ziemlich fehl am Platze, aber das schien ihn nicht im Geringsten zu stören.

Lina legte dem Jungen neben sich die Hand auf den Ellenbogen. »Marcel, Lutz ist ein guter Freund von mir und mein Trainer.« Der Junge starrte zu dem fast zwei Meter großen Mann mit dem Brustkorb vom Umfang eines Baumstammes hoch. Die kurzen Haare, dunklen Tattoos auf dem nackten Oberkörper sowie die schiefe Nase wirkten nicht gerade vertrauenerweckend, aber Lina bemerkte das ehrfürchtige Glitzern in den Augen des Jungen. Wie es aussah, hatte sie ihm den richtigen Köder hingehalten.

Lutz musterte Marcel mit kritischem Blick. Die mageren Ärmchen, die von Sebastians Ohrfeige immer noch gerötete Wange, die Schmutzflecken auf der Hose. Vor allem jedoch diesen Zug um den Mundwinkel, die Andeutung eines seligen Lächelns, in dem sich all die Träume davon abzeichneten, was ein Junge wie er erst erreichen könnte, wenn er so wäre wie dieser Schrank vor ihm. »Mit wem hast du dich denn gekloppt?«

»Die Bullen haben mich eingesackt, und einer hat mich verprügelt.« Er schluckte kurz. »Die da hat mich gegen ein Auto geschmissen.« Er zeigte auf Lina.

»Und was hast du angestellt?«

Das Lächeln verschwand. »Gar nichts.« Ein misstrauischer Blick von Lutz zu Lina. War das hier ein abgekartetes Spiel? War dieser Typ womöglich auch ein Bulle? Doch Lutz schnaubte nur spöttisch.

»Klar, du bist ein Waisenknabe. Total unschuldig. Könntest einer Fliege kein Bein ausreißen.« Ehe der Junge etwas darauf erwidern konnte, fragte er: »Hast du schon mal gekämpft, ich meine, Kickboxen?«

Marcel nickte. »Ein Kumpel hat's mir gezeigt.«

»So, so, ein Kumpel. Was hat er dir denn gezeigt?«

Der Junge schaute unschlüssig zwischen Lutz und Lina hin und her, dann trat er von einem Bein aufs andere. »Also, wenn ich angegriffen werd', was ich dann machen soll. Welche Tritte es gibt und so.«

»Zeig mal.« Ehe Marcel es sich versah, hatte Lutz einen Schlag angedeutet. Nach einer Schrecksekunde wich der Junge aus, drehte sich überraschend behände um und trat zu. Viel zu hoch und viel zu ungenau. Lutz hob nur kurz den Fuß, um ihn abzuwehren, ein Arm schoss hoch, und Marcel landete auf der Matte.

»*Das* hat dein Kumpel dir gezeigt?«, fragte Lutz.

»Verdammt, nee!« Marcel rappelte sich auf, schwankend zwischen Zorn, Bewunderung und Erstaunen. Er schielte zu Lutz hoch. Schließlich siegte seine Neugier, und er schluckte seinen Stolz herunter. »Kannste mir das beibringen?«

Der Junge hatte Feuer gefangen, aber Lutz antwortete nicht sofort, sondern nagte an seiner Unterlippe, ohne Marcel aus den Augen zu lassen. Nach einer halben Ewigkeit sagte er: »Okay, aber wir machen's nach meinen Regeln. Wenn du dich nicht daran hältst, fliegst du raus.« Marcel wollte schon eifrig nickend zustimmen, klar, kein Problem, als Lutz noch einmal betonte: »Ich meine es ernst. Wenn du Scheiß machst, fliegst du.«

Marcel erfasste den Ernst der Lage, aber verdammt, die Sache schien es ihm wert zu sein, deshalb nickte er, bedächtig diesmal. Er wollte gerade etwas sagen, um den Deal von seiner Seite klarzumachen, als die Tür zum Dojo krachend aufflog und zwei Männer laut lachend hereinkamen. Die kleine Gruppe blickte zur Tür, das Lachen erstarb. Einer der Männer, ein stämmiger, blasser Typ mit grauen Augen und kurzen, braunen Haaren, starrte Lina an. Wenn sie sich auf der Straße begegnet wären, hätte er vor ihr ausgespuckt, hier im Dojo begnügte er sich mit einem verächtlichen Schnauben. Lina und Lutz tauschten Blicke, sie wollte gerade etwas sagen, als der Braunhaarige grölte: »Sieh mal an, unsere Bullenschlampe.« Sein Blick wanderte zu Max. »Und jetzt schleppste auch noch deine Bullenfreunde hier mit an, oder was?« Kalle konnte Bullen drei Meilen gegen den Wind riechen. Lina drehte sich wieder um, musterte den Mann, der sie um gut eineinhalb Köpfe überragte, von oben bis unten, wandte sich erneut schweigend ab und sagte zu Lutz: »Danke. Wir reden später.«

Lutz nickte, ohne die Neuankömmlinge aus den Augen zu lassen. »Sehen wir uns nachher noch im Chillis?«

»Im Chillis mögen sie keine Bullen«, kommentierte Kalle und kam langsam näher. Drei Schritte vor Lina und Max blieb er stehen. Marcel hatte sich ganz fix in Lutz' Windschatten verzogen.

»Das Chillis ist genauso Linas Kneipe wie deine«, sagte Lutz.

»Aber nicht dem seine«, erklärte Kalle und starrte Max an. »Bist doch ein Bulle, oder?«

»Ja, ich bin Polizeibeamter«, erwiderte Max betont ruhig und höflich.

»Und was hat so einer wie du in unserem Dojo zu suchen? Hat die Alte dir nicht gesagt, dass wir hier keine Bullen sehen wollen?«

»Tut mir leid, das ist mir neu«, sagte Max, immer noch höflich. »Ich wusste nicht, dass sich hier jemand an meiner Anwesenheit stören könnte.«

»Und ob sich hier jemand an deiner Anwesenheit stört, Scheißbulle.« Kalle warf seinem Kumpel, den Lina noch nie hier gesehen hatte, einen Blick zu, und machte einen langsamen Schritt auf Max zu.

»Kalle, lass das«, sagte Lina.

»Karl, es reicht«, sagte Lutz.

Kalle hörte weder auf die eine noch auf den anderen. Max stand ganz entspannt vor ihm, das Gewicht war gleichmäßig auf beide Beine verteilt, die Arme hingen locker an den Seiten herunter, die Hände waren leicht geöffnet. Kalles Augen wurden schmal. Er machte noch einen Schritt nach vorn.

»Ich an Ihrer Stelle würde das bleiben lassen«, sagte Max. Seine Stimme war einen Hauch leiser geworden, noch eine Spur ruhiger, wenn das überhaupt möglich war. »Sonst könnte sich jemand sehr wehtun.«

»Oh ja, Schnuckelbulle, und ob es gleich jemandem wehtut.« Er trug Trainingskleidung, Max normale Straßenkleidung. Er baute sich vor ihm auf, ballte die Fäuste, maß den Gegner. Max stand reglos da und atmete ruhig.

Der Angriff kam blitzschnell. Ein Kick, ein Schlag, ein Schrei, und Kalle flog durchs Dojo und landete drei Meter entfernt krachend auf dem Boden. Sein Gesicht war schneeweiß und er sah aus, als müsste er jeden Moment kotzen. Lina sah gerade noch, wie Max einen Arm sinken ließ und den linken Fuß wieder zurücksetzte.

»Wow«, sagte sie.

»Das Schwein hat mir die Schulter ausgerenkt«, brüllte Kalle, wobei sich seine Stimme überschlug und ziemlich fiepsig klang, was gar nicht zu dem massigen Kerl passte. Sein Kumpel kniete schon neben ihm, auch Lutz eilte hinzu und untersuchte die Schulter.

»Du musst zum Arzt«, stellte er fest, doch Kalle kümmerte sich gar nicht um ihn.

»Das Schwein zeig ich an! Das war vorsätzliche Körperverletzung! Dieser Scheißbulle … aua, verdammt!« Lina machte ein paar zögerliche Schritte auf ihn zu, aber sofort schrie er: »Und du verpiss' dich bloß, wart bloß, bis ich wieder fit bin, dich krieg' ich dran, ich werd' dir …«

»Jetzt reicht's«, schnitt Lutz ihm das Wort ab. »Kannst du aufstehen? Ich bring dich ins Krankenhaus.« Zusammen mit seinem Kumpel half er Kalle auf die Beine. Der war immer noch bleich wie die Wände des Dojos, doch immerhin schaffte er es auf eigenen Beinen hinaus.

»Rufst du noch Igor an, damit er die Lütten heute übernimmt?«, rief Lutz Lina über die Schulter zu, und diese nickte. Seit Kalles Angriff auf Max waren keine zwei Minuten vergangen, und sie hatte sich immer noch nicht von ihrer Überraschung erholt. Ihr Blick fiel auf Marcel, der Max mit großen Augen anstarrte. Offensichtlich hatte auch er nicht gesehen, dass ihr Kollege sich überhaupt bewegt hatte.

»Was *war* das?«, fragte sie schließlich, als die Außentür, die zum Hof hinausführte, ins Schloss gefallen und Kalles wütendes Gefluche nur noch gedämpft zu hören war.

»Kung-Fu«, sagte Max und strich sich mit den Händen übers Jackett, als hätte sie ihn bei einer höchst peinlichen Angelegenheit erwischt, etwa, wie er Schlagermusik hörte oder Häkeldeckchen strickte.

»Ein Anfänger bist du da jedenfalls nicht«, stellte Lina kopfschüttelnd fest. »Kalle mag nichts in der Birne haben, aber immerhin hat er den dritten Dan.« Sie kramte ihr Smartphone aus dem Rucksack. Nachdem sie kurz mit Igor geredet hatte, der versprach, sofort vorbeizukommen, lotste sie Marcel und Max auf den Hinterhof, raus aus dem muffig riechenden Dojo, rein in die Abendsonne. Marcel hatte die ganze Zeit noch nichts gesagt, ließ Max jedoch nicht aus den Augen. Er schien vergessen zu haben, dass er hier mit zwei Bullen auf der Bank saß, und sagte: »Das war ja echt cool. Wo haste denn das gelernt?«

»In einem Dojo, ganz ähnlich wie dem hier. Weißt du, was ein Dojo ist?«, fragte Max, als er den verwirrten Blick des Jungen sah. Marcel schüttelte den Kopf. »Das Wort ist Japanisch und bezeichnet allgemein einen Übungsraum. Hier in Europa versteht man darunter meist einen Trainingsraum für Kampfsport, aber in der östlichen Tradition wurden Kampf und Meditation immer zusammen gedacht und praktiziert.« Er schloss kurz die Augen. »Ich praktiziere seit meinem dritten Lebensjahr. Meditation und Kung-Fu. Beides ist eines, Kung-Fu ist nur eine andere Form der Meditation. Meine Eltern«, sagte er, vor allem an Lina gerichtet, »sind Zen-Buddhisten, ich bin quasi damit groß geworden.«

Lina hatte nur eine vage Ahnung davon, was Zen-Buddhisten von anderen Buddhisten unterschied und was Buddhisten im Allgemeinen so trieben, aber sie sagte nichts, dazu war sie zu müde. Nach und nach trudelten die ersten Kids für das Training ein, manche kannten sie, nickten ihr beim Vorbeigehen zu und musterten neugierig die beiden Gestalten neben ihr auf der Bank.

Endlich tauchte Igor auf, ein braun gebrannter, durchtrainierter Kerl. »Was ist passiert? Wieso musste Kalle ins Krankenhaus?«, fragte er. Er musterte Max mit einem Seitenblick, eine Sekunde lang spiegelte sich Schrecken auf seinem Gesicht. Auch er hatte einen besonderen Riecher für die Vertreter der Staatsgewalt. »Seid ihr deswegen hier, ich meine … dienstlich?«

Lina schüttelte den Kopf. »Nee, wir sind privat unterwegs. Aber Kalle ist auf Max los. Ist ihm nicht gut bekommen.«

Igor bedachte Max mit einem kritischen Blick von oben bis unten. »Ach ja?«

Lina seufzte. »Lass es dir von Lutz erzählen. Oder von Kalle, setz überall ein umgekehrtes Vorzeichen vor und zieh die Hälfte ab, dann passt es in etwa.«

Sie wandte sich zum Gehen und zog Marcel mit sich. »Wir müssen uns noch um den hier kümmern. Sehen wir uns Donnerstag?«

Igor nickte. »Um halb acht.« Er sah Marcel an. »Du fängst bei uns an?« Der Junge nickte. »Dann sehen wir uns morgen.« Er verschwand im Dojo, wobei er einen letzten Nachzügler mit reinscheuchte. Krachend fiel die schwere Eisentür hinter ihm ins Schloss.

Lina kramte ihr Smartphone aus dem Rucksack und meldete sich mit ihrem Namen. Max verstand nicht mehr als »Hm« und »Okay« und »Gott sei Dank«, während er sich auf den Verkehr konzentrierte. Dann sagte Lina: »Ich weiß nicht, ich bin ziemlich geschafft. Ich glaube nicht, dass ich noch vorbeikomme.« Wieder Pause. »Okay, ich sag's ihm. Du auch.«

Sie beendete das Gespräch und stopfte das Telefon zurück. Der Motor brummte leise, als sie auf der mehrspurigen Straße in Richtung Präsidium fuhren. Gerade hatten sie Marcel bei seiner Mutter abgeliefert, die ihren Sohn gar nicht wiedererkannte, als er ganz begeistert von dem Dojo und von Lutz und Max erzählte, und das in Gegenwart der sonst so verhassten Bullen.

»Das war Lutz. Kalle ist wieder zu Hause. Die Schulter war nicht ausgerenkt, sondern nur übel geprellt.«

»Gut.«

»Das mit der Anzeige wird er sich wohl noch mal überlegen. Immerhin hat er einen Polizeibeamten angegriffen, und dann noch vor Zeugen. Das könnte nach hinten losgehen.« Sie sah Max an. »Offiziell war's ein Trainingsunfall. Unglücklicher Sturz. Keiner hat ihn angefasst.«

Max nickte, als hätte er nichts anderes erwartet. Vermutlich war ihm diese Lösung ganz recht, und Lina war es auch lieber, wenn kein Aufhebens um die Sache gemacht wurde. Ruhig sagte er: »Falls er irgendwelche Probleme bekommt, gesundheitlich meine ich, und irgendwelche Behandlungen braucht, die er nicht zahlen kann …«, doch Lina winkte ab.

»Vergiss es. Der wird von dir kein Geld annehmen.«

Max nickte erneut. Nach einer Weile sagte er: »Und du? Wirst du deswegen Ärger bekommen?«

Lina zuckte die Schultern, wandte den Blick ab und sah aus dem Beifahrerfenster. »Nicht mehr als ohnehin schon.« Sie fuhren eine ganze Weile schweigend. Es war noch hell draußen, obwohl es bereits nach acht Uhr war.

»Marcel ist nicht der erste Junge, den du zu diesem Lutz gebracht hast, oder?«

»Wie kommst du darauf?«

»Du musstest nichts erklären. Lutz wusste sofort Bescheid.« Max schwieg kurz, als er an einer großen Kreuzung links abbog. »Er hat seine Sache gut gemacht. Wusste sofort, wie er den Jungen kriegt.«

Lina nickte langsam. »Immer wenn ich das Gefühl habe, einer steckt noch nicht zu tief drin, bring ich ihn ins Dojo. Du hast ja die Gegend gesehen, ist nicht gerade vom Feinsten. Lutz hat es sich zur Aufgabe gemacht, sich um die zu kümmern, die am Schlimmsten dran sind. Bei den meisten teilen wir uns dann die Mitgliedsbeiträge für den Verein.« Warum erzählte sie Max das? Warum hatte sie ihn überhaupt mitgenommen? Das alles ging ihn doch gar nichts an. Trotzdem tat es gut. Bisher hatte sie ihr Privatleben strikt vom Beruf abgekoppelt, vielleicht hatte sie sich sogar ein Stück verstellt. Darüber wollte sie jetzt nicht weiter nachdenken, aber sie wusste, dass sie sich Max gegenüber nicht zu verstellen brauchte.

»Und du und Lutz, seid ihr zusammen?« Max hielt das Lenkrad locker umfasst und warf Lina lediglich einen raschen Seitenblick zu. Sie spürte sein Interesse, und irgendwie freute sie das.

»Lutz ist …«, sie lachte kurz auf, »mein anderer Bruder.« Mein Gott, dachte sie flüchtig, dann betreibe ich ja Inzest. Aber trotzdem, die Beschreibung gefiel ihr. Sie traf auf Lutz genauso zu wie auf Max, wenn auch auf andere Weise. Lutz war eher der Kumpel, mit dem sie durch dick und dünn gehen und sich die Nächte um die Ohren schlagen konnte. Lutz war immer für sie da, ohne sie je zu irgendetwas zu drängen. Lutz gehörte einfach dazu, ein Leben ohne ihn wollte und konnte sie sich nicht vorstellen. Max dagegen war der Stille, Zurückhaltende, der sie auf unspektakuläre Weise gut kannte, so wie es bei Geschwistern manchmal der Fall war. Mehr als einmal hatte sie in der letzten Zeit das Gefühl, dass er tief in sie hineinblickte, tiefer, als ihr lieb war, vielleicht sogar tiefer, als ihr eigener Blick ging.

Max zwinkerte ihr zu. »Noch ein Bruder? Eine interessante Familie hast du.«

Lina verschluckte sich fast. Wenn du wüsstest, dachte sie.

11. KAPITEL

Die ruhige, grüne Seitenstraße mit den alten Gründerzeithäusern lag ganz in der Nähe der Universität. Das Grindelviertel mit seinen Studenten wirkte um einiges lebendiger als das betuliche Rothenbaum gleich daneben, in dem Katja Ansmann wohnte.

Als Lina dort ankam, war es kurz nach zehn. Sie war nur kurz im Präsidium gewesen, wo Hanno die Aufgaben für heute verteilt hatte. Max hatte inzwischen herausgefunden, wer für die Kartierung des Niendorfer Geheges zuständig war – Franziska Leyhausen, eine selbstständige Biologin, keine Behördenmitarbeiterin. Lina hatte sich den Zettel mit dem Namen, der Telefonnummer und Adresse der Frau geschnappt. Eigentlich hätte es auch ein Anruf getan, doch Lina war jede Ausrede recht gewesen, um bei diesem schönen Wetter rauszukommen. In einer riesigen Platane vor dem Haus machte eine Horde Spatzen einen ungeheuren Lärm. Es war warm, Lina blieb einen Augenblick in der Sonne stehen und genoss die relative Ruhe um sie herum, ehe sie sich seufzend wieder ihrer Arbeit zuwandte.

Wie sich herausstellte, hatte Franziska Leyhausen gar kein eigenes Büro, sondern nur einen Platz in einer kleinen Bürogemeinschaft, zusammen mit zwei weiteren Biologen und einem Geologen. Ein Mann öffnete die Tür und stellte sich als Klaus Beck vor, nachdem Lina ihm ihren Dienstausweis gezeigt hatte.

»Franka ist nicht hier«, erklärte er, »im Sommer sind die Biologen meistens den ganzen Tag draußen unterwegs.«

»Wissen Sie, wo sie ist?«, fragte Lina.

»Im Niendorfer Gehege«, erwiderte Beck. »Da, wo letzte Woche dieser Mord passiert ist.« Endlich dämmerte es dem Mann. »Wollen Sie deswegen mit ihr reden?« Und als Lina nickte, fügte er hinzu: »Da sind Sie bei ihr genau an der richtigen Stelle, sie kartiert dort nämlich gerade das Gelände und kann Ihnen vermutlich alles darüber erzählen. Sie müssten sie über ihr Handy erreichen können. Warten Sie, ich gebe Ihnen die Nummer.«

»Nicht nötig, die habe ich«, bremste sie den Mann, der schon dienstbeflissen sein eigenes Handy vom Schreibtisch genommen hatte.

»Soll ich ihr etwas ausrichten?«, fragte Beck.

»Nein danke, nicht nötig. Ich denke, ich versuche, sie gleich im Wald zu treffen.«

Klaus Beck schien es zu bedauern, dass er ihr nicht weiter behilflich sein konnte, und verabschiedete sich beinahe euphorisch von Lina.

Als sie wieder im Auto saß, stöpselte sie ihr Handy in die Freisprecheinrichtung, startete den Motor und wählte gleichzeitig die Nummer der Biologin. Es klingelte fünfmal, ehe abgenommen wurde. Eine Frauenstimme sagte zögernd: »Ja bitte?«

»Frau Leyhausen? Hier ist Lina Svenson von der Kripo Hamburg. Ich ermittle in dem Mordfall im Niendorfer Gehege, von dem Sie sicherlich gehört haben, und in dem Zusammenhang hätte ich ein paar Fragen an Sie.«

Schweigen. Dann, wieder zögernd: »Was wollen Sie denn wissen?«

Lina bog auf die Grindelallee ein, die immer geradeaus direkt nach Niendorf führte – wobei sie allerdings einige Male ihren Namen wechselte. »Sie kartieren doch zurzeit das Gelände, wenn ich richtig informiert bin. Die Frage mag Ihnen vielleicht seltsam vorkommen, aber sind Ihnen vielleicht irgendwelche Pflanzen aufgefallen, die jemand umgesetzt hat?«

Wieder Schweigen. Aus den Lautsprechern des Wagens hörte Lina das Dröhnen eines Flugzeugs, das in diesem Moment über den Wald hinwegfliegen musste. »Frau Leyhausen, sind Sie noch dran?«

Die Frau am anderen Ende der Leitung räusperte sich. »Ich bin noch dran. Und ja«, fügte sie langsam hinzu, »ich habe solche Pflanzen gesehen.«

Linas Herz begann zu klopfen. Etwas an der Stimme der Frau irritierte sie. Sie drückte stärker aufs Gaspedal. »Frau Leyhausen, ich bin gerade auf dem Weg ins Niendorfer Gehege. Könnten wir uns vielleicht dort treffen, und Sie zeigen mir die Stellen?«

»Wie meinen Sie das?«, fragte Franka Leyhausen.

»Äh, ich meine, wir treffen uns, und dann gehen wir zusammen …«

»Ich meinte nicht Sie«, unterbrach Frau Leyhausen sie. »Ich stehe gerade dort, wo es passiert ist, und ich weiß auch, wer … Nein!« Das letzte Wort war nur noch ein Aufschrei. Es folgte ein Knirschen und Knacken, dann war die Leitung tot.

Lina schnappte sich das griffbereite Blaulicht, klemmte es aufs Dach ihres Zivilwagens, schaltete die Sirene ein und gab Gas. Die meisten Wagen vor ihr wichen auf die rechte Spur aus, nur so ein Depp im schwarzen Audi raffte nichts, sodass sie kurz auf die Gegenfahrbahn ausscheren musste, wo ein silberner Mercedes gerade noch ausweichen konnte. Am Siemersplatz hatte sie Rot, doch statt zu warten, bis die Autos vor ihr sich bequemten, ihr Platz zu machen, raste Lina über die Rechtsabbiegerspur, polterte über eine kleine Verkehrsinsel und bog mit quietschenden Reifen wieder auf die Kollaustraße ein. Als sie hinter der Kreuzung halbwegs freie Fahrt hatte, forderte sie über Funk Verstärkung an. Zum Glück hatte sie eine genaue Ortsangabe, wohin sie die Kollegen schicken konnte. Anschließend rief sie Hanno an und erstattete mit knappen Worten Bericht. Ihr Navi dirigierte sie links auf eine Nebenstrecke und dann in immer kleiner werdende Straßen, bis sie schließlich direkt an der Kollau an einer Eisenbahnunterführung landete, wo sie mit dem Wagen nicht weiterkam. Fluchend sprang sie aus dem Auto und sprintete los. Ein Stück den Wanderweg zwischen Kollau und Bahndamm entlang, über eine schmale Brücke und dann rechts ein kleines Stück auf einem Rundwall entlang. Eine Spaziergängerin sah ihr erstaunt nach, aber Lina kümmerte sich nicht darum. Ihr Atem ging regelmäßig, und trotz ihrer kurzen Beine flogen die Büsche und Bäume nur so an ihr vorbei, während sie sich fragte, was zum Teufel hier eigentlich los war.

Wenige Meter von der Stelle entfernt, wo vor vier Tagen Philip Birkner tot im Unterholz gelegen hatte, sah sie einen Mann und eine Frau miteinander ringen. Eng ineinander verhakt wälzten sie sich vom Kiesweg in den Grünstreifen daneben, bis die Frau unten lag. Der Mann schien die Hände um den Hals der Frau gelegt zu haben. Als Lina noch etwa vierzig Meter entfernt war, sah sie, wie die Frau einen faustgroßen Stein ergriff und damit auf den Kopf des Mannes einschlug. Sie hörte einen erstickten Schrei, dann war sie nah genug, um das Blut aus einer Wunde an seiner Schläfe tropfen zu sehen. Die Frau schrie gellend und hob den Stein erneut in die Höhe.

Lina packte den Mann am Kragen und riss ihn zurück. Er war zwar groß, aber hager und leistete keinen Widerstand, sondern sackte wortlos zusammen. Die Frau, von der sie vermutete, dass es sich um Franziska Leyhausen handelte, schrie noch immer und hatte die Augen zusammengekniffen. Lina hielt ihre Hand fest und entwand ihr vorsichtig den Stein.

»Was ist hier los?«

Sie hob den Kopf und sah einen jungen Mann auf sich zulaufen. An seiner Jacke erkannte sie irgendein städtisches Abzeichen, woraus sie schloss, dass sie es vermutlich mit dem Förster zu tun hatte. »Ich arbeite aktiv an der Verbrechensverhütung«, sagte sie. »Lina Svenson, Kripo Hamburg«, fügte sie hinzu, als sie das verdutzte Gesicht des Mannes sah, und deutete mit einem Kopfnicken auf den Mann, der immer noch reglos auf dem Boden lag. »Würden Sie sich bitte um diesen Herrn dort kümmern?« Der

Mann auf dem Boden hatte mittellange, schmuddelig graue Haare, trug eine grüne Jacke und Hose, die ihn im ersten Moment ebenfalls wie einen Förster wirken ließen, doch die Schuhe waren einfach und abgetragen, und er roch, als hätte er seit Tagen weder sich noch seine Kleidung gewaschen. Lina schätzte ihn auf Ende fünfzig, und als der Förster sich über ihn beugte, wandte sie sich wieder der Frau zu. »Frau Leyhausen? Können Sie mich hören? Es ist alles in Ordnung, Sie sind jetzt in Sicherheit!«

Aus dem Schreien wurde ein Schluchzen, und endlich schlug die Frau die Augen auf. Sie waren braun.

»Ich bin Lina Svenson. Wir haben gerade telefoniert. Sieht so aus, als wäre ich gerade noch rechtzeitig gekommen.«

Die Frau sagte nichts, aber ihr Schluchzen wurde leiser. Tränen liefen ihr übers Gesicht. Auf der rechten Wange hatte sie einen Kratzer, das helle T-Shirt war mit Zweigen, Blättern und Dreck übersät, die Jeans hatte dunkle Flecken an den Knien und beim linken Wanderstiefel war der Schnürsenkel aufgegangen. Zwei Meter weiter lag, inmitten von Brennnesseln und Giersch, ein abgewetzter Rucksack, und auf dem Fußweg entdeckte Lina ein kaputtes Handy. Mit halbem Ohr hörte sie den Förster auf den Mann am Boden einreden. Ihr Blick fiel auf die Spaziergängerin, die sie vorhin überholt hatte und die jetzt neugierig in einiger Entfernung stehen geblieben war und das Spektakel mit großen Augen beobachtete.

»Haben Sie ein Handy dabei?«, fragte sie schroffer als beabsichtigt. Die Frau nickte. »Dann machen Sie sich nützlich und rufen Sie einen Krankenwagen.«

Franziska Leyhausen richtete sich mühsam auf und blickte zu dem Mann hinüber, auf den sie mit einem Stein eingeschlagen hatte. Als sie ihn so reglos am Boden liegen sah, wurde sie blass. »Er ist tot, nicht wahr?«

Eine Stunde später war Lina wieder in ihrem Büro am Bruno-Georges-Platz. Sie hatte sich einen frischen Kaffee aus der Cafeteria geholt und sich gerade hingesetzt, um nach dem Tohuwabohu wieder zu sich zu kommen, als die Tür aufgerissen wurde und Hanno hereinstürmte.

»Gut gemacht, Lina! Das nenne ich perfektes Timing. Ein, zwei Minuten später, und wir hätten noch eine Leiche gehabt.«

Lina spürte, wie sie rot wurde. Zu allem Überfluss sah sie, dass Max es ebenfalls bemerkte, und wurde noch röter.

»Diese Frau Leyhausen sitzt draußen im Flur, zusammen mit einer Kollegin von der Streife. Sie scheint uns ja einiges zu erzählen zu haben, und der Arzt hat auch nichts dagegen.« Hanno schien vor Tatendrang fast zu platzen. »Lina, du unterhältst dich gleich mal mit ihr, zusammen mit Alex.«

»Und der Mann, dieser Hinrichsen?«, fragte sie. »Das ist doch der Zeuge, mit dem Max schon einmal gesprochen hat, oder?«

Hanno nickte. »Der ist noch im Krankenhaus, die Platzwunde musste genäht werden, ist aber nicht weiter gefährlich. Die wollen ihn bis morgen dortbehalten, zur Beobachtung.« Er kratzte sich am Kopf. »Sieht aus, als könnte das heikel werden mit dem. Er ist ganz aus dem Häuschen, keiner bekommt ein vernünftiges Wort aus ihm heraus. Außerdem scheint er ziemlich renitent zu sein. Im Krankenhaus wollten sie ihm die schmutzigen Klamotten ausziehen, aber er hat sich mit Händen und Füßen gesträubt.« Er sah Max an. »Ich dachte, dass du vielleicht mal mit ihm reden könntest. Du kennst ihn ja schon, und außerdem …«, offensichtlich wusste er nicht so recht, wie er sich ausdrücken sollte, »… bist du doch unser Talent für schwierige Fälle.«

»Ach ja?« Max hob die Augenbrauen, doch Hanno war bereits wieder verschwunden, ebenso stürmisch, wie er gekommen war, ein ganz ungewohnter Anblick bei dem fast einen Meter neunzig großen Mann mit dem ansehnlichen Kugelbauch. Max und Lina schauten sich an.

»So, so, du bist also unser Mann für schwierige Fälle«, grinste Lina. »Wo hat er das denn her?«

Max zuckte die Schultern. »Blühende Fantasie?« Er schnappte sich sein Jackett. »Ach, übrigens«, grinste er zurück, als Lina sich bereits außer Gefahr wähnte, »Rot steht dir gut.«

Während sie mit Frank Jensen in einem offiziellen Vernehmungszimmer gesprochen hatten, führte die Polizeibeamtin, die mit Franziska Leyhausen auf dem Flur gewartet hatte, die Zeugin in Linas Büro. Die Biologin war etwa Mitte dreißig, mittelgroß, hatte dunkelbraune, lange Haare, durch die sich bereits erste graue Strähnen zogen, und eine gesunde, leicht gebräunte Haut. Sie hatte sich das Gesicht und die Hände gewaschen, doch ihr T-Shirt und die Jeans waren noch schmutzig vom Waldboden. In der Hand hielt sie einen Pappbecher mit Kaffee, der inzwischen vermutlich kalt geworden war. Lina fragte sie, ob sie noch etwas essen oder trinken wolle, doch sie schüttelte den Kopf.

»Also, Frau Leyhausen«, begann Lina, »erzählen Sie uns bitte, wie es dazu kam, dass Sie mit Herrn Hinrichsen aneinandergeraten sind.«

Franziska Leyhausen stellte den Becher ab und wischte sich mit den Händen übers Gesicht. »Ich … ich glaube, er hat mich mit Philip zusammen am Donnerstag im Wald gesehen.« Sie wagte nicht, Lina oder Alex anzusehen, der Max' Schreibtischstuhl in Beschlag genommen hatte.

Die beiden wechselten einen Blick. Unvermittelt spürte Lina ihr Herz pochen. »*Sie* sind die Frau, die am Donnerstag nach dem Konzert mit Herrn Birkner in den Wald gegangen ist?«

Franziska Leyhausen hob den Kopf. »Das wussten Sie nicht?« Erstaunt blickte sie von einem zum anderen. »Aber warum wollten Sie dann mit mir sprechen?«

»Das habe ich Ihnen doch am Telefon erklärt. Weil ich Sie fragen wollte, ob Ihnen bei Ihrer Arbeit etwas Ungewöhnliches aufgefallen ist.«

Plötzlich fing Frau Leyhausen an zu lachen. Sie prustete ein paarmal, ehe aus dem Lachen unvermittelt ein Weinen wurde und sie die Hände vors Gesicht schlug. Schließlich fing sie sich wieder, räusperte sich und setzte sich aufrecht hin. »Bitte entschuldigen Sie, aber im Grunde … ja, im Grunde hat es damit angefangen, dass ich etwas Ungewöhnliches gefunden habe, nämlich einen Aronstab.«

»Einen Aronstab«, wiederholte Lina.

»Diese Pflanze ist zwar nicht gerade selten, aber sie kommt hauptsächlich in Süddeutschland und im Mittelgebirge vor, und in so einem stark frequentierten Waldstück wie dem Niendorfer Gehege hätte ich nicht damit gerechnet.« Sie lachte noch einmal auf, aber das Lachen klang bitter. »Es war also tatsächlich etwas Ungewöhnliches.«

Gerade als sie den Aronstab entdeckt und fotografiert hatte, war der Mann vorbeigekommen, der sie heute angegriffen hatte. »Ein komischer Kauz, der reinste Waldschrat, Sie haben ihn ja gesehen. Ich zeigte ihm den Aronstab, weil ich mich so darüber gefreut hatte, und dann haben wir uns noch ein wenig unterhalten. Der Mann ist offensichtlich geistig etwas zurückgeblieben, aber er schien gerne im Wald zu sein. Irgendwann wurde er mir aber doch unheimlich, also habe ich meine Sachen zusammengepackt und Pause gemacht, obwohl ich noch lange nicht fertig war.« Sie sei in die Waldschänke gegangen, um eine Kleinigkeit zu essen, und dort habe sie die Ankündigung für ein Konzert der Gruppe *Ingenia* gesehen.

»Wann war das?«, fragte Alex.

Franziska Leyhausen musste nicht lange überlegen. »Mittwoch. Abends habe ich zwei Freunde gefragt, ob sie mit mir zusammen zu diesem Konzert kommen wollten, das sich ganz spannend anhörte. Babsi hat sofort zugesagt, Daniel meinte, er wüsste noch nicht, ob er es schafft, aber Lust hätte er schon.

Am Donnerstag bin ich also mit Babsi, ich meine Barbara Schönbek, zum Konzert gefahren. Wir haben uns einen Tisch mit Blick auf die Tür ausgesucht, falls Daniel noch kommen sollte, aber er ist den ganzen Abend nicht aufgetaucht. Stattdessen setzt sich ein Mann neben mich, der mir irgendwie bekannt vorkommt. Und siehe da, es stellte sich heraus, dass es der ehemalige Chef von Daniel war, Philip.«

Lina setzte sich aufrecht hin. »Warten Sie, dieser Daniel, das ist nicht zufällig der Daniel Vogler, der bei *Inoware* gearbeitet hat?«

»*Inoware* … kann sein, dass der Laden so hieß. Daniel ist Informatiker und hat mal für eine Firma gearbeitet, die vor ein paar Jahren Pleite gemacht hat. Meinen Sie die?«

Lina nickte. »Und in was für einer Beziehung stehen Sie zu Daniel Vogler?«

Franziska Leyhausen hob die Schultern. »Wir waren vor ein paar Jahren mal kurz zusammen, aber inzwischen sind wir nur noch gut befreundet.«

»Und über Daniel Vogler haben Sie Philip Birkner kennengelernt?«

»Ja, wobei kennenlernen etwas übertrieben ist. Ich war mit Daniel auf der Feier zum fünfjährigen Firmenjubiläum. Damals waren wir gerade offiziell zusammen«, fügte sie erklärend hinzu. »Die Party fand im Hotel Steigenberger statt, alles superschick und riesengroß, aber die Angestellten mussten so ziemlich ihren gesamten Freundeskreis anschleppen, damit es nicht ganz so leer aussah. Bestimmt die Hälfte der Gäste hatte nichts mit Computern oder zumindest nichts mit dieser Firma zu tun.« Franziska Leyhausen schwieg, offensichtlich versuchte sie, sich die Einzelheiten jenes Abends wieder in Erinnerung zu rufen.

»Und dort hat Ihr damaliger Freund Sie Philip vorgestellt?«, drängte Lina sanft.

»Genau. Er hat mir kurz die Hand geschüttelt und zwei, drei Worte mit mir gewechselt, und das war's dann auch schon.« Sie verzog das Gesicht. »Den Rest des Abends habe ich versucht, mich möglichst wenig zu langweilen. Es gab eine eigene Cocktailbar, und der Barkeeper hat mir so ein ekliges Gesöff angedreht. Wahrscheinlich tierisch teuer, aber einfach widerlich.« Sie runzelte die Stirn. »Tut mir leid, das tut wohl nichts zur Sache.«

»Kennen Sie Frank Jensen?«, fragte sie Frau Leyhausen.

»Wen?« Die Frau runzelte erneut die Stirn.

»Ein Kollege von Daniel Vogler, Informatiker wie er.«

»Ach, den meinen Sie. Auf dieser Feier haben wir, glaube ich, kurz mal Hallo gesagt, aber das war's auch schon. Ich glaube nicht, dass ich ihn auf der Straße wiedererkennen würde.«

Lina erwog kurz, Franziska Leyhausen zu fragen, ob sie etwas über die Vorfälle wusste, die zur Insolvenz der Softwarefirma geführt hatten, entschied sich jedoch dagegen. Das Thema musste jetzt warten. »Kommen wir zurück zum Donnerstagabend. Sie sind in der Waldschänke, Philip Birkner sitzt neben Ihnen, Sie stellen fest, dass Sie sich schon einmal begegnet sind. Was passierte dann?«

Franziska Leyhausen schloss die Augen und holte tief Luft. Als sie anfing zu sprechen, blickte sie auf die Tischplatte vor sich. Sie beugte sich leicht vor, schob die Hände zwischen die zusammengepressten Beine und zog die Schultern zusammen. »Solange die Musik spielte, passierte nicht viel, außer dass Philip mich zu einem Glas Wein einlud. Babsi fragte er natürlich auch, aber sie lehnte ab, sie verträgt keinen Alkohol.« Sobald die Musik vorbei war, verabschiedete sich die Freundin. Sie sei krank, erklärte Frau Leyhausen, Morbus Crohn, und wisse nie, wann der nächste Schub käme. An diesem Abend war es wieder einmal so weit.

»Ich hatte ein schlechtes Gewissen, sie allein nach Hause fahren zu lassen, aber sie versicherte mir, das sei völlig in Ordnung.« Sie schwieg. »Sie hatte ja gesehen, dass ich mich ganz gut amüsierte.«

Mit dem Amüsieren sei es dann weitergegangen, Philip hatte einen Wein nach dem anderen bestellt und zum Schluss noch Grappa. Sie hatten sich gut verstanden, jedenfalls am Anfang, als sie sich noch halbwegs normal unterhalten konnten, aber zum Schluss sei sie ziemlich betrunken gewesen. Franziska Leyhausen wurde rot, und ihre Stimme wurde immer leiser, als sie weitererzählte.

»Irgendwann haben wir angefangen, ziemlich wild rumzuknutschen, und dann mussten wir gehen, gut möglich, dass die Leute von der Waldschänke uns sogar rausgeschmissen haben. Wie wir da rausgekommen sind, weiß ich nicht. Filmriss.« Sie schwieg. »Ich erinnere mich nur daran, dass wir irgendwann vor der Kneipe standen. Draußen war es angenehm kühl, und ich dachte, ein Spaziergang würde jetzt guttun. Frische Luft, Bewegung … Mir fiel dieser Aronstab ein, den ich am Tag zuvor entdeckt hatte, und ich schlug vor, wir könnten ja etwas spazieren gehen, und ich würde ihm einen Aronstab zeigen, so etwas hat er bestimmt noch nicht gesehen.« Lina dachte an den Zeugen, der die beiden auf dem Parkplatz vor der Waldschänke beobachtet und angegeben hatte, die Frau wollte Birkner »ihren Stab zeigen«.

»Philip war ganz begeistert.« Franziska Leyhausen schüttelte den Kopf. »Wir waren total albern, haben die ganze Zeit herumgekichert und rumgeknutscht und sind durch den Wald getorkelt wie zwei Teenager.« Sie errötete. »Nicht dass Sie denken, ich würde so etwas andauernd machen, und natürlich weiß ich, dass es total schwachsinnig war, aber …«

Lina nickte der Frau verständnisvoll zu. »… aber manchmal überkommt es einen einfach«, sagte sie.

Franziska Leyhausen sah sie an, dann schüttelte sie den Kopf. »Ich wünschte, ich hätte mich in dem Moment von ihm verabschiedet. Oder wenigstens meinen Verstand eingeschaltet.« Sie holte tief Luft. »Wir sind also durch den Wald getorkelt. Ich war zwar ziemlich betrunken, aber ich habe tatsächlich die Stelle mit dem Aronstab wiedergefunden. Philip wollte mich andauernd küssen, und dann fing er auch noch an, mich anzugrabbeln.« Sie schüttelte den Kopf. »Ich bin vierunddreißig Jahre alt, und trotzdem hatte ich mir eingebildet, ich könnte mit einem besoffenen Kerl nachts durch den Wald spazieren und wir würden uns ganz gepflegt über die Flora und Fauna mitteleuropäischer Mischwälder unterhalten.« Sie schüttelte erneut den Kopf. »Wie dämlich kann man eigentlich sein?« Sie schwieg einen Moment. »Als wir beim Aronstab angekommen waren, zeigte ich Philip die Pflanze, aber er hat sich natürlich gar nicht dafür interessiert. Ich glaube, irgendwann hat er gesagt: ›Komm, ich zeig dir meinen Stab‹, aber ich bin mir nicht sicher. Aber er hat mich wieder geküsst. Hat mich an einen Baum gedrückt und mich geküsst und seine Hand unter meine Jacke und meine Bluse und meinen BH geschoben. Ich hab Nein gesagt und ihn weggestoßen, aber er hat es einfach immer wieder versucht. Irgendwann war ich so wütend, dass ich ihm mit voller Wucht ein Knie in die Eier gerammt habe.«

Ohne hinzusehen merkte Lina, dass Alex bei diesen Worten zusammenzuckte.

»Daraufhin hat er losgekotzt und ist zusammengeklappt. Meine Hose hat ziemlich was abgekommen.« Sie holte tief Luft. »Mann, war ich wütend! Aber zugleich tat es auch so gut!« Sie sah Lina an.

»Verstehen Sie, was ich meine? Ich meine, es war nicht meine erste Erfahrung dieser Art. Da ist ein Mann, er gefällt mir, wir unterhalten uns nett, trinken was zusammen, und dann, kaum sind wir ungestört, spult das Programm ab. Erster Schritt. Sanfte Küsse auf die Wangen. Zweiter Schritt. Zungenkuss. Dritter Schritt. Titten testen …« Franziska Leyhausen wurde rot und verstummte.

»Was haben Sie getan, nachdem Sie Herrn Birkner den Kniestoß verpasst haben?«, fragte Lina nach einer Weile leise.

»Ich bin nach Hause gegangen. Mein Fahrrad stand noch bei der Waldschänke, aber ich war zu betrunken, um zu fahren, und habe es den ganzen Weg geschoben. Ich war ewig unterwegs, bis ich endlich zu Hause war. Ich wohne in Barmbek, in der Jarrestadt«, fügte sie hinzu, und das war in der Tat ein ganzes Ende vom Niendorfer Gehege entfernt. Sie senkte den Kopf. »Als ich Freitag in den Nachrichten hörte, dass Philip tot im Wald gefunden worden war, kamen mir plötzlich Zweifel, ob mein Kniestoß wirklich so harmlos gewesen war. Kann man an so etwas sterben? Klar, er hat noch gelebt, als ich gegangen bin, das weiß ich ganz sicher, aber …«

Nachdenklich musterte Lina die Frau vor sich. Franziska Leyhausen hatte angefangen zu weinen und wischte sich mit der Hand die Tränen fort. Lina kramte in ihrer Schublade nach einem Taschentuch und schob ihr gleich die ganze Packung rüber.

»Aber vermutlich würde er noch leben, wenn ich ihn nicht einfach allein gelassen hätte, oder?« Sie schnäuzte sich.

»Warum haben Sie sich nicht bei der Polizei gemeldet, sobald Sie von dem Toten im Wald erfahren haben?«

Franziska Leyhausen hob die Schultern. »Ich hatte Angst, Sie würden mich verhaften. Ich hatte Angst, Sie könnten mir die Schuld an Philips Tod geben.« Sie schluchzte erneut. »Und irgendwie … *bin* ich ja auch schuldig.«

Im Empfangsbereich der Notaufnahme im Eppendorfer Universitätskrankenhaus herrschte rege Betriebsamkeit. Gerade waren drei Verletzte von einem schweren Verkehrsunfall eingeliefert worden, Ärzte und Pfleger liefen eilig, aber angenehm unaufgeregt durch den Gang, auf den Plastikstühlen im Wartebereich saßen Patienten, denen man zutraute, noch eine Weile durchhalten zu können. Max Berg ging zur Anmeldung, zückte seinen Ausweis und erklärte, er wolle mit dem Patienten Niels Hinrichsen reden.

»Reden wollen Sie mit dem? Na dann, viel Vergnügen.« Der Pfleger nannte ihm eine Zimmernummer, und Max wanderte langsam den langen Gang entlang. Er hatte gerade die Hand erhoben, um anzuklopfen, als sein Handy klingelte.

»Max, hier ist Lina.« Er ging ein paar Schritte zum Fenster, wo er ungestört war. »Die Leyhausen ist unsere Unbekannte aus der Waldschänke. Außerdem kennt sie Daniel Vogler, den Kollegen von Frank Jensen.« Sie erzählte kurz, was Franziska Leyhausen bei der Befragung bislang ausgesagt hatte.

»Und?«, fragte Max, »behaltet ihr die Frau da?«

»Wir sind noch nicht ganz fertig mit ihr.« Lina schwieg einen Moment. »Hanno will sie dem Haftrichter vorführen, aber für mich klingt ihre Geschichte schlüssig. Ich glaube ihr.«

»Dein Bauchgefühl funktioniert aber merkwürdig«, sagte Max.

Irritiertes Schweigen, ehe Lina fragte: »Wie meinst du das?« Sie war auf der Hut.

»Gegen Katja Ansmann hast du wesentlich weniger in der Hand.« Er hörte, wie sie tief Luft holte, und fuhr rasch fort: »War nur so ein Gedanke. Normalerweise ist dein Bauchgefühl ja ganz passabel.«

Leicht verstimmt verabschiedete sich Lina, und Max kehrte zum Zimmer zurück, in dem, wie er jetzt wusste, ein Zeuge und möglicher Tatverdächtiger lag.

Man hatte Niels Hinrichsen in ein Einzelzimmer gelegt. Er trug eines dieser weißen Krankenhausnachthemden, und am Kopf hatte er einen großen Verband, weil man die Platzwunde an der Schläfe genäht hatte. Der Mann hatte die Augen geschlossen und roch unangenehm. Sein Mund bewegte sich, als würde er auf etwas herumkauen, und ab und zu stöhnte er leise.

Max hatte leise angeklopft, doch Niels Hinrichsen hatte nicht darauf reagiert. Jetzt räusperte er sich vorsichtig, und der Mann wandte ihm den Kopf zu. Sein Blick schien durch Max hindurchzugehen.

»Guten Tag«, sagte Max freundlich. Keine Reaktion.

»Vielleicht erinnern Sie sich nicht an mich, aber wir haben uns gestern schon einmal gesehen. Im Wald, zusammen mit Herrn Barsfeld. Wissen Sie noch?« Keine Reaktion. Lediglich mit den Blicken folgte Niels Hinrichsen seinen Bewegungen, als Max sich einen Stuhl heranzog und sich setzte. Hatte man ihm ein Beruhigungsmittel gegeben?

»Da waren Pferde im Wald zu Besuch, ein Junges und seine Mutter.«

Der Hauch eines Leuchtens tauchte in Hinrichsens Augen auf.

»Sie haben mir den Stein gezeigt, auf den früher mal ein Ritter mit seinem Schwert eingeschlagen hat. Wissen Sie, welchen ich meine? Den mit der Rille.«

»Ja, die Ritter. Haben gekämpft.« Die Stimme klang krächzend und zugleich seltsam jung, wie die eines Kindes, was so gar nicht zu dem faltigen Gesicht mit dem grauen Bart passen wollte.

Max zögerte kurz. »Sie haben heute auch gekämpft, nicht war?«

Hinrichsen drehte den Kopf zur Seite. »Hab nix Böses gemacht.«

»Das sag ich ja auch gar nicht.« Max zögerte erneut. »Kämpfen ist ja nicht immer böse. Manchmal muss man das.«

»Der Mann war böse.«

Max legte den Kopf schräg. »Welcher Mann?«

»Die Frau hat mit ihm geschimpft und ihn gehauen, weil er so böse war.«

»Meinen Sie die Frau, mit der Sie heute gekämpft haben?«

»Hab nicht gekämpft. Nicht wie die Ritter. Hatte doch kein Schwert.« Niels Hinrichsen sah auf seine schmutzigen Hände, die sich deutlich von der strahlend weißen Decke abhoben, und schien sich zum ersten Mal zu fragen, wo er eigentlich war. Er hob den Kopf und sah sich um.

»Auf welchen Mann war die Frau denn böse?«, probierte Max es erneut, doch es hatte keinen Zweck mehr.

Immer hektischer flog Niels' Blick hin und her, als versuchte er zu begreifen, wie er hierhergekommen war. »Wo ist meine Mütze? Ich will meine Mütze haben! Die brauch ich!« Er war lauter geworden, richtete sich im Bett auf und machte Anstalten aufzustehen.

»Herr Hinrichsen, bleiben Sie man lieber liegen. Sie sind doch verletzt, haben Sie das schon vergessen?«

Doch der Mann schien ihn gar nicht wahrzunehmen. Tränen stiegen ihm in die Augen, als er mit seinen ungeschickten Fingern den sauberen Baumwollstoff seines Nachthemdes befühlte. »Wo ist meine Jacke?«, schrie er. »Wer hat mir meine Jacke weggenommen?« Er begann zu zittern, die Unterlippe schob sich vor wie bei einem Kleinkind, das jeden Moment zu brüllen anfangen konnte. Mühsam schlug er die Decke zurück.

Max holte tief Luft und atmete langsam wieder aus. Er sagte nichts, sondern sah den Mann in dem Bett vor sich einfach nur an. Er dachte an gar nichts und spürte langsam, wie er selbst von einer tiefen Ruhe erfasst wurde. Sein Atem ging ganz regelmäßig, und er tat nichts weiter, als einfach nur da zu sein und den schreienden Mann vor sich zu betrachten.

Allmählich beruhigte Niels Hinrichsen sich wieder. Er begann leise zu schluchzen und ließ den Kopf hängen. Er zitterte immer noch, und sein magerer, nackter Leib bebte. Erschöpft ließ er sich wieder in die Kissen sinken und schloss die Augen. Gerade als Max ihn wieder zudecken wollte, wurde die Tür aufgerissen, und ein Pfleger und eine Krankenschwester stürmten ins Zimmer.

»Was ist denn hier los?«, wollte der Pfleger wissen. Niels Hinrichsen riss erschrocken die Augen auf und begann unvermittelt zu brüllen. Er schoss in die Höhe und fing an, wild um sich zu schlagen. Max konnte sich gerade noch rechtzeitig ducken, um keine gewischt zu bekommen. Als der Pfleger Hinrichsen am Arm festhalten wollte, schrie der Patient noch lauter, ohne dass auch nur ein artikulierter Laut herauskam.

»Was haben Sie mit ihm angestellt?«, wollte die Krankenschwester wütend von Max wissen, der beschwichtigend die Hände hob.

»Ich habe …«

»Sind Sie ein Verwandter?«

»Nein, aber …«

»Dann halten Sie den Mund und verschwinden Sie! Was haben Sie hier überhaupt verloren?«

Ein weiterer Mann, offensichtlich ein Arzt, und noch eine Krankenschwester kamen hektisch ins Zimmer gerannt. Max wurde zur Seite gedrängt, zu viert stürzten sie sich auf Hinrichsen, der sich mit Leibeskräften wehrte und mit aller Kraft um sich schlug. Max stand stumm daneben und fühlte sich hilflos. Seine Stärke war die Stille, doch gegen diese Übermacht konnte er nichts ausrichten. Er beobachtete, wie der Arzt dem außer sich geratenen Mann eine Spritze gab, woraufhin Hinrichsen erschlaffte und auf dem Bett zusammensank. Aus seinem Brüllen wurde Schreien und schließlich ein verzweifeltes Greinen, das Max erneut an ein Kind denken ließ. Schließlich schlief er ein. Die plötzliche Stille war betäubend. Alle richteten sich langsam wieder auf, strichen ihre Kleidung glatt und die Haare zurück.

»Sie sind ja immer noch hier«, sagte die erste Krankenschwester, die, wie Max erst jetzt auf ihrem Namensschild las, ebenfalls Ärztin war. »Was haben Sie sich eigentlich dabei gedacht? Sie …«

»Ist schon gut, Rita, ich kümmere mich darum«, unterbrach der Arzt sie. Die Krankenschwester und der Pfleger verschwanden stumm, während die Ärztin noch eine Sekunde lang mit zusammengekniffenem Mund vor Max stehen blieb, ehe sie wutschnaubend davoneilte.

Der Arzt holte vernehmlich Luft, wischte sich mit dem Ärmel seines Kittels übers Gesicht und nickte Max zu, ohne zu lächeln. »Dr. Schubert. Ich habe den Patienten heute Morgen aufgenommen und seine Wunde genäht.« Er war hochgewachsen, hatte dichtes, blondes Haar und blaue Augen. Seine Haut war blass, und er sah müde aus, als hätte er schon eine längere Schicht hinter sich, als gut für ihn und die Patienten wäre. »Sind Sie ein Angehöriger?«

Max schüttelte den Kopf. »Nein.« Er stellte sich vor. »Ich ermittle in einem Mordfall. Herr Hinrichsen ist ein wichtiger Zeuge.«

Der Arzt warf einen Blick auf den schlafenden Mann. »Der? Na, mit dem werden Sie noch viel Spaß haben.« Er gähnte hinter vorgehaltener Hand. »Wissen Sie, ob es irgendwelche Angehörigen gibt? Oder einen Betreuer?«

»Keine Ahnung.« Max betrachtete ebenfalls Niels Hinrichsens entspanntes Gesicht. »Was passiert jetzt weiter mit ihm?«

»Jetzt wird er erst einmal schlafen.« Der Arzt schaute auf seine Armbanduhr. »Mindestens bis morgen früh. Dann wird man weitersehen.«

»Aber von seinen Verletzungen her ...«

Dr. Schubert winkte ab. »So eine Platzwunde ist ein Klacks. Blutet wie Hölle, ist aber harmlos, solange sie ordentlich versorgt wird und sich nicht entzündet. Wenn's danach ginge, könnte er heute schon wieder raus.«

Max hörte das Aber, das der Mann nicht aussprach, und sah ihn an. Der Arzt sah erneut zum Bett hinüber. »Aber Sie haben's ja erlebt. Ich würde ihn ungern einfach so gehen lassen.«

Max fiel noch etwas ein. »Wo ist eigentlich seine Kleidung?«

Der Arzt wollte gerade gleichgültig die Schultern heben, doch dann fiel ihm anscheinend etwas ein. Er ging zu dem schmalen Spind neben dem Waschbecken, öffnete die Tür und deutete auf einen grünen Plastiksack. Max wehte eine Wolke verbrauchten Lebens entgegen.

»Die muss ich mitnehmen«, erklärte er. »Für die Spurensicherung.« Auf das unwillige Stirnrunzeln des Arztes hin fügte er hinzu: »Sie bekommen selbstverständlich eine Quittung dafür.«

Der Arzt zuckte die Schultern. »Tun Sie, was Sie nicht lassen können. Aber vielleicht sollten Sie ihm Ersatzkleidung besorgen.« Er gähnte erneut.

Der Mann tat Max leid. Trotz seines vorgeblichen Desinteresses machte er den Eindruck, als würde er sich gerne mehr Zeit für seine Patienten nehmen, als sein Dienstplan zuließ. Max nickte und sagte: »Ich kümmere mich darum.« Er schaute noch einmal zu Niels Hinrichsen hinüber. »Ich komme morgen früh wieder.«

Dr. Schubert nickte nur müde.

Die Zeugin, die sich unversehens als mögliche Tatverdächtige entpuppte, schien mit den Nerven völlig am Ende zu sein. Lina stellte eine Flasche Mineralwasser und eine kleine Packung Erdnüsse auf den Tisch vor ihr. Franziska Leyhausen putzte sich die Nase, trank von dem Wasser und nahm nach anfänglichem Zögern auch ein paar Erdnüsse.

Nach einiger Zeit hatte sie sich wieder halbwegs beruhigt, und Lina fragte: »Warum sind Sie heute in den Wald gegangen?«

Frau Leyhausen setzte sich aufrecht hin. »Ich muss immer noch das Gelände kartieren, damit bin ich längst noch nicht fertig.« Sie nahm sich noch ein paar Erdnüsse. »Als ich zu der Stelle komme, wo … wo ich Philip zuletzt gesehen habe, treffe ich diesen komischen Typen, diesen Waldschrat. Er kniet auf dem Boden und hält eine kleine Schaufel und ein Hexenkraut in der Hand.«

»Ein was?«, fragte Lina irritiert.

«Hexenkraut. *Circaea lutetiana*. Eine zierliche Pflanze aus der Familie der Nachtkerzengewächse mit kleinen, weißen Blüten. Kommt in Deutschland sehr häufig vor. Dieses Allerweltsgewächs hält der Mann also in der Hand, und es ist offensichtlich, dass er es gerade ausgegraben hat und im Begriff ist, es neu einzupflanzen. Ich frage ihn, was er da macht, wieso er die Pflanze umsetzt, und er erklärt mir, dass er die Pflanze retten will, weil sie so nah am Weg wächst, dass sie bestimmt ganz leicht zertreten wird.« Franziska Leyhausen schwieg kurz, um etwas Wasser zu trinken. »Ich sehe mich um und stelle fest, dass er schon mehrere Pflanzen umgesetzt hat.« Sie sah Lina an. »Unter anderem auch den Aronstab, den ich Philip gezeigt hatte. Aber den muss er schon vor ein paar Tagen versetzt haben.

Ich frage ihn, ob er den auch umgepflanzt hat, und er nickt. Genau in dem Moment rufen Sie an, erzählen mir, dass Sie den Mord an Philip untersuchen, und fragen mich, ob mir in der letzten Zeit umgepflanzte Pflanzen aufgefallen seien. Und da steht dieser Mann vor mir, mit einem ausgebuddelten Hexenkraut in der Hand.« Sie erschauderte. »Irgendwie muss der Kerl gemerkt haben, dass ich gerade mit der Polizei rede, jedenfalls reißt er mir plötzlich das Handy aus der Hand, wirft es auf den Boden und trampelt darauf herum. Ich gerate in Panik und will weglaufen, aber er erwischt mich am Ärmel und hält mich fest. Er sagt, ich solle keine Angst haben, und dass er doch nur auf den Wald aufpasst und dass er den Wald genauso mag wie ich. Ich frage ihn, warum er den Aronstab umgesetzt hat, und er sagt, dass der Mann ihn doch ganz dreckig gemacht hat und dass ich ihm deswegen doch auch böse war. Es dauert eine Weile, bis ich kapiere, dass er von Philip spricht. Ich hatte an dem Abend gar nicht gemerkt, dass er auf den Aronstab gekotzt hat, ich hatte mich nur geärgert, weil meine Hose total eingesaut war.« Bei der Erinnerung an die Szene schlang sie die Arme um ihren Oberkörper. »Mir wird klar, dass dieser Waldschrat am Donnerstag ebenfalls im Wald gewesen sein muss, und dass *er* Philip umgebracht haben muss. Plötzlich ist die Panik wieder da. Ich will nur noch weg, aber er hält mich fest, und dann geht alles ganz schnell. Ich trete ihn, er hält mich noch fester, irgendwann landen wir beide auf dem Boden. Er … liegt auf mir, und von seinem Gestank wird mir fast übel. Plötzlich habe ich einen Stein in der Hand, ich will schreien, aber ich bekomme kaum Luft, und der Mann auf mir sagt etwas, was ich nicht verstehe, und ich schlage zu. Etwas Warmes tropft auf mich herunter. Dann sind Sie plötzlich da, und ich denke: Jetzt habe ich doch jemanden umgebracht. Aber das stimmt ja alles gar nicht, ich habe überhaupt niemanden umgebracht.«

Lina und Alex tauschten Blicke. Dass sie Niels Hinrichsen nicht auf dem Gewissen hatte, stand fest, aber Lina sah ihrem Kollegen an, dass er die Frau noch nicht von der Liste der Verdächtigen im Mordfall Birkner gestrichen hatte. Franziska Leyhausen war zur Tatzeit im Wald gewesen, und sie hatte zugegeben, das Opfer mindestens einmal tätlich angegriffen zu haben. Möglicherweise log sie, wenn sie behauptete, anschließend nach Hause gegangen zu sein. Lina beugte sich vor, um sich die Schuhe der Biologin anzusehen. Derbe Wanderstiefel, in deren Profilsohle noch ein Rest vom Waldboden klebte.

»Hatten Sie diese Schuhe auch letzten Donnerstag an?«, fragte sie.

Franziska Leyhausen nickte. »Ich bin direkt von der Arbeit im Wald zum Konzert gegangen.«

»Dann muss ich Sie leider bitten, sie auszuziehen. Für die Spurensicherung.«

Frau Leyhausen sah sie betroffen an. »Aber … das sind meine guten Wanderschuhe. Die brauche ich für die Arbeit. Und wie soll ich denn ohne Schuhe nach Hause kommen?«

Lina und Alex wechselten erneut einen Blick, woraufhin Alex aufstand und den Raum verließ. Haftrichter oder nicht? Das musste die Staatsanwältin entscheiden.

In dem kleinen Büro breitete sich ein unangenehmes Schweigen aus. Franziska Leyhausen öffnete ein paarmal den Mund, um etwas zu sagen, schloss ihn jedoch immer wieder. Lina hatte Mitleid mit ihr, und um sie abzulenken, fragte sie, wie lange sie Daniel Vogler schon kenne.

»Seit zwei, drei Jahren. Wir haben uns über so eine Online-Partnerbörse kennengelernt.« Die Frau zuckte die Schultern. »Daniel ist ein netter Kerl, aber die Beziehung hat nur ein paar Monate gehalten.« Die Frau wischte sich mit der Hand übers Gesicht. »Kurz nachdem wir uns kennengelernt hatten, hat er sich eine Wohnung gekauft und gemeint, ich könne ja bei ihm einziehen, aber das ging mir dann doch etwas zu schnell.« Sie lächelte schief. »Und ich habe mir zwei Umzüge erspart, denn ein paar Wochen später war es schon wieder vorbei.«

Lina horchte auf. »Er hat sich eine Wohnung gekauft? Wann?«

Frau Leyhausen dachte nach. »Vor etwa zwei Jahren muss das gewesen sein, aber es sieht dort immer noch so aus, als sei er gerade erst eingezogen. Er hat immer noch keine Flurgarderobe, und sein Kleiderschrank besteht aus mehreren Umzugskartons.« Sie zuckte die Schultern. »Ist ja schließlich seine Wohnung. Und so oft bin ich auch nicht da.«

Lina wippte nachdenklich mit ihrem Stuhl hin und her. »Wissen Sie zufällig, wie er die Wohnung finanziert hat? Der Wohnungsmarkt in Hamburg gehört ja nicht gerade zu den billigsten.«

»Er hat gemeint, er hätte ein bisschen was geerbt, und …«

In diesem Moment kam Alex zurück, und Lina sah ihm an, dass es Neuigkeiten gab. Ohne sich hinzusetzen, sagte er: »Frau Leyhausen, kommen Sie bitte mit. Sie werden dem Haftrichter vorgeführt.«

»Haftrichter?« Die Frau wurde blass. »Aber … aber ich habe doch nichts getan! Ich habe Philip doch nicht umgebracht! Ich …«

»Frau Leyhausen«, sagte Alex, »die Fakten sprechen gegen Sie. Sie geben zu, zum Todeszeitpunkt von Philip Birkner mit ihm zusammen gewesen zu sein, und Sie räumen ein, ihn tätlich angegriffen zu haben.«

»Aber …«

»Zudem gibt es einen Zeugen, der beobachtet hat, wie Sie Herrn Birkner geschlagen haben.«

Hilfe suchend wandte sich Franziska Leyhausen an Lina, doch diese konnte nur bedauernd die Schultern heben. »Tut mir leid.« Leise fügte sie hinzu: »Ich glaube Ihnen.«

12. KAPITEL

Sehr zu Hannos Verdruss und Linas Erleichterung ließ der Richter Franziska Leyhausen unter der Auflage frei, die Stadt nicht zu verlassen und sich morgen früh Punkt acht Uhr wieder im Polizeipräsidium zu melden.

Die Jarrestadt in Winterhude bestand aus einer einheitlichen Bebauung mit dunklem Rotklinker aus den zwanziger Jahren des letzten Jahrhunderts. Franziska Leyhausen bewohnte eine kleine Zweizimmerwohnung in einer ruhigen Seitenstraße mit Blick auf den begrünten Innenhof. Lina und Alex waren mit ihr vom Polizeipräsidium hergefahren, ein Wagen der Spurensicherung folgte ihnen, um im Bedarfsfall sofort vor Ort zu sein. Was für ein Bedarfsfall?, fragte sich Lina. Erwarteten Hanno und Alex etwa, noch eine Leiche unter Franziska Leyhausens Bett zu entdecken? Oder die Tatwaffe unter der Spüle? So dämlich war die Biologin garantiert nicht. Der Frau war es sichtlich unangenehm, mit so einer Eskorte nach Hause gebracht zu werden, aber sie sagte nichts, als sie barfuß den kurzen Weg zur Haustür und hinauf in den zweiten Stock ging.

Alex bat sie, im Flur zu warten, und ging langsam durch die Räume, wobei er sich aufmerksam umschaute. Hier und da öffnete er eine Schranktür oder eine Schublade, vor allem unter die Spüle warf er einen langen Blick. Lina, die im Flur neben Frau Leyhausen wartete, verdrehte die Augen.

»Was sucht Ihr Kollege denn?«, fragte Frau Leyhausen und fügte spöttisch hinzu: »Vielleicht kann ich ihm ja helfen, ich kenne mich hier nämlich aus.«

Lina zuckte bedauernd die Schultern, sagte aber nichts. Die Frau hatte ja recht.

Schließlich befand Alex, dass die Verdächtige keinen Schaden anrichten konnte, wenn sie die Zimmer ihrer Wohnung betrat, und nickte den beiden Frauen zu.

»Frau Leyhausen, wir müssen auch noch die Kleidung mitnehmen, die Sie Donnerstagabend getragen haben.«

Die Frau seufzte schicksalsergeben und ging ins Schlafzimmer. Sie öffnete den Kleiderschrank und holte eine Hose heraus, dann kramte sie aus einer Kommode einen BH, Slip und T-Shirt hervor. »Bei den Socken bin ich mir nicht sicher«, sagte sie, an Lina gewandt. »Wollen Sie sicherheitshalber alle mitnehmen?« Das sollte vermutlich bissig klingen, doch sie wandte rasch den Blick ab, um ihre Tränen zu verbergen.

Lina konnte sich vorstellen, wie demütigend die Situation für sie sein musste, und sagte: »Nein, es reicht, wenn Sie die Paare einpacken, die infrage kommen.« Leise fügte sie hinzu: »Ich kann es leider nicht ändern.«

Sie stopfte die Sachen, die alle frisch gewaschen waren, in einen Plastikbeutel und kennzeichnete ihn für die Spurensicherung. Anschließend warf sie selbst noch einen raschen Blick in die anderen Räume. Wenn sie ehrlich war, war das eines der Dinge, die ihr an ihrem Beruf am besten gefielen: der Blick in fremde Leben, fremde Welten. Als sie nach dem Abi angefangen hatte, Ethnologie zu studieren, hatte sie sich genau das vorgestellt, aber nicht gefunden. Hier in Franziska Leyhausens kleinem Wohnzimmer fand sie jedoch nichts Fremdes, im Gegenteil. Genauso gut hätte sie in der Wohnung einer Freundin stehen können, so vertraut war ihr der unkonventionelle, zusammengewürfelte Einrichtungsstil, von dem dicken Wollteppich auf den abgeschliffenen Holzdielen, den vielen Kerzen und Teelichtern überall bis hin zu den Buchtiteln im Regal. In einer Ecke stand ein kleiner Holztisch mit einem zugeklappten Laptop, an der Pinnwand darüber entdeckte sie eine Postkarte mit dem Bild eines Hamsters, der einem großen Bagger die Zunge rausstreckt und »Hihihi« sagte. Darunter stand in fetten roten Buchstaben: *Kein Industriepark auf der grünen Wiese.* Lina musste grinsen. Sie hatte schon davon gehört, dass irgendwelche vom Aussterben bedrohten Viecher immer mal wieder den Bau von Gewerbegebieten oder Industrieanlagen verhinderten oder zumindest verzögerten. Entweder verzichteten die Investoren dann auf die Milliardenprojekte oder sie siedelten die possierlichen Tierchen für viel Geld um. War eine Frau, der das Überleben von kleinen Feldhamstern wichtiger war als Profite und Arbeitsplätze, tatsächlich in der Lage, einen Mann zu erschlagen? Lina wusste, dass diese Spekulation müßig war. Grundsätzlich war jedem Menschen alles zuzutrauen. Die Frage war nur, wie schnell jemand an seine Grenzen geriet, sodass er oder sie keine andere Lösung mehr sah.

Bereits eine knappe Stunde später saßen Lina und Alex wieder im Wagen. Über der Stadt zogen sich schon wieder dicke Wolken zusammen, wie so oft in diesem Sommer. Noch war es trocken, aber für die Nacht waren weitere Regenfälle angekündigt.

»Dieser Daniel Vogler war übrigens auf derselben Schule wie Philip Birkner«, sagte Alex unvermittelt, nachdem sie eine Weile gefahren waren. »Ich habe mir heute Morgen die Akte Julia Munz zu Gemüte geführt, der ermordeten Schulfreundin von Philip Birkner. In der Liste der befragten Zeugen taucht der Name Daniel Vogler auf. Er hat im gleichen Jahr wie Philip Birkner Abitur gemacht, obwohl er zwei Jahre jünger ist.«

»Dann hat Birkner wohl ein oder zwei Ehrenrunden gedreht.«

Alex schüttelte den Kopf. »Nein, Vogler hat zwei Klassen übersprungen. Aus den Akten geht allerdings nicht hervor, ob Birkner und Vogler sich kannten. Das Humboldt-Gymnasium ist ziemlich groß, in dem Jahr haben mehr als hundert Schüler ihr Abi gemacht.«

»Kannte Vogler die Tote denn?«, fragte Lina.

»Zumindest wohl flüchtig. Sie waren Nachbarn, mehr oder weniger jedenfalls.« Alex warf einen Blick in den Rückspiegel. »Aber seine Aussage hat nichts ergeben. Er war weder auf der Party gewesen, die Julia Munz vor ihrem Tod besucht hatte, noch zählte er auch nur zu ihrem näheren Bekanntenkreis. Ob es wohl irgendetwas mit unserem Fall zu tun hat, dass Birkner und Vogler beide auf derselben Schule waren?«

»Merkwürdig ist es schon, dass wir immer wieder auf diesen Vogler stoßen«, sagte Lina. »Er war in der Firma des Toten angestellt, er ist mit einer möglichen Zeugin befreundet und er ist mit dem Toten auf eine Schule gegangen. Vielleicht sollten wir den mal genauer unter die Lupe nehmen.«

»Ich glaube ja nicht, dass das was bringt«, erwiderte Alex. »Ich tippe auf die Leyhausen. Sie gibt zu, mit Birkner zusammen im Wald gewesen zu sein, und sie gibt sogar zu, ihn geschlagen zu haben.«

»Getreten, nicht geschlagen«, wandte Lina ein.

»Vermutlich hat sie ihn getreten *und* geschlagen. Birkner ist zudringlich geworden, vielleicht sogar zudringlicher, als sie uns erzählt hat, und dann ist sie einfach durchgedreht.« Alex zuckte die Schultern, als er vor einer Ampel langsam abbremste.

»Genauso gut hätte es auch Niels Hinrichsen gewesen sein können«, sagte Lina. »Er war ja ebenfalls zur Tatzeit im Wald.«

»Und welches Motiv hatte der?«, fragte Alex. »Der kannte Birkner doch gar nicht.«

»Aber er hat auf diese Pflanze, den Aronstab gekotzt. Das hat Hinrichsen wütend gemacht.«

»Und deswegen schlägt er Birkner tot? Tolles Motiv«, spottete Alex. »Das lässt uns doch kein Richter durchgehen. Mord aus Rache über die Verunreinigung einer Pflanze.«

Lina gab zu, dass es abwegig klang, aber Niels Hinrichsen lebte in einer anderen Welt, und vermutlich galten für ihn auch andere Wertvorstellungen. Wer weiß, vielleicht schätzte er das Leben einer Pflanze genauso hoch wie das eines Menschen.

Die Ampel sprang auf Grün, und Alex gab Gas. »Hanno meint, wir sollen trotzdem versuchen, mehr über diese Sache von damals rauszufinden. Alte Zeugen auftreiben, Freunde von Birkner und

Vogler, ehemalige Schulkameraden. Sicher ist sicher«, fügte er hinzu, obwohl ihm anzumerken war, dass seiner Meinung nach der Fall so gut wie gelöst war.

Lina dachte an ihren Besuch bei Sonja Birkner, den sie fast schon vergessen hatte. »Dann sollten wir noch mal mit Birkners Bruder und seiner Schwägerin sprechen. Sie waren auf derselben Schule wie Philip, beide nur eine Klasse unter ihm. Vielleicht wissen die etwas.«

Max stand vor einem schmucklosen, zweigeschossigen Wohnblock einer Baugenossenschaft in Lockstedt, nur wenige Querstraßen vom Niendorfer Gehege entfernt. Hier lebte Niels Hinrichsen laut Auszug aus dem Melderegister seit dem Tod seiner Mutter allein in einer Zweizimmerwohnung. Er zog den Schlüssel aus der Tasche, den er zwischen den persönlichen Sachen von Niels Hinrichsen gefunden hatte, und schloss die Haustür auf. Im Treppenhaus roch es nach Putzmitteln, der Boden sah aus, als sei er gerade erst frisch gewischt worden.

Er stieg hinauf in den ersten Stock. Auf der Fensterbank auf dem Treppenabsatz stand ein Blumentopf mit Geranien, daneben eine Gießkanne. Im ersten Stock gab es drei Wohnungstüren, alle mit einheitlichen Namensschildern der Wohnungsgesellschaft. Niels Hinrichsen bewohnte die mittlere Wohnung.

Als Max die Tür öffnete, schlug ihm ein muffiger Geruch entgegen. Die Wohnung wirkte düster und verwohnt, ganz offensichtlich hatten die Wände schon seit Jahrzehnten keine frische Farbe mehr gesehen. Langsam ging Max von einem Raum zum nächsten und versuchte, sich in den Menschen einzufühlen, der hier zu Hause war. Die gesamte Wohnung war mit grauem Linoleum ausgelegt, nur im Wohnzimmer lag ein abgewetzter Teppich, sonst nirgends, nicht einmal ein kleiner Vorleger am Bett. Die Vorhänge an den Fenstern stammten den Mustern nach zu urteilen aus den Siebzigerjahren und waren somit schon wieder modern. Im Wohnzimmer waren ein Sofa, zwei Sessel und eine Kommode mit Fernseher die einzigen Einrichtungsgegenstände.

An der Wand hing ein Ölschinken, Motiv röhrender Hirsch, beim Sofa war die rechte Ecke auffällig durchgesessen, vermutlich der Lieblingsplatz von Niels Hinrichsen, von dem er den besten Blick auf den Fernseher hatte. Links auf dem Sofa lag eine ordentlich zusammengelegte karierte Wolldecke. Die winzige Küche war nicht mehr als eine Kochnische und ging vom Wohnzimmer ab. Es war leidlich aufgeräumt und sauber, auf der Arbeitsplatte der uralten Einbauküche stand ein benutzter, angeschlagener Teller, daneben lag ein Frühstücksmesser mit einem Rest Margarine. Der Boden war fleckig und mit Krümeln übersät. Im Schlafzimmer stand ein altes Doppelbett, von dem nur die eine Hälfte bezogen war. Die Bettwäsche war schon länger nicht mehr gewechselt worden und verströmte den stechenden Geruch von Schweiß und Einsamkeit.

Er öffnete den Kleiderschrank und fand ordentlich aufgehängte saubere Hosen und Hemden sowie zusammengelegte Pullover. Im unteren Fach stieß er auf zwei Paar Schuhe Größe 43 und in den Schubladen auf Unterwäsche und Strümpfe. Er sah sich nach so etwas wie einem Beutel um und entdeckte auf dem Schrank eine alte eingestaubte Reisetasche, in die er etwas von der sauberen Kleidung packte, um sie Niels Hinrichsen ins Krankenhaus zu bringen.

Auf einem Regal im Wohnzimmer fand er einen dicken Bildband, *2000 Pflanzen in Wort und Bild*. Das Buch war alt, vielleicht aus den 1970er-Jahren, die Bilder waren blaustichig und die Seiten vergilbt. Es war regelrecht zerlesen, manche Seiten waren mit abgerissenem Zeitungspapier markiert, andere hatten Eselsohren.

Die Schränke in der Küche förderten nichts Interessantes zutage. Abgepacktes, in Scheiben geschnittenes Brot, Margarine, im Kühlschrank Käse und Salami. Kein Stahlrohr mit Blutresten, kein anderer Hinweis darauf, dass Niels Hinrichsen hier irgendwelche Beweisstücke versteckte. Zum Schluss warf er noch einen Blick in das winzige, fensterlose Badezimmer. Das Waschbecken und die Kloschüssel waren alt und hatten Sprünge, waren aber, genau wie der Rest der Wohnung, leidlich sauber. Max nahm noch die

Zahnbürste und Zahnpasta von der Ablage und verstaute sie in der Reisetasche.

Als er aus der Wohnung trat, sah er, dass die Tür rechts von ihm mit vorgelegter Sicherheitskette einen Spaltbreit geöffnet war. Eine grauhaarige Frau lugte misstrauisch hinaus, aus der Wohnung hinter ihr wehte seichte Radiomusik ins Treppenhaus.

»Was machen Sie in der Wohnung von Herrn Hinrichsen?« Ihr Blick fiel auf die Reisetasche in seiner Hand, und sie war nahe dran, die Tür zuzuschlagen. »Ich ruf' die Polizei!«

Max zückte seinen Dienstausweis und zeigte ihn der Frau. »Max Berg, Kripo Hamburg«, stellte er sich vor.

Die Frau musterte den Ausweis skeptisch. Sie war groß und hager, ihre grauen Haare waren ordentlich geschnitten und frisiert.

»Ist Niels was passiert?«, fragte sie und sah Max an.

»Er hat eine Platzwunde und muss zur Beobachtung im Krankenhaus bleiben.« Die Frau hatte sofort angenommen, Niels Hinrichsen könnte etwas zugestoßen sein. Sie hatte nicht gefragt, ob er etwas angestellt hatte, und jetzt machte sie prompt ein erschrockenes Gesicht. »Es ist nichts Ernstes, keine Sorge«, versicherte Max ihr. Ehe sie weiter nachhaken konnte, deutete er mit einem Kopfnicken auf die Wohnung. »Wohnt er hier alleine«, unauffällig schaute er auf das Klingelschild neben der offenen Tür der Nachbarin, »Frau Meyer?«

Ihre Miene hellte sich auf, als er sie mit Namen ansprach und dazu noch freundlich lächelte. »Ja, seit seine Mutter vor acht Jahren gestorben ist. Er hat sie gepflegt, so gut er eben konnte, aber er ist ja leider nicht der Hellste.«

»Macht er denn alles alleine, den Haushalt und so?«

»Sie meinen, weil's mit der Sauberkeit nicht so weit her ist?« Eigentlich hatte Max genau das Gegenteil gemeint: dass es für einen Mann, der etwa auf dem geistigen Niveau eines zehnjährigen Kindes stehen geblieben war und der ganz allein für sich sorgte, ziemlich ordentlich war. Trotzdem nickte er. »Tja, im Großen und Ganzen sorgt er allein für sich. Ich wasch ihm die Wäsche, bloß dass er sie ja nie wechselt, und ab und zu feudel ich mal bei ihm durch oder putz die Fenster. Einkaufen tun wir oft zusammen, ich sag, er muss mir beim Tragen helfen, und dann pass ich auf, dass er auch für sich was Ordentliches einpackt. Kochen kann er natürlich nicht, aber ich bring ihm ab und zu einen Teller was Warmes rüber, oder er kommt zum Essen zu mir.«

Ganz aufrichtig sagte Max: »Das ist aber schön, dass Sie sich so um ihn kümmern, Frau Meyer.«

»Ja, wissen Sie, ich hab's seiner Mutter versprochen, die hatte es ja nicht leicht mit dem Jungen, und sie hat sich solche Sorgen gemacht, was wohl aus ihm wird, wenn sie mal nicht mehr ist. Andere Verwandte hat er ja nicht.« Sie hatte inzwischen die Kette gelöst und war ins Treppenhaus getreten. Sie trug ein hell gemustertes Sommerkleid, leichte Sandalen und wirkte erfrischend lebhaft. »Wer weiß, sonst müsste der Junge noch ins Heim oder so.«

»Sind Sie denn seine offizielle Betreuerin?«

»Ich?« Die Frau legte eine Hand an ihre Brust. »Gott bewahre. Nee, nee, das regeln wir alles so, der Niels und ich. Wenn er Post bekommt, vom Amt oder so, kommt er zu mir.« Dann runzelte sie die Stirn. »Aber was ist denn passiert? Man kriegt doch nicht einfach so eine Platzwunde! Ist er überfallen worden?«

Max nickte bedächtig. »So ähnlich. Aber wie gesagt, es ist nichts Ernstes.« Er lächelte freundlich und fragte: »Haben Sie Herrn Hinrichsen in den letzten Tagen gesehen?«

Frau Meyer legte die Hand ans Kinn und zog die Stirn in Falten. »Gestern ... da war Montag, da war ich auf'm Friedhof und danach noch nach Aldi hin, da hab ich ihn nicht gesehen. Sonntag. Sonntag hab ich Niels zuletzt gesehen, als er zum Mittagessen bei mir war, Schweinebraten, wissen Sie, das mögen wir beide so gerne.«

»Ist Ihnen da irgendetwas an ihm aufgefallen? War Herr Hinrichsen vielleicht ... nervös? Oder hat er irgendetwas erzählt?«

»Wie meinen Sie ...« Die Frau riss die Augen auf. »Sie meinen doch nicht etwa diesen Toten, den sie da gefunden haben ...« Sie schlug die Hand vor den Mund. »Nee, ne? Niels soll was mit dem Toten zu tun haben? Nee, also das glaube ich mein Lebtag nicht.«

Die arme Frau war ganz aus dem Häuschen.

»War Herr Hinrichsen denn am Sonntag irgendwie anders als sonst?«, fragte Max geduldig. »Oder an den Tagen davor, falls Sie ihn da gesehen haben?«

Frau Meyer schüttelte unablässig den Kopf, weniger als Geste des Verneinens als des Unglaubens. »Nee, der war wie immer.« Sie sah nachdenklich zur mittleren Wohnungstür, die Max gerade hinter sich abgeschlossen hatte. »Ein bisschen aufgeregt war er vielleicht, aber ich dachte, das läge an den Pferden.«

Max sah sie erstaunt an. »An den Pferden?«

»Ja, die Pferde, die sie jetzt im Wald haben, für die Holzarbeit oder so. Hat dieser neue Förster eingeführt, dieser junge Spund«, fügte sie erklärend hinzu, als Max sie weiterhin fragend anschaute. »Niels kannte das ja gar nicht, und deshalb war er ziemlich aufgeregt, als er die Tiere das erste Mal gesehen hatte.«

Max dachte an die beiden Pferde, die er gestern im Wald gesehen hatte. Besonders aufgeregt war ihm Niels Hinrichsen nicht vorgekommen, aber andererseits kannte er den Mann auch nicht. »Hat er denn am Sonntag von den Pferden erzählt?«

Frau Meyer dachte nach. »Nee, eigentlich nicht. Ich hab gemerkt, dass er ganz zappelig war, er konnte gar nicht richtig stillsitzen und wollte gleich wieder raus in den Wald, und da hab ich mir gedacht, dass er wohl nach den Pferden sehen will. Obwohl die doch bestimmt nicht am Sonntag arbeiten.«

Max nickte nachdenklich, dann bedankte er sich und verabschiedete sich. Er hatte sich bereits zum Gehen gewandt, als die Nachbarin ihm hinterherrief und fragte, in welchem Krankenhaus Niels denn läge.

»In Eppendorf.«

»Eppendorf!« Aus ihrem Mund klang es, als kämen nur die hoffnungslosen Fälle in die Universitätsklinik und als sei Niels Hinrichsens Todesurteil damit quasi schon unterschrieben.

13. KAPITEL

Mittwochmorgen um zehn Minuten nach acht saß Lina Svenson gähnend an ihrem Schreibtisch, hielt sich an ihrem zweiten Becher Kaffee fest und sah dem Computer beim Wachwerden zu. Manchmal wünschte sie, sie selbst könnte auch einfach per Knopfdruck eingeschaltet werden. Aber dann bräuchte sie immer jemanden, der den Knopf drückte, und die Vorstellung, dass jemand anders darüber entscheiden könnte, wann sie aufwachte, verabscheute sie zutiefst.

Sie schüttelte den Kopf. Auf solche schwachsinnigen Gedanken kam sie auch nur morgens im Zustand der Scheinwachheit. Sie schaute auf die Uhr. Fünfzehn Minuten nach acht. Franziska Leyhausen hätte um acht Uhr hier sein müssen, aber bis jetzt hatte der Pförtner noch nicht angerufen, um sie anzumelden. Lina und Alex sollten sie heute noch einmal vernehmen, diesmal in einem Vernehmungszimmer mit Video- und Audioaufnahme. Alex hatte schon einmal den Kopf durch die Tür gesteckt und gefragt, ob Lina etwas von der Zeugin gehört hatte. Hatte sie nicht.

Jetzt tauchte er erneut auf, und nachdem Lina ihm versichert hatte, nichts von Franziska Leyhausen gehört oder gesehen zu haben, versuchte er, die Frau telefonisch zu erreichen. *Guten Tag. Dies ist der Anschluss von Franziska Leyhausen. Bitte hinterlassen Sie eine Nachricht oder rufen Sie mich unter folgender Mobilnummer an …*

Das Handy lag allerdings in ziemlich kritischem Zustand in der Kriminaltechnik und würde ihnen nichts über den momentanen Aufenthaltsort der Frau verraten.

»Das gibt's doch nicht! Die sollte schon seit zwanzig Minuten hier sein.« Mit strengem Blick fügte er hinzu: »So geht das aber nicht!«

Mit schlafkleinen Augen sah Lina ihren Kollegen an. »Was pflaumst du mich so an? Ich bin pünktlich!« Als könnte sie etwas dafür, wenn andere Leute verschlafen. Sie hatte schon genug damit zu tun, selbst rechtzeitig aus den Federn zu kommen.

Alex riss sich zusammen. »Tut mir leid, dich meine ich doch gar nicht. Ich schicke einen Streifenwagen hin.« Er verschwand in seinem Büro, und Lina hatte wieder ihre Ruhe.

Sie stellte den Kaffeebecher ab, zog gähnend die Tastatur zu sich heran und meldete sich beim Polizeiserver an. Sie tippte Franziska Leyhausens Namen ein, aber mehr als gestern Abend bekam sie heute auch nicht zu sehen. Vierunddreißig Jahre alt, ledig, eine Festnahme vor drei Jahren im Landkreis Lüchow-Dannenberg in Zusammenhang mit einem Castor-Transport, keine Anzeige, keine Verurteilung. Einen Strafzettel im letzten Jahr, weil sie in einer Tempo-Dreißig-Zone mit 37 Stundenkilometern geblitzt worden war. Mit dem Fahrrad.

Sie lehnte sich zurück und wischte sich mit den Händen übers Gesicht. Da konnten die Kollegen sagen, was sie wollten, aber Lina glaubte nicht, dass die Biologin etwas mit Philip Birkners Tod zu tun hatte. Na ja, so ganz stimmte das natürlich nicht, denn wenn sie nicht vorgeschlagen hätte, im Wald spazieren zu gehen, wenn sie ihm nicht einen Tritt in die Eier verpasst und ihn anschließend auf dem nassen Waldboden allein zurückgelassen hätte, würde Birkner heute vermutlich noch leben. Aber Lina konnte sich nicht vorstellen, dass Franziska Leyhausen diejenige war, die Birkner erschlagen hatte.

Sie schaute auf die kleine Uhr am Computer. 8:27 Uhr. Der Streifenwagen müsste sich demnächst melden.

Linas Gedanken wanderten zu Katja Ansmann. Für sie stand die Frau noch immer auf der Liste der Verdächtigen, nicht zuletzt, weil der Polizeipräsident persönlich die Ermittlungen blockierte. Mit der Lebensversicherung hatte Katja Ansmann mindestens einen Grund, ihren Lebensgefährten lieber tot als lebendig zu sehen. Und wer weiß, vielleicht hatte sie ja sogar mit diesem Datendiebstahl etwas zu tun. Sie stiftet Jensen oder Vogler dazu an, ein Einfallstor in die Software einzubauen, und stellt den Kontakt zur Konkurrenzfirma *Markman Solutions* her, wenn er nicht bereits bestanden hatte. Philip Birkner kommt zwei Jahre später dahinter, woraufhin sie ihn um die Ecke bringen lässt.

Mit frischem Schwung tippte Lina den Namen der *Markman Solutions* in die Suchmaske des Polizeiservers ein. Bingo! Gegen die Firma wurde bereits ermittelt, wegen des Verdachts auf Industriespionage, was bei näherer Betrachtung aber nicht weiter erstaunlich war. Lina überflog die knappen Informationen, die wenig mehr hergaben als die Hinweise, dass die geschädigte Firma *Wesseling & Kröger* vor zwei Jahren Anzeige gegen das Konkurrenzunternehmen erstattet hatte und dass seitdem ermittelt wurde. Als Kontakt wurde eine PHK Marita Schön angegeben, dazu die Durchwahl. Lina griff zum Hörer und drückte die Tasten.

»Schön«, meldete sich eine helle Stimme. Lina musste lächeln. Wie nett, jeden Menschen auf diese Weise begrüßen zu können. Sie stellte sich vor, erklärte der Kollegin, worum es ging, und nannte die Aktennummer des Falls.

»Moment bitte«, hörte sie, dann das Klappern einer Computertastatur. »Da, ich hab's. *Markman Solutions*, es geht um einen vermuteten Patentdiebstahl. Was genau möchtest du da wissen?«

»Wurde überprüft, ob die Firma *Markman Solutions* Zahlungen an die Unternehmensberatung Ansmann geleistet hat?«

»Puh.« Marita Schön stieß vernehmlich die Luft aus. »Wir haben bergeweise Unterlagen gesichert, aber noch lange nicht alles durchgearbeitet.« Lina hörte erneut Tippgeräusche. »Ich sitze mehr oder weniger allein daran, und zwar nicht nur an dem Fall, und so eine Fleißarbeit kann Jahre dauern. Ah, warte. Ansmann. Tatsächlich, die Firma taucht als Geschäftspartner des Unternehmens auf. Moment.« Der Hörer wurde weggelegt, und Lina hörte leise Radiomusik im Hintergrund. Es dauerte eine ganze Weile, und Lina tippte ungeduldig mit dem Stift auf ihren Notizblock. Schließlich meldete sich Marita Schön wieder. »Ich habe gerade die Kopien der Rechnungen vorliegen. Die Unternehmensberatung Ansmann hat der Firma *Markman Solutions* vor eineinhalb Jahren zwei Rechnungen in Höhe von jeweils zehntausend Euro gestellt.«

»Kannst du aus deinen Unterlagen erkennen, wofür die das gezahlt haben?« Zwanzigtausend Euro waren zwar nicht die Welt, aber vielleicht war das auch nicht alles.

Dezentes Papierrascheln. »Allgemeine Beratertätigkeit, Erstellung eines Profils, Mitarbeiterschulung auf Abteilungsleiterebene … Also, das klingt alles sauber. Wäre ich jetzt nicht unbedingt darüber gestolpert. Was habt ihr denn mit der Geschichte zu tun?«

»Die Geschäftsführerin der Unternehmensberatung war mit dem Inhaber der Firma zusammen, die für das Loch in der Software verantwortlich war, Philip Birkner. Der Tote im Niendorfer Gehege, das ist er.«

»Ach ja, Birkner«, sagte Marita Schön, »dem Namen bin ich hier auch schon begegnet. Und der ist jetzt tot? Der Ärmste.« In ihrer Stimme klang ehrliches Bedauern mit, und Lina versuchte, sich die Polizistin vorzustellen, die noch so viel Mitgefühl für ein einzelnes Opfer aufbrachte. Vermutlich war sie eine eher stille, unauffällige Frau, leicht pummelig, Brille, mit Hang zur Graumausigkeit, die sich gerne hinter ihrem Schreibtisch versteckte und liebend gerne in staubigen Aktenbergen wühlte.

Lina blickte auf die eingekringelte 20.000 vor sich auf dem Notizblock. Viel war es nicht, aber besser als nichts. »Okay, das war's schon«, erklärte sie. »Falls dir der Name Ansmann noch einmal über den Weg läuft, sag mir Bescheid.«

»Klar, mach ich. Viel Erfolg.«

Sie legten auf, und Lina schürzte die Lippen. Hatte die Verbindung zwischen Ansmanns Unternehmensberatung und der *Markman Solutions* etwas zu bedeuten oder nicht? Natürlich, Firmen engagierten heutzutage Unternehmensberatungen für jeden Scheiß, für die Einrichtung der Büros nach den Regeln des Feng-Shui, für die optimale Platzierung der Grünpflanzen oder den richtigen Zeitpunkt für die wöchentlichen Mitarbeitertreffen. Sie buchten Kommunikationstrainings, Kreativitätsdoping, Fitnessschulungen und Kurse in gesunder Ernährung für ihre Angestellten. Aber warum hatte *Markman Solutions* ausgerechnet Katja Ansmann engagiert? Es war schließlich nicht so, als wären Beraterfirmen in Hamburg eine Seltenheit. Andrerseits kamen ihr zwanzigtausend Euro als Honorar für eine erfolgreiche Industriespionage ziemlich läppisch vor. Für diese Summe wäre Katja Ansmann nie und nimmer das Risiko eingegangen, das so ein Deal darstellte.

Die Verbindungstür zu Hannos Büro ging auf, und Alex steckte den Kopf ins Zimmer. »Bei dir hat sich die Leyhausen auch nicht gemeldet, oder?« Als sie den Kopf schüttelte, fuhr er fort: »Die Kollegen von der Streife sind jetzt da, aber auf das Klingeln reagiert niemand. Sie gehen in die Wohnung rein, ich fahr mit Sebastian hin.« Ehe sie darauf reagieren konnte, sagte er: »Du sollst dich umhören, sagt Hanno, ob irgendjemand sie gesehen hat. In ihrem Büro, bei diesem Daniel, wer immer dir einfällt.«

Bevor er wieder weg war, fragte sie noch hastig: »Fahndung läuft?« Er nickte und verschwand. Lina starrte auf die graue Tür und fühlte sich leicht benommen. Sie schüttelte sich, um endlich einen klaren Kopf zu bekommen, und holte sich einen frischen Kaffee.

Also gut, Franziska Leyhausen war verschwunden, da musste Katja Ansmann wohl oder übel warten.

Ein Anruf in der Bürogemeinschaft im Grindelviertel brachte keine Neuigkeiten. Sie sprach mit Klaus Beck, dem Geologen, mit dem sie sich auch gestern schon unterhalten hatte, doch der hatte keine Ahnung, wo sich Franziska Leyhausen aufhielt.

»Ich habe ihr gestern noch eine Nachricht hingelegt, dass sie sich bei Ihnen melden soll«, erklärte er hilfsbereit. »Haben Sie sie gestern nicht mehr erreicht?«

»Doch, aber ich habe noch ein, zwei Fragen an sie.«

Sie hörte förmlich, wie der Mann aufgeregt nach Luft schnappte. »Aber sie hat doch nichts mit diesem Mord zu tun, oder? Das kann nicht sein, nicht Franka, das kann ich mir überhaupt nicht vorstellen.«

Lina ging nicht weiter darauf ein. Die meisten Menschen konnten sich nicht vorstellen, dass jemand, den *sie* kannten, einen Mord begangen haben sollte. Nicht einmal bei den ganz Harten auf dem Kiez. *Klar, der Junge ist nicht gerade zart besaitet, wenn Sie wissen, was ich meine, aber jemanden umbringen? Nee, da müssen Sie sich irren.* Lina fragte ihn noch, ob er irgendwelche Freundinnen oder Freunde von Frau Leyhausen kenne, doch außer einer gewissen Barbara, deren Nachnamen er nicht wusste, fiel ihm niemand ein. Lina unterdrückte einen Seufzer, bedankte sich und legte auf.

Sie wollte gerade Daniel Voglers Nummer wählen, als Max hereinkam, in der einen Hand einen nassen Regenschirm, in der anderen einen Becher Tee.

»Guten Morgen.« Er war freundlich und ausgeglichen wie immer.

Lina legte den Hörer auf die Gabel und musterte ihn unter zusammengezogenen Brauen.

»Wie machst du das?«

Max hielt mitten in der Bewegung inne. Einen Moment lang wirkte er irritiert, ein seltener Anblick. »Wie mache ich was?«

»Egal, zu welcher Tages- oder Nachtzeit, egal wo, du siehst immer aus, als kämst du gerade aus dem Urlaub und als könnte dich nichts umhauen.«

Max lächelte. »Ach das.« Er stellte seinen Becher ab, spannte den Schirm auf und stellte ihn zum Trocknen in die Ecke. Dann nahm er Platz, schaltete seinen Computer ein und wandte sich wieder Lina zu. »Ich meditiere jeden Tag.«

»Ach komm, hör auf mit dem Quatsch. Spuck's schon aus: Welche Drogen nimmst du?«

»Endorphine der Marke Eigenbau.« Max grinste.

»Du wagst es, das Betäubungsmittelgesetz auf so schmähliche Weise zu umgehen?« Lina nahm einen Schluck Kaffee. Seufzend nahm sie wieder eine ordentliche Sitzposition ein und wurde ernst.

»Franziska Leyhausen ist verschwunden.« Mit knappen Worten brachte sie ihren Kollegen auf den neusten Stand und berichtete von ihrem fruchtlosen Anruf bei Klaus Beck.

»Ich wollte gerade bei diesem Daniel Vogler anrufen«, sagte sie und griff erneut zum Hörer. Doch dann kam ihr eine Idee. »Hast du gerade Zeit?«, fragte sie Max, und dieser nickte argwöhnisch. Solche Fragen waren stets mit äußerster Vorsicht zu genießen, egal, von wem sie kamen. »Hast du Lust, mit zu diesem Vogler zu kommen? Der taucht bei den Ermittlungen immer wieder auf, wird Zeit, dass wir uns den mal leibhaftig ansehen.«

»Glaubst du, die Frau Leyhausen ist untergetaucht?«, fragte Max, als sie im Auto saßen. Lina fuhr, und Max fragte sich, ob sie überhaupt etwas sehen konnte, da sie mit der Nasenspitze fast an das Lenkrad stieß.

»Es scheint ja einiges dafürzusprechen.« Lina runzelte die Stirn. »Hanno, Alex und Sebastian sind sich dessen ziemlich sicher. Aber ich kann mir immer noch nicht vorstellen, dass sie es war.«

»Sie kann ja auch untergetaucht sein, obwohl sie's nicht war.«

»Stimmt auch wieder.« Sie blinkte und bog links ab. Der Scheibenwischer quietsche leise. »Hoffentlich hat sie sich nichts angetan. Gestern war sie ziemlich fertig.« Als es eine Weile geradeaus ging, fragte sie: »Was gibt's bei dir Neues? Hast du noch was aus Niels Hinrichsen rausbekommen?«

Max schüttelte den Kopf. »Er ist verlegt worden, in die Psychiatrie. Er ist heute Morgen aufgewacht und ziemlich ausgerastet. Man hat ihn ruhiggestellt und auf die Geschlossene verfrachtet.« Max verzog das Gesicht. »Angeblich hat es keine andere Möglichkeit gegeben.« Lina merkte ihm an, dass er anderer Meinung war. »Ich habe ihn besucht, weil ich ihm frische Kleidung bringen wollte, aber er war nicht ansprechbar.«

Schweigend folgte Lina den Anweisungen des Navis. Die Wohngegend wurde feiner, was sie unweigerlich an Birkners Lebensgefährtin erinnerte.

»Katja Ansmann hat Geld von der Firma *Markman Solutions* bekommen«, sagte sie.

Zum zweiten Mal an diesem Morgen sah Max sie einigermaßen irritiert an, dann schien es klick bei ihm zu machen. Katja Ansmann, Linas erklärte Lieblingsverdächtige.

»Ja und?«

»Das Dezernat für Wirtschaftskriminalität ermittelt seit zwei Jahren gegen *Markman Solutions*. Die Unternehmensberatung der guten Frau hat vor eineinhalb Jahren zwanzigtausend Euro von der Firma bekommen.«

»Und was sagt uns das?«

»Dass sie vielleicht etwas mit dem Datenklau bei *Wesseling & Kröger* zu tun hat und damit auch an dem Mord an Birkner beteiligt sein könnte.« Max seufzte, doch ehe er etwas sagen konnte, sagte sie: »Max, diese Frau hat genauso ein gutes Motiv, Birkner den Tod zu wünschen, wie Franziska Leyhausen oder Frank Jensen. Drei Millionen Euro. Und möglicherweise noch diese Geschichte mit dem Datenklau.« Sie holte tief Luft. »Mag sein, dass sie mir nicht sonderlich sympathisch ist, aus welchen Gründen auch immer, aber wir können sie bei den Ermittlungen nicht einfach außen vor lassen. Wir müssen noch einmal mit ihr reden.«

»Und wie willst du das Hanno verkaufen?«

Lina beugte sich vor und sagte: »Wieso? Wir wollen die Zeugin befragen, ob Philip jemals mit ihr über den Mordfall Julia Munz gesprochen hat. Oder ob sie weiß, wie Vogler und Birkner zueinander standen. Oder ob sie von Tanja Fischer, der Geliebten ihres Lebensgefährten, wusste.« Sie grinste. »Meine zwei, drei Fragen fallen da doch gar nicht ins Gewicht. Außerdem liegt ihre Wohnung quasi auf dem Weg.«

Max schaute aus dem Seitenfenster hinaus in den Regen und sagte nichts. Schließlich drehte er sich wieder zu Lina um.

»Also gut. Aber erst fahren wir zu Daniel Vogler.«

Philip Birkners ehemaliger Angestellte wohnte in Großflottbek, einem gediegenen, gutbürgerlichen Viertel im westlichen Hamburg. Max stieß einen leisen Pfiff aus, als sie vor dem Neubau mit der gepflegten, parkähnlichen Gartenanlage standen. Der Mann, der ihnen öffnete, war Anfang dreißig, blass und schlaksig. Die Wohnung lag im ersten Stock und sah tatsächlich aus, als sei Daniel Vogler gerade erst eingezogen und noch nicht ganz eingerichtet, ganz wie Franziska Leyhausen gesagt hatte. Im Flur stand ein Umzugskarton, eine Flurgarderobe fehlte, stattdessen hingen zwei Jacken über einem Stuhl in der Ecke. Ein kurzer Blick in eines der Zimmer verriet Lina, womit er sich hauptsächlich beschäftigte: drei eingeschaltete Computermonitore, zwei Rechner neben dem Tisch, ein Laptop, in den Regalen CDs und stapelweise Zeitschriften.

Daniel Vogler führte sie ins Wohnzimmer, setzte sich in den einzigen Sessel, während Lina und Max nebeneinander auf dem Sofa Platz nahmen.

»Herr Vogler«, begann Max, »wir ermitteln in einem Mordfall, vielleicht haben Sie ja von dem Toten im Niendorfer Gehege gehört. Bei dem Opfer handelt es sich um ihren ehemaligen Arbeitgeber, Philip Birkner.«

»Ach ja?«, sagte Vogler und hob eine Augenbraue. »Ich habe ihn seit Jahren nicht mehr gesehen, seit der Insolvenz von *Inoware*, um genau zu sein.« Er saß zurückgelehnt auf dem Sessel, hatte die Beine übereinandergeschlagen und wippte mit der Fußspitze. Er trug Jeans und ein helles, gestreiftes Hemd, das aschblonde Haar hing ihm strähnig in die Stirn. Seine linke Socke hatte ein kleines Loch. Lina hatte ihren Notizblock herausgeholt und sah sich im Zimmer um. Bis auf das Ledersofa, auf dem sie saßen, den Sessel, ein Bücherregal mit einer Hand voll Büchern und DVDs sowie einen Flachbildfernseher war der Raum leer. Keine Vorhänge oder Jalousien an den Fenstern, kein Teppich auf dem Parkett, keine Kissen oder Decken auf dem Sofa. An einer Wand hingen zwei Fotos von Franziska Leyhausen, die braun gebrannt in die Kamera lachte. Beide Bilder waren im Freien aufgenommen worden, und die langen, dunkelbraunen Haare flatterten im Wind.

»Wie gut kannten Sie Herrn Birkner?«, fragte Max.

Vogler hob die Schultern. »Er war mein Chef.«

»Hatten Sie privat Kontakt zu ihm? Haben Sie sich vielleicht gegenseitig eingeladen, sind nach der Arbeit noch in die Kneipe gegangen, etwas in der Art?«

»Nein.«

»Aber Sie kannten sich doch von der Schule, oder?«, fragte Lina.

Irrte sie sich, oder zögerte Vogler einen winzigen Moment lang? »Ja, aber nur flüchtig.«

»Und trotzdem haben Sie sich bei seiner Firma beworben?«

»Zufall. Ich habe einen Job gesucht und einfach ein paar Softwarefirmen angerufen. Dass Philip der Inhaber von *Inoware* war, habe ich erst beim Vorstellungsgespräch gemerkt.«

»Kannten Sie denn auch das Mädchen, das damals umgebracht wurde? Julia Munz«, hakte Lina nach.

Daniel Vogler seufzte. »Ja, aber auch nur flüchtig. Ich ging ein oder zwei Jahre mit ihr in eine Klasse.«

»Und Herrn Jensen?«, fragte Max. »Wie gut kennen Sie ihn?«

»Auch nicht besser. Ich bin nicht besonders gesellig und habe gerne meine Ruhe.«

»Keine Privatgespräche, nichts, was er Ihnen vielleicht irgendwann einmal anvertraut hat?«

Vogler zog die Brauen zusammen. »Was meinen Sie damit? Etwa, ob er die Software für *Wesseling & Kröger* absichtlich vermurkst hat?« Er ließ ein dumpfes Lachen hören. »Er war zwar ziemlich dämlich, aber so blöd nun auch wieder nicht. Wenn er etwas damit zu tun gehabt hätte, hätte er es mir garantiert nicht gesagt.«

Lina sah von ihrem Block auf. »Das heißt, Sie trauen Herrn Jensen so einen Sabotageakt durchaus zu?«

Daniel Vogler verzog spöttisch den Mund. »Dafür braucht man nicht besonders intelligent zu sein. Das hätte sogar er hinbekommen – oder er hat wirklich nur geschlampt, und jemand anders hat die Gunst der Stunde genutzt.« Er stellte beide Füße auf den Boden und beugte sich vor, wobei er die Ellenbogen auf die Knie stützte. »Ich weiß, das klingt jetzt unkollegial, aber das war schon immer mein Problem: Ich sag einfach, wie's ist. Auch wenn er es vielleicht nicht gerne hört: Frank Jensen ist als Programmierer bestenfalls Durchschnitt. Ehrlich gesagt wundert es mich nicht, dass er sich so dämlich angestellt hat. Das gesamte Projekt hat ihn ziemlich überfordert.«

»Aber für Sie wäre es ein Kinderspiel gewesen?«, fragte Max.

»Ja.« Daran gab es gar keinen Zweifel, zumindest für ihn nicht.

»Trauen Sie Ihrem ehemaligen Kollegen denn zu, dass er den Fehler absichtlich eingebaut hat?«

»Keine Ahnung. Hab ich nie drüber nachgedacht.«

»Wie sind denn Birkner und Jensen miteinander ausgekommen?«, fragte Max.

»Ganz gut, denke ich.«

»Und als bekannt wurde, dass es diesen Fehler in der Software gab – was geschah dann?«

»Philip ist ausgeflippt. Hat Frank total zur Sau gemacht, vor der versammelten Mannschaft. Frank hat den halben Tag auf dem Klo verbracht, weil er die ganze Zeit gekotzt hat. Er hat immer wieder rumgejammert, er sei's nicht gewesen, aber Philip hat ihm nicht geglaubt und ihn rausgeschmissen, noch bevor er den Laden offiziell dichtgemacht hat.«

Lina spielte nachdenklich mit ihrem Stift herum. »Stimmt es, dass außer Herrn Jensen, Herrn Birkner und Ihnen niemand Zugang zum Quellcode des Programms hatte?«

Daniel Vogler lachte spöttisch. »Haben Sie noch nie was von Hackern gehört? Ein guter Hacker hätte wer weiß was anstellen können, und niemand hätte es je spitzbekommen.«

Lina sah sich in dem geräumigen Zimmer um. Es war zwar ungemütlich eingerichtet, trotzdem war nicht zu übersehen, dass die Wohnung nicht ganz billig gewesen sein konnte.

»Sind Sie selbst eigentlich nie in Verdacht geraten, den Programmcode manipuliert zu haben?«, fragte Max.

»Doch, natürlich«, antwortete Vogler schulterzuckend. »Frank hat mich beschuldigt, aber Philip hat ihn gar nicht ernst genommen. Ich war zur fraglichen Zeit auch gar nicht in der Firma, sondern hatte Urlaub.«

»Lässt sich denn so genau feststellen, wann die Daten manipuliert wurden?«, wunderte Max sich.

»Natürlich«, erklärte Vogler und musterte ihn mit leicht abschätzigem Blick. »Jeder Datenzugriff wurde protokolliert. Und dieses Protokoll besagte, dass Frank derjenige war, der am Programmcode herumgepfuscht hat.«

Wie war das doch gleich mit den Hackern? Hatte Vogler nicht gerade selbst gesagt, dass niemand etwas gemerkt hätte, wenn sich ein guter Hacker an den Daten zu schaffen gemacht hätte? Lina ließ den Blick durch den Raum schweifen, bis er an den beiden Fotos an der Wand hängen blieb.

»Herr Vogler, wissen Sie zufällig, wo wir Franziska Leyhausen finden können?« Sie sah den Mann an, doch er wich ihrem Blick aus.

»Ich nehme an, bei der Arbeit. Irgendwo im Hamburger Stadtgebiet. Versuchen Sie doch, sie über ihr Handy zu erreichen.«

Lina tat, als machte sie sich Notizen. Warum wunderte er sich nicht über diese Frage? Er wirkte, als hätte er damit gerechnet.

»Wann haben Sie denn zuletzt mit ihr gesprochen?«, fragte Max.

»Irgendwann letzte Woche, glaube ich. Montag oder Dienstag.«

»Haben Sie nicht Mittwoch mit ihr telefoniert?«, fragte Lina. »Soweit ich weiß, wollten Sie doch eventuell mit ihr zusammen das Konzert in der Waldschänke besuchen.«

»Stimmt, hatte ich ganz vergessen.« Daniel Vogler sah aus, als könnte er ein Gähnen nur mit Mühe unterdrücken. »Aber dann hat es doch nicht geklappt, ich habe länger gearbeitet«, erklärte er.

»Wo arbeiten Sie?«, fragte Max.

»Ich bin an der Uni, kann aber meistens hier zu Hause arbeiten. Donnerstagabend war ich im Rechenzentrum der Uni eingeloggt und habe bis etwa zwei Uhr nachts gearbeitet.« Er hob die Schultern. »Nachts sind am wenigsten nervige Studenten unterwegs, die dumme Fragen stellen.«

»Arbeiten Sie als Informatiker?«

Daniel Vogler nickte. »Informatiker und Mathematiker. Ich beschäftige mich mit der partiellen Stabilisierbarkeit hochdimensionaler nichtergodischer Markov'scher Netzwerkprozesse, die natürlich asymptotisch nicht gegen ein globales Äquilibrium konvergieren können. Mich interessiert, ob in der raum-zeitlichen Dynamik marginale, also lokale, quasi-stationäre Verteilungen existieren, falls diese lokalen Prozesse für t gegen unendlich gegen ein Wahrscheinlichkeitsmaß konvergieren. Das hat viele Bezüge zur Leistungsanalyse komplexer Systeme in der Informatik«, fügte er erklärend hinzu.

»Aha.« Lina hatte nicht einmal Bahnhof verstanden und ahnte, dass es Max nicht anders erging. Sie hatte versucht mitzuschreiben, aber mehr als ein paar in ihren Augen kryptische Begriffe waren dabei nicht auf dem Papier gelandet. »Und mit so was verdient man genug Geld, um sich so eine Wohnung leisten zu können?«, fragte sie, noch ganz erschlagen von dieser Jobbeschreibung.

Vogler lachte auf, und Lina kam sich vor wie ein dummes Kind. »Natürlich nicht. Ich hatte etwas Geld beim Pokern gewonnen.«

Lina runzelte die Stirn. Bei »Pokern« und »Geld gewinnen« musste sie automatisch an den Film *Der Clou* denken, einen ihrer Lieblingsfilme. Aber sie glaubte nicht, dass Daniel Vogler in einem mondänen Eisenbahnwagen gegen einen Mafiaboss angetreten war und besser gemogelt hatte als dieser. »Wo kann man denn beim Pokern so viel Geld gewinnen?«

Daniel Vogler gähnte hinter vorgehaltener Hand. »Im Internet.«

»Glücksspielgewinne sind in Deutschland verboten.«

Vogler lachte erneut, und wieder klang es eher spöttisch als gut gelaunt. »Da kräht doch kein Hahn nach. Im Übrigen ist Pokern kein Glücksspiel, sondern ein Strategiespiel. Glauben Sie mir nicht? Dann googeln Sie doch einfach mal. Ist inzwischen eine riesige Szene. Und mit ein bisschen mathematischem Gespür ist das Ganze ein Kinderspiel.« Er gähnte herzhaft. »Bei den ganzen Amateuren, die da unterwegs sind.«

Lina warf Max einen Blick zu und verdrehte die Augen. Daniel Vogler hielt sich ja offensichtlich für unbesiegbar. Aber wer weiß, jemand, der sich beruflich mit ergodischen Verteilungen und asymptotischen Netzwerken beschäftigte, hatte vermutlich tatsächlich einiges auf dem Kasten.

Während Lina Kringel auf ihren Notizblock malte, fragte Max: »Kennen Sie vielleicht irgendwelche anderen Freundinnen oder Freunde von Frau Leyhausen?«

»Nein. Wir haben uns immer allein getroffen. Das heißt, doch«, fügte er hinzu. »Barbara, die habe ich zwei-, dreimal getroffen, aber ich kenne ihren Nachnamen nicht.« Er gähnte und hielt sich den Mund zu.

Lina horchte auf und lehnte sich auf dem Sofa zurück. »Treffen Sie Frau Leyhausen denn nicht mehr?«, fragte sie und beobachtete Vogler genau.

Der Mann sah sie irritiert an. »Doch, natürlich, wieso denn nicht?«

»Weil Sie die Vergangenheitsform benutzt haben, als Sie sagten ›Wir haben uns immer allein getroffen'.«

»Habe ich das?«

»Ja.«

Daniel Vogler zuckte die Schultern, schlug das rechte Bein über das linke und verschränkte die Arme. »Das hat nichts zu sagen. Ich bin eher mathematisch als sprachlich begabt.«

Draußen auf der Straße holte Lina tief Luft. »Boah, was war das denn für einer?«

»Ein Nerd«, sagte Max einfach. Dann grinste er. »Beim Kampfsport wäre das vermutlich mindestens der fünfte Dan.«

Lina lachte. »Tanja Fischer meinte, er sei sozial eine Katastrophe. Jetzt weiß ich, was sie damit meint.« Dann wurde sie wieder ernst. »Und was hältst du von ihm?«

Max kletterte auf den Beifahrersitz und schnallte sich an. Er wartete, bis Lina den Wagen gestartet hatte, ehe er sagte: »Vielleicht sollten wir dem Wirtschaftsdezernat mal einen Tipp geben. Glücksspielgewinne sind illegal.«

»Vielleicht hat er das Geld ja auch für die Industriespionage bekommen, und das mit dem Pokern ist nur die Coverstory«, schlug

Lina vor. Irgendetwas nagte an ihr, irgendeine Ungereimtheit, aber sie kam einfach nicht darauf, was es war.

»Einen illegalen Gelderwerb durch den anderen ersetzen?« Max schüttelte den Kopf. »Wie dumm ist das denn?«

»Oder im Gegenteil sehr geschickt.« Lina sah in den Rückspiegel und blinkte. Der Regen hatte aufgehört, aber es war immer noch trüb, grau und schwül. »Aber die eigentliche Frage ist ja, ob er etwas mit dem Mord an Birkner zu tun hat.«

Max zuckte die Schultern. »Mir ist nicht klar, was er gegen Philip Birkner haben sollte. Und außer, dass er von seiner Freundin in der Vergangenheitsform geredet hat ... Mir ist das übrigens gar nicht aufgefallen. Sehr aufmerksam von dir.«

Lina grinste. »Tja, ich bin eben eher sprachlich als mathematisch begabt.«

Als Katja Ansmann die Wohnungstür öffnete und Lina erblickte, verzog sie den Mund zu einer schmalen Linie, doch darüber hinaus blieb sie höflich und distanziert. Mit leiser Stimme bat sie die beiden Beamten herein, Leon würde gerade schlafen, wenn sie ihr bitte ins Wohnzimmer folgen würden?

Lina hielt sich fürs Erste zurück und beschränkte sich auf die Rolle der Zuhörerin. Das gab ihr die Gelegenheit, Katja Ansmann in aller Ruhe zu beobachten. Heute trug sie eine bequeme, weit geschnittene Hose, Bluse und leichte Sandaletten und war wie beim letzten Mal perfekt geschminkt, doch die dunklen Ringe konnte noch so viel Make-up nicht verbergen. Lina stellte fest, dass die Quasi-Witwe Philip Birkners fahriger wirkte als die letzten beiden Male und eher dem Bild der trauernden Witwe zu entsprechen schien. Hin und wieder warf sie Lina einen Blick zu, als fragte sie sich, was diese Frau hier auf ihrem Sofa zu suchen hatte.

»Frau Ansmann, wir haben noch ein paar Fragen zu Herrn Birkner, vor allem was seine Vergangenheit betrifft«, sagte Max. »Kurz nach dem Abitur wurde eine ehemalige Freundin von ihm umgebracht. Wissen Sie irgendetwas darüber?«

Katja Ansmann runzelte nachdenklich die Stirn, und zum ersten Mal meinte Lina erste Anzeichen des Alters bei ihr zu erkennen, kleine, feine Fältchen in den Augenwinkeln, ein müder Zug um den Mund, obwohl die Frau nicht sehr viel älter war als sie selbst. »Nein, tut mir leid. Das hat er mir nie erzählt.«

»Er hat Ihnen nie von dem Mädchen erzählt, mit dem er in der Schulzeit zusammen war und das dann getötet wurde?« Max' Stimme klang so ruhig wie immer. »Das überrascht mich aber.«

»Philip hat nie viel von früher erzählt. Er hat sehr … im Heute gelebt.« Sie zuckte die Schultern. »Vielleicht hat er es auch verdrängt.«

Lina musterte Katja Ansmann argwöhnisch. Er hat nie viel von früher erzählt? Das mochte vielleicht für irgendwelche Bekannten gelten, denen man nicht gleich die halbe Lebensgeschichte auf die Nase binden wollte. Aber mit der Lebensgefährtin, der Mutter des eigenen Sohnes, niemals über ein Ereignis dieser Tragweite zu sprechen? Lina fragte sich, wie *offen* die Beziehung der beiden tatsächlich gewesen war – war sie womöglich so offen gewesen, dass es schon an Gleichgültigkeit grenzte?

»Kennen Sie Daniel Vogler?«, fragte Max.

Katja Ansmann machte ein nachdenkliches Gesicht. »Daniel Vogler …«, sagte sie langsam, »den Namen habe ich schon einmal gehört. Helfen Sie mir auf die Sprünge!«

»Ein ehemaliger Angestellter Ihres Lebensgefährten bei *Inoware*.«

»Ach ja, der zweite Softwareentwickler der Firma. Ich erinnere mich. Ein sehr intelligenter Mann, aber seine sozialen Fähigkeiten waren nicht besonders ausgeprägt.«

»Können Sie das etwas genauer erklären?«

»Eine gute Kommunikation sowie Teamfähigkeit sind heute unabdingbar, wenn man im Arbeitsleben bestehen will. Wer nicht in der Lage ist, auf andere Menschen einzugehen oder sich in eine Gruppe einzupassen, wird es schwer haben. Herr Vogler ist das, was man gemeinhin einen Eigenbrötler nennen könnte. Er hat Lösungen, durchaus kreative Lösungen, stets im Alleingang entwickelt, ohne auf seine Kollegen Rücksicht zu nehmen.« Sie gestattete sich ein leichtes Lächeln. »Darauf angesprochen, erklärte er einmal, er habe keine Lust, seine Zeit damit zu vergeuden, irgendwelchen Deppen das kleine Einmaleins beizubringen.«

»Meinte er mit den Deppen auch Herrn Birkner?«

Katja Ansmanns Lächeln verschwand. »Ja, ich denke schon.«

»Wussten Sie, dass Herr Birkner und Herr Vogler dieselbe Schule besucht und im selben Jahr Abitur gemacht haben?«, fragte Max.

Katja Ansmann sah ihn müde an. »Nein, das wusste ich nicht.«

Sie weiß verdammt wenig über ihren toten Lebensgefährten, dachte Lina. Oder sie kannte Daniel Vogler besser, als sie zugeben wollte. Möglicherweise steckte der Mathematiker hinter dem Datenklau, und er und Katja Ansmann hatten gemeinsame Sache gemacht? »Hatten Sie nach der Insolvenz von *Inoware* noch weiteren Kontakt zu Herrn Vogler?«, fragte sie.

»Nein. Ich habe ihn nicht mehr gesehen, nachdem meine Beratertätigkeit für die Firma abgeschlossen war. Das war etwa ein dreiviertel Jahr vor der Insolvenz.«

»Ist es eigentlich Zufall, dass die Firma *Markman Solutions* nach dem Patentdiebstahl Zahlungen an Sie geleistet hat, ausgerechnet jene Firma, die vom Programmierfehler der Firma Ihres Lebensgefährten profitiert hat?« Lina sah aus den Augenwinkeln, wie Max ihr einen warnenden Blick zuwarf, doch sie ignorierte ihn.

Katja Ansmann musterte sie einen Moment lang schweigend. »Ich weiß nicht, was Sie damit andeuten wollen, aber wenn die besagte Firma meine Dienste als Beraterin in Anspruch genommen hat, dürfte es selbstverständlich sein, dass ich dafür ein Honorar erhalten habe.«

Ehe Max den Mund aufmachen konnte, beugte Lina sich vor und sagte leise: »Aber ich glaube nicht, dass das Zufall ist, Frau Ansmann. Genauso wenig, wie ich es für einen Zufall halte, dass Ihr Lebensgefährte just in dem Moment stirbt, in dem Sie das Geld von der Lebensversicherung wegen der drohenden Insolvenz Ihres Vaters ausgesprochen gut gebrauchen können.«

Katja Ansmann musterte sie kühl. »Hat Ihr Vater Ihnen davon erzählt?«

Lina glaubte, keine Luft mehr zu bekommen. Woher wusste diese Frau, wer ihr Vater war?

Katja Ansmann verzog den Mund zu einem Lächeln. »Es stimmt also. Aber es war schließlich auch die einzige Erklärung, denn außer meiner Familie und Ihrem Vater hat niemand davon gewusst.«

Max schaute von einer Frau zur anderen und fragte sich, in welchen Film er hier geraten war, doch weder Lina noch Frau Ansmann nahmen von ihm Notiz.

Lina verspürte einen leichten Schwindel und fühlte sich auf merkwürdige Weise bloßgestellt. Zu ihrem Schrecken erkannte sie, dass zwischen ihr und Katja Ansmann eine Pattsituation entstanden war: Jede wusste etwas von der anderen, was diese am liebsten mit niemandem teilen wollte. Stumm musterten sie einander, durch ihre Geheimnisse aneinander gebunden, und fragten sich, inwieweit sie einander trauen konnten. Zum ersten Mal fiel Lina auf, dass Katja Ansmann graue Augen hatten, die sie jetzt streng musterten.

Die Unternehmensberaterin brach schließlich das Schweigen. »Sie sehen Ihrer Halbschwester Johanna ziemlich ähnlich, wie Sie vielleicht wissen.« Dann seufzte sie. »Ihr Vater war mehr oder weniger zufällig anwesend, als mein Vater uns eröffnete, dass das Bankhaus Ansmann & Sohn möglicherweise vor dem Aus steht. Natürlich bemüht sich die Familie nach Kräften, eine Insolvenz zu vermeiden, aber«, Katja Ansmann lächelte dünn, »ich versichere Ihnen, dass Mord nicht zu den für uns infrage kommenden Maßnahmen gehört.« Leicht amüsiert blickte sie Lina an. »Abgesehen davon geht es dabei um weit höhere Summen als die drei Millionen aus der Lebensversicherung. Ich dachte, das sei selbst Ihnen klar.«

Lina blieb die Luft weg, in ihren Ohren rauschte es. Diese arrogante Zicke mit ihrem süffisanten Grinsen! Sie spürte, wie sie die Fäuste ballte, noch ein Wort von der Frau, und sie würde ausrasten, würde sie nach Strich und Faden vermöbeln, würde ihr zeigen, was sie von ihr hielt, von dieser reichen Schnepfe, die für Leute wie Lina nichts als Verachtung übrig hatte, diese, diese …

»Ich denke, das ist Frau Svenson durchaus klar«, sagte in diesem Moment Max mit ruhiger Stimme. »Die Frage ist wohl eher, ob Sie persönlich das Geld nicht vielleicht gut gebrauchen könnten.«

Lina zwang sich, tief einzuatmen und die Luft langsam wieder aus den Lungen strömen zu lassen. Sie lockerte die verkrampften Finger und lauschte Max' sanfter Stimme, die wie immer eine ungeheuer beruhigende Wirkung auf alle Anwesenden hatte. »Ihre Unternehmensberatung ist eine Tochterfirma des Bankhauses Ansmann & Sohn, eine Insolvenz würde Sie also sehr direkt betreffen.« Er nickte langsam, während Katja Ansmann den Kopf abwandte und aus dem Fenster blickte. Es hatte wieder angefangen zu regnen. »Ich verstehe Ihre Angst, das alles hier zu verlieren«, seine fließende Handbewegung schloss nicht nur diese Wohnung, sondern einen gesamten Lebensstil mit ein, »aber Sie werden sicherlich nachvollziehen können, dass wir allen Verdachtsmomenten nachgehen müssen.«

Katja Ansmann war wieder blass geworden, doch sie hielt sich äußerst gerade, der Rücken war durchgedrückt, das Kinn vorgereckt. Dieses Gespräch war ihr sichtlich unangenehm, vor allem Max' leise ausgesprochene Worte, seine selbstverständliche Art, von ihrer Angst zu sprechen, als gäbe es daran überhaupt keinen Zweifel. In dem Zimmer war es vollkommen still, nur das leise Atmen der drei Menschen war zu hören. Schließlich wandte sich Katja Ansmann wieder Max zu. Lina übersah sie geflissentlich. »Sie haben recht, die Vorstellung, alles Gewohnte und Liebgewonnene aufgeben zu müssen, fällt mir schwer. Und ja, das Geld aus der Lebensversicherung könnte das Schlimmste verhindern. Aber«, sie hob die Stimme und blickte ihm direkt ins Gesicht, »ich versichere Ihnen, dass ich nichts mit Philips Tod zu tun habe. Ich war den ganzen Abend bei meiner Freundin Evelyn Riemann, was diese selbstverständlich auch vor Gericht bezeugen würde.«

Bezeugen kann die, so viel sie will, dachte Lina, aber die Theorie vom Auftragsmord ist damit noch lange nicht vom Tisch. Sie merkte, wie erneut die Wut in ihr aufstieg. Sie musste hier raus, auf der Stelle, oder es würde noch ein Unglück passieren. Sie stand auf, sah Max an und ignorierte Katja Ansmann genauso, wie diese an ihr vorbeigesehen hatte. »Hast du noch irgendwelche Fragen?«, wollte sie von ihrem Kollegen wissen, und dieser schüttelte brav den Kopf und erhob sich gleichfalls.

An der Tür konnte sie es sich dann aber doch nicht verkneifen, sich noch einmal zu Katja Ansmann umzudrehen und sie von oben bis unten zu mustern. »Es steht Ihnen selbstverständlich frei, sich erneut beim Polizeipräsidenten zu beschweren. Aber auf unsere Ermittlungen wird das keinerlei Einfluss haben.«

Katja Ansmanns verblüfften Blick sah sie nicht mehr.

Draußen nieselte es, und Max spannte den Schirm auf.

»Dieses arrogante Miststück!«, fluchte Lina, als sie zwei Schritte vor ihm durch den Regen stapfte.

»Lina …« Max musste fast rennen, um zu ihr aufzuschließen.

»Und dass sie keinen Kontakt zu Daniel Vogler mehr hat, kaufe ich ihr auch nicht ab. Wer weiß, wie lange die Bank von ihrem Alten schon vor sich hin dümpelt.«

»Lina …« Max hob seine Stimme, doch sie redete einfach weiter.

»Ich rede noch mal mit Marita Schön von der Wirtschaft. Sie soll sich die Frau mal genauer vorknöpfen. Und den Daniel Vogler gleich mit.«

»Lina, würdest du mir bitte erst einmal erklären, was zum Teufel eigentlich gerade los war?« Max war stehen geblieben und hielt sie am Ärmel fest. Widerwillig drehte sie sich zu ihm um. Max' Gesicht war ein einziges großes Fragezeichen.

»Wie kommt es, dass eure Väter sich kennen? Und wieso erfahre ich erst jetzt davon? Weiß Hanno das?«

Sie starrte ihn an, dann wandte sie den Blick ab, riss sich los und stapfte weiter zum Wagen. Während der Fahrt schwieg sie hartnäckig, bis sie vor einem Café anhielten, von dem er wusste, dass es dort leckeren Kaffee gab, so wie Lina ihn mochte. Er stellte sich für sie beide in der Schlange an, und als er zu dem kleinen

Tisch am Fenster kam und einen Latte macchiato vor ihr abstellte, murmelte sie ein leises Dankeschön.

Schließlich lehnte sie sich zurück, streckte die Beine aus und sah aus dem Fenster auf die Einkaufsstraße, auf der wegen des Regens, der schon den ganzen Tag anhielt, nur wenige Menschen unterwegs waren. Die Raucherplätze vor dem Café waren verwaist, ebenso wie die Stehtische vor der Bäckerei auf der anderen Straßenseite.

»Mein Vater ist Meinhart Steinhagen«, sagte sie so leise, dass er fast meinte, sich verhört zu haben. Sie griff nach dem Zucker, streute ihn auf den Milchschaum und löffelte die süße Masse anschließend auf.

Max sagte nichts. Eine ganze Weile lang sah er Lina nur an, als überlege er, den psychologischen Dienst zu informieren, der sich in Krisenzeiten um traumatisierte Kollegen kümmerte. Schließlich räusperte er sich und sagte: »Dein Vater ist *der* Meinhart Steinhagen?«

Lina nickte.

Jedes Kind in Hamburg kannte diesen Namen. Die Familie Steinhagen war seit Generationen mit der Stadt Hamburg verbunden, ihre Vorfahren hatten die Gründungsurkunde der Stadt mitunterzeichnet, zeitweise hatte der Familie mehr als die Hälfte der Stadt gehört. Diese Zeiten waren längst vorbei, aber noch heute waren zahlreiche Straßen, Plätze und Bauten nach der Familie benannt. Meinhart Steinhagen war Reeder, Bankier, Kaufmann, er war Senator gewesen, hatte die Ehrendoktorwürde der Universität verliehen bekommen und nannte alles, was in Hamburg und darüber hinaus Rang und Namen hatte, seinen Freund.

Max fehlten die Worte. Er konnte sich nicht erinnern, wann ihm das zum letzten Mal passiert war. »Aber wieso … ich meine, du heißt Svenson, bist aber nicht verheiratet … wieso hast du das nie erwähnt?«

»Ich bin unehelich geboren, und es wäre mir lieber, wenn er *nicht* mein Vater wäre.« Jetzt war ihr Geheimnis also raus, und es war nicht abzusehen, welche Konsequenzen das nach sich ziehen würde. Ihr Leben lang hatte sie aufgepasst, dass ja niemand davon erfuhr, aus Angst, man würde sie für eine von *denen* halten und sie mit so einer wie der Katja Ansmann in eine Schublade stecken. Was für eine Schande für jemanden, der mit Leib und Seele in Altona beheimatet war, dem alten Arbeiterviertel, in das sich Pfeffersäcke lange Zeit nur mit Polizeischutz hineingetraut hatten. *So* einen zum Vater zu haben, das war übler als die Krätze.

Max beobachtete sie, ihre klaren, sparsamen Bewegungen, und wusste, dass es in ihr brodeln musste, denn die Ruhe, die sie ausstrahlte, war die konzentrierte Ruhe einer Kämpferin kurz vor der Schlacht. Wenn ihr Vater, zu dem sie ein, gelinde gesagt, schwieriges Verhältnis zu haben schien, einer der reichsten Männer Hamburgs war, erklärte das natürlich so einiges, und Max brauchte nicht länger herumzurätseln, woher Linas auffällige Abneigung gegen alles Reiche und Protzige rührte.

»Erzähl mir von ihm.« In Max' Stimme schwang eine ungewohnte Autorität mit, der Lina sich nur schwer entziehen konnte. Vielleicht wollte sie auch nicht länger schweigen, weil sie schon viel zu lange geschwiegen hatte. Trotzdem ließ sie sich Zeit mit der Antwort, und als sie schließlich sprach, klang ihre Stimme ruhig und sachlich, als hätte diese Geschichte nichts mit ihr zu tun.

»Bis ich sechzehn war, dachte ich, mein Vater sei ein Urlaubsflirt meiner Mutter gewesen, ein Typ aus London namens Alistair, von dem sie weder Nachnamen noch die Adresse kannte.« Sie zuckte die Schultern und sah Max zum ersten Mal, seit sie in diesem Café saßen, an. »Das hat sie mir jedenfalls immer erzählt, und so steht es in meiner Geburtsurkunde: Vater unbekannt. Als Kind habe ich meinen Vater nicht vermisst, denn da war ja Christian, der Freund meiner Mutter. Er war mein Vater und ist es noch heute, obwohl ich immer wusste, dass er nicht mein leiblicher Vater ist.« Sie schaute wieder aus dem Fenster. »Als ich sechzehn war, war ich auf einem hamburgweiten Schülertreffen. Die Schulsprecher von allen Schulen waren da, aus allen Bezirken. Die Schulsprecherin der Johannes-Brahms-Schule aus Blankenese war eine arrogante Zicke, die ich auf Anhieb nicht ausstehen konnte.« Sie grinste schief. »Johanna Steinhagen. Sie war die Verkörperung meines Feindbildes. Ich bin in Altona aufgewachsen, in meinem Kinderzimmer hing Rosa Luxemburg an der Wand und hat über meinen Schlaf gewacht, meine Mutter hat mich schon mit drei Jahren auf Demos geschleppt, und mit acht wusste ich, dass Kapitalismus Scheiße ist. Und dann saß da diese reiche Tussi, mit der ich ganz gesittet über die Hamburger Schulpolitik diskutieren sollte.« Sie lachte auf. »Ich glaube, wir haben uns während des gesamten Treffens nur angegiftet und alle anderen damit genervt. Das Schlimmste aber war, dass wir nach und nach merkten, wie ähnlich wir uns waren. Und nicht nur wir merkten es, allen anderen fiel es ebenfalls auf. Fast wie beim doppelten Lottchen, obwohl wir nicht unbedingt als Zwillinge, aber auf jeden Fall als Geschwister hätten durchgehen können.« Sie nahm einen Löffel von dem süßen Milchschaum. »Am Abend erzählte ich meiner Mutter davon. Ich wollte es für einen dummen Zufall halten, aber mir gingen lauter so blöde Ideen durch den Kopf wie, dass ich vielleicht nur adoptiert war oder dass mein Vater in London vielleicht auch mit der Mutter von dieser Johanna was gehabt hatte, ich meine, *bevor* sie Meinhart Steinhagen geheiratet hat, und dass ich vielleicht auf diese Weise meinen leiblichen Vater aufspüren könnte.« Lina seufzte und nippte an ihrem Kaffee. »Meine Mutter war nicht sonderlich begeistert, als ich ihr von der seltsamen Begegnung erzählte, aber auch nicht überrascht. ›Irgendwann musst du es ja ohnehin erfahren‹, hat sie gesagt und mir dann erzählt, dass Meinhart Steinhagen mein Vater ist.«

Zuerst hatte sie es nicht geglaubt. Einer der reichsten Hamburger, der Mann, dem unzählige Gebäude gehörten, die ihre Mutter und die Freunde ihrer Mutter früher besetzt hatten, sollte ihr Vater sein? Der Mann, der mit den wichtigsten Männern der Stadt und des ganzen Landes befreundet war, dem man zutraute, im Sturm das Rathaus zu erobern, sollte er sich endlich einmal entschließen, für das Amt des Bürgermeisters zu kandieren? Dieser Mann sollte ihr Vater sein? Ihre Mutter hatte geseufzt. »Ich wusste es nicht, als ich mich auf ihn einließ. Wir lernten uns bei der Stadtteilini kennen, und da nannte er sich nur Marc.« Das war sein zweiter

Vorname, wie Lina mittlerweile in Erfahrung gebracht hatte. Er fing an, mit Asta Svenson zu flirten, sie landeten zusammen im Bett, und fünf Wochen später stellte Asta fest, dass sie schwanger war. Marc hatte sie schon seit zwei Wochen nicht mehr gesehen, niemand wusste, wo er steckte, niemand wusste, wie man ihn erreichen konnte. Kurz darauf entdeckte jemand ein Bild des jungen Steinhagen in der Zeitung, und die Sache war klar: Asta war auf ein reiches Kapitalistenschwein reingefallen, das in der Stadtteilini lediglich spioniert hatte. Ihr war die Sache unendlich peinlich, sie erzählte niemandem von ihrem kurzen Techtelmechtel, von dem zum Glück keiner etwas mitbekommen hatte. Das Kind wollte sie trotz allem behalten, zu keinem Zeitpunkt glaubte sie, es nicht richtig lieben zu können, weil sein Vater war, was er war. Nach dem Kindsvater gefragt, tat sie geheimnisvoll, in die Geburtsurkunde ließ sie »Vater unbekannt« eintragen, obwohl Christian, den sie kurz vor Linas Geburt kennenlernte, ihr anbot, auch ganz offiziell der Vater des Kindes zu werden.

»Weiß Christian, wer mein Vater ist?«, hatte Lina ihre Mutter an jenem Abend gefragt, als sie die ganze Geschichte erfuhr. Richtig glauben konnte sie es immer noch nicht, dazu hatte ihre Mutter den angeblichen Vater aus London stets in allzu lebendigen Farben geschildert, vor allem, wenn sie seinen Cockney-Akzent nachahmte, hatte Lina oft gemeint, ihren Vater wie durch ein Medium zu sich sprechen zu hören. Asta hatte ihre Tochter angesehen und den Kopf geschüttelt. »Es weiß niemand, außer dir und mir.«

Doch ganz offensichtlich hatte die auffallende Ähnlichkeit zwischen dem Mädchen aus gutem Hause und der frechen Rotzgöre auch andernorts Fragen aufgeworfen. Kurz nach der Enthüllung ihrer Mutter erhielt Lina eines Tages einen Anruf von Meinhart Steinhagen. Er habe herausgefunden, dass sie seine Tochter sei, und würde sie gerne kennenlernen. Lina leugnete alles. Sagte, sie habe einen Vater, Christian. Nannte Meinhart Steinhagen einen Lügner.

Er lachte. »In deiner Geburtsurkunde ist kein Vater angegeben«, sagte er. Lina musste sich setzen. Wenn er wusste, was in ihrer Geburtsurkunde stand … Hatte ihre Mutter hinter ihrem Rücken Kontakt zu ihm aufgenommen? Sie fühlte sich verraten und verkauft, knallte den Hörer auf die Gabel, verließ das Haus und trieb sich mehrere Tage auf der Straße und bei Freunden herum, ehe ihre Mutter sie endlich fand und ihr versicherte, seit mehr als sechzehn Jahren nicht mit Meinhart Steinhagen gesprochen zu haben.

Lina seufzte und sah Max an, der die ganze Zeit über nicht einen Ton gesagt hatte. »Er ließ nicht locker, versuchte es immer wieder. Schließlich wurde meine Neugier doch geweckt, und wir trafen uns auf dem Ohlsdorfer Friedhof.« Sie verzog das Gesicht. »Ein merkwürdiger Ort für das erste Treffen zwischen Vater und Tochter, ich weiß, aber eigentlich auch ganz passend. Unsere Beziehung war von Anfang an eine Totgeburt.« Der Ohlsdorfer Friedhof im Norden Hamburgs war der größte Parkfriedhof der Welt, eine weitläufige, aufwendig gestaltete Anlage, in der viele alteingesessene Hamburger Kaufmannsfamilien eigene Mausoleen hatten, so auch die Familie Steinhagen. Ihr Vater führte Lina zum Grab ihrer Vorfahren, und ob sie wollte oder nicht, beim Anblick des alten, moosbesetzten Rundbaus empfand sie einen Moment lang so etwas wie Ehrfurcht, aber auch ein Gefühl von Verbundenheit mit den Menschen, die dort begraben lagen. Zum ersten Mal in ihrem Leben wurde ihr klar, dass ihre Familie aus mehr bestand als ihrer Mutter und Christian. Asta Svenson war ein Einzelkind, ihr Vater war als Angehöriger der dänischen Minderheit in Schleswig-Holstein bald nach der Geburt seiner Tochter nach Dänemark übergesiedelt, ohne Frau und Kind mitzunehmen. Astas Mutter stammte aus einer Kieler Arbeiterfamilie ohne langen Stammbaum. Und jetzt stand sie hier am Grabmal ihrer Vorfahren, die zum Teil seit der Eröffnung des Friedhofs 1877 hier ruhten. Rasch wandte sich Lina ab, rieb sich über die Arme, als sei ihr kalt, obwohl es ein warmer Tag war, und betrachtete verstohlen den Mann neben sich. Meinhart Steinhagen musste damals Mitte bis Ende vierzig gewesen sein, er trug einen maßgeschneiderten Anzug, Krawatte und lederne Halbschuhe. Und als ob das nicht gereicht hätte, war er mit einem dicken BMW gekommen und stank nach Rasierwasser. Seinen Blicken nach zu urteilen, schien das Treffen mit seiner Tochter ihn ähnlich zu schockieren. Lina hatte gerade Punk für sich entdeckt, trug einen Lederminirock, zerrissene Netzstrumpfhosen und Springerstiefel. Ihre Frisur waren ein Kunstwerk aus roten, gelben und grünen Stacheln, die Ohren vor lauter Ringen kaum zu erkennen, an den Brauen, der Nase, der Lippe und der Zunge war sie ebenfalls gepierct. Wann sie sich das letzte Mal ungeschminkt auf die Straße getraut hatte, wusste sie schon gar nicht mehr.

Wie sich rasch herausstellte, wollte keiner von beiden, dass ihre enge Verwandtschaft publik wurde. Lina, weil sie die Abneigung gegen die da oben schon mit der Muttermilch eingesogen hatte und sie sich schon jetzt wie eine Verräterin vorkam, und Meinhart Steinhagen, weil er seine Ehe nicht dadurch aufs Spiel setzen wollte, dass seine Gattin von einem Seitensprung aus der Zeit erfuhr, als sie gerade mit dem ersten Kind schwanger war. Johanna Meinhagen war knapp fünf Monate älter als Lina.

Sie schwieg und löffelte den letzten Rest Milchschaum aus dem Glas.

»Und dann?«, fragte Max schließlich.

Lina zuckte die Schultern. »Nichts und dann. Wir haben uns danach nie wiedergesehen. Meine Neugier war gestillt, ich hatte meinen richtigen Vater kennengelernt und mochte ihn nicht. Und er …« Sie hob erneut die Schultern. »Ich denke, dass er sich nie wirklich für mich interessiert hat. Er wollte nur herausfinden, ob ich ihm gefährlich werden könnte. Eine uneheliche Tochter passte ihm überhaupt nicht in den Kram.«

»Aber heute ist das anders?«

»Seine Frau ist inzwischen gestorben«, erklärte Lina, »er hat also nichts zu verlieren, falls bekannt würde, dass er eine uneheliche Tochter hat.«

»Aber warum«, sagte Max nachdenklich, »hat er dich am Sonntag plötzlich angerufen und dir von der drohenden Insolvenz des Bankhauses Ansmann erzählt?«

Er merkte, wie etwas in Lina sich veränderte, wie sie umschaltete von Vergangenheit auf Gegenwart, von Erinnerung auf Ermittlung. Sie zog die Beine unter den Stuhl, ihr Blick wurde konzentrierter. »Es war nicht der erste Anruf. Kurz nach dem Tod seiner Frau, vor etwa fünf Jahren, hat er angefangen, mich hin und wieder anzurufen. Er fragt dann immer, wie es mir geht oder ob wir uns nicht mal wieder sehen können.« Und er hatte angefangen, sie *Liebes* zu nennen. »Ich hatte damals schon eine Geheimnummer. Sicher ist es für jemanden mit seinen Verbindungen kein Problem, die Nummer herauszubekommen, aber er muss doch wissen, dass mir das auffallen würde. Will er, dass ich weiß, wie viel Macht er hat? Versucht er, mich zu kontrollieren und auszuhorchen? Ich zweifle nicht daran, dass er mich benutzen würde, wenn er sich Vorteile davon verspräche, so wie er alle Menschen benutzt.«

Zweifelnd sah Max sie an. »Kann es nicht sein, dass er dich tatsächlich einfach nur näher kennenlernen will?«

Lina schüttelte den Kopf. »Nein. Meinhart Steinhagen macht nichts *einfach nur so*. Bei ihm steckt immer eine Absicht dahinter.« Sie wandte den Blick ab. Erst vor wenigen Jahren hatte ihre Mutter ihr anvertraut, was sie nie zuvor einem Menschen erzählt hatte. Als sie damals zum dritten Mal mit dem Mann, den sie als Marc kennengelernt hatte, geschlafen hatte, hatte sie ihm von den Plänen für eine Hausbesetzung erzählt. Ein wunderschöner Hamburger Jugendstilaltbau in der Nähe des Hafens. Am übernächsten Morgen sollte es losgehen, nur die unmittelbar Beteiligten und ein paar Unterstützer waren eingeweiht, aber vielleicht hätte er ja Lust, vorbeizukommen, im Laufe des Tages, sobald sie drin waren und die Türen und Fenster gesichert hatten.

Als die Hausbesetzer zwei Tage später um zwei Uhr in der Frühe das alte Haus betreten wollten, wurden sie von einem Trupp Bauarbeiter empfangen, die ihnen mit Schaufeln und Knüppeln drohten. Sie beschlossen den strategischen Rückzug. Draußen liefen sie prompt der Polizei in die Arme, die ihre Personalien aufnahm und sie erst gegen Abend wieder laufen ließ. Das Haus, das wenige Tage später der Abrissbirne zum Opfer fiel, gehörte Albert Steinhagen. Marcs oder besser Meinharts Vater.

»Die Frage lautet: Warum hat er mir von der drohenden Insolvenz des Bankhauses Ansmann erzählt?«

Eine junge Frau kam an ihren Tisch, um das schmutzige Geschirr abzuräumen. Sie fragte, ob sie noch etwas bestellen wollten, doch Max und Lina schüttelten unisono den Kopf.

Der Himmel war immer noch wolkenverhangen, aber immerhin regnete es nicht mehr, als sie die wenigen Schritte zum Auto gingen. »Wenn mein Vater mir von der drohenden Insolvenz erzählt hat, dann nur deswegen, weil er sich einen Vorteil davon erhofft. Er hat mit mir noch *nie* über Geschäftliches gesprochen.«

»Vielleicht spekuliert er darauf, dass über dich etwas von der drohenden Insolvenz an die Presse durchsickert«, sagte Max nachdenklich. »Das würde die Lage des Bankhauses weiter verschlechtern, der Wert würde noch weiter sinken, und Meinhart Steinhagen könnte ein Schnäppchen machen.«

Lina lachte bitter auf. »Und bietet anschließend seinem *guten Freund* Johannes Ansmann den Posten eines Geschäftsführers an.« Doch dann schüttelte sie den Kopf. »Nein, um eine solch brisante Nachricht durchsickern zu lassen, braucht er mich garantiert nicht. Der hat doch bestimmt seine Spezis, denen er solche Informationen diskret zuspielen kann.«

Sie waren am Auto angekommen. Über das Dach hinweg sahen sie sich an, wofür Lina sich auf die Zehenspitzen stellen musste. »Seit dem Anruf zerbreche ich mir den Kopf, was das zu bedeuten hat und was er von mir will. Es muss ihm doch klar sein, dass wir über kurz oder lang auch so auf die Insolvenz gestoßen wären, spätestens, wenn es offiziell wird. Nein, Meinhart Steinhagen hatte irgendwas anderes im Sinn.« Sie schlug mit der flachen Hand auf die Motorhaube. »Verdammt, und ich komm einfach nicht darauf!«

Den Rest des Tages verbrachte das gesamte Team damit, alle Informationen über Franziska Leyhausen und ihren möglichen Aufenthaltsort zusammenzutragen. Alex und Sebastian hatten in ihrer Wohnung den Reisepass gefunden, Personalausweis, Portemonnaie und Schlüssel hingegen fehlten. Ob die Frau, die mittlerweile auf Platz eins der Verdächtigenliste gerutscht war, Kleidung für ein paar Tage eingepackt hatte, ließ sich nicht sagen, leer geräumt habe der Schrank jedenfalls nicht ausgesehen, sagte Alex. Sie hatten ein Adressbuch gefunden und die eingespeicherten Nummern in Leyhausens Telefon notiert, ihr Handy, das Niels Hinrichsen am Vortag zertrampelt hatte, lag noch in der Kriminaltechnik. Jetzt waren alle damit beschäftigt, Freunde und Bekannte anzurufen, die teilweise angaben, schon seit Jahren nichts mehr von Franziska gehört zu haben. Ein Mann konnte sich nicht einmal mehr an den Namen erinnern, bis Max ihm auf die Sprünge half und sagte, die Gesuchte sei Biologin und möglicherweise politisch aktiv. Erst da macht es klick, und der Mann, der hörbar desinteressiert klang, erklärte, er habe vor etwa fünf Jahren flüchtigen Kontakt zu Franziska Leyhausen gehabt und seitdem nichts mehr von ihr gehört. Er wundere sich, dass sie seine Nummer überhaupt aufbewahrt hatte.

Im Nummernspeicher des Festnetztelefons fand sich auch die Nummer einer gewissen Barbara Schönbek, bei der es sich offenkundig um die Freundin handelte, die am Donnerstag mit beim Konzert in der Waldschenke gewesen war. Alex hatte sie gleich als Erstes angerufen, doch es hatte sich nur der Anrufbeantworter einer Naturheilpraxis gemeldet. Er hatte eine Nachricht samt Telefonnummer hinterlassen und um einen Rückruf gebeten. Als Barbara Schönbek sich meldete, waren Alex und Sebastian gerade in der Cafeteria, also nahm Lina den Anruf entgegen. Sie stellte sich vor und fragte ohne Umschweife, ob Frau Schönbek wisse, wo sich Franziska Leyhausen zurzeit aufhielt.

»Nein, keine Ahnung. Ich weiß nur, dass sie heute Morgen zur Polizei wollte … na ja, eher sollte.« Die Frau sprach mit leiser Stimme, und Lina hatte Mühe, sie zu verstehen. »Sie hat mir erzählt, was gestern passiert ist. Dass sie im Wald mit jemandem aneinandergeraten ist.«

»Wann hat sie Ihnen das erzählt?«

»Gestern Abend. Sie rief mich an, gegen halb acht. Die Ärmste war völlig durch den Wind, aber ich hatte einen dringenden Termin und konnte mich nicht mit ihr treffen.«

»Hat sie Ihnen auch erzählt, was hinter der Prügelei gestern steckte?«

Barbara Schönbek zögerte. »Sie meinen diese Sache mit Philip?« Als Lina nichts sagte, seufzte sie. »Sie hat mir Freitag erzählt, dass sie spät abends mit diesem Mann, den wir beim Konzert getroffen hatten, betrunken in den Wald gegangen ist, ihm einen Tritt verpasst und ihn anschließend mehr oder weniger hilflos zurückgelassen hat. Als sie erfuhr, dass man im Niendorfer Gehege einen Toten gefunden hat, war sie völlig fertig. Sie gab sich die Schuld an dem, was passiert ist.« Lina hörte, wie Barbara Schönbek eine Tür öffnete, dann das leise Knarren von Holzdielen. »Ich sagte ihr, sie solle zur Polizei gehen, aber sie wollte nicht. Sie hatte Angst, man würde sie verhaften, redete sich aber damit heraus, dass es ja gar nicht sicher sei, ob der Tote im Wald wirklich der Philip sei, den sie in der Kneipe getroffen hatte.« Sie zögerte erneut, dann fragte sie: »Und warum suchen Sie sie jetzt? Ist sie heute Morgen nicht bei Ihnen gewesen?«

»Nein.« Lina schloss die Augen. »Als sie gestern mit Ihnen gesprochen hat, hat sie da vielleicht irgendwie angedeutet, dass sie … verreisen wollte?«

Die Frau am anderen Ende der Leitung lachte kurz auf. »Ob sie untertauchen wollte, meinen Sie? Nein, davon hat sie kein Wort gesagt, und ich kann mir auch nicht vorstellen, dass sie *verreist* ist.« In ihrer Stimme schwang Besorgnis mit, doch Lina war sich nicht sicher, wie viel sie darauf geben sollte. Immerhin war dies die Freundin einer Verdächtigen in einem Mordfall, gut möglich also, dass Barbara Schönbek ihre Freundin deckte und der Polizei ein Lügenmärchen auftischte.

»Können Sie mir die Namen von weiteren Freunden oder Verwandten nennen, bei denen Frau Leyhausen sein könnte? Gibt es vielleicht irgendwo ein Ferienhaus, das sie nutzen könnte? Wie sieht es mit Geschwistern aus …«

»Die Familie können Sie vergessen, Franka hat so gut wie keinen Kontakt zu ihr. Vielleicht einmal im Jahr besucht sie ihre Eltern, wenn's hoch kommt, ihren Bruder hat sie schon ewig nicht mehr gesehen.« Es rauschte im Hörer, als ob Barbara Schönbek Wasser in einen Wasserkocher füllen würde. »An Ihrer Stelle würde ich es bei Daniel Vogler versuchen, ihrem Exfreund, mit dem sie aber immer noch viel unternimmt. Vielleicht weiß der was.« Lina erwähnte nicht, dass sie bereits mit dem Mann gesprochen hatten. »Dann vielleicht noch bei Marlies, bei Iris, Jens eventuell, ach ja, und Michael. Franka kennt ziemlich viele Leute, aber von den meisten weiß ich nur den Vornamen.« Lina hatte sich die Namen bereits notiert, die Nummern konnte sie später aus dem Adressbuch oder dem Telefon heraussuchen. Nachdenklich tippte sie mit dem Stift auf den Block vor sich und hörte mit halbem Ohr, wie Max sich gerade bedankte und den Hörer auflegte. Vermutlich eine weitere Niete.

»Sonst noch jemand?«, hakte Lina nach, und als Barbara Schönbek verneinte, bedankte sie sich ebenfalls und bat die Frau, sich zu melden, falls sie etwas über Franziska Leyhausens Aufenthaltsort erfahren sollte. Das »Ja, mach ich« klang nicht sonderlich überzeugend.

Lina legte auf. Was hatte Franziska Leyhausen gestern Abend gemacht, nachdem Alex und sie gegangen waren? Da war es etwa sieben Uhr gewesen, also hatte sie kurz danach ihre Freundin angerufen. Und dann?

Lina stand auf und ging zwei Zimmer weiter in das Büro, das Alex und Sebastian sich teilten. Alex war noch nicht wieder da, aber Sebastian hatte gerade den Telefonhörer in die Hand genommen und blickte auf, als sie eintrat.

»Barbara Schönbek hat gerade angerufen. Sie hat gestern Abend mit Franziska Leyhausen telefoniert. Gegen halb acht.«

Sebastian sah sie an, als wüsste er nicht, was ihn das anginge.

»Weißt du, ob die Leyhausen danach noch jemanden angerufen hat?«

Ihr Kollege zog die Brauen zusammen. »Woher soll ich das wissen? Bin ich Jesus?«

»Um sich eine Anruferliste im Telefon anzuschauen, muss man nicht mal religiös sein«, entgegnete Lina. »Also, hat sie?«

»Ihr Telefon hatte keine Anruferliste. Die hat so'n Uraltteil, noch mit 'ner Schnur.«

»Habt ihr die Verbindungsdaten der Telefongesellschaft schon angefordert?«

Sebastian stöhnte auf, als könne er ihre dummen Fragen nicht mehr hören, wühlte in den Papieren vor sich auf dem Tisch und sagte schließlich: »Ich glaube schon. Alex hat sich darum gekümmert.« Er gab die Suche auf, packte den Telefonhörer fester und sah Lina demonstrativ an. »Sonst noch was?«

Schulterzuckend trollte sie sich.

14. KAPITEL

Donnerstagmorgen war Franziska Leyhausen immer noch nicht wieder aufgetaucht. Sie hatte weder mit ihrer Bankkarte irgendwo Geld abgehoben, noch hatte sie einen Flug ins Ausland gebucht oder einen Mietwagen genommen. Keiner der Menschen, deren Adressen und Telefonnummern man in ihrer Wohnung gefunden hatte, hatte sie gesehen oder wusste, wo sie steckte, vorausgesetzt, alle sagten die Wahrheit und niemand deckte sie bewusst. Die Verbindungsdaten der Telefongesellschaft waren angefordert und müssten im Laufe des Vormittags kommen, dann könnten sie feststellen, wen außer Barbara Schönbek Franziska Leyhausen am Dienstagabend möglicherweise noch angerufen hatte.

Nach dieser kurzen Zusammenfassung blickte Hanno in die Runde, die sich im Konferenzraum am großen Tisch versammelt hatte. Neben dem üblichen Team waren auch noch Reiner Hartmann von der Kriminaltechnik sowie die Staatsanwältin Brita Michaelis dabei, sodass es in seinem Büro zu eng geworden wäre. An der Wand hinter Hanno hingen Bilder vom Tatort und vom Toten, daneben die Fotos, die der Erkennungsdienst vorgestern von Franziska Leyhausen gemacht hatte.

Die Kriminaltechnik konnte inzwischen bestätigen, dass sowohl Franziska Leyhausen als auch Niels Hinrichsen mit an Sicherheit grenzender Wahrscheinlichkeit am Tatort gewesen waren. Bei beiden passte das Profil der sichergestellten Schuhe zu den Spuren am Tatort, darüber hinaus waren an Frau Leyhausen Jacke zwei Haare von Philip Birkner gefunden worden und in der Hose – obwohl sie seit Donnerstag mindestens einmal in der Waschmaschine gewaschen worden war – Spuren von Erbrochenem, die höchstwahrscheinlich von dem Toten stammten, da müsse man allerdings noch ein paar Tests abwarten, um sich ganz sicher sein zu können. Niels Hinrichsens Kleidung war eine wahre Fundgrube an Spuren, man war noch dabei, sich da durchzuarbeiten. Gewöhnlicher Schmutz, abgestorbene Hautzellen, Humus, Milch, Essensreste … Reiner Hartmanns Aufzählung klang nicht besonders appetitlich. »Und ob ihr's glaubt oder nicht«, sagte er, »wir haben sogar Reste vom Aronstab gefunden, also der Pflanze, die am Tatort umgepflanzt wurde.« Die DNA-Spuren auf der sichergestellten Tatwaffe, mit der Birkner zwei, wenn auch nicht die tödlichen Schläge erhalten hatte, wurden gerade mit den Proben von Hinrichsen und Leyhausen abgeglichen.

»Habt ihr irgendetwas Neues über die anderen Fußspuren herausgefunden?«, fragte Max. »Kannst du inzwischen sagen, von wann die stammen?«

Hartmann schüttelte den Kopf. »Nein, aber es ist nach wie vor nicht auszuschließen, dass außer dem Toten noch drei Personen am Tatort waren.«

»Von denen wir zwei haben«, fügte Sebastian hinzu.

»So würde ich es nicht gerade nennen«, sagte Hanno leicht säuerlich. »Die eine ist untergetaucht, der andere in der Klapse und nicht ansprechbar.«

»Wir wissen nicht, ob Franziska Leyhausen wirklich untergetaucht ist«, entgegnete Max. »Sie könnte sich auch etwas angetan haben.«

»Die Krankenhäuser haben nichts gemeldet, und eine weibliche Leiche wurde auch nicht gefunden.«

»Vielleicht hat man sie nur noch nicht entdeckt«, wandte Lina ein. »Oder sie hat Hamburg verlassen und sich einen ruhigen Platz irgendwo auf dem Land gesucht.«

Keiner am Tisch mochte dazu etwas sagen.

»Wie geht's eigentlich Niels Hinrichsen inzwischen?«, fragte Hanno schließlich.

Max holte tief Luft. »Er ist immer noch auf der Geschlossenen und wird stark sediert, weil er, sobald er wach ist, herumschreit und nach Hause will. Es soll ein rechtlicher Betreuer für ihn bestellt werden. Die Ärzte wundern sich, dass das nicht schon längst passiert ist.«

»Unser Verdächtiger Nummer zwei ist also ein geistig Behinderter, aus dem man kein vernünftiges Wort herausbekommt.« Hanno seufzte.

»Verdächtiger oder möglicher Tatzeuge«, wandte die Staatsanwältin ein. »Falls Frau Leyhausens Aussage der Wahrheit entspricht und Birkner noch gelebt hat, als sie ihn zurückgelassen hat, und Hinrichsen ihn nicht selbst getötet hat. Denken Sie an die Spuren dieser dritten Person.«

»Vorausgesetzt, die Spuren stammen vom Täter«, sagte Hanno. »Könnte doch sein, dass jemand den Toten entdeckt hat, sich ihn genauer angeschaut hat und wieder abgehauen ist, ohne sich bei uns zu melden.«

Brita Michaelis warf einen Blick in ihre Unterlagen. »Die Mordwaffe ist doch auch noch nicht aufgetaucht, oder?« Als Hanno den Kopf schüttelte, machte sie sich eine kurze Notiz und fuhr fort: »So weit zu dem, was der Tatort hergibt. Wie sieht's mit dem Umfeld des Opfers aus?«

Alex und Hanno sahen sich an, Max sah Lina an.

»Abgesehen von dem Abend in der Waldschänke, den Franziska Leyhausen mit Philip Birkner verbracht hat, zählt sie eigentlich eher im weitesten Sinne zum Umfeld«, erklärte Alex. »Ihr Exfreund ist ein ehemaliger Angestellter des Toten, und sie selbst ist Birkner mindestens einmal zuvor begegnet, auf einem Firmenjubiläum.«

»Und sonst?«

»Dann wäre da noch ein weiterer ehemaliger Angestellter Birkners, Frank Jensen«, sagte Hanno. »Der hat zwar ein Alibi, allerdings nur ein ziemlich mageres, aber ein halbwegs plausibles Motiv.«

»Und natürlich die Lebensgefährtin, Katja Ansmann«, sagte Lina. »Sie hat ein starkes Motiv und ein schwaches Alibi.«

»Allerdings halte ich es für unwahrscheinlich, dass sie Birkner persönlich erschlagen hat«, fügte Max hinzu. »Aber möglicherweise hat sie den Mord in Auftrag gegeben.«

Brita Michaelis runzelte zweifelnd die Stirn. Frauen, egal ob verheiratet oder nicht, die ihre Männer umbringen ließen, waren äußerst rar gesät, auch wenn es sich natürlich nicht ganz ausschließen ließ, dass sie es hier mit einem dieser seltenen Fälle zu tun hatten. »Und was ist mit anderen Freunden oder Bekannten des Toten? Irgendwelche alten Rechnungen oder Streitereien?« Sie blätterte in den Unterlagen vor sich. »Immerhin war Birkner am Rande schon einmal in einen Mordfall verwickelt.« Sie blickte auf. »In einen unaufgeklärten Mordfall. Habt ihr schon mit den Zeugen von damals gesprochen?«

»Ja und nein«, sagte Lina langsam. »Ich habe mit dem Bruder des Toten und dessen Frau gesprochen, Lukas und Sonja Birkner. Sie waren auf derselben Schule, nur einen Jahrgang unter Philip Birkner. Aber dazu habe ich sie gar nicht befragt, ich wollte eigentlich wissen, ob Lukas Birkner wusste, dass sein Bruder eine Geliebte hatte – oder mehrere.«

»Und? Wusste er davon?«

Lina wiegte den Kopf. »Er sagte, er könne es sich nicht vorstellen, Philip sei nicht der Typ gewesen.« Sie machte eine kurze Pause. »Aber ich habe den Eindruck, er idealisiert seinen Bruder über alle Maßen.«

»Und zum Mordfall Julia Munz hast du die Birkners nicht befragt?« Brita Michaelis' Tonfall klang leicht tadelnd.

»Nur kurz.« Lina zuckte die Schultern. »Schließlich ermitteln wir im Mordfall Birkner, nicht Munz.«

»Außerdem war am Montag noch nicht klar, dass Daniel Vogler ein Mitschüler von Philip Birkner und damit auch von seinem Bruder und seiner späteren Schwägerin war«, kam Max ihr zu Hilfe.

Brita Michaelis nagte an der Unterlippe. »Und er hat in Birkners Firma gearbeitet und ist mit Franziska Leyhausen befreundet. Ziemlich viele Zufälle. Habt ihr sein Alibi überprüft?«

Max und Lina sahen sich an. »Nein«, sagte Max. »Aber er hat sich von zu Hause aus ins Rechenzentrum der Uni eingeloggt. So was wird doch meines Wissens protokolliert.«

Die Staatsanwältin machte sich eine Notiz und sagte: »Überprüft das mal.« Nach einem weiteren Blick auf die Stichpunkte, die sie sich vor dem Treffen gemacht hatte, fragte sie: »Was ist eigentlich aus dieser Sache mit den Jugendlichen geworden?« Sie blickte auf und sah Sebastian direkt an. »Du hast dich doch darum gekümmert, oder?«

Sebastian schüttelte den Kopf. »Fehlanzeige. Die sind relativ bald, nachdem sie den U-Bahnhof verlassen haben, im Tibarg in einem Imbiss aufgetaucht. Ich hab mit dem Imbissbetreiber gesprochen, der hat die fünf Jungs ziemlich gut beschrieben, vermutlich, weil sie öfter bei ihm aufkreuzen.«

»Fünf? Waren die nicht zu sechst?«, fragte Hanno.

Sebastian sah Lina an. »Um den sechsten hast du dich doch gekümmert.«

Lina nickte. »Den hat seine Mutter auf dem Weg von der Arbeit aufgesammelt, als die Gang gerade unterwegs zum Imbiss war, und hat ihn mit nach Hause genommen.«

»Gut, das ist also offensichtlich abgehakt.« Brita Michaelis seufzte. »Bleiben noch genügend andere offene Fragen. Solange Frau Leyhausen nicht wieder aufgetaucht, Niels Hinrichsen vernehmungsunfähig bleibt und die Kriminaltechnik keine weiteren Ansätze liefert, schlage ich vor, dass ihr euch auf Birkners Umfeld und die Vergangenheit konzentriert. Freunde von heute und damals, Angestellte aus der Zeit bei dieser Softwarefirma …«, sie sah auf ihre Notizen, »… *Inoware*.«

»Ist das wirklich nötig?«, fragte Hanno missmutig. »Ich meine, es sieht doch ganz danach aus, dass Leyhausen die Täterin ist. Ihr Verschwinden kann man doch nur als Schuldeingeständnis deuten, egal, ob sie untergetaucht ist oder sich etwas angetan hat. Sollten wir uns nicht lieber darauf konzentrieren?«

»Erstens«, entgegnete Brita Michaelis und betrachtete Hanno über den Rand ihrer Lesebrille hinweg, »steht für mich keineswegs fest, dass Frau Leyhausen Birkner erschlagen hat. Es kann genauso gut dieser Niels Hinrichsen gewesen sein oder eine dritte, bislang noch unbekannte Person. Es ist noch zu früh, um sich festzulegen. Nein, wir werden weiterhin in alle Richtungen ermitteln, damit wir …«

Es klopfte an der Tür. Andreas Wilhelms, ein Kollege vom Mordermittlungsteam 5, steckte den Kopf zur Tür rein. »Kann ich kurz mal stören?«

Brita Michaelis verzog das Gesicht. Sie mochte es gar nicht, wenn man ihr mitten in eine Besprechung platzte.

»Es könnte sein, dass wir eure Vermisste gefunden haben«, fügte Andreas hinzu und betrat den Raum, in der Hand ein paar Fotoausdrucke. Die Bilder zeigten das bleiche Gesicht einer Frau mit weit aufgerissenen Augen und strähnigen Haaren. Auf der Wange hatte sie dunkle Schmutzflecken. Andreas reichte der Staatsanwältin die Ausdrucke. »Heute Morgen wurde im Jenischpark die Leiche einer Frau gefunden. Einem Kollegen von der Streife fiel auf, dass die Beschreibung eurer vermissten Franziska Leyhausen auf sie passen könnte. Papiere haben wir bislang nicht gefunden, aber die Kollegen von der Spusi haben schon mal ein paar Abzüge geschickt.«

Lina besah sich die Bilder genauer. Eine Ähnlichkeit war zweifellos vorhanden, aber die Gesichter von Menschen, die gewaltsam zu Tode gekommen waren, waren oft nur schwer wiederzuerkennen, selbst für die nächsten Angehörigen. Sie betrachtete das kleine Bild genauer. Diese Augen, die Haarfarbe, die Nase, deren Spitze leicht nach oben zeigte. Lina sah Alex an. »Was meinst du?«

Alex legte die Bilder vor sich auf den Tisch. Im Raum war es still. Schließlich nickte er. »Ich denke, das ist sie.«

»Glaube ich auch.«

Hanno ließ sich schwer auf seinen Stuhl sinken. Man sah ihm an, dass ihm die Entwicklung gar nicht in den Kram passte. Eine Tatverdächtige war tot, und der zweite hatte definitiv nichts damit zu tun – Niels Hinrichsen lag immer noch zugedröhnt auf der Geschlossenen. Blieb also nur der oder die unbekannte Dritte.

»Wisst ihr schon, seit wann sie tot ist?«, fragte er Andreas. Dieser zog sich einen freien Stuhl heran und setzte sich ebenfalls.

»Sotny wollte sich nicht festlegen«, erklärte Andreas, »aber vermutlich ist der Tod vor mehr als vierundzwanzig Stunden eingetreten.« Man hatte die Leiche heute Morgen um sechs Uhr gefunden, also war sie gestern Morgen, als sie zur Vernehmung erscheinen sollte, schon nicht mehr am Leben gewesen.

»Wie sieht's mit irgendwelchen Spuren aus?«

Andreas zuckte die Schultern. »Die Spurensicherung ist noch draußen und flucht. Sie sammeln ein, was sie finden können, mit anderen Worten: säckeweise Müll.« Von dem neunundneunzig Prozent nichts mit dem Mord zu tun hatte. Der Jenischpark, eine zweiundvierzig Hektar große öffentliche Grünfläche im Westen Hamburgs wurde intensiv genutzt, ein Horror für jede Tatortanalyse. Zudem hatte es gestern den ganzen Tag geregnet, was den meisten Spuren nicht gut bekam. »Bisher haben wir weder Papiere noch Portemonnaie oder Handy gefunden.«

Hanno erklärte, dass das Handy bereits bei der Kriminaltechnik lag. »Unwahrscheinlich, dass sie sich am Dienstagabend noch irgendwo ein Ersatzgerät beschafft hat, es sei denn, sie hatte noch ein altes im Schrank liegen.«

Lina schüttelte den Kopf. »Soweit ich mich erinnere, war ihr Handy bereits ziemlich alt. Ich bezweifle, ob sie damit überhaupt Fotos machen konnte.« Besonders technikversessen schien Franziska Leyhausen nicht gewesen zu sein.

»Wieso habt ihr sie eigentlich gesucht?«, fragte Andreas, und Brita Michaelis verschaffte ihm einen Kurzüberblick über den Mordfall Birkner und den Stand der Ermittlungen.

»Aber wie passt der Tod der Leyhausen da rein?«, fragte Sebastian. »Wenn sie Birkner umgebracht hat …«

»Das halte ich für unwahrscheinlich«, widersprach Lina. »Aber möglicherweise hat sie den Täter gesehen.«

»Und warum hat sie dann nichts davon gesagt, als wir sie vernommen haben?«, wandte Alex ein.

»Weil sie ihn kannte und schützen wollte?«, schlug Hanno vor.

»Daniel Vogler«, sagte Alex langsam. »Er kannte sowohl Philip Birkner als auch Franziska Leyhausen. Und er wusste, dass die Leyhausen am Donnerstagabend in Niendorf sein würde, sie hatte ihm selbst von dem Konzert erzählt.«

»Und er wohnt in Großflottbek, ganz in der Nähe des Jenischparks«, fügte Lina hinzu.

Brita Michaelis runzelte die Stirn. »Knöpfen wir uns also diesen Herrn Vogler mal vor. Alex und Andreas, ihr beide koordiniert die Zusammenarbeit der beiden Teams. Findet heraus, wo Vogler steckt, und bringt ihn hierher. Der Rest klemmt sich hinter diese alte Mordgeschichte. Treibt alte Freunde und Schulkameraden auf, befragt die damaligen Lehrer, die Familie des Opfers. Fragt vor allem danach, wie Vogler und Birkner damals zueinander standen.«

Lina ließ sich auf ihren Schreibtischstuhl fallen und seufzte vernehmlich. »Die arme Frau«, sagte sie leise. Es kam nicht häufig vor, dass die ermittelnden Beamten ein Mordopfer noch zu Lebzeiten kennenlernten, weswegen ihr die Geschichte ungewöhnlich naheging. Vor zwei Tagen hatte Franziska noch vor ihr gesessen und sie an ihrem Leben teilhaben lassen, wenn auch nicht aus freien Stücken, und jetzt war sie tot. Lina verspürte sogar den gleichen Impuls, den sie so oft schon von anderen gehört hatte, sobald sie vom Tod eines ihnen bekannten Menschen erfuhren: *Das kann nicht sein. Vor zwei Tagen hat sie doch noch gelebt.*

Max saß schweigend auf seinem Platz, er hatte die Augen geschlossen. Neugierig beobachtete Lina ihn, denn sie hatte selten die Gelegenheit, ihn so ungeniert betrachten zu können. Die Stirn war glatt, die Nase ebenmäßig, er hatte dunkle, kurze Haare, und die Augen hinter den geschlossenen Lidern waren, wie sie wusste, braun. Sein Gesicht war leicht gebräunt, um die Augen hatte er Lachfältchen und im Kinn ein Grübchen. Die Lippen waren voll und weich, und unwillkürlich fragte sich Lina, wie es wohl wäre, sie zu küssen. Wie ertappt wandte sie den Blick ab und begann, aus ihren Unterlagen die Namen und Telefonnummern alter Zeugen herauszusuchen.

Sie hatte gerade den ersten Namen in den Polizeirechner eingegeben, um die aktuelle Adresse eines gewissen Christian Bischoff herauszusuchen, als Max sich wieder rührte.

»Was hältst du davon, wenn wir Lukas Birkner einen Besuch abstatten?«, fragte er.

Lina sah ihn verdutzt an. Wieso war sie nicht selbst auf die Idee gekommen? »Machen wir«, sagte sie und schnappte sich ihren Rucksack.

Das kleine Ladenbüro war geschlossen, die Räume hinter den großen Scheiben lagen im Dunkeln. Im Schaufenster hing ein handgeschriebenes Schild: *Wegen Trauerfall geschlossen.*

»Lass es uns bei ihnen zu Hause versuchen«, schlug Lina vor.

Da die Sonne schien, was in diesem Sommer keineswegs selbstverständlich war, gingen sie die kurze Strecke zu Fuß, denn die Wohnung lag nur wenige Schritte vom Büro entfernt in einem in den Achtzigerjahren errichteten Block. Aus der Gegensprechanlage ertönte Frau Birkners zögernde Stimme, doch als sie hörte, wer mit ihr sprechen wollte, drückte sie den Türöffner.

Die Birkners wohnten im zweiten Stock. Frau Birkner erwartete sie an der offenen Wohnungstür. Aus dem Wohnzimmer waren leise Fernsehstimmen zu hören, irgendeine Talksendung, ansonsten war es still in der Wohnung.

»Wer ist da?«, rief Lukas Birkner.

»Die Frau von der Kripo, und noch jemand.«

Max stellte sich höflich vor und zeigte seinen Dienstausweis. »Dürfen wir hereinkommen? Wir haben ein paar Fragen an Ihren Mann über die Schulzeit seines Bruders.«

Widerstrebend ließ die Frau sie eintreten und ging ihnen voran ins Wohnzimmer. Helle Kiefernmöbel, Sitzgarnitur mit weinrotem Bezug im Landhausstil, an den Fenstern freundliche Vorhänge ohne Stores, Blumen auf den Fensterbänken. Auf einem Sessel lag ein Spielzeugbagger, auf dem Sofa ein Kinderbuch. Hastig sammelte Frau Birkner beides ein und hielt es verlegen in den Händen. »Die Kinder sind bei meiner Schwester«, sagte sie leise, »damit Lukas …«

Ohne sie zu beachten, stand ihr Mann vom Sofa auf und schaltete den Fernseher mit der Fernbedienung aus.

»Haben Sie den Mörder meines Bruders?«, fragte er statt einer Begrüßung.

»Nein, Herr Birkner, noch nicht«, sagte Max ruhig. »Wir sind momentan auf der Suche nach alten Schulfreunden Ihres Bruders und hoffen, dass Sie uns vielleicht weiterhelfen können.«

Lina und Max setzten sich auf die beiden Sessel, die Birkners ließen sich auf das Sofa sinken.

»Stimmt es, dass Ihr Bruder mit Julia Munz, die später umgebracht wurde, in einer Clique war?«

»Mit Julias Tod hat Philip nichts zu tun gehabt«, sagte Birkner wie aus der Pistole geschossen. Er legte seiner Frau eine Hand aufs Knie, doch die Geste hatte nichts Zärtliches.

Max wägte seine Worte sorgfältig ab. »Das habe ich auch nicht behauptet, Herr Birkner. Uns interessiert im Moment lediglich, zu welchen anderen Schülern Ihr Bruder damals Kontakt hatte, mit wem er befreundet war, mit wem er vielleicht Streit hatte.«

»Philip hatte mit niemandem Streit«, antwortete Birkner, erneut ohne zu zögern. »Er war überall beliebt.«

Lina sah, wie Sonja Birkner kurz die Stirn runzelte, ohne dass ihr Mann es mitbekam.

»Gehörten Sie«, fragte Max geduldig, ohne auf den Einwand einzugehen, »auch zur Clique Ihres Bruders?«

»Ja, natürlich. Philip und ich standen uns sehr nahe. Wir sind oft mit der Clique zusammen losgezogen.«

»Wer gehörte denn noch dazu?«

»Christian Bischoff, Maike Haubach, Miriam Haase.« Er dachte kurz nach. »Björn war ab und zu noch dabei, Björn Boysen, der Freund von Miriam. Das war so der feste Kern, zu dem dann immer wieder noch ein paar andere stießen.«

»Gehörte Daniel Vogler zu den Leuten, die ab und zu dazustießen?«

»Daniel Vogler? Der?« Lukas Birkner lachte auf und ließ klatschend die Hand auf das Knie seiner Frau fallen, als hätte jemand einen schlechten Witz gemacht. »Den hätte Julia nie und nimmer in der Clique geduldet.«

Max legte den Kopf schräg. »Warum nicht?«

Birkner zuckte die Schultern. »Der passte einfach nicht zu uns. Wissen Sie, wir haben ständig Party gemacht, bei uns war immer was los, wir hatten jede Menge Spaß. Daniel, das war so ein Langweiler, der hockte ständig vor seinem Computer, anstatt den Nachmittag mit Freunden zu verbringen.« Er verzog das Gesicht. »Julia hat in derselben Straße gewohnt wie er, da blieb es nicht aus, dass sie hin und wieder morgens zusammen zur Schule gegangen sind. Manchmal hat sie versucht, sich mit ihm zu unterhalten, aber er hat einfach nicht den Mund aufgekriegt. Ein Langweiler eben.«

Unvermittelt stand Sonja Birkner auf, murmelte eine knappe Entschuldigung und verließ das Zimmer.

Lina blickte ihr nach, aber Lukas Birkner schien gar keine Notiz von der Reaktion seiner Frau zu nehmen. Max nickte langsam, als könne er voll und ganz nachvollziehen, was Lukas Birkner gerade beschrieben hatte.

»Wussten Sie, dass Herr Vogler bei der Firma Ihres Bruders angestellt war?«

Zum ersten Mal wirkte Lukas Birkner verunsichert. »Bei *Inoware*? Nein, das hat Philip nie erwähnt. Aber klar, der hatte ja schon immer nichts als Computer im Sinn, unser kleines Mathegenie.«

»Mathegenie?«

»Ja klar. Daniel hat zwei Klassen übersprungen, war so eine Art Superhirn. Sie wissen schon, in Mathe und Physik ein Ass, aber in Sport die reinste Niete.« Er verdrehte die Augen. »Er war ein paar Jahre in meiner Klasse. Sie können sich nicht vorstellen, wie die Lehrer ihn uns ständig als leuchtendes Vorbild hingestellt haben, vor allem, wenn er mal wieder irgendeinen Mathewettbewerb gewonnen hatte. Furchtbar.« Er zuckte die Schultern. »Und der ist in der Firma von meinem Bruder gelandet? Witzig.« Doch Lina sah ihm an, dass es ihn wurmte, nichts davon gewusst zu haben. Wo er doch der Vertraute seines Bruders gewesen war.

»Fallen Ihnen vielleicht die Namen von Mitschülern ein, mit denen Daniel Vogler befreundet war?«, fragte Max.

»Keine Ahnung, ich glaube, der hatte gar keine Freunde.« Lukas Birkner hob die Schultern. »Der blieb lieber für sich. Hat sich meistens abgesondert.«

»Diese Party, in deren Anschluss Julia Munz getötet wurde – waren Sie eigentlich auch da?«

Lukas Birkner schüttelte den Kopf. »Nein. Philip und ich waren mit unseren Eltern in Hohwacht. Unser Vater hat in unserem Ferienhaus Geburtstag gefeiert, da mussten wir mit.«

Max nickte und sah Lina fragend an. Sie schaute auf ihre Notizen. »Herr Birkner, wissen Sie vielleicht, was aus den anderen Mitgliedern Ihrer Clique geworden ist? Wissen Sie, ob die alle noch in Hamburg leben?«

Birkner runzelte nachdenklich die Stirn. »Christian hat nach dem Zivildienst angefangen zu studieren, Verfahrenstechnik oder so was. Der müsste ja inzwischen fertig sein. Maike ist zum Studieren in die USA gegangen, von der habe ich ewig nichts mehr gehört. Und die anderen beiden …« Er hob die Schultern. »Keine Ahnung, was aus denen geworden ist. Verstehen Sie, die waren ja auch alle ein Jahrgang über mir. Bei Klassentreffen oder so etwas war ich natürlich nie dabei.«

Kurz darauf standen Max und Lina draußen auf der Straße. Sie gingen ein paar Schritte bis zur belebteren Hauptstraße, in der sie einen Parkplatz gefunden und Lina eine Bäckerei entdeckt hatte.

»Was hätte Frau Birkner uns wohl erzählt, wenn ihr Mann nicht dabei gewesen wäre?«, sagte Lina kauend, während sie mit einem Croissant in der einen und einem Kaffee in der anderen Hand zum Auto gingen. Max drückte auf die Fernbedienung, und das Auto vor ihnen blinkte auf.

»Irgendetwas über Daniel Vogler«, fuhr Lina fort. »Und über Philip. Sie scheint nicht immer bei allem mit ihrem Mann einer Meinung zu sein.«

Max nickte. »Aber sie will nicht, dass ihr Mann etwas mitbekommt.« Sie sahen sich an. »Ob sie wohl von sich aus anruft?« Sie hatten, wie immer, ihre Visitenkarten hinterlassen, mit der Bitte, sich zu melden, wenn ihnen noch etwas einfiel.

»Ich glaube nicht. Sie hat meine Karte seit Montag.« Lina sah sich um. »Wohnt Frank Jensen nicht hier ganz in der Nähe?«

Max nickte. »Fragen wir ihn doch mal, ob er wusste, dass Birkner und Vogler sich kannten.«

Keine fünf Minuten später standen sie vor der Doppelhaushälfte in der ruhigen Seitenstraße. Es sah genauso trist aus wie beim letzten Mal, doch Frank Jensen öffnete beim ersten Klingeln die Tür, frisch rasiert und in sauberer Kleidung. Lina musste ein erstauntes Gesicht gemacht haben, denn er zuckte die Schultern und sagte: »Kaum zu glauben, ich weiß.« Wie beim ersten Mal verschwand er einfach im Haus, ohne sich darum zu kümmern, ob seine Besucher ihm folgten oder nicht.

Im Haus roch es nach Putzmitteln, durch die offene Wohnzimmertür sah Lina zwei Umzugskartons, an der Wand lehnte ein Besen, davor ein halb voller Müllsack. Die Küche war ordentlich aufgeräumt und sauber, der kleine Campingtisch und ein Hocker waren jedoch nach wie vor die einzige Einrichtung.

Frank Jensen hob bedauernd die Schultern. »Tut mir leid, dass ich Ihnen keinen Platz anbieten kann. Meine Frau hat alles mitgenommen, als sie ausgezogen ist.« Doch statt sich wie beim letzten Mal auf den einzigen Platz zu setzen, blieb er diesmal ebenfalls stehen. »Haben Sie mein Alibi inzwischen überprüft?«

Max nickte. »Ja.« Dass er damit noch nicht vollkommen entlastet war, erwähnte er nicht.

»Und? Wo war ich?«, fragte Jensen und probierte ein Grinsen. Als er keine Antwort erhielt, hob er verlegen die Schultern. »Blöde Frage, dürfen Sie mir vermutlich nicht erzählen. Aber ganz ehrlich, ich kann mich immer noch nicht erinnern.«

Max sagte ruhig: »Sie waren in einer der Kneipen, die Sie uns genannt haben.«

Lina sah sich demonstrativ um. »Hier hat sich ja einiges getan«, stellte sie fest und lächelte Jensen freundlich zu. »Geht's wieder bergauf mit Ihnen?«

»Wie man's nimmt«, entgegnete der Mann. Er fuhr sich mit den Fingern durchs Haar, eine fahrige Geste, die Lina an das Häufchen Elend denken ließ, das er noch vor wenigen Tagen gewesen war. »Wissen Sie, dass Sie neulich hier aufgetaucht sind, hat mir dann doch einen ziemlichen Schrecken eingejagt. Und dann dieser Blackout … nicht mehr zu wissen, ob ich einen Menschen umgebracht habe oder nicht.« Er schüttelte den Kopf. »Das hat mich endlich wachgerüttelt. Ich meine …«, er schaute von Max zu Lina und wieder zurück, »… ich habe Philip doch nicht getötet, oder?«

Max zögerte, wenn auch nur kurz, doch das reichte, um Jensen erbleichen zu lassen. »Wir wissen es noch nicht mit Sicherheit, aber ich persönlich glaube, Sie brauchen sich keine Sorgen zu machen, Herr Jensen.«

Das schien den Mann nicht zu beruhigen, mit nervösen Bewegungen tastete er seine Hemdtaschen nach Zigaretten ab und steckte sich eine an. Er tat ein paar tiefe Züge, bis er sich halbwegs wieder beruhigt hatte. Schließlich sah er Lina an und beantwortete, etwas verspätet, ihre Frage: »Ich ziehe nächste Woche aus.« Er lächelte schief. »Dieses Haus ist auf die Dauer nicht das Richtige für mich, wissen Sie …« Er zog hastig an der Zigarette. »Ich gehe übrigens aus Hamburg weg, ich hoffe, das ist in Ordnung? Meine Eltern haben in der Nähe von Hannover ein Haus mit Einliegerwohnung, da kann ich erst einmal unterkommen. Wer weiß, vielleicht klappt es da mit dem Neuanfang. Neue Stadt, neues Glück oder so ähnlich.« Er sah sich um, als sei diese Küche schuld an seinem Scheitern. »Hier komme ich ja doch auf keinen grünen Zweig mehr. Kaum zu glauben, was? Dabei sollte man doch meinen, in einer Großstadt wie Hamburg könnte man immer irgendeine Nische finden«, er schüttelte den Kopf, »aber nein. Hamburg und ich, das passt nicht zusammen.«

Lina und Max sahen sich an. Möglicherweise machte der Mann sich gewaltig etwas vor, aber besser so ein hoffnungsvoller Neuanfang, als wenn er sich weiter dem Tode entgegensoff.

Frank Jensen merkte, dass er als Einziger sprach, drückte energisch die Zigarette im Aschenbecher aus und sagte: »Also, wenn Sie mich nicht verhaften wollen, weswegen sind Sie dann gekommen?«

»Bei der Vernehmung am Samstag erwähnten Sie einen ehemaligen Kollegen von Ihnen, Daniel Vogler«, sagte Max. »Wie kam der eigentlich mit Philip klar?«

Jensen machte ein erstauntes Gesicht. »Gut, wieso?«

»Gab es nie irgendwelche Probleme? Streitereien? Schlechte Stimmung?«, hakte Lina nach. »Denken Sie nach!«

Jensen schaute aus dem Fenster in den Garten. Vor der Ligusterhecke lag eine verwaiste Sandkiste im Sonnenlicht. »Mir ist nie aufgefallen, dass sie Streit gehabt hätten. Einmal kam ich aus der Pause zurück und bekam mit, dass sie darüber diskutierten, wie man ein bestimmtes Programmierproblem am besten löste. Daniel hatte manchmal so eine leicht besserwisserische Art, wissen Sie, und Philip sagte am Schluss genervt: ›Du warst ja schon immer so ein Oberschlauer.‹ Sie sahen mich reinkommen, und Philip erklärte, dass sie sich von der Schule kannten, was ich bis dahin nicht gewusst hatte.« Nachdenklich wandte er den Blick wieder Lina zu. »Jetzt, wo Sie fragen, fällt mir auf, dass sie sich zwar nie gestritten haben, aber … die sind immer ausgesprochen distanziert miteinander umgegangen. Das heißt, Philip hat Daniel stets sehr höflich und korrekt behandelt, als wollte er ihn ja nicht verprellen. Oder als würde er sich in seiner Gegenwart unbehaglich fühlen.« Er hing kurz seinen Erinnerungen nach. »Damals erklärte ich mir das so, dass er ihn eben nicht verlieren wollte, Daniel war nämlich ein echtes Genie. Im Umgang mit anderen Menschen etwas schwierig, aber am Computer … unglaublich.«

Lina blätterte in ihrem Notizblock und fand die Stichworte, die sie damals bei Vogler mitgeschrieben hatte. »Wissen Sie, was er jetzt macht?«, fragte sie neugierig, und als Jensen den Kopf schüttelte, sagte sie: »Irgendwas mit hochdimensionalen Markov'schen Netzwerkprozessen in ergodischen Räumen oder so. Ich habe kein Wort davon verstanden.«

Frank Jensen sah Lina an. »*Was* macht er?«

»Er beschäftigt sich mit Markov'schen Netzwerkprozessen und ergodischen Räumen oder so.« Sie zuckte entschuldigend die Schultern. »Tut mir leid, aber ich konnte nicht so schnell mitschreiben.«

»Und wo arbeitet er?«

»An der Uni. Als Mathematiker.«

»Hm.« Frank Jensen kratzte sich am Kopf. »Sind Sie sicher?«

Max und Lina sahen sich an. Überprüft hatte Voglers Angaben bislang noch niemand. »Wäre das denn so ungewöhnlich?«

Frank Jensen runzelte die Stirn. »Ehrlich gesagt, kann ich selbst nur raten, was diese Begriffe bedeuten, obwohl ich sie während des Studiums schon einmal gehört habe. Aber es wundert mich, dass ein Informatiker sich mit so etwas beschäftigt. Wenn mich nicht alles täuscht, ist das mathematische Grundlagenforschung und hat mit dem, was er bei *Inoware* gemacht hat, etwa so viel zu tun wie die Entwicklung von Raumfähren mit dem Fahren eines Kleinwagens.«

»Daniel Vogler ist ja nicht nur Informatiker, sondern auch Mathematiker«, sagte Lina.

»Ja dann …« Jensen zuckte die Schultern. »Umso seltsamer, dass sich ein Mathematiker in Philips kleine Firma verirrt hat.«

Max und Lina sahen sich erneut an. »Nachdem Sie erfahren haben, dass die beiden zusammen zur Schule gegangen sind«, fragte Max, »ist das Thema da eigentlich noch einmal zur Sprache gekommen?«

»Nicht, dass ich wüsste.« Jensen schüttelte den Kopf.

»Könnten vielleicht andere Kollegen etwas wissen? Aus kurzen Pausengesprächen, vom Bier nach Feierabend, irgend so etwas?«

Jensen zog ein nachdenkliches Gesicht. »Bei Daniel kann ich es mir überhaupt nicht vorstellen, der war der klassische Eigenbrötler. Blieb meistens für sich, hat selten mal was Persönliches mit den Kollegen geredet. Aber Philip, der war ein Kommunikationstalent, hatte Charme, konnte alle in null Komma nichts für sich einnehmen. Gut möglich, dass er jemandem davon erzählt hat.« Dann hellte sich seine Miene auf. »Versuchen Sie es mal bei Tanja,

Tanja Fischer. Sie war das Mädchen für alles, sprich die Sektretärin, nannte sich aber Assistenz der Geschäftsleitung, weil sich das nach mehr anhört. Sie und Philip verstanden sich gut.« Er machte eine kurze Pause. »Ungewöhnlich gut. Jedenfalls, bis Philip sich an die Ansmann ranmachte.«

15. KAPITEL

Auf dem Weg zum Präsidium sagte Lina: »Diese Clique damals, von Julia und Philip, ich glaube, die sollten wir uns einmal genauer anschauen.«

»Wie kommst du darauf?« Mit ruhigen Bewegungen lenkte Max den Wagen durch den einsetzenden Feierabendverkehr. »Sind nicht die meisten Jugendlichen in irgendwelchen Cliquen?«

Lina warf ihm einen raschen Seitenblick zu. »Daniel Vogler hat offensichtlich nirgendwo dazugehört. Und Sonja Birkner auch nicht, jedenfalls nicht zu der Clique. Das hat sie mir am Montag erklärt«, fügte sie hinzu, als Max sie fragend ansah.

»Die Clique und der Einzelgänger. Ist das nicht eine typische Grundkonstellation für Mobbing unter Schülern?« Max blinkte und bog auf den Parkplatz vor dem Polizeipräsidium ein. »Aber Lukas Birkner würde natürlich niemals zulassen, dass auch nur der Hauch eines Schattens auf Philips leuchtendes Bild fällt.«

»Wenn diese Clique Daniel Vogler damals tatsächlich gemobbt hat, hätte der auf jeden Fall einen guten Grund, um auf Philip Birkner sauer zu sein«, schloss Lina. »Wer weiß, was für Rachegelüste er all die Jahre mit sich herumgeschleppt hat.«

»Aber laut Frank Jensen hat man vor zwei Jahren nichts davon gemerkt.«

Lina zuckte die Schultern. »Vielleicht hat Vogler sich einfach nur gut unter Kontrolle?«

Doch Daniel Vogler schien spurlos verschwunden zu sein. Alex und Sebastian hatten ihn weder bei der Arbeit noch in seiner Wohnung angetroffen, und Hanno ließ beide Orte unauffällig überwachen.

Als Max sich mit einem Becher Tee an seinen Platz setzte, war Lina gerade in ein Telefongespräch vertieft.

»Und was hast du herausgefunden?«, fragte sie interessiert, einen Stift in der Hand. Sie hörte zu, sagte ab und zu »Ach ja?« oder »Hm« und machte sich hin und wieder Notizen. Schließlich sagte sie: »Und das ist ungewöhnlich? … Okay, ich verstehe … ja, ja, mach ich, auf jeden Fall. Danke!« Sie legte auf und sah Max an.

»Das war Marita Schön«, erklärte sie, »die Kollegin vom Dezernat für Wirtschaftsdelikte. Sie hat sich die Akte von *Markman Solutions* noch mal genauer vorgenommen, und ihr ist aufgefallen, dass diese Firma auffallend viele Unternehmensberatungen engagiert hat. Insgesamt zwanzig im Verlauf von eineinhalb Jahren.«

Max stieß einen leisen Pfiff aus. »Wenn *Markman Solutions* eine Privatperson wäre, würde ich sagen: eindeutig übertherapiert.« Er nippte an seinem heißen Tee. »Aber warum ist das erst jetzt aufgefallen? Die Akten liegen doch schon länger bei den Kollegen von der Wirtschaft, oder?«

»Weil Marita ganz allein daran sitzt.« Lina zuckte die Schultern. »Der Fall hatte keine besonders hohe Priorität, jedenfalls bis jetzt nicht. Marita sagt, dass sie die Beraterfirmen mal genauer unter die Lupe nehmen wird. Sie meldet sich wieder.«

Nachdenklich wippte Max in seinem Stuhl. »Angenommen, *Markman Solutions* hat tatsächlich jemanden mit diesem Patentdiebstahl beauftragt, dann wäre es natürlich nicht ungeschickt, die Bezahlung in mehrere kleine Raten aufzuteilen.« Er verzog das Gesicht. »Aber ausgerechnet auf zwanzig Beraterfirmen? Es müsste doch klar sein, dass das bei einer Überprüfung auffällt.«

Lina zuckte die Schultern. »Ist es bisher ja nicht. Und wenn ich nicht nachgefragt hätte … gut möglich, dass die Akte auf ewig im

Stapel unerledigter Fälle verschwunden wäre. Du weißt doch, wie dünn die Personaldecke ist.«

Und wie gering die Erfolgsaussichten waren. Rund vierzig Prozent der deutschen Unternehmen wurden pro Jahr Opfer eines Wirtschaftsdelikts, doch oft genug konnten die Täter ihre Spuren so verwischen, dass man ihnen trotz hinreichendem Verdacht nichts nachweisen konnte, und die Ermittlungen verliefen im Sande.

»Auf jeden Fall«, sagte Lina nachdenklich, »passt es zu der Geschichte, die Vogler uns erzählt hat. Die angeblichen Pokergewinne, mit denen er die Wohnung finanziert haben will, könnten in Wirklichkeit die als Honorare getarnten Zahlungen von *Markman Solutions* sein.« Sie schnippte mit den Fingern. »Jetzt fällt's mir wieder ein. Schon als wir mit ihm gesprochen haben, hatte ich ein merkwürdiges Gefühl, irgendetwas hakte da. Das war's! Daniel Vogler sagte, er hätte das Geld durch Pokern gewonnen, Franziska Leyhausen hingegen meinte, er hätte die Wohnung durch eine Erbschaft finanziert.« Sie erzählte Max, dass sie sich kurz mit Frau Leyhausen darüber unterhalten hatte.

»Könnte sie sich nicht geirrt haben?«, fragte Max zweifelnd.

»Schon möglich, kann aber auch sein, dass Daniel Vogler nicht mehr weiß, was er ihr erzählt hat. Oder vielleicht war er damals noch nicht auf die Legende mit den Pokergewinnen gekommen. Wenn es denn eine Legende ist.«

Max runzelte die Stirn. »Pokergewinne aus dem Internet sind illegal, da würde er doch wohl nicht ausgerechnet diese Methode wählen, um sein Honorar für die Industriespionage zu waschen.«

Lina zuckte die Schultern. »Oder gerade deswegen, weil es so absurd ist. Die Wahrscheinlichkeit, dafür belangt zu werden, geht vermutlich gegen null. Und wie hoch ist das Strafmaß?« Sie tippte kurz etwas in ihren Computer ein. »Bis sechs Monate Haft oder 180 Tagessätze. Na super. Das schreckt ja richtig ab.« Sie sah Max an. »Und es würde gut zu den Zahlungen von *Markman Solutions* an verschiedene Beraterfirmen passen. Es handelt sich in der Regel um Beträge zwischen zehntausend und zwanzigtausend Euro. Zwanzig solcher Raten, und die Wohnung ist halb abbezahlt.«

Max wirkte nicht überzeugt. »Und beim Pokern kann man so viel gewinnen?«

»Wer weiß? Vergiss nicht, Daniel Vogler ist ziemlich gut in Mathe.«

Sie wollten gerade Feierabend machen, als sich die Kollegen meldeten, die Voglers Wohnung überwachten. Die Zielperson sei soeben mit dem eigenen Auto eingetroffen und in seine Wohnung gegangen. Sebastian war bereits weg, also schickte Hanno Alex mit einem Team der Spurensicherung los, um Voglers Wohnung zu durchsuchen. Kurz darauf lieferten zwei Kollegen von der Schutzpolizei den Verdächtigen im Präsidium ab. Der pünktliche Feierabend blieb somit ein Traum.

Daniel Vogler blickte nicht auf, als Lina und Max das Vernehmungszimmer betraten, sondern besah sich interessiert seine Fingernägel, als hätte er sie schon länger nicht mehr angeschaut und ganz vergessen, dass sie da waren.

»Guten Abend, Herr Vogler«, sagte Max, als er dem Mann gegenüber Platz nahm. Lina murmelte einen kurzen Gruß, als sie sich neben ihn setzte.

Vogler hob nicht einmal den Kopf und sagte auch nichts.

»Wir haben ein paar Fragen an Sie.« Max lehnte sich zurück und sagte: »Wo waren Sie heute?«

»Bei meiner Großmutter.«

»Den ganzen Tag?«

»So gut wie.« Erst auf Nachfragen erklärte er mit monotoner Stimme, dass seine Großmutter allein im südlichsten Zipfel des Hamburger Stadtgebiets wohnte. »Sie ist krank, ich besuche sie häufiger und sehe nach dem Rechten. Meine Eltern sind beide tot, ich bin ihr einziger Angehöriger«, fügte er erklärend hinzu.

»Und wo waren Sie letzten Dienstagabend?«, fragte Max.

»Zu Hause. Ich habe gearbeitet.«

»Waren Sie wieder im Rechenzentrum der Uni eingeloggt?«

»Exakt.« Daniel Vogler klang gelangweilt.

»Haben Sie mit Franziska Leyhausen gesprochen oder sie gesehen?«

»Nein.«

Max ließ ein paar Sekunden verstreichen, ehe er sagte: »Franziska Leyhausen wurde heute Morgen tot im Jenischpark aufgefunden.«

Vogler sagte nichts. Lina beobachtete ihn, wie er erneut nachdenklich seine Fingernägel betrachtete. »Wann … und wie ist sie denn gestorben?«, fragte er schließlich, ohne aufzublicken. Lina fröstelte.

»Sie starb Dienstagabend, sie wurde umgebracht.«

Vogler hob den Kopf und sah erst Max, dann Lina an. »Sie haben sie doch gestern gesucht, oder? Dann war sie da also schon tot?«

»Sieht ganz so aus.«

»Wissen Sie schon, wer es war?«

Als weder Max noch Lina seine Frage beantworteten, zuckte Vogler die Schultern und widmete sich erneut der Betrachtung seiner Fingernägel.

»Herr Vogler«, sagte Max leise, »es ist nur eine Frage der Zeit, bis die DNA-Spuren der Tatorte ausgewertet sind.«

Daniel Vogler reagierte nicht.

Lina verdrängte das unbehagliche Gefühl, das der Mann in ihr hervorrief, und betrachtete die hagere Gestalt, das blasse Gesicht und die strähnigen Haare. Sie versuchte, sich Franziska Leyhausen mit diesem Mann zusammen vorzustellen. »Wie haben Sie Frau Leyhausen eigentlich kennengelernt?«, fragte sie.

Vogler sah sie an. »Über eine Kontaktbörse im Internet.« Erneut zuckte er die Schultern. »Wir haben es eine Weile miteinander probiert, aber es hat einfach nicht geklappt.«

»Wer von Ihnen hat die Beziehung beendet?«

»Wir beide«, erklärte Vogler, »in bestem Einvernehmen, wie es so schön heißt.«

»Aber danach sind Sie Freunde geblieben?« Als Vogler nickte, fuhr sie fort: »Wie häufig haben Sie sich seitdem gesehen?«

»Etwa alle ein, zwei Wochen. Wir sind ins Kino gegangen, auf Konzerte, so etwas.«

»Hat Frau Leyhausen mit Ihnen über die Ereignisse vom letzten Donnerstag gesprochen?«, fragte Max.

»Nein. Sie rief mich Mittwoch letzter Woche an und fragte, ob ich Lust auf das Konzert in der Waldschänke hätte. Das war das letzte Mal, dass ich mit ihr gesprochen habe.« Er klang seltsam unberührt vom Tod einer guten Freundin – oder die Nachricht war noch nicht richtig zu ihm durchgedrungen.

»Herr Vogler«, fragte Max, »können Sie sich noch an Julia Munz erinnern?«

Gänzlich unbeeindruckt von dem plötzlichen Themenwechsel sagte er: »Ja.«

»Was für ein Verhältnis hatten Sie zu ihr?«, fragte Max.

»Wir gingen eine Zeit lang zusammen in eine Klasse. Sie war eins von diesen dummen Mädchen, die nur rumkichern und nichts als Partys im Kopf haben.« Vogler zuckte die Schultern. »Wir hatten nicht viel miteinander zu tun.«

»Hat sie Sie nicht manchmal geärgert? Gehänselt? Gemobbt, wie man heute sagen würde?«, bohrte Lina nach.

Vogler machte eine wegwerfende Handbewegung. »Klar, ein paar blöde Sprüche kamen immer mal. Für Leute wie Julia war ich der Streber, die kamen nicht damit klar, dass ich tausendmal mehr auf dem Kasten hatte als sie.«

»Und wie genau wurden Sie damals von Ihren Klassenkameraden gemobbt?«, wollte Max wissen. »Was haben die anderen getan oder gesagt?«

Zum ersten Mal schien Vogler ernsthaft über eine Frage nachzudenken. »Das ist schon so verdammt lange her, keine Ahnung. Es kamen eben ab und zu so Sprüche, aber ich kann mich nicht mehr erinnern.« Er zuckte die Schultern. »Im Nachhinein war es auch nicht wirklich wichtig. Kinderkram.«

Lina kritzelte auf ihrem Notizblock herum. Für ihren Geschmack klang Vogler ein wenig zu abgeklärt. Sie erinnerte sich an den Jungen, der in ihrer eigenen Klasse das Pech gehabt hatte, die

Rolle des Strebers und schwarzen Schafs aufgedrückt zu bekommen. Noch jetzt, nach mehr als fünfzehn Jahren, kamen ihr manche die Streiche, die man ihm gespielt hatte, alles andere als harmlos vor. Der Junge hatte immer außerhalb des Klassenverbandes gestanden, und egal, was er versucht hatte, er hatte nie richtig dazugehört.

Aber reichte dieses Gefühl des Ausgeschlossenseins als Motiv für einen Mord aus? Und was für einen Grund hätte Vogler gehabt, Franziska Leyhausen zu töten?

Die Luft in dem kleinen Raum war stickig, und Lina unterdrückte den Impuls zu gähnen. Max räusperte sich, nickte entschlossen und sagte: »Gut, Herr Vogler. Ich denke, das war's fürs Erste. Morgen werden wir uns weiterunterhalten.« Morgen, wenn die ersten Ergebnisse der Hausdurchsuchung da waren und mit etwas Glück Neuigkeiten aus der Kriminaltechnik.

»Dann kann ich also jetzt nach Hause fahren?« Daniel Vogler machte Anstalten, sich zu erheben.

»Da muss ich Sie leider enttäuschen«, sagte Max. »Sie werden die Nacht hier bei uns verbringen.« Er klang, als täte es ihm tatsächlich leid. »Morgen sehen wir dann weiter.«

Zum ersten Mal machte Daniel Vogler ein entgeistertes Gesicht.

»Und, was meint ihr?«, fragte Hanno kurz darauf. Er fläzte sich mit hinterm Kopf verschränkten Armen in seinem Schreibtischsessel, hinter ihm jagten dramatisch dunkle Wolken wie in Zeitraffer über einen dämmrigen Abendhimmel.

Lina verzog das Gesicht. »Irgendwie unheimlich, der Typ. Aber wir haben bislang keine Beweise dafür, dass er etwas mit den Morden zu tun hat. Nur die auffällige Tatsache, dass er sowohl Philip Birkner als auch Franziska Leyhausen kannte.«

»Und Julia Munz«, fügte Max hinzu.

»Aber warum hätte er die Leyhausen umbringen sollen?«, fragte Hanno.

»Möglicherweise wusste sie, dass er seinen Ex-Klassenkameraden und Ex-Arbeitgeber getötet hat?«, schlug Lina vor. »Vielleicht hat sie ihn am Donnerstagabend gesehen? Oder er hat sich verplappert?«

Hanno wippte auf seinem Stuhl und runzelte die Stirn. »Du hast doch mit dieser Freundin von Frau Leyhausen geredet, Barbara Sowieso«, sagte er schließlich zu Lina. »Sprich noch mal mit ihr, vielleicht hat Leyhausen ihr erzählt, mit wem sie noch über den Donnerstagabend geredet hat.« Er sah auf die Uhr. »Neun Uhr. Wo steckt denn Alex eigentlich?«

Wie sich herausstellte, war Alex von Voglers Wohnung aus direkt nach Hause gefahren. Als Hanno ihn über Handy anrief, saß er gerade mit seiner Familie beim Abendessen. Mit halb vollem Mund erklärte er, die Durchsuchung habe nichts Wichtiges ergeben, jedenfalls nichts, was nicht bis morgen Zeit hätte. Kein blutverschmiertes Stahlrohr, keine schmutzstarrenden Schuhe in Größe 44, obwohl Vogler tatsächlich diese Schuhgröße hatte.

Als Hanno auflegte, murmelte er etwas über eigenwillige Untergebene und starrte Max und Lina finster an.

Lina grinste. »Was willst du? Ich tue doch immer brav, was du sagst.«

16. KAPITEL

Max stand vor dem Hochhaus in der Bundesstraße und schaute an der schmutzig-beigen Fassade hoch. In diesem Gebäude waren mehrere Fachbereiche der Universität Hamburg untergebracht, darunter auch die mathematische Fakultät, an der Daniel Vogler beschäftigt war. Kopfschüttelnd wandte Max den Blick von dieser Scheußlichkeit aus den Siebzigerjahren ab und betrat das Foyer. Er brauchte eine Weile, bis er auf dem großen Übersichtsplan gefunden hatte, was er suchte. Im dritten Stock stand er schließlich vor der Tür, hinter der sich laut Schild das Sekretariat des Fachbereichs befinden sollte, doch leider war die Tür verschlossen. Seufzend sah Max sich in dem breiten, fensterlosen Korridor um. Ein schwarzes Brett gab Auskunft über Sitzungen, Arbeitsgruppen und Raumbelegungspläne, ein ordentlich gerahmter Übersichtsplan listete die Personen auf, die in diesem Fachbereich tätig waren. Daniel Vogler war nicht darin aufgeführt.

Er stand immer noch unentschlossen im Gang, als er hinter sich das harte Klappern von Absätzen hörte. Er drehte sich um und sah eine etwa fünfzigjährige Frau in schlichtem, grauem Kostüm auf sich zukommen. In der einen Hand trug sie eine große, schwarze Ledertasche, in der anderen hielt sie einen Schlüsselbund bereit. Als sie Max erblickte, stockte sie kurz, dann nickte sie ihm zu und blieb vor der Tür stehen, an die er gerade vergeblich geklopft hatte.

»Suchen Sie etwas? Kann ich Ihnen vielleicht weiterhelfen?«, fragte sie.

Max lächelte freundlich und stellte sich vor. »Ich suche jemanden, der Daniel Vogler kennt. Ich weiß nur, dass er als Mathematiker und Informatiker hier an der Uni arbeitet.« Er deutete mit einer Kopfbewegung auf den Personalplan. »Hier ist er allerdings nicht mit aufgeführt.«

Die Frau hob die Augenbrauen. »Ich kenne Daniel«, sagte sie. Dann lächelte sie. »So unübersichtlich ist es hier nämlich gar nicht. Kommen Sie herein.«

Sie schloss die Tür zum Sekretariat auf und stellte ihre Tasche auf einem Stuhl vor dem Schreibtisch ab.

»Warum interessiert sich denn die Kripo für Daniel? Gestern hat schon einmal jemand nach ihm gefragt. Ihm ist doch hoffentlich nichts zugestoßen?«

»Wir ermitteln in einem Mordfall, und er ist ein wichtiger Zeuge.«

»Ach«, sagte die Frau und zog eine Augenbraue hoch. Sie nahm die Kanne aus der Kaffeemaschine und ließ am kleinen Handwaschbecken Wasser einlaufen. »Und was wollen Sie wissen?«

»Herr Vogler hat angegeben, hier beschäftigt zu sein, sich jedoch häufig von zu Hause aus ins Rechenzentrum einzuloggen. Stimmt das?«

Die Frau legte eine Filtertüte in den Filter und füllte Kaffeepulver ein. »Ja. Daniel hat hier eine halbe Stelle, und auch nur auf zwei Jahre befristet.« Sie sah zu Max auf. »Deshalb haben Sie ihn auch nicht auf dem Plan draußen auf dem Flur gefunden.« Mit einer energischen Bewegung klappte sie den Filter zu und schaltete die Maschine ein. »Daniel ist ein ziemlicher Eigenbrötler, selbst für einen Mathematiker. Er ist nur selten hier, aber er leistet gute Arbeit.«

»Er hat mir einmal erklärt, was er macht, aber ich fürchte, ich habe kein Wort verstanden.«

Die Frau lächelte. »Das würde wohl den meisten Menschen so ergehen. Kommen Sie.« Sie öffnete eine Tür, die ins Nebenzimmer führte, das deutlich größer war als das Vorzimmer. Eine Wand verschwand gänzlich hinter einem deckenhohen, vollgestopften Bücherregal, eine andere bestand aus einem einzigen riesigen, von mathematischen Formeln bedeckten Whiteboard. Die Frau ging hinter den Schreibtisch, stellte ihre Ledertasche ab und lächelte amüsiert, als sie Max' leicht verwirrten Gesichtsausdruck bemerkte. »Ich habe mich noch gar nicht vorgestellt. Ich bin Professor Thelmann, Daniels direkte Vorgesetzte – und seine Doktormutter.«

»Ich wusste gar nicht, dass Herr Vogler promoviert hat«, sagte Max, um seine Verlegenheit zu überspielen. Es passierte ihm selten, dass er auf Klischees hereinfiel, aber völlig dagegen gefeit war auch er nicht.

»Ja, direkt nach seinem Studium. Er hat Mathematik und Informatik studiert und in Mathematik seinen Doktor gemacht. Er ist hochintelligent, wie Sie sicherlich bereits festgestellt haben … Sie kennen ihn doch, wie ich annehme?«

»Ja, ich habe bereits mit ihm gesprochen.« Er widerstand der Versuchung, sich erklären zu lassen, mit was genau Vogler und Professor Thelmann sich beschäftigten, da er ahnte, dass diese Erklärung etwas länger ausfallen könnte. Stattdessen sagte er: »Wenn ich Sie richtig verstanden habe, hat Daniel also bei Ihnen studiert und promoviert, dann ist er in die freie Wirtschaft gegangen und anschließend ist er zurückgekommen?«

Professor Thelmann nickte. »Exakt. Sein Ausflug in die harte Welt dort draußen hat ihm nicht zugesagt, und nach kurzer Zeit war er wieder zurück.«

»Kommt so etwas eigentlich häufiger vor? Ich meine, dass jemand in die freie Wirtschaft geht und nach einiger Zeit wieder zurückkommt?«

Die Frau schüttelte den Kopf. »Nein, es ist sogar ziemlich ungewöhnlich. Was allerdings auch den schlechten Arbeitsbedingungen im universitären Bereich geschuldet ist. In der Regel gibt es nur befristete Stellen, von den Einsparungen im Personalbereich ganz zu schweigen.« Sie verzog das Gesicht. »Für Jungakademiker, die eine akademische Laufbahn anstreben *und* eine Familie gründen wollen, sind das denkbar ungünstige Voraussetzungen. Also wandern viele ab und kommen nicht wieder.«

»Aber Daniel Vogler schon. Hat Sie das gewundert?«

»Nein. Mich hat eher gewundert, dass er überhaupt in die Wirtschaft gegangen ist. Er hätte sich auch an einer anderen Uni bewerben können, und vermutlich hätte er sogar etwas gefunden.«

»Warum wundert Sie das? Vielleicht wollte er endlich einmal einen sicheren, gut bezahlten Job haben?«

Professor Thelmann lächelte. »Daniel ist ein ziemlicher Sonderling, Geld interessiert ihn nicht. Er arbeitet am liebsten allein und beschäftigt sich vorzugsweise mit der Lösung von Problemen, von deren Existenz neunundneunzig Prozent der Menschen nicht einmal etwas ahnen.«

Max musste an die Erklärung denken, die Vogler ihm und Lina gegeben hatte, und stimmte der Frau im Stillen zu.

»Informatik ist für ihn eher ein Zeitvertreib, damit entspannt er sich. Seine wahre Leidenschaft gilt der Mathematik. Ich bezweifle, dass es in der freien Wirtschaft eine Stelle gibt, bei der er sich nicht innerhalb kürzester Zeit langweilen würde.«

Max nickte. »Seine Tätigkeit lag dann ja auch weit unter seinen Fähigkeiten.«

»Tat sie das? Daniel hat nur erwähnt, dass er für eine Softwarefirma gearbeitet hat, aber nicht, was er dort genau gemacht hat.«

Max beschrieb ihr mit knappen Worten, in welchem Geschäftszweig die Firma *Inoware* tätig gewesen war. Professor Thelmann runzelte die Stirn. »Das hätte ich allerdings nicht erwartet. Wie gesagt, Daniel ist hochintelligent und langweilt sich schnell, und die Programmierung von einfachen Sicherheitspaketen dürfte ein Klacks für ihn gewesen sein. Kein Wunder, dass er so schnell wieder hier war.«

»Die Firma musste Insolvenz anmelden«, erklärte Max.

Professor Thelmann lachte. »An Daniel und seiner Arbeit kann das aber nicht gelegen haben. Er ist ein Perfektionist, und wenn die Aufgabenstellungen wirklich so einfach waren, wie Sie es beschreiben, hat er höchstens noch ein paar zusätzliche Sicherheitskomponenten eingebaut, die keiner bestellt hat.« Dann wurde sie wieder ernst. »Aber warum stellen Sie eigentlich diese ganzen Fragen? Steckt Daniel in Schwierigkeiten?«

Max antwortete nicht sofort. Schließlich sagte er: »Wir ermitteln momentan in zwei Mordfällen. Herr Vogler kannte beide Opfer.«

Die Frau zog die Augenbrauen hoch. »Ich wusste gar nicht, dass das ein Verbrechen ist.«

»Ist es auch nicht«, sagte Max ruhig. »Trotzdem muss ich überprüfen, ob die Angaben von Herrn Vogler der Wahrheit entsprechen. Er sagt, er sei letzte Woche in der Nacht von Donnerstag auf Freitag sowie diese Woche am Dienstagabend im Rechenzentrum eingeloggt gewesen. Gibt es eine Möglichkeit, das zu überprüfen?«

Professor Thelmann musterte Max eine ganze Weile, ehe sie langsam nickte. »Gewiss. Doch ich bezweifle nicht, dass Sie, wenn Sie die Protokolle einsehen, Herrn Voglers Angaben bestätigt finden werden.«

»Das heißt, Sie glauben ihm, wenn er sagt, er sei zu den fraglichen Zeiten hier eingeloggt gewesen?«

»Das habe ich nicht gesagt.« Die Frau blickte zum Whiteboard, das die Wand rechts vom Schreibtisch einnahm, und machte ein nachdenkliches Gesicht, als überprüfe sie die Formeln, die dort standen. »Ich wollte nur andeuten, dass diese Protokolle kein Beweis dafür sind, ob Daniel tatsächlich eingeloggt war oder nicht.«

»Ach«, sagte Max. »Kann man diese Protokolle denn so einfach fälschen?«

Die Frau lachte auf. Sie hatte eine angenehme, warme Altstimme, und in ihrem Lachen lag nichts von dem Spott, den Daniel Vogler in sein Lachen legte. »Ein Kinderspiel ist es nun nicht gerade, aber ich habe den Eindruck, Sie vergessen, mit wem Sie es hier zu tun haben. Daniel Vogler ist ein absoluter Profi. Ihm würde es keine Schwierigkeiten bereiten, sich über diese Protokolle für jede beliebige Zeit ein Alibi zu verschaffen.« Sie machte eine Pause. »Vorausgesetzt, er braucht eines.«

Lina war früh genug aufgestanden, um zu Hause den ersten Milchkaffee zu trinken, und war entsprechend munter, als sie um neun Uhr durch die kleine Seitenstraße in Eimsbüttel schlenderte. Die Sonne schien, und sie besah sich die schönen, alten Häuser, die fast alle wie frisch gestrichen wirkten. Früher einmal war das Viertel um die Osterstraße herum ziemlich altbacken gewesen, doch in den letzten Jahren hatte es sich gewaltig herausgemacht. Diejenigen, die die horrenden Mieten in Eppendorf oder im Schanzenviertel nicht mehr zahlen wollten oder konnten, waren hierhin ausgewichen, in die prächtigen Jugendstil-Bürgerhäuser in der Eichenstraße oder die einfacheren Altbauten in den umliegenden Straßen – mit dem Ergebnis, dass es hier inzwischen ebenfalls so gut wie unmöglich war, eine bezahlbare Wohnung zu finden.

Die Naturheilpraxis von Barbara Schönbek befand sich im Souterrain eines Altbaus mit winzigem, aber liebevoll angelegtem Vorgarten. Lina hatte sich telefonisch angekündigt, sodass ihr, kaum dass sie geklingelt hatte, eine etwa vierzigjährige Frau freundlich lächelnd die Tür öffnete. Sie reichten einander zur Begrüßung die Hand, und die Heilpraktikerin führte Lina in einen Raum, der bis auf zwei bequeme Sessel und ein kleines Tischchen, auf dem eine Kerze brannte, völlig leer war. Das Fenster zur Straße war mit Reispapier verhangen, in einer Ecke spendete ein Deckenfluter angenehmes Licht. Es roch nach frischer Minze.

Barbara Schönbek hatte einen Kräutertee vorbereitet, mit dem sie Max sicherlich glücklich gemacht hätte, den Lina jedoch nur aus Höflichkeit annahm. Sie tat, als würde sie daran nippen.

»Haben Sie Franka … ich meine Frau Leyhausen inzwischen gefunden?«, fragte Barbara Schönbek, noch ehe Lina den Becher auf dem Tisch abgestellt hatte, um ihn für den Rest des Gesprächs zu vergessen. Lina musterte die Frau, die sie erwartungsvoll ansah. Große, braune Augen, eine hohe Stirn, schwarze, volle Haare, schmales Gesicht und schlanke Finger. Sie war schön, doch Lina sah auch die Erschöpfung in ihrem Blick. Der Gesichtsausdruck wandelte sich in Besorgnis. »Ist ihr etwas zugestoßen?«

Lina nickte. »Frau Schönbek, Ihre Freundin lebt leider nicht mehr.«

Die Frau schlug beide Hände vor den Mund, von einer Sekunde auf die andere waren ihre Augen tränenfeucht. Stumm sah sie Lina an, als hoffe sie darauf, dass sie sich verhört hatte.

»Sie wurde gestern Morgen tot im Jenischpark gefunden, aber vermutlich starb sie bereits am Dienstagabend.«

Jetzt bedeckte Barbara Schönbek ihr Gesicht mit den Händen und krümmte sich zusammen, als wollte sie sich gegen unsichtbare Schläge schützen. Lina hörte die Frau leise schluchzen und betrachtete sie mitfühlend. Sie kramte eine Packung Taschentücher aus ihrem Rucksack und reichte sie ihr über den kleinen Tisch.

»Danke«, schniefte Barbara Schönbek und putzte sich die Nase. »Ehrlich gesagt, hatte ich damit ja schon fast gerechnet.« Mit beiden Händen umklammerte sie das Taschentuch, als könnte es ihr Halt bieten. »Franka war so fertig! So deprimiert! So kannte ich sie gar nicht.« Sie schluchzte noch einmal laut auf. »Ich hätte diesen dummen Termin am Dienstag absagen sollen, dann hätte sie sich bestimmt nichts angetan.«

Lina runzelte die Stirn. »Aber Ihre Freundin hat sich nicht selbst getötet«, erklärte sie. »Sie wurde umgebracht.«

Barbara Schönbek hob den Kopf. »Was?«

Lina nickte. »Die Obduktionsergebnisse stehen noch aus, aber höchstwahrscheinlich wurde sie erwürgt.«

»Erw… Oh mein Gott.« Barbara Schönbek sprang auf, eine Hand vor den Mund gepresst. »Bitte entschuldigen Sie.« Sie rannte aus dem Zimmer, und kurz darauf hörte Lina, wie sie sich im Badezimmer erbrach. Die Frau schien ziemlich empfindlich zu sein, und Lina erinnerte sich daran, dass Franka Leyhausen erwähnt hatte, ihre Freundin habe Morbus Crohn. War das nicht irgend so eine Magen-Darm-Geschichte?

Schließlich hörte sie die Toilettenspülung, dann das Plätschern des Wasserhahns, und wenig später kehrte Barbara Schönbek zurück. »Tut mir leid. Ich bin extrem sensibel, und schlechte Nachrichten schlagen mir buchstäblich sofort auf den Magen.« Sie hob entschuldigend die Schultern. »Ich kann es leider nicht kontrollieren.«

Lina wartete, bis sich die Frau wieder gesetzt hatte, dann fragte sie: »Wie gut waren Sie mit Frau Leyhausen befreundet?«

Barbara Schönbek putzte sich erneut die Nase, dann holte sie tief Luft. »Sehr gut. Ich weiß nicht, ob wir einander die beste Freundin waren, aber auf jeden Fall nah dran. Wir haben uns an der Uni kennengelernt.« Auf Linas fragenden Blick hin erklärte sie: »Ich hatte damals ebenfalls Biologie studiert, musste dann aber aufgrund meiner Erkrankung aufhören. Aber der Kontakt blieb bestehen, obwohl wir teilweise sehr verschieden sind.« Wieder dieses entschuldigende Schulterzucken. »Franka kann nicht viel mit energetischem Heilen anfangen, worauf ich mich mittlerweile spezialisiert habe. Sie ist ... war eher wissenschaftlich orientiert.«

Lina nickte, obwohl sie nicht einmal andeutungsweise wusste, was energetisches Heilen sein könnte, aber das könnte sie auch später noch herausfinden. Falls ihr danach war. »Kennen Sie Frau Leyhausens Exfreund, Daniel Vogler?«

Die Heilpraktikerin nickte. »Allerdings kenne ich ihn eher aus Frankas Schilderungen, begegnet sind wir uns nur selten. Wenn Franka Geburtstag gefeiert hat und ein-, zweimal bei Konzerten.« Sie zögerte. »Glauben Sie denn, dass Daniel irgendetwas mit Frankas Tod zu tun hat?«

Jetzt war es an Lina, bedauernd die Hände zu heben. »Wir ermitteln in alle Richtungen. Wenn ich es richtig verstanden habe, hatte Frau Leyhausen Herrn Vogler ebenfalls von dem Konzert in der Waldschänke erzählt, aber er ist nicht gekommen. Stimmt das?«

»Ja. Wir haben uns extra einen Platz mit gutem Blick auf die Tür ausgesucht. Aber Daniel tauchte den ganzen Abend nicht auf.«

»Wissen Sie, wie es damals zu der Trennung kam?«

»Franka hat Schluss gemacht.« Lina runzelte die Stirn. Barbara Schönbek schien sich absolut sicher zu sein, doch bei Daniel Vogler hatte sich das ganz anders angehört. »Sie war niemals in Daniel verliebt, aber seine Intelligenz faszinierte sie. Auch nach der Trennung verbrachten sie noch ziemlich viel Zeit zusammen, aber die Frage, ob sie zusammenziehen sollen, war endgültig vom Tisch.«

»Die beiden wollten mal zusammenziehen?«

»So würde ich es nicht formulieren. Daniel wollte es. Er hat sich eine Wohnung gekauft, irgendwo im Westen von Hamburg, ziemlich schicke Gegend, und hat Franka gedrängt, bei ihm einzuziehen.« Sie dachte kurz nach. »Kann sein, dass daran schlussendlich auch die Beziehung gescheitert ist.«

»Wissen Sie, wie er die Wohnung finanziert hat?«, fragte Lina neugierig.

»Franka erwähnte mal, dass er wohl ein bisschen Geld geerbt hätte.« Barbara schloss die Augen. »Sie hat sich da nie wohlgefühlt. Außerdem fand sie es komisch, dass Fotos von ihr der einzige Wandschmuck in der gesamten Wohnung waren.« Sie sah Lina an. »Sie sagte einmal, sie sei sich nicht sicher, ob für Daniel die Beziehung wirklich zu Ende war. Er hat sie zwar nicht mehr wegen eines Umzugs gedrängt, aber sonst … sie beschwerte sich einmal bei mir, dass er sie ständig anruft, aber sie hat sich nicht recht getraut, es ihm zu sagen.« Barbara Schönbek holte tief Luft. »Sie meinte, er habe niemanden außer ihr. Keine Freunde, keine Familie, bis auf eine alte, demente Großmutter, nichts.«

Auf dem Weg ins Präsidium besorgte Lina sich einen weiteren Kaffee und stieg zusammen mit einer uniformierten Kollegin in den Fahrstuhl. Diese hatte die langen, braunen Haare zu einem Pferdeschwanz zurückgebunden und nickte ihr freundlich zu. Ihr Namensschild verriet, dass sie Helms hieß. Sie waren allein in der kleinen Kabine, aber außer einem kurzen Gruß sagte keine von ihnen etwas, bis sie im fünften Stock anhielten und beide ausstiegen.

»Entschuldigen Sie«, sagte Frau Helms, »wissen Sie, wo die Mordermittlungsgruppe 3 sitzt?«

Lina musterte die junge Frau interessiert. »Das kleinste Fünftel davon steht gerade vor dir«, sagte sie. »Worum geht's?«

Frau Helms zögerte. »Ihr seid doch an dem Fall Birkner dran, oder?«

Lina nickte. »Komm«, sagte sie und ging mit der Kollegin in ihr Büro. Max war schon da. »Das ist Max Berg, und ich bin Lina Svenson.« Sie warf ihren Rucksack auf den Boden. »Setz dich.«

»Danke. Ich … ich heiße übrigens Frauke … habe heute Morgen im Krankenhaus einen Fall von häuslicher Gewalt aufgenommen. Der Mann hat seine Frau vor den Augen der Kinder verprügelt. Gehirnerschütterung, Rippenprellung, aufgeplatzte Lippe … ziemlich übel.«

Lina nickte und wartete ab. Frauke Helms bemühte sich um einen sachlichen Tonfall, trotzdem war ihr anzumerken, dass sie diesem Scheißkerl am liebsten einmal allein im Dunkeln begegnen würde. Lina sah ihr an, dass sie regelmäßig Sport trieb.

»Beim Namen hat es gleich bei mir geklingelt, aber die arme Frau war kaum vernehmungsfähig, sodass ich gewartet habe, bis ich wieder auf dem Revier war und den Namen nachschauen konnte. Ich glaube, die hat was mit eurem Fall zu tun.«

Alarmiert richtete Lina sich auf.

»Sonja Birkner. Ihr Mann ist Lukas Birkner, der Bruder des Toten aus dem Niendorfer Gehege. Mein Chef meinte, ich soll euch das gleich persönlich erzählen.«

Lina wechselte einen Blick mit Max. Bei ihren Besuchen bei dem Paar hatte Sonja Birkner ihre Angst nicht verbergen können, dass sie von ihrem Mann drangsaliert wurde, war offenkundig. Hatte dieser Vorfall jetzt etwas mit dem Mord an Lukas' Bruder zu tun? Schließlich wandte sie sich wieder Frauke Helms zu. »Das war gut so, die beiden kennen wir tatsächlich. Was hat die Frau denn erzählt?«

Erzählt hatte zuerst die Ärztin, die Sonja Birkner mitten in der Nacht aufgenommen hatte. Die Frau war auch nicht von allein ins Krankenhaus gekommen, ihre Schwester hatte sie regelrecht genötigt, sich behandeln zu lassen, nachdem Sonja Birkner spät abends mit zwei völlig verstörten Kindern humpelnd und blutend vor ihrer Tür gestanden hatte. Die Schwester hatte die Kinder ins Bett gepackt, eine Nachbarin gebeten, auf sie aufzupassen, und war mit Sonja ins Krankenhaus gefahren. Sie wusste, was los war; es war nicht das erste Mal, dass Sonja sich zu ihr flüchtete, aber noch nie hatte Lukas Birkner sie dermaßen zugerichtet. Gemeinsam mit der Ärztin hatte sie Sonja schließlich überredet, die Polizei einzuschalten und Anzeige gegen ihren Mann zu erstatten. Frauke Helms' Schicht hatte gerade angefangen, also hatte sie mit Sonja Birkner gesprochen, aber nicht allzu viel aus ihr herausbekommen, da sie die arme Frau nicht zu sehr habe drängen wollen.

Lina und Max hatten zugehört, ohne Frauke zu unterbrechen, sich lediglich den Namen des Krankenhauses, der behandelnden Ärztin sowie der Schwester notiert, zu der Sonja Birkner sich geflüchtet hatte.

»Was ist mit ihrem Mann? Habt ihr Birkner schon festgenommen?«, fragte Max.

Frauke Helms nickte. Sie hatte gleich vom Krankenhaus aus die Kollegen informiert, die Birkner allein und in stark alkoholisiertem Zustand in der gemeinsamen Wohnung angetroffen und gleich mitgenommen hatten.

Lina nickte. »Lasst den ruhig noch eine Weile schmoren«, sagte sie. »Aber ehe ihr ihn wieder laufen lasst, wollen wir noch mal mit ihm reden.« Sie blinzelte Frauke zu. Prügelnde Ehemänner – da dehnten sie gerne mal ihre Befugnisse bis an die Grenze des Erlaubten aus.

Die Frau im Krankenhausbett hatte die Augen geschlossen. Sie war blass, bis auf das verkrustete Blut auf der Unterlippe und eine Schwellung am linken Auge, die in ein paar Tagen in allen Farben schillern würde. Am linken Arm war deutlich eine heftige Prellung zu erkennen.

Max und Lina hatten leise angeklopft und waren, ohne das »Herein« abzuwarten, ins Zimmer gekommen. Erst als Lina neben dem Bett stand und leise ihren Namen rief, öffnete Sonja

Birkner die Augen, schloss sie jedoch sofort wieder, als sie Lina erkannte.

Max holte zwei Stühle, und sie setzten sich neben die Patientin. Die Stille im Zimmer wirkte erdrückend, wie eine Eiterbeule aus unterdrückten Worten und Gefühlen, die nur darauf wartete, aufzuplatzen. Lina betrachtete die Frau schweigend und wünschte ihr, dass dies ein Wendepunkt in ihrem Leben sein würde, in dem offensichtlich irgendwann irgendetwas aus dem Ruder gelaufen war.

»Frau Birkner«, sagte sie leise. »Ich weiß, dass Ihnen das Sprechen schwerfällt, aber ich bitte Sie, uns zu helfen.«

Frau Birkner holte mühsam Luft, ohne die Augen zu öffnen. Schließlich nickte sie langsam zum Zeichen ihres Einverständnisses.

»Dass Ihr Mann Sie so zugerichtet hat ... hat das etwas mit unseren Fragen zu tun?«

Zögern, dann ein vorsichtiges Nicken.

»Aber Sie haben doch gar nichts gesagt, als wir bei Ihnen waren ... Wieso hat Ihr Mann sich da so aufgeregt?« Das war unfair, und Lina wusste es. Im Zweifelsfall genügte irgendein nichtiger Anlass, um einen prügelnden Ehemann ausrasten zu lassen.

Sonja Birkner öffnete den Mund und fuhr sich mit der Zunge über die Lippen. Als sie die Wunde berührte, zuckte sie zusammen. »Er hat geglaubt, ich hätte Ihnen Montag etwas erzählt, als Sie allein da waren«, flüsterte sie.

Lina und Max sahen sich an. »Gäbe es denn etwas zu erzählen?« Die Frau im Bett reagierte nicht, bis Lina schließlich sanft fragte: »Hat es etwas mit dieser Clique von Julia Munz und den beiden Birkners zu tun?«

Lange Zeit lag Sonja Birkner einfach nur mit geschlossenen Augen da, doch schließlich nickte sie. »Diese Clique, das war ein ziemlich arroganter Haufen«, sagte sie. Lina sah ihr an, wie viel Mühe es sie kostete. »Sie hielten sich für was Besseres, haben auf alle anderen Schüler herabgesehen und jeden, der sich nicht wehren konnte, nach Strich und Faden getriezt.« Sie öffnete die Augen und drehte den Kopf leicht zur Seite, damit sie Lina ansehen konnte. »Julia und Philip waren die Schlimmsten. Die beiden hatten eine richtige Fangemeinde, Leute, die sie anhimmelten und unbedingt zu ihrer Clique gehören wollten. Aber die haben kaum jemanden an sich rangelassen. Man musste sich die Auszeichnung schon verdienen.« Sie schloss die Augen und schluckte mühsam. »Kann ich bitte etwas Wasser haben?«

Lina hielt ihr vorsichtig ein Glas an die geschundenen Lippen, und Sonja nahm ein paar Schlucke. Anschließend hob sie den linken Arm und führte ihn langsam zum Mund, um den letzten Rest Feuchtigkeit abzuwischen. Behutsam betastete sie ihre aufgeplatzte Lippe und verzog das Gesicht. »Dieser Scheißkerl«, flüsterte sie. Ihre Augen waren plötzlich voller Tränen. Schließlich holte sie tief Luft und fuhr fort.

»Lukas durfte nur mitmachen, weil er Philips Bruder war. Eigentlich war er gar nicht so. Wenn Philip nicht dabei war, war er ein netter Kerl. Aber er bewunderte seinen Bruder über alles.« Sie schüttelte den Kopf. »Ich durfte nie auch nur die kleinste Kleinigkeit an meinem Schwager kritisieren, dann ist Lukas sofort ausgerastet. Philip war sein Held, der weiße Ritter ohne Fehl und Tadel.« Sie versuchte ein spöttisches Lachen, doch es misslang. »Gestern … gestern warf er mir vor, Philip vor der Polizei schlechtgemacht zu haben, indem ich Lügengeschichten über ihn erzählt hätte. Er war so außer sich, dass er mir gar nicht zugehört hat. Irgendwann hat er angefangen, auf mich einzuschlagen. Die Kinder waren schon im Bett, aber von dem Lärm wurden sie wach und kamen ins Wohnzimmer.« Sie schloss erneut die Augen. »Ich habe ihre entsetzten Blicke gesehen, als Lukas mich geschlagen hat«, sagte sie leise. »Das war fast noch schlimmer als die Schläge selbst.« Tränen liefen ihr übers Gesicht, und sie wischte sie mit der linken Hand fort.

»Frau Birkner«, sagte Lina nach einer Weile sanft, »können Sie uns noch etwas mehr dazu sagen, was früher passiert ist?« Die Frau nickte, schwieg jedoch. Eine Spur energischer fuhr Lina fort: »Die Clique von Julia Munz und Philip Birkner hat also andere Schüler schikaniert. Darunter auch Daniel Vogler. Wissen Sie, was genau sie mit ihm gemacht haben?«

Sonja Birkner schüttelte den Kopf. »Mitbekommen habe ich nur das Übliche«, sagte sie leise. »Blöde Sprüche, vielleicht mal eine kleine Rempelei auf dem Schulhof, so was.« Sie sah Lina an. »Aber irgendwann muss was richtig Schlimmes passiert sein. Daniel ist ein paar Tage nicht zur Schule gekommen, und danach war er völlig verschlossen. Wissen Sie, er war ein ziemlicher Streber, hat ständig andere verbessert, sogar die Lehrer, und das hat sich natürlich auf der ganzen Schule rumgesprochen. Aber plötzlich saß er nur noch stumm da und sagte nichts mehr.«

»Und wann war das?«

Sonja Birkner wollte die Stirn runzeln, aber mit der riesigen Prellung am Auge ließ sie es lieber bleiben. »Im Sommer, bevor wir in die Elfte und Daniel gleich in die Zwölfte kamen.« Sie nickte bekräftigend. »Danach habe ich überhaupt nichts mehr von Daniel mitbekommen, er war dann ja einen Jahrgang über mir.«

»Und die Clique von Julia Munz und Ihrem Schwager?«

Sonja Birkner sah Lina an. »Die hat sich irgendwie aufgelöst. Ich meine, Julia war immer noch mit Philip zusammen, und sie waren immer noch arrogant und hochnäsig, aber soweit ich es mitbekam, haben sie keine anderen Schüler mehr schikaniert. Und um Daniel haben sie regelrecht einen Bogen gemacht, das ist nicht nur mir aufgefallen. Aber inzwischen waren wir alle ja auch schon älter, mindestens sechzehn, da legt sich so was vielleicht von allein.« Sie zuckte die Schultern und verzog vor Schmerz das Gesicht. »Ich weiß es nicht, aber ich habe nie wieder von irgendwelchen richtig üblen Geschichten gehört.«

Lina sah die Frau an. Wenn ihr Mann sie wegen einer Sache, die mehr als fünfzehn Jahre zurücklag, dermaßen zugerichtet hatte, musste es damals schon ziemlich zur Sache gegangen sein. »Und Ihr Mann?«, fragte sie. »War er an dieser schlimmen Sache damals beteiligt?«

Sonja Birkner drehte den Kopf zum Fenster. »Ich weiß es nicht«, sagte sie leise. »Wir haben nie darüber gesprochen, nicht über diese Sache speziell jedenfalls.« Sie sah Lina wieder an. »Wissen Sie, wir sind erst nach Julias Tod ein Paar geworden, ein paar Monate vor dem Abitur, und da wollte natürlich niemand schlecht von ihr reden. Ein paar Jahre später, als wir in so einer Weißt-du-noch-damals-Stimmung waren, habe ich das Thema mal angeschnitten; dass Julia und Philip ja früher ganz schön gemein gewesen waren … Lukas ist total ausgerastet.« Sie verstummte. »Ich glaube, damals hat er mich zum ersten Mal geschlagen. Nur eine Ohrfeige, es hat nicht einmal wehgetan, und er hat sich auch sofort entschuldigt.« Sie schwieg erneut. »Aber so ging es weiter. Ich durfte nichts gegen Philip sagen. Wenn ich mich daran gehalten habe, ging alles gut. Aber wehe, ich wagte es, ihn zu kritisieren … Irgendwann hatte ich es natürlich begriffen und habe den Mund gehalten. Philip konnte sich alles erlauben, Lukas hätte nie und nimmer zugelassen, dass jemand ihn von dem Sockel stößt, auf den er ihn gestellt hatte.«

Lina und Max sahen sich an. »Was hat Ihr Schwager sich denn erlaubt?«, fragte Max. Frau Birkner sah ihn überrascht an, als hätte sie seine Anwesenheit bislang gar nicht richtig wahrgenommen.

»Seine Protzerei, zum Beispiel. Bei jeder Gelegenheit hat er Lukas unter die Nase gerieben, wie gut er es mit seiner Katja getroffen hatte und was sie sich schon wieder angeschafft hatten, das teure Sofa von irgendeinem Designer, die neue Musikanlage, die neue Küche, den dicken BMW.«

Max runzelte die Stirn. »Ich dachte, Philip wäre das ganze Geld nicht so wichtig gewesen. Hatte nicht in erster Linie seine Lebensgefährtin auf den Luxus und die teure Wohnung bestanden?«

Sonja Birkner lachte spöttisch, und dieses Mal gelang es ihr recht gut. »Wenn Philip sagte: ›Ach weißt du, ich könnte ja darauf verzichten, mir bedeutet der ganze Luxus nichts‹, dann hat Lukas ihm jedes Wort abgekauft. Aber den arroganten Unterton, das abfällige Naserümpfen, wenn er bei uns oder seinen Eltern zu Besuch war … das hat er nie gesehen, *wollte* er nie sehen. Immer wieder hat Lukas seinen Bruder verteidigt, hat Ausreden für ihn parat gehabt, egal, ob Philip ihn mal wieder gedemütigt hatte oder mal wieder eine Verabredung hatte sausen lassen. Philip war sein Held, er war erfolgreich, Philip hatte es geschafft, und natürlich war Philip dabei so bescheiden und liebenswert geblieben, wie er schon immer gewesen war.« Der Sarkasmus in ihrer Stimme war nicht zu überhören. »Natürlich eiferte Lukas seinem großen Bruder in allem nach. Wenn Philip einen BMW fuhr, musste Lukas auch so eine Kiste haben, auch wenn es bei uns nur zu einem Gebrauchten gereicht hat.«

»Können Sie sich vorstellen, dass er seine Lebensgefährtin betrogen hat?«, fragte Lina.

»Ganz bestimmt hat er das«, kam es wie aus der Pistole geschossen. Sonja Birkner hatte sich regelrecht in Rage geredet, und das Adrenalin schien seine schmerzlindernde Wirkung zu entfalten. »Keine Ahnung, warum Katja nichts gemerkt hat, aber der hat doch alles angebaggert, was sich in seine Reichweite verirrte.« Sie zuckte die Schultern. »Sogar bei mir hat er's mal versucht, als ich schon mit Lukas verheiratet war.«

»Wie hat denn Ihr Mann darauf reagiert?«, fragte Lina neugierig.

»Ich habe es ihm gar nicht erst erzählt. Ich bin sicher, er hätte mir vorgeworfen, Philip verführt zu haben, denn sein Bruder hätte doch nie …«

Sonja Birkners Augen funkelten. Ihre Wangen hatten sich gerötet, und sie wirkte wesentlich wacher als noch vor einer halben Stunde. Befriedigt nahm Lina zur Kenntnis, dass sie offensichtlich kein verschüchtertes Mäuschen vor sich hatte, das nach dem ersten Schock wieder zu ihrem Mann zurückkehren würde. Sie lächelte der Frau aufmunternd zu.

»Es ist gut, dass Sie Anzeige gegen Ihren Mann erstattet haben, Frau Birkner. Sie müssen sich nicht länger verstellen.«

Sonja Birkner holte tief Luft, dann nickte sie entschlossen. »Ja«, sagte sie. »Irgendwann reicht es.«

Auf dem Rückweg zum Präsidium gerieten sie in der Hudtwalckerstraße in einen Stau, wie eigentlich fast immer an dieser Stelle.

»Du hattest also recht«, sagte Max und lehnte den Kopf zurück. »Philip Birkner ist gar kein so lieber Junge.« Er lächelte. »In diesem Fall hat dein Bauchgefühl also ganz gut funktioniert.«

Lina wurde rot. Natürlich spielte er darauf an, wie schnell sie sich auf Katja Ansmann als Hauptverdächtige eingeschossen hatte. »Seine Freundin ist damit noch lange nicht aus dem Schneider, im Gegenteil.« Ihre Stimme hatte einen leicht trotzigen Unterton. »Wenn Philip sie nach Strich und Faden betrogen hat, hat sie vielleicht sogar ein weiteres Motiv, ihn umzubringen.«

»Nur wenn es ihr etwas ausgemacht hat«, wandte Max ein. »Sie hat doch zugegeben, dass sie von Philips gelegentlichen Affären wusste. Außerdem hat sie ihn selbst betrogen.«

Lina seufzte. »Ich weiß, die offene Beziehung. Aber das sagt sich so leicht, wer weiß, wie die beiden wirklich zueinander standen.«

Als sie endlich, reichlich spät, im Präsidium ankamen, schmorte Lukas Birkner schon seit einer geraumen Weile in einer der Zellen im Untergeschoss, nur wenige Meter von Daniel Vogler entfernt.

Von der Kriminaltechnik gab es keine weltbewegenden Neuigkeiten. Daniel Vogler hatte zwar Schuhgröße 44, könnte also sowohl die Spuren im Niendorfer Gehege bei der Leiche von Philip Birkner als auch die im Jenischpark bei Franziska Leyhausen hinterlassen haben. Allerdings hatte man in Voglers Besitz keine Schuhe gefunden, die zu einer der beiden Spuren passten. Weitere Spuren waren bisher nicht ausgewertet, doch Hanno hatte den Kollegen noch einmal Druck gemacht, vor allem, was die DNA-Analysen anging.

»Ist der Obduktionsbericht von Franziska Leyhausen eigentlich schon da?«, fragte Alex. Hanno kramte in den Unterlagen auf seinem Schreibtisch und wedelte mit einem Stoß Papier.

»Die Kollegen vom Team 5 haben uns eine Kopie geschickt. Sie wurde vergewaltigt und anschließend erwürgt.« Hanno sah seinen Kollegen an. »Vor ihrem Tod hat sie Alkohol getrunken, der Gerichtsmediziner tippt auf drei, vier Gläser Wein, Rotwein. Zusammen mit einer kräftigen Ohrfeige, die der Täter ihr verpasst hat, war sie vermutlich ziemlich benebelt und nicht in der Lage, sich zu wehren. Ihre letzte Mahlzeit hat sie kurz vor ihrem Tod zu sich genommen. Gestorben ist sie Dienstagabend zwischen zweiundzwanzig und null Uhr.«

»Julia Munz ist ebenfalls erwürgt worden, hatte einiges getrunken und eine kräftige Ohrfeige bekommen«, sagte Alex nachdenklich. »Nur vergewaltigt hat er sie nicht.«

Alle Blicke waren auf ihn gerichtet. Er zuckte die Schultern. »Ich sollte doch die Akte lesen.«

Hanno wiegte den Kopf. »Ist allerdings auch kein besonders ungewöhnliches Vorgehen. Als Gemeinsamkeit zu wenig aussagekräftig.« Er seufzte. »Was haben wir sonst noch?«

»Die Telefongesellschaft von der Leyhausen hat sich gemeldet«, sagte Sebastian und wühlte in dem Stapel Papiere, die er in der Hand hielt, »und haben die Liste mit den Verbindungsdaten geschickt. Sie hat am Abend ihres Todes noch mit Daniel Vogler telefoniert.«

Vogler hatte also definitiv gelogen, als er behauptet hat, zwischen der Ermordung Birkners und Franziska Leyhausens nicht mit ihr gesprochen zu haben. Außerdem schien er einen Grund zu haben, sowohl Philip Birkner als auch Julia Munz zu verabscheuen, falls Sonja Birkner recht hatte mit der Vermutung, dass er damals von der Clique der beiden übel schikaniert worden war.

»Gut möglich, dass er auch schon Julia Munz umgebracht hat. Aber Birkner?«, sagte Alex zweifelnd. »Nach so langer Zeit? Ist das nicht reichlich spät?«

Max hob die Schultern. »Wer weiß, wie lange er den Groll mit sich herumgeschleppt hat, und dann genügt ein winziger Auslöser …«

»Aber warum bewirbt er sich dann bei seinem ehemaligen Peiniger?«, meldete Alex erneut Zweifel an. »Wenn ich zufällig in der Firma meines Erzfeindes landen würde, würde ich doch zusehen, dass ich schleunigst wieder verschwinde.«

»Vielleicht war es ja gar kein Zufall«, sagte Lina.

Hanno sah sie interessiert an. »Du meinst, Vogler hat sich absichtlich bei *Inoware* beworben?«

»Aber was hatte er davon?«, fragte Alex.

»Auf diese Weise kam er ganz dicht an Birkner ran«, spann Max den Faden weiter. »Und konnte ihm zum Beispiel mit einem Programmierfehler die Firma ruinieren.«

»Die Sache läuft allerdings nicht so, wie Vogler es sich vorgestellt hat«, übernahm Lina erneut den Ball. »*Inoware* macht zwar Pleite, aber Birkner fällt weich und findet sofort wieder einen Job. Also behält er ihn weiterhin im Auge und wartet auf die nächste Chance.«

»Und die bietet sich ihm letzten Donnerstag«, sagte Hanno langsam. »Er ist mit Franziska Leyhausen verabredet, kommt etwas später, sieht, wie sie mit Philip flirtet, und dreht durch.« Voller Energie richtete er sich in seinem Schreibtischsessel auf. »Wir müssen schleunigst herausfinden, was damals an der Schule eigentlich passiert ist.« Er kramte in den Papieren vor sich. »Wir haben hier doch die Namen derjenigen, die damals in dieser Clique waren. Befragt die mal.« Er blickte auf. »Fangt ruhig mit Lukas Birkner an. Der ist ja praktischerweise schon hier.«

Das Häufchen Elend, das im Vernehmungsraum auf sie wartete, erinnerte Lina an Frank Jensen, der vor einer Woche genauso ungewaschen, unrasiert und mit geröteten Augen hier gesessen hatte. Lukas Birkner sah auf, als Max und Lina eintraten, blickte jedoch rasch wieder zu Boden, als er ihre Mienen sah.

Lina musterte den Mann, der nicht einmal ein Jahr jünger als sein verstorbener Bruder war, aber mindestens zehn Jahre älter aussah. Seine dünnen Haare hingen ihm strähnig ins Gesicht, sein Hemd war fleckig, und unter den Achseln hatte er große Schweißflecken. Er stank nach Alkohol und ungewaschenem Körper.

»Ihre Frau liegt im Krankenhaus«, stellte sie fest.

Birkner schluckte. »Das … das tut mir schrecklich leid. Ich wollte ihr nicht wehtun, aber …«

»… aber sie hat Sie provoziert, stimmt's? Eigentlich könnten Sie gar nichts dafür, dass Ihnen die Hand ausgerutscht ist, hab ich recht?« Lina konnte sich ihren Sarkasmus nicht verkneifen. Sie ahnte es mehr, als dass sie Max warnendes Stirnrunzeln wirklich sah.

Lukas Birkner krümmte sich. »Nein, ich meine, natürlich ist es meine Schuld gewesen, ich bin einfach ausgerastet und wusste nicht mehr, was ich tat. Bitte glauben Sie mir, es tut mir schrecklich leid, und ich verspreche …«

»Versprechen Sie jetzt man lieber nichts«, unterbrach Max ihn ruhig. »Erzählen Sie uns lieber, warum Sie Ihre Frau so zugerichtet haben.«

Birkner sah zu Boden. »Ich … das weiß ich eigentlich gar nicht so genau. Ich hatte etwas getrunken, und dann haben wir uns gestritten, und dann … dann ist es eben passiert.«

Lina ballte die Fäuste unter dem Tisch, sodass Birkner es nicht sehen konnte, und sagte nichts.

»Und worüber haben Sie sich gestritten?«, fragte Max.

»Hab ich vergessen.«

»Sie lügen.«

Lukas Birkner sah Max an, versuchte, ein aufrichtig empörtes Gesicht zu machen, was jedoch gründlich danebenging. Er öffnete den Mund, um sich zu verteidigen, doch Max schüttelte nur stumm den Kopf. Birkner machte den Mund wieder zu und sah zu Boden.

»Es ging bei dem Streit um Daniel Vogler und Ihren Bruder, richtig?«, sagte Max. Birkner nickte. »Erzählen Sie uns, was damals in der Schule vorgefallen ist.«

Lina konnte sehen, wie es in Lukas Birkner arbeitete. Wie viel wussten sie? Wie viel hatte Sonja ihnen erzählt? Wie viel wusste Sonja? Der Mann zuckte die Schultern.

»Wir haben ihn eben gerne geärgert, vielleicht öfter als andere. Aber er bot sich ja auch geradezu an: Der Liebling der Lehrer, der Besserwisser, der Langweiler.« Birkner blickte auf und sah Max an. »Ich weiß nicht, was Sonja Ihnen erzählt hat, aber sie war damals gar nicht in unserer Clique, sie kann also gar nichts wissen.« Eine Sekunde lang lag ein Ausdruck der Erleichterung auf seinem Gesicht, als sei damit alles geklärt. Schon wollte er den Kopf wieder senken, schreckte jedoch auf, als Lina sich vorbeugte und mit beiden Handflächen auf den Tisch schlug, dass es nur so krachte.

»Dann haben Sie also Ihre Frau für nichts und wieder nichts so zugerichtet? Nur weil Sie und Ihre Clique einen Mitschüler damals ein bisschen öfter geärgert haben als die anderen?« Sie sah aus, als würde sie ihn am liebsten anspucken. »Mieser Feigling«, murmelte sie leise, unhörbar für das Aufzeichnungsgerät.

Lina stand auf, und Lukas Birkner wich vor ihr zurück, das Gesicht käseweiß. Max atmete tief ein und langsam wieder aus. »Es wäre besser, wenn Sie sich etwas entgegenkommender zeigen würden, Herr Birkner«, sagte er ruhig. »Wir kennen die Namen der anderen Schüler, und wir werden so oder so herausfinden, was damals passiert ist. Und welche Rolle Sie und Ihr Bruder dabei gespielt haben.«

Lina blieb stehen, ohne den Blick von Birkner abzuwenden.

»Ich … ich habe gar nichts gemacht, ich schwöre es. Und Philip auch nicht. Wenn, dann waren das die anderen, Julia und Maike, das waren die schlimmsten, Philip hat eigentlich immer nur mitgemacht, weil Julia ihn dazu getrieben hat.« Mit fast flehentlichem Blick sah er Max an.

Weder Lina noch Max sagten ein Wort. In Lina brodelte es, sie verspürte nichts als Verachtung für diesen Mann, der so feige alles abstritt, was ihn oder seinen Bruder in ein schlechtes Licht rücken könnte. Max hingegen wirkte ruhig und höflich, wenn nicht gar freundlich wie immer. Wie konnte er nur *so* jemandem gegenüber freundlich bleiben?

»Philip *kann* nichts damit zu tun haben, Sie kennen ihn … kannten ihn nicht, sonst wüssten Sie, wie absurd diese Vorstellung ist …«

»Womit kann Ihr Bruder nichts zu tun gehabt haben?«, unterbrach Max ihn. Er war gute fünfzehn Zentimeter größer als Birkner, sodass dieser zu ihm aufblicken musste.

»Es kann sein, dass da mal was war, ein oder zwei Jahre, bevor Philip sein Abi gemacht hat. Ich war nicht dabei, ich schwöre es, und Philip hat mir auch nichts erzählt, nur dass sie, also Julia, Philip, Maike, und ich glaube auch Miriam und ihr Freund, dieser Björn, Daniel am Abend zuvor im Stadtpark getroffen haben.« Er schluckte und fasste sich an den Kragen. »Ich weiß nicht, was da passiert ist, aber danach ist Daniel ein paar Tage nicht zur Schule gekommen, und als er wieder da war, war er … irgendwie anders.«

»Wie anders?«

Birkner hob die Schultern. »Ich weiß nicht. Ruhiger. Hat nicht mehr ständig alles besser gewusst.« Er dachte kurz nach. »Er hat sich total abgekapselt. Ich meine, besonders gesellig war er auch vorher schon nicht gewesen, aber danach stand er eigentlich nur noch allein rum.« Er hob erneut die Schultern. »Kurz darauf fingen die Sommerferien an. Julia und ich kamen in die Elfte und Daniel direkt in die Zwölfte zu Philip.« Er dachte noch einmal nach. »Von da an haben wir ihn völlig in Ruhe gelassen. Alle haben ihn total ignoriert, nicht mal Julia hat noch über ihn gelästert. Deswegen hatte ich die Sache ja auch ganz vergessen … bis Sie aufgetaucht sind und danach gefragt haben.« Seine Stimme hatte tatsächlich einen leicht vorwurfsvollen Unterton.

»Und dafür, dass eigentlich gar nichts passiert war, haben Sie Ihre Frau krankenhausreif geschlagen?« Max seufzte vernehmlich. »Herr Birkner, Ihre Geschichte stimmt doch vorne und hinten nicht. Sie waren damals dabei, und Ihre Frau weiß das. Und gestern Abend hatten Sie Angst, Ihre Frau könnte es uns erzählen.«

Birkner schüttelte den Kopf. »Nein, nein, ich weiß wirklich nichts! Das müssen Sie mir glauben!«

»Und warum haben Sie dann Ihre Frau verprügelt?«, fragte Lina. Obwohl sie stand, war sie nur wenige Zentimeter größer als der sitzende Max.

Birkner rieb sich mit der Hand über die Stirn und war erstaunt, dass sie feucht wurde. Er betrachtete die Handfläche, dann wischte er sie seitlich an der Hose ab. Lina verzog das Gesicht.

»Ich hatte Angst, dass sie Philip Ihnen gegenüber schlechtmacht«, sagte er schließlich. Er schluckte. »Sonja mochte Philip nicht und hatte ständig etwas an ihm auszusetzen. Gestern Abend hat sie wieder davon angefangen, von der Sache damals, und dass Philip ja manchmal … ganz schön fies sein konnte, genau, ›fies‹ hat sie ihn genannt. Philip! Ich hab sie gefragt, ob sie Ihnen«, er nickte

Lina zu, »das auch schon Montag erzählt hat. Sie stritt es ab, aber ich glaubte es nicht, und dann … ich weiß nicht, dann bin ich einfach ausgerastet.« Er hob den Kopf und sah Lina mitleidheischend an. »Fies! Philip! Philip war so …« Seine Augen füllten sich mit Tränen. »Verstehen Sie, er hat mir so viel bedeutet, er war immer für mich da. Sonja hat das nie begriffen.« Er ließ den Kopf sinken und schluchzte leise.

»Klar, und deswegen mussten Sie sie grün und blau schlagen.« Lina sah auf den Mann vor sich herunter und konnte ihre Wut nur mühsam im Zaum halten. »Weil sie eine andere Meinung hatte als Sie. Weil sie Ihren Bruder nicht auf dem Sockel ließ, auf den Sie ihn gestellt haben.«

»Sie verstehen das nicht«, sagte Lukas Birkner, »ich habe Philip auf keinen Sockel gestellt, aber Sonja war einfach … sie hat ihn nicht so gesehen, wie er wirklich war.«

»Aber Sie haben Ihren Bruder so gesehen, wie er wirklich war?«, fragte Max ruhig.

Birkner nickte. Nicht der Hauch eines Zweifels spiegelte sich in seinen Zügen. Max seufzte leise. Es war nicht seine Aufgabe, diesem Mann seine Illusion zu nehmen, selbst wenn er es gekonnt hätte, obwohl diese bedingungslose Anbetung ihn über alle Maßen faszinierte. Er beugte sich ein wenig vor. »Hatte Ihr Bruder denn überhaupt keine Fehler? Stimmt es denn nicht, dass er sich manchmal über Sie lustig gemacht hat, Sie vor den Kopf gestoßen hat?«

Birkner sah ihn mit großen Augen an, als sei allein diese Frage völlig absurd. »Hat meine Frau Ihnen das erzählt? Typisch!« Er schüttelte den Kopf. »Natürlich brachte Philip ab und zu mal ein paar Sprüche, aber herrje, er war mein Bruder! Wenn's drauf ankam, konnte ich mich voll auf ihn verlassen, hundertprozentig«, sagte er im Brustton der Überzeugung.

»Ist der einfach nur so verbohrt, oder hat er etwas zu verbergen?«, überlegte Lina kurz darauf laut, während sie auf den Fahrstuhl zusteuerte. »Ich meine, allein der gesunde Menschenverstand sagt einem doch schon, dass jeder Mensch ab und zu Fehler macht. Dass Birkner das so kategorisch leugnet, macht mich stutzig.«

»Auf jeden Fall scheint er eine recht merkwürdige Beziehung zu seinem Bruder gehabt zu haben«, überlegte Max. »Philip ist ziemlich grob mit ihm umgesprungen und konnte sich alles Mögliche herausnehmen, trotzdem vergöttert Lukas den Älteren.«

Lina drückte auf den Knopf, doch wie immer waren sämtliche Aufzüge gerade auf dem Weg nach oben. »Hätte er damit nicht ein Motiv für einen Mord?«, fragte sie. »Ich meine, wenn er über Jahre die Sticheleien und Demütigungen seines Bruders ertragen musste …«

»Du meinst, steter Tropfen bringt das Fass zum Überlaufen?«, grinste Max. Eine Fahrstuhltür öffnete sich mit einem leisen Pling, sie traten ein und drückten auf den Knopf mit der Fünf. »Hat er eigentlich ein Alibi?«

Lina runzelte die Stirn. »Ich glaube, der war im Urlaub. Als ich am Montag das erste Mal mit den beiden geredet habe, hat seine Frau gerade die Sachen aufgearbeitet, die im Urlaub liegen geblieben sind.«

»Das müssen wir auf jeden Fall überprüfen«, stellte Max fest. »Und wir müssen noch weitere Mitglieder der Clique von damals aufspüren. Unbedingt.«

»Glaubst du, die Ereignisse von damals haben tatsächlich etwas mit Philip Birkners Tod zu tun?« Lina lehnte sich an die Aufzugwand. »Aber was könnte damals vorgefallen sein? Wenn es stimmt, was sowohl Sonja Birkner als auch ihr Mann erzählen, dass zwei Jahre, bevor Daniel und Philip Abitur gemacht haben, irgendetwas vorgefallen ist, das alles verändert hat – was könnte das gewesen sein?«

»Auf jeden Fall hat es Daniel Vogler einen gewaltigen Dämpfer verpasst, sodass er sich danach noch mehr zurückgezogen hat.« Die Tür öffnete sich erneut, und sie traten hinaus auf den Gang.

»Aber gleichzeitig hat es die Clique davon abgehalten, Daniel Vogler weiterhin zu schikanieren«, wandte Lina ein.

»Ich glaube nicht, dass Vogler freiwillig mit der Sprache rausrückt, was damals passiert ist«, sagte Max, die Klinke zu ihrem

Büro schon in der Hand. »Er wäre schön blöd, wenn er uns ohne Not ein Motiv für den Mord an Birkner präsentieren würde. Und sonst haben wir nichts gegen ihn in der Hand, oder?«

»*Nada*. Uns bleibt nichts anderes übrig, als auf die Auswertung der DNA-Spuren zu warten.« Sie seufzte. »Und du weißt ja – der Dienstweg dauert sechs Wochen.«

Als Max zusammen mit Lina das Foyer des Gesundheitszentrums St. Pauli betrat, umfing ihn zum dritten Mal im Zuge dieser Ermittlungen der typische Krankenhausduft aus Putz- und Desinfektionsmitteln. Doch das alte Gebäude direkt am Hamburger Hafen diente schon seit Jahren nicht mehr als Krankenhaus, sondern war nach einer gegen den Willen der Bürger Hamburgs durchgesetzten Schließung in ein Gesundheitszentrum umgewandelt worden. Die Ambulanz übernahm heute die Aufgaben einer Krankenhausnotaufnahme, was hier in einem der ärmsten und schillerndsten Viertel Hamburgs eine … nun ja, interessante Aufgabe darstellte.

Max und Lina gingen zum Informationsschalter, nannten ihre Namen und erwähnten, dass sie einen Termin bei Dr. Björn Boysen hatten. Wie sich herausgestellt hatte, war es gar nicht so einfach, die ehemaligen Mitglieder der Clique aufzutreiben. Dr. Boysen war der Einzige, der heute noch in Hamburg lebte, also hatten Max und Lina beschlossen, sich den Mann als Erstes vorzuknöpfen. Nach kurzer Wartezeit holte sie ein schlanker, hochgewachsener Mittdreißiger ab. Seine braunen Augen musterten sie aufmerksam, die mittellangen braunen Haare fielen ihm locker in die Stirn, der Händedruck war fest und warm. Unwillkürlich dachte Lina, dass er schlecht in eine Clique arroganter Jugendlicher passte, die ihre Mitschüler terrorisierte. Aber wer weiß, seit damals war schließlich schon einige Zeit vergangen, und Menschen veränderten sich. Boysen führte sie in einen kleinen Besprechungsraum mit Fenster zum Innenhof, in dem ein paar Menschen in der Sonne saßen.

»Was kann ich für Sie tun?«, fragte der Arzt freundlich, nachdem alle Platz genommen hatten. Er wusste bislang nur, dass Max und Lina von der Kripo waren, aber ganz offensichtlich war er als

Arzt, der in St. Pauli in unmittelbarer Nähe zur Reeperbahn praktizierte, Besuche von der Polizei gewöhnt.

»Wir ermitteln in einem Mordfall, von dem Sie vielleicht gehört oder gelesen haben«, begann Max, während Lina den Mann aufmerksam beobachtete. »Erinnern Sie sich noch an Philip Birkner? Soweit wir wissen, sind Sie mit ihm zusammen zur Schule gegangen.«

»Ja, ich erinnere mich an Philip«, sagte Boysen langsam, doch sein Ton hatte etwas Zurückhaltendes bekommen, als sei er plötzlich auf der Hut. »Aber wir waren nicht auf einer Schule. Ich kannte ihn nur über eine damalige Freundin, Miriam Haase. Wir sind eine Zeit lang öfter zusammen losgezogen.« Er sah von Max zu Lina und wieder zurück. »Warum fragen Sie? Ist ihm etwas zugestoßen?«

Max nickte. »Er ist tot, und wir versuchen, den Mord an ihm aufzuklären.«

Björn Boysen holte vernehmlich Luft und lehnte sich schwer auf seinem Stuhl zurück. »Was möchten Sie wissen?«, fragte er schließlich.

»Stimmt es, dass Ihre Clique damals einen anderen Schüler, Daniel Vogler, gemobbt hat?«

»Ja, das stimmt.« Björn Boysen sah Max ins Gesicht, wandte den Blick jedoch rasch wieder ab. »Obwohl es genau genommen nicht meine Clique war, ich war nur als Freund von Miriam ab und zu dabei.« Er schwieg eine Weile, dann sagte er: »Daniel Vogler hieß er also? Ich kannte nicht einmal seinen Nachnamen, sondern wusste nur, dass er mit Julia und Maike in eine Klasse ging und dort als Streber galt. Wenn ich seinen Namen gewusst hätte …« Er ließ offen, was dann geschehen wäre. »Was möchten Sie wissen?«, wiederholte er.

Max musterte ihn interessiert. Der Mann erweckte den Eindruck, als wollte er reden, als schleppte er seit Jahren eine Last mit sich herum, die er sich nur zu gerne endlich von der Seele reden wollte. »Uns interessiert besonders ein bestimmter Abend im Sommer vor siebzehn Jahren, an dem die Clique im Stadtpark Daniel Vogler begegnete.«

Björn Boysen nickte. Er war blass geworden, wandte den Blick ab und sah aus dem Fenster. Schließlich drehte er sich wieder zu Max, und auch dieses Mal konnte er ihm nicht in die Augen schauen. »Darüber habe ich noch mit keinem Menschen gesprochen«, sagte er leise. »Aber irgendwann musste das ja rauskommen.« Er holte noch einmal tief Luft. »Wie Sie schon sagten, es war Sommer, und die Clique – die ich eigentlich nie als meine Clique angesehen habe – traf sich im Stadtpark. Wir waren zu sechst, Julia und Philip, Maike und Christian, Miriam und ich. Drei Pärchen im Alter von sechzehn, siebzehn, die sich amüsieren und Spaß haben wollten. Es war warm, wir hatten etwas zu trinken und zu essen dabei und hatten uns ein lauschiges Plätzchen gesucht, etwas abseits der großen Wiese.«

Max nickte, sagte aber nichts. Linas Stift kratzte leise auf dem Papier.

»Es dämmerte schon, und wir alle hatten schon mehr getrunken, als uns guttat, als Maike rief: ›Guckt mal, da kommt unser Superhirni!‹ Sie meinte Daniel. Ich hatte ihn bis dahin nur ein-, zweimal gesehen und kannte ihn eigentlich gar nicht, nur aus den Erzählungen der anderen. Ich wusste aber, dass er das bevorzugte Opfer der anderen war, wenn sie mal wieder jemanden zum Schikanieren suchten. Dieser Junge also kam den Weg neben unserer Wiese entlang. Er hatte uns noch nicht gesehen, aber er schien mit sich selbst zu reden. Die Mädchen machten eine Bemerkung dazu und fingen an zu kreischen, und erst da wurde Daniel auf uns aufmerksam.«

Seine Schritte wurden langsamer, misstrauisch näherte er sich der Gruppe und fasste den Riemen seines Rucksacks fester. Als er mit seinen Klassenkameraden auf einer Höhe war, wollte er rasch weitergehen, doch Julia sprang auf und stellte sich ihm in den Weg. Sie war angetrunken, legte Daniel die Arme auf die Schultern und sagte mit leicht verwaschener Stimme: »Hey, Daniel, so ganz allein unterwegs?« Die Gruppe grölte. Inzwischen waren auch die anderen beiden Mädchen aufgestanden und drängten sich von links und rechts an Daniel. Er murmelte etwas, was unter dem lauten

Gekicher der Mädchen nicht zu verstehen war. Julia strich ihm mit der Hand über das Kinn, das noch nicht einmal einen Ansatz von Bartwuchs zeigte, und Maike hatte seinen Arm gepackt und seine Hand gegen ihre Brust gepresst. Daniel versuchte sich loszureißen. Es war ein groteskes Bild, wie diese drei durchgestylten Mädchen zum Schein versuchten, den blassen Jungen in Jeans und diesem total unmöglichen gestreiften Hemd zu verführen. Philip und Christian lachten und standen ebenfalls auf, zögernd schloss Björn sich an.

»Na los, trau dich«, sagte Philip zu Daniel, »so eine Gelegenheit bekommst du nie wieder. Die drei Schönheitsköniginnen der Schule sind scharf auf *dich*, Daniel, den Superhirni.«

Daniel versuchte weiterhin, sich loszureißen, murmelte etwas von »Lasst mich in Ruhe«, doch die Mädchen begannen, an seiner Jacke und seinem Hemd zu zerren. In einem einzigen quirligen Menschenklumpen torkelten sie über die Wiese, fort vom Weg, wo ab und zu noch Spaziergänger vorbeischlenderten und lächelnd den Blick abwandten, näher zum Gebüsch, das Ungestörtheit versprach. Immer wieder hörte Björn Daniel rufen: »Lasst mich in Ruhe! Hört auf damit!«, und von Mal zu Mal klang seine Stimme weinerlicher. Die Hände der Mädchen waren überall, an seinen Wangen, am Hals, an der Brust, am Arsch. Inzwischen halfen auch Philip und Christian mit, sie hielten Daniel fest, während Julia ihm langsam das Hemd aufknöpfte.

»Lass mal sehen, was du hier hast«, sagte sie, und dann: »Ich fass es nicht! Schießer Feinripp!« Erneutes lautes Gegröle, in dem Daniel verzweifeltes Flehen völlig unterging. Björn stand daneben, zupfte halbherzig erst Philip, dann Christian am Ärmel, doch sie schüttelten ihn ab und beachteten ihn gar nicht.

Er hörte Stoff reißen, dann flog plötzlich das gestreifte Hemd durch die Luft, unter lautem Hallo wurde Daniels weißes Unterhemd hochgezerrt. Der Junge weinte jetzt, versuchte sich zu wehren, so gut es ging, und rief immer wieder, sie mögen doch bitte, bitte aufhören. Doch natürlich hörten sie nicht auf. Wie gebannt sah Björn zu, wie Julia ihm den Hosenknopf öffnete, den Reißverschluss nach unten zog und langsam die Hose über die schmalen Hüften schob. Daniels hellblaue Unterhose wurde mit lauten Ahs und Ohs kommentiert.

Hört auf!, wollte Björn schreien, doch er brachte keinen Ton heraus. Er wollte wegschauen, doch als Julia mit langsamen, lasziven Bewegungen Daniel die Unterhose auszog, konnte er den Blick nicht abwenden. Daniel zappelte mit den Beinen, doch die waren durch seine eigene, nach unten gerutschte Hose gefesselt. Philip und Christian hielten je einen Arm fest, während die Mädchen Daniels nackten Körper betatschten, streichelten, zerkratzten und leckten. Seine Haut schimmerte weiß im Licht der Laterne, daran erinnerte Björn sich noch gut, ebenso an die erstickten Schreie, die kaum zu hören waren, weil Philip dem Jungen von hinten den Mund zuhielt. Immer noch unter lautem Gelächter zerrten sie ihr Opfer zur nächsten Parkbank. Julia setzte sich hin, zog ihren Rock hoch, spreizte die Beine und lehnte sich zurück, die anderen stießen und pufften Daniel und drückten ihn halb auf das Mädchen. Die Jungs hielten immer noch seine Arme fest. Philip stand hinter ihm, und Björn sah zuerst gar nicht, was er da trieb, bis Maike, Miriam und kurz darauf auch Christian begeistert brüllten: »Au ja, reinstecken, reinstecken!« Björn sah nur eine schwarze Masse, aus der Daniels nackter Rücken sich bleich hervorhob, doch dann gesellte sich etwas zweites Nacktes, Bleiches hinzu, Philips nackter Arsch, der sich unter dem Geschrei und Geklatsche der anderen rhythmisch zu bewegen begann. Daniels Schrei verhallte ungehört im menschenvollen Park.

In dem kleinen Zimmer war es totenstill. Das einzige Geräusch war das schwere Atmen des Arztes. »Ich bin davongelaufen. Ich bin einfach losgerannt. Irgendwann musste ich anhalten und kotzen, und ich schwöre, ich habe mir die Seele aus dem Leib gekotzt. Schließlich richtete ich mich wieder auf und lauschte. Hinter mir hörte ich leise Schritte, aber die kamen von einem Paar, das gerade an mir vorbeiging und mich halb besorgt, halb ängstlich ansah. Von der großen Wiese hörte ich leises Gelächter und Musik. Ich sah mich um und schämte mich. Schämte mich, weil ich einfach weggelaufen war, schämte mich, weil ich feige gewesen war und es nicht verhindert hatte. Ich überlegte kurz, ob ich zurückgehen sollte, um Daniel zu helfen, aber im selben Moment wusste ich, dass ich es nicht tun würde.« Björn Boysen hatte den Blick gesenkt und wagte nicht, Max oder Lina anzusehen. »Ich wollte die Polizei anrufen, aber Handys gab es damals noch nicht, und ich wusste nicht, wo die nächste Telefonzelle war. Also bin ich einfach nach Hause gegangen.«

Max saß aufrecht auf seinem Stuhl, beide Beine auf dem Boden, und atmete langsam ein und aus. »Haben Sie einen der Beteiligten nach diesem Abend noch einmal gesehen?«, fragte er schließlich. Seine Stimme klang freundlich wie immer, vielleicht eine Spur mehr Wärme darin sowie ein Hauch Autorität.

Der Arzt schüttelte den Kopf. »Nein, das hätte ich nicht gekonnt. Da ich auf eine andere Schule ging und außerdem ein Jahr älter war, war das auch nicht weiter schwer, ihnen aus dem Weg zu gehen. Von den anderen meldete sich auch niemand, nicht einmal Miriam. Von einem Tag auf den anderen herrschte Funkstille.« Er holte tief Luft. »Ein Jahr später machte ich Abitur und begann, Medizin zu studieren. Ich engagierte mich bei *Ärzte ohne Grenzen* und arbeitete ein paar Jahre in Afrika, in Mali und Nigeria.« Boysen schaute aus dem Fenster. »Und das hier ist ja auch nicht unbedingt ein Arbeitsplatz, bei dem man es als Arzt zu Ruhm und Reichtum bringt. Es war mir am Anfang nicht klar, aber inzwischen weiß ich, dass ich versuche, meinen Fehler von damals wiedergutzumachen.« Er zuckte die Schultern. »Aber ich fürchte, so funktioniert es nicht. Biete fünfmal Edler Ritter gegen einmal Schwein sein?« Er schüttelte den Kopf. »Einmal Schwein, immer Schwein.« Er wischte sich über die Augen.

Lina betrachtete den Mann, der zusammengesunken vor ihr saß. *Einmal Schwein, immer Schwein?* Nein, dachte sie, das kann nicht sein. Worte wie Buße und Sühne fielen ihr ein, was sie erstaunte, da sie nicht religiös war, es nie gewesen war. Aber war Boysen tatsächlich der reuige Sünder, als der er sich darstellte? Sein

Sühnedienst in Afrika – garantiert spielte da auch eine gewaltige Portion Abenteuerlust mit rein. Trotzdem, Lina nahm ihm ab, dass er bereute, damals nicht eingeschritten zu sein, und es tat ihr leid, dass er immer noch darunter litt. Sie ahnte, dass Philip keine solchen Gewissensbisse geplagt hatten.

»Und später? Haben Sie später noch mal jemanden aus der Clique wiedergesehen? Vielleicht zufällig getroffen?«, fragte Max.

Björn Boysen schüttelte erneut den Kopf. »Nein, und ich bin auch froh drum. Ich wüsste nicht, wie ich mich verhalten hätte.« Er zuckte die Schultern. »Von Kotzen bis Fresse polieren wäre alles drin gewesen.« Er sah Max' Stirnrunzeln und fügte hinzu: »Verzeihen Sie meine Ausdrucksweise, aber der Kiez färbt ab.« Schulterzuckend hängte er noch dran: »Ist aber auch erfrischend ehrlich.«

Lina musste unwillkürlich lächeln.

Auf dem Weg zum Auto schwiegen sie, beide ließen die Geschichte nachwirken, die Björn Boysen ihnen erzählt hatte. Keiner von ihnen zweifelte an seinen Worten, und somit hatte Daniel Vogler ein handfestes Motiv, nicht nur Philip Birkner, sondern auch Julia Munz umgebracht zu haben. Doch ein Puzzleteil fehlte ihnen immer noch. Wenn Daniel damals Opfer einer Gruppenvergewaltigung geworden war, wieso hatten die anderen ihn nach diesem Abend im Park in Ruhe gelassen? Waren sie über ihr eigenes Verhalten so entsetzt gewesen, dass die Clique auseinanderbrach?

Lina konnte sich nicht vorstellen, dass Philip Birkners schlechtes Gewissen ihn in einen guten Menschen verwandelt hatte. Alle, mit denen sie bisher über den Mann gesprochen hatte, mit Ausnahme von Lukas Birkner, hatten ihr das Bild eines arroganten, charismatischen Egoisten vermittelt, der ausschließlich auf den eigenen Vorteil bedacht war. So einer ließ sich doch nicht durch ein schlechtes Gewissen um den Spaß bringen, einen Mitschüler zu schikanieren.

Trotzdem musste Daniel Vogler seinen Peiniger irgendwie in der Hand gehabt haben. »Es ist doch seltsam, dass Philip Birkner

Daniel offiziell nie als Verursacher dieses Softwarefehlers in Betracht gezogen hat«, sagte sie langsam. »Dabei liegt der Gedanke doch nahe, dass Daniel sich an Philip rächen wollte.«

Max nickte. »Daniel muss damit gedroht haben, Philips Tat öffentlich zu machen. Und er muss einen Beweis dafür gehabt haben, sonst hätte Philip sich niemals damit erpressen lassen.«

Lina spürte ein unangenehmes Ziehen in der Magengegend, dann knurrte es so laut, dass Max sie stirnrunzelnd musterte. Sie sah auf die Uhr und stellte fest, dass es bereits halb vier war. Seit dem Morgen hatte sie nichts mehr gegessen, und sie schlug vor, kurz bei einem Thaiimbiss in einer Seitenstraße der Reeperbahn einzukehren. Kurz darauf saßen sie auf den einfachen Holzhockern vor dem Imbiss und verspeisten schweigend ihren Reis mit Gemüse. Max' Handy piepte, als er eine SMS bekam, doch er aß erst in aller Seelenruhe auf, ehe er auf das Display schaute.

»Daniel Vogler sitzt in U-Haft«, sagte er, dann wählte er Hannos Nummer, um Genaueres zu erfahren. Lina holte sich währenddessen noch einen Lassi. Als sie wieder herauskam, hatte Max das Gespräch gerade beendet. »Die Kollegen haben das Restaurant ausfindig gemacht, in dem Franziska Leyhausen Dienstagabend gegessen und vor allem getrunken hat«, erklärte er. »In Begleitung von Daniel Vogler, der praktischerweise mit seiner Kreditkarte gezahlt hat. Die Angestellten des Lokals gaben an, die Frau habe ziemlich aufgewühlt gewirkt und viel getrunken, Vogler dagegen sei ganz ruhig gewesen.«

»Und, hat er schon gestanden?«

Max schüttelte den Kopf. »Der stellt sich stur. Aber die Kriminaltechnik arbeitet unter Hochdruck, um die Tatortspuren auszuwerten. Es ist vermutlich nur eine Frage der Zeit, bis wir ihm den Mord an Franziska Leyhausen nachweisen können.«

»Und den an Philip Birkner? Und Julia Munz?«

Max zuckte die Schultern. »Hanno hat die Untersuchung der DNA angeordnet. Aber das dauert.« Er tupfte sich die Lippen mit einer Papierserviette ab. »Ich habe ihm erzählt, was wir herausgefunden haben. Wir sollen Vogler dazu befragen und anschließend ins Präsidium kommen.« Er verzog das Gesicht. »Wird wohl ein langer Abend werden.«

Das imposante Gebäude am Holstenglacis stammte aus dem neunzehnten Jahrhundert und sah niemals besonders einladend aus, nicht einmal bei schönem Wetter. Das Untersuchungsgefängnis der Stadt Hamburg lag in unmittelbarer Nähe zum Strafgericht, mit dem es durch unterirdische Gänge verbunden war. Für die Gespräche der Häftlinge mit ihren Anwälten oder den Ermittlungsbeamten standen zahlreiche Sprechzimmer zur Verfügung.

Lina und Max mussten kurz in einem der Räume warten, bis Daniel Vogler von einem Vollzugsbeamten hereingeführt wurde. Lina betrachtete den Mann mit gemischten Gefühlen. Er war nicht nur ein potenzieller Mörder, sondern auch Opfer schwerer Misshandlungen. Und nicht zum ersten Mal fragte Lina sich, wann diese Verwandlung stattgefunden hatte, wann aus dem Opfer ein Täter geworden war, wann aus einem Menschen, der Mitleid verdiente, jemand geworden war, der Leid brachte.

Kurz nach dem Mittag war Daniel Vogler dem Haftrichter vorgeführt und in die Haftanstalt verlegt worden, die Kollegen vom Team 5 hatten ihn verhört, und all das hatte seine Spuren hinterlassen. Auf seinem bleichen Gesicht bildeten die Bartstoppeln einen dunklen Schatten, und die Haare fielen ihm strähnig ins Gesicht. Wie schon am Tag zuvor hielt er den Blick gesenkt und betrachtete seine Fingernägel. Eine ganze Weile lang sagte niemand etwas, was Vogler zunächst gelassen hinnahm, doch je länger sich das Schweigen in die Länge zog, desto nervöser wurden die Bewegungen seiner Finger. Aber er schwieg weiterhin.

Max sah ihn ruhig an, schließlich holte er tief Luft. »Herr Vogler, wir haben uns gerade mit einem Zeugen unterhalten. Mit jemandem, der gesehen hat, wie Philip Birkner zusammen mit anderen Jugendlichen Sie vor siebzehn Jahren im Stadtpark überfallen und misshandelt hat.«

»Wie bitte?« Daniel Vogler blickte auf. Er klang ehrlich erstaunt. »Wo haben Sie das denn her?«

Max' Stimme bekam einen weichen Klang. »Herr Vogler, unser Zeuge ist absolut glaubwürdig. Wir wissen, was Philip Birkner und Julia Munz Ihnen damals angetan haben. Etwa zwei Jahre vor Ihrem Abitur.«

Daniel Vogler runzelte die Stirn. »Tut mir leid, da muss ich passen. Die haben mich damals geärgert, das schon, aber ›misshandelt‹? Daran kann ich mich nicht erinnern.«

Max sah den Mann nachdenklich an. »Sie waren allein, die anderen zu sechst. In der Nähe der großen Wiese vom Stadtpark. Wissen Sie das wirklich nicht mehr?«

Daniel Vogler runzelte die Stirn. »Ach das ... ich glaube, ich weiß, was Sie meinen. Aber ich muss Sie enttäuschen, Philip hat nicht mich, sondern einen Freund von mir vergewaltigt.«

Lina hob überrascht die Augenbrauen, Max legte fragend den Kopf schräg.

»Ich war nur Ohrenzeuge. Mein Freund war im Stadtpark unterwegs, als das Pack ihm auflauerte. Er hatte damals schon ein Handy, als einer der Ersten, und hat gerade mit mir telefoniert. Irgendwann sagte er: ›Du, da sind Julia und Philip und ihr Hofstaat, warte mal kurz.‹ Er hat das Handy nicht ausgeschaltet, und so bekam ich alles mit.« Daniel Vogler schluckte. »Ich konnte nichts dagegen machen.«

Lina lehnte sich zurück und holte tief Luft. Konnte das sein? War es möglich, dass Björn Boysen den falschen Jungen für das Opfer gehalten hatte? Ausgeschlossen war es nicht, denn schließlich ging er auf eine andere Schule und kannte nach eigener Aussage nicht einmal den Nachnamen des Jungen, der damals vergewaltigt wurde. Aber da waren ja auch noch die Aussagen von Lukas und Sonja Birkner, die die Angaben des Arztes indirekt bestätigten.

»Wie lautet der Name Ihres Freundes?«, fragte Max mit sanfter Stimme.

»Holger Thies«, sagte Daniel Vogler. »Er ist vor dreizehn Jahren an Muskeldystrophie gestorben.«

»War er ein Klassenkamerad von Ihnen?«

»Nein. Wir interessierten uns beide für Computer, darüber haben wir uns kennengelernt.«

Max nickte verstehend. »Haben Sie nach dem Vorfall mit Ihrem Freund darüber gesprochen?«

Vogler schüttelte den Kopf. »Nein, er wollte nicht darüber reden. Ich habe versucht, ihn dazu zu bringen, die anderen anzuzeigen, aber er wollte nicht.«

Max nickte erneut. »Wissen Sie, wer damals genau dabei war?«

Nachdenklich runzelte Vogler die Stirn. »Philip Birkner und Julia Munz, Miriam und Maike, von denen weiß ich aber die Nachnamen nicht, Christian Bischoff und dann noch jemand, der Freund von Miriam, den Holger aber nur vom Sehen kannte.«

»Hat er Ihnen das erzählt?«

Zum ersten Mal zeigte Daniel Vogler Anzeichen von Verunsicherung. »Ja … nein, das heißt, ich habe ihre Stimmen gehört, durchs Telefon.«

Lina versuchte, sich die Szene vorzustellen. Eine vom Dämmerlicht verdunkelte Wiese im Stadtpark, ein wüstes Durcheinander, Gegröle, Gekicher, Geschrei. Das Handy, wo lag das Handy? Im Gras? Im Rucksack, den der Junge dabeihatte? Wie gut waren die Mikrofone der ersten Handys? Und da wollte Daniel Vogler einzelne Stimmen erkannt haben? Lina richtete sich auf und wollte Vogler damit konfrontieren, wie unwahrscheinlich das war, als sie gerade noch rechtzeitig Max' warnenden Blick und ein fast unmerkliches Kopfschütteln einfing. Sie hielt den Mund und griff stattdessen nach ihrem Notizblock.

»Gut, Herr Vogler, wir haben dann vorerst keine weiteren Fragen«, sagte Max freundlich und stand auf. Lina tat es ihm gleich.

Vogler zuckte gleichgültig mit den Schultern.

Noch auf dem Weg zurück ins Präsidium erklärte Max: »Wir müssen schleunigst die anderen Mitglieder der Clique aufspüren. Entweder versucht Vogler, uns an der Nase herumzuführen, oder …«

Lina wusste, was er meinte. War Vogler sich bewusst, dass er selbst das Opfer der Vergewaltigung gewesen war, oder war er tatsächlich davon überzeugt, damals nur am Telefon Zeuge geworden zu sein?

In ihrem Büro ließ sie den Blick über die Notizblöcke, Formulare, Broschüren und vollgekritzelten Zettel auf ihrem Schreibtisch schweifen, bis ihr Blick auf einem blauen Blatt Papier hängen blieb. Das stammte nicht von ihr, da war sie sich ganz sicher. Sie schnappte sich den Zettel, überflog die wenigen Zeilen und runzelte die Stirn. So saß sie immer noch da, als Max ins Zimmer kam und ein leichtes Pfefferminzaroma zu ihr wehte.

»Hier ist dein Kaffee … was ist denn los?«

Wortlos streckte sie ihm den blauen Notizzettel entgegen.

Betreff: Industriespionage/Birkner: Bei mindestens zwölf der zwanzig Unternehmensberatungen, die Markman Solutions engagiert hat, ist ein gewisser Holger Thies als Geschäftsführer eingetragen. Hoffe, das hilft! Grüße aus dem zweiten Stock, Marita Schön.

Inzwischen war es Abend geworden, aber Hanno und Sebastian waren immer noch damit beschäftigt, alte Zeugen von damals aufzutreiben. Alex hatte die Aufgabe, heutige Freunde und Bekannte von Daniel Vogler ausfindig zu machen, doch da war, wie er sagte, nichts zu holen. Der Nummernspeicher seines Handys enthielt gerade mal fünf Nummern: von seiner Großmutter, von Franziska Leyhausen, einer Autowerkstatt, einem gewissen Gregor Triantaphilidis, der sich als Arzt für Allgemeinmedizin entpuppte, sowie die Durchwahl von Professor Thelmann an der Uni.

Hanno und Sebastian hatten etwas mehr Glück gehabt und drei ehemalige Schulkameraden von Daniel Vogler und Philip Birkner gefunden, die bestätigten, dass Vogler von der Clique um Julia Munz und Philip Birkner drangsaliert worden war. Eine Frau hatte jedoch hinzugefügt, dass Daniel bei weitem nicht der Einzige gewesen sei, der unter der Clique zu leiden gehabt hätte. *Nicht einmal seinen eigenen Bruder hat dieser Philip in Ruhe gelassen. Ein richtiger Widerling war das.* Die Clique selbst schien sich allerdings in alle Winde verstreut zu haben.

»Von Christian Bischoff haben wir eine Adresse in Hessen aufgetrieben, aber bislang niemanden erreicht«, erklärte Hanno. »Er bezieht Harz IV, und ich habe die Kollegen da unten gebeten, den Mann zu suchen und zu befragen. Von Miriam Haase wissen wir, dass sie zum Studieren nach Amerika gegangen ist, aber da verliert sich ihre Spur. Ihre Eltern leben zwar noch hier in Hamburg, aber sie haben wohl vor etwa zehn Jahren zum letzten Mal etwas von ihrer Tochter gehört, damals hatte sie sich gerade irgendeiner fundamentalistischen Sekte angeschlossen.« Er warf einen Blick auf seine Unterlagen. »Maike Haubach ist mehrfach vorbestraft, vor allem kleinere Eigentumsdelikte. Sie ist drogenabhängig und lebt in Berlin, derzeitiger Aufenthaltsort unbekannt.«

Nach dieser Aufzählung sahen sich alle an. »Die Rache des Schicksals?«, schlug Alex vor. »Alle, die damals an der Vergewaltigung beteiligt waren, sind im Leben gescheitert?«

»Oder tot, wie Julia Munz und Philip Birkner«, bemerkte Sebastian.

»Dabei hat allerdings jemand dem Schicksal kräftig nachgeholfen.«

Hanno studierte schweigend die immer länger werdende Liste der Zeugen, hob seufzend den Kopf und schaute in die Runde. »Sieht so aus, als hätten wir den Täter, aber so gut wie nichts gegen ihn in der Hand, solange die DNA-Spuren noch nicht ausgewertet sind.« Er fuhr sich über das Kinn. »Max, was ist eigentlich mit diesem Niels Hinrichsen? Das ist doch ein möglicher Tatzeuge, oder?«

Max nickte langsam. »Stimmt. Er könnte den Täter gesehen haben, als er mit diesem Aronstab vom Bach zurückgekommen ist.«

»Und er ist immer noch nicht vernehmungsfähig?«

»Soweit ich weiß, nein«, erklärte Max. »Aber ich kümmere mich darum.«

Hanno seufzte. »Weiß der Teufel, was der erzählt, wenn er den Mund wieder aufbekommt. Womöglich wieder nur irgend einen Unsinn über Ritter mit Schwertern.«

17. KAPITEL

Aus der offenen Zimmertür drang ein abgehacktes Lachen, zwei Räume weiter hörte Max eine Frau um Hilfe rufen. Sie schien den monotonen Singsang bereits seit Stunden zu intonieren, vielleicht seit Tagen: »Hilfe, Hilfe, Hilfe, Hilfe.« Er holte tief Luft, doch angesichts dieses geballten Leides fiel es selbst ihm schwer, seine Gelassenheit zu bewahren. Er warf einen Blick auf die junge Frau neben sich, die ihn mit raschen Schritten über den Flur der geschlossenen Abteilung der Psychiatrie im Universitätskrankenhaus Eppendorf führte.

»Die Nachbarin von Herrn Hinrichsen ist bereits da«, erklärte die Krankenschwester und blieb vor einer geschlossenen Tür stehen. Sie klopfte an, drückte die Klinke und ließ Max eintreten.

Auf der Bettkante saß Niels Hinrichsen, frisch gewaschen und in der sauberen Kleidung, die Max ihm vor drei Tagen vorbeigebracht hatte. Die Platzwunde an der Schläfe wurde von einem kleinen Pflaster versteckt, und er lachte übers ganze Gesicht. Er hatte beide Hände unter die Oberschenkel geschoben und baumelte mit den Beinen wie ein kleines Kind. Vor ihm auf einem Stuhl saß seine Nachbarin, Frau Meyer. Sie lächelte und tätschelte Niels ab und zu das Knie, eine liebevolle Geste, die verriet, wie zugetan sie dem kindlichen Mann war. Alle beide blickten auf, als Max und die Krankenschwester das Zimmer betraten.

Niels Hinrichsen runzelte die Stirn, als er Max sah, doch dann strahlte er über das ganze Gesicht. »Ich geh heute wieder in den Wald«, verkündete er und lachte sein kehliges Lachen. »Zu den Rehen und den Bäumen.«

Max lächelte und nickte ihm zu. »Das ist schön, Herr Hinrichsen. Ich freue mich für Sie.« Was nicht gelogen war. Nachdem Niels Hinrichsen Besuch von Frau Meyer bekommen hatte, hatte er sich beim Anblick des vertrauten Gesichts rasch wieder beruhigt. Die alte Dame hatte ihm geduldig und mit einfachen Worten erklärt, wo er war und warum er den ganzen Tag im Bett liegen musste, anstatt durch den Wald zu laufen, und der Mann hatte sich erstaunlich einsichtig gezeigt. Zeit, dachte Max nicht zum ersten Mal, wenn man den Dingen so viel Zeit lässt, wie sie brauchen, klären sich die meisten Probleme von allein. Doch wer hatte im hektischen Betrieb in der Notaufnahme schon die Möglichkeit, sich für jemanden wie Niels Hinrichsen Zeit zu nehmen, für einen Menschen, für den Uhren und Zeitpläne keinerlei Bedeutung hatten? Vermutlich hatte er sogar Glück gehabt, hier in der Psychiatrie gelandet zu sein, wo man im Umgang mit aus der Zeit gefallenen Patienten geübter war.

Max nickte Frau Meyer zu. »Danke, dass Sie mich angerufen haben.« Seit es Niels Hinrichsen wieder besser ging und er nicht mehr unter dem Einfluss von Medikamenten stand, hatte er angefangen, von Männern zu sprechen, die durch den Wald liefen und wie Ritter um eine Frau kämpften, und Frau Meyer war der Ansicht gewesen, das könnte die Polizei interessieren.

Max wandte sich wieder Niels Hinrichsen zu, der immer noch übers ganze Gesicht strahlte. »Herr Hinrichsen, wie geht es Ihnen? Freuen Sie sich, Ihren Wald wiederzusehen?«

Niels Hinrichsen nickte und zappelte heftig mit den Beinen. »Ja! Ja, ich geh wieder in den Wald!«

»Sie wollen wieder aufpassen, dass niemand neben dem Weg läuft, nicht wahr?«, sagte Max behutsam und hoffte, den Mann nicht zu verschrecken, indem er die falschen Worte wählte.

Doch Niels Hinrichsen nickte nur begeistert. »Ja! Ja! Ich pass auf den Wald auf, wie mein Opa!«

»Sie passen ja auch wirklich gut auf.« Max zögerte. »Nicht nur auf die Tiere, auch auf die Pflanzen, nicht wahr?« Er zögerte erneut. »Sie pflanzen ja sogar die Blumen um, die sonst vielleicht zertrampelt werden, nicht wahr?«

Niels Hinrichsen nickte erneut, doch er war auf der Hut. Rasch fügte Max hinzu: »Das ist sehr nett von Ihnen, dass Sie so an die Pflanzen denken.« Niels Hinrichsen entspannte sich wieder.

»Können Sie sich noch erinnern, wie Sie das erste Mal eine Pflanze umgesetzt haben? Das war mitten in der Nacht, oder?« Max atmete langsam tief ein.

Niels Hinrichsen runzelte die Stirn. »Ja, das war ganz dunkel. Und die Pflanze war ganz dreckig, weil der böse Mann raufgespuckt hat.«

»Das war ja auch wirklich nicht nett von ihm«, bestätigte Max. »Aber warum hat er denn daraufgespuckt?«

»Na, die Frau war doch sauer auf ihn, und da hat sie ihn getreten.« Nur getreten, nicht geschlagen.

»Getreten? Wie denn? Haben Sie das gesehen?«

Niels Hinrichsen nickte heftig. »Ich stand hinterm Baum und hab's genau gesehen. Der Mann wollte sie immer anfassen, aber das wollte sie nicht, obwohl sie vorher immer ganz laut mit ihm gelacht hat. Aber dann ist sie immer böser geworden, und dann hat sie den Mann getreten.« Überraschend behände sprang Niels Hinrichsen vom Bett, packte Max an den Schultern und riss das Knie hoch. Max konnte gerade noch rechtzeitig ausweichen, sonst hätte er gewusst, was Philip Birkner kurz vor seinem Tod gespürt hatte. Eine Erfahrung, auf die er gerne verzichtete.

»Niels, so was tut man doch nicht«, sagte Frau Meyer erschrocken und leicht tadelnd. »Entschuldige dich sofort bei dem netten Herrn.«

Niels machte ein schuldbewusstes Gesicht und senkte den Kopf. »'Tschuldigung«, nuschelte er. Dann schniefte er, und Max sah eine Träne über seine Wange laufen.

»Ist schon gut«, erklärte er mit sanfter Stimme. »Es ist ja nichts passiert, ich bin Ihnen nicht böse.« Als Niels Hinrichsen nicht reagierte, fügte er hinzu: »Es ist sogar sehr gut, dass Sie mir gezeigt haben, wie die Frau den Mann getreten hat.« Was abermals nicht gelogen war.

Niels Hinrichsen hob den Kopf und musterte Max scheu, als sei er nicht sicher, ob er ihm glauben könne. Max lächelte. »Und danach? Nachdem der Mann auf die Pflanze gespuckt hat? Was passierte dann?«

Niels Hinrichsen sah Frau Meyer an, die ebenfalls aufmunternd lächelte. »Erzähl dem netten Herrn, was du gesehen hast, Niels.«

»Dann hab ich die Blume ausgegraben«, sagte Niels Hinrichsen leise. »Der böse Mann wollte mich festhalten, da hab' ich Angst gekriegt und hab' ihn gehauen. Dann bin ich ganz schnell weggelaufen und habe die Blume gebadet. Im Bach, im Wasser.« Er schaute wieder zu Boden und hatte den Kopf zwischen die Schultern gezogen.

»Und danach haben Sie sie ja auch wieder eingepflanzt, nicht wahr?«, sagte Max. »Das war sehr nett von Ihnen.« Als der Mann nicht weitersprach, fragte Max leise: »Haben Sie danach noch einen Mann gesehen, Niels? Als Sie vom Bach zurückgekommen sind?«

Niels Hinrichsen sagte nichts.

»Aber Niels, du hast mir doch erzählt, dass da noch ein zweiter Mann war«, sagte Frau Meyer. »Erzähl doch dem netten Herrn, was du mir erzählt hast.«

»Weiß nicht«, murmelte Niels Hinrichsen. »Weiß gar nichts.« Er war kaum zu verstehen, seine Finger spielten mit dem Saum der Hose. Verlegen trat er von einem Fuß auf den anderen.

Max seufzte leise und sah Frau Meyer an. Sie schüttelte stumm den Kopf. Niemand würde jetzt noch etwas aus ihm herausbekommen.

»Ich komme gerade von der Mutter von diesem Holger Thies.« Lina lehnte sich an die Brüstung der Brücke, schaute hinunter auf die Alster und hielt sich ihr Smartphone ans Ohr. »Daniel Voglers Freund und dem angeblichen Opfer des Überfalls vor siebzehn Jahren. Er ist tatsächlich, wie Vogler gesagt hat, vor dreizehn Jahren gestorben.«

Sie hörte Max seufzen, was sie gut nachvollziehen konnte. Es war Samstagmittag, eine strahlende Sonne zierte den blauen Himmel, eine Seltenheit in diesem Sommer, aber Lina ahnte schon, dass sie nicht besonders viel davon haben würde. In der Grünanlage unter ihr drängten sich die Sonnenhungrigen.

»Und? Was sagt sie noch?«, fragte Max schließlich, als ihm Linas dramatische Pause zu lange dauerte.

»Ihr Sohn litt an einer Erbkrankheit, durch die er schon seit der Pubertät auf den Rollstuhl angewiesen war. Als der Überfall im Stadtpark stattfand, war er sechzehn und hat das Haus bereits so gut wie gar nicht mehr verlassen.« Trotz der warmen Sonne lief ihr ein kalter Schauder über den Rücken, als sie sich klarmachte, dass Holger Thies gerade einmal zwanzig Jahre alt geworden war.

»Frau Thies konnte sich noch gut an Daniel erinnern, er war so ziemlich der einzige Freund von Holger. Die beiden waren völlig technikbesessen und konnten sich stundenlang mit ihren Computern beschäftigen.« Lina hörte, wie Max den Blinker eines Autos betätigte. »Holger interessierte sich vor allem für Tontechnik. Seine Mutter sagt, er habe quasi ein komplettes Tonstudio in seinem Zimmer gehabt.«

»Sieh mal an«, sagte Max. »Wenn wir also davon ausgehen, dass er Ohrenzeuge von Voglers Vergewaltigung wurde, dann wäre es ihm ein Leichtes gewesen, einen Mitschnitt davon zu machen, das Ganze anschließend ein wenig nachzubearbeiten und die einzelnen Stimmen erkennbar zu machen.«

Sie beobachtete, wie Fußgänger, Jogger und Radfahrer sich auf dem breiten Kiesweg langsam voranschoben. »Damit hätte Daniel die Möglichkeit gehabt, sich Birkners Clique vom Leibe zu halten«, sagte Lina nachdenklich. »Außerdem konnte er so Philip Birkner unter Druck setzen, damit dieser ihn nicht wegen des Softwarefehlers bei *Inoware* belangte.«

»Hat die Mutter irgendwas gesagt, ob sie von dem Überfall damals etwas mitbekommen hat?«, fragte Max.

»Nein, hat sie nicht. Sie meinte, die beiden Jungs wären immer ziemlich eigenbrötlerisch gewesen, vor allem Daniel. Eigentlich hat sie ihn nur gesehen, wenn sie ihm die Tür aufgemacht hat, geredet hat er so gut wie nie mit ihr.« Ein älterer Mann schimpfte einer Radfahrerin hinterher, die ihn beinahe gestreift hätte. Sein Wortschatz und Tonfall passte eher zu einem Marktbudenbetreiber am Hamburger Fischmarkt als zu diesem distinguierten Herrn mit grauen Schläfen. »Wenn Holger Thies seit dreizehn Jahren tot ist, kann er in den letzten zwei Jahren schlecht zwölf Unternehmensberatungen gegründet haben.«

Sie konnte es nicht sehen, aber sie glaubte zu wissen, dass Max zustimmend nickte. »Wo steckst du gerade?«, fragte er.

»An der Alster. Krugkoppelbrücke.«

»Soll ich dich einsammeln, und wir reden noch mal mit Vogler?«

Sie schloss die Augen und hielt das Gesicht in die Sonne. »Klar«, sagte sie. »Was soll ich sonst mit so einem langweiligen Sommertag anfangen?«

Daniel Vogler saß bereits in einem der Vernehmungsräume am Holstenglacis, blickte jedoch nicht auf, als Max und Lina eintraten. Anders als gestern saß er zusammengesunken da und starrte die Tischplatte vor sich an.

»Herr Vogler, wie geht es Ihnen?«, fragte Max.

Keine Reaktion.

Lina beobachtete den Mann aufmerksam, schließlich sagte sie: »Herr Vogler, ich soll Ihnen Grüße von Frau Thies ausrichten.«

Endlich blickte der Mann auf. Sein hageres Gesicht war bleich, die hellen Bartstoppeln ließen ihn älter wirken, als er war. Er sah Lina an, sagte jedoch immer noch nichts.

»Sie hat mir von ihrem Sohn Holger erzählt, Ihrem Freund.« Behutsam wählte Lina ihre Worte. »Sie beschrieb mir seine Krankheit. Dass er schon als Kind Probleme mit dem Laufen hatte.« Sie machte eine Pause. »Und schon früh auf den Rollstuhl angewiesen war.«

Daniel Vogler hatte den Blick wieder gesenkt.

»Vor siebzehn Jahren war er sechzehn, ein Jahr älter als Sie, und da saß er bereits seit mehreren Jahren im Rollstuhl.« Sie schwieg erneut. »Er *kann* an dem Abend des Überfalls gar nicht im Stadtpark gewesen sein, Herr Vogler.«

In Daniel Voglers Gesicht rührte sich nichts, doch mit dem rechten Daumennagel begann er, sich am Zeigefingerknöchel der linken Hand zu kratzen. Es war still, nur das leise Atmen der drei Menschen war zu hören.

»Bleiben Sie unter diesen Umständen bei Ihrer gestrigen Aussage, Holger Thies sei das Opfer der Vergewaltigung durch Philip Birkner und andere geworden, und nicht Sie?«, fragte Max sanft.

Es schien zunächst, als würde Daniel Vogler auch weiterhin keine Miene verziehen, doch dann schloss er langsam die Augen. Lina hielt den Atem an. »Ich … ich weiß nicht. Wenn Sie das so sagen. Wenn Holgers Mutter das sagt.« Er holte Luft, nicht tief, nicht entschlossen, eher vorsichtig, als wage er nicht, den endgültigen Schritt zu machen und sich seiner Erinnerung zu stellen. »Aber es stimmt, ich kenne Holger eigentlich nur, wie er im Rollstuhl sitzt. Selbst die Arme konnte er kaum noch bewegen, und irgendwann konnte er nur noch mit dem Zeigefinger tippen.« Er verzog den Mund, und es dauerte einen Moment, bis Lina erkannte, dass er lächelte. »Deswegen hat er sich ja so sehr für Tontechnik und Sprachsoftware interessiert, obwohl das damals noch in den Kinderschuhen steckte. Mein Ding war das eigentlich nicht, aber ich hab' ihm zuliebe mitgemacht und ihm immer die neuesten Sachen besorgt, die auf den Markt kamen.«

»Hat er mit dieser Technik auch das aufgezeichnet, was er im Stadtpark mitangehört hat?«, fragte Max.

Daniel Vogler schwieg eine Weile. »Ja. Anschließend hat er die Aufnahme bearbeitet. Am Anfang war das nur ein einziges Rauschen, aber Holger konnte die einzelnen Stimmen rausfiltern, und im Großen und Ganzen konnte man am Ende ganz gut verstehen, was da passiert ist.«

»Was geschah dann mit dieser Aufnahme?«

Zum ersten Mal sah Vogler Max direkt in die Augen. »Wir haben sie benutzt, um uns zu schützen.«

»Das heißt, Sie haben sie Philip Birkner und seinen Freunden zugespielt?«

Daniel Vogler nickte erneut. »Wir haben Kassettenaufnahmen gemacht, damals hatten ja noch nicht so viele Leute Computer. Die haben wir der Clique per Post geschickt. Danach war Ruhe.«

»Ist Holger Thies denn von Philip Birkners Clique ähnlich drangsaliert worden wie Sie?« Max betrachtete den Mann aufmerksam.

»Ja.«

»Woher kannte Ihr Freund denn die Clique? Er hat doch wegen seiner Krankheit das Haus quasi nicht mehr verlassen.«

Daniel Vogler runzelte die Stirn. Er schien angestrengt nachzudenken, doch als ihm für diesen erneuten offenkundigen Widerspruch keine Erklärung einfiel, begann sein Blick ziellos hin und her zuspringen, bis er schließlich an seinen Händen im Schoß hängen blieb. Lina sah, wie sich seine Schultern verspannten. »Ich … ich habe schon lange nicht mehr darüber nachgedacht. Ich … dachte immer, die hätten vor allem Holger so … geärgert.« Die Bewegungen seines Daumens wurden immer hektischer, und Lina sah, dass die Haut bereits anfing zu bluten. Sein Gesicht war noch blasser geworden, und mit dem dünnen Schweißfilm auf der Stirn wirkte die Haut beinahe wächsern.

Max holte ein paarmal tief Luft und ließ den Atem langsam wieder ausströmen. Lina spürte, wie Daniel Vogler ruhiger wurde. Und nicht nur er. Erst als sie ihre Fäuste langsam wieder öffnete, merkte sie, dass sie sie geballt hatte.

»Sie wollten sich an Philip Birkner rächen, nicht wahr?«, sagte Max schließlich. »Für das, was er Ihnen … und Ihrem Freund angetan hat.«

»So, wie Sie sich an Julia Munz gerächt haben.«

»Mit Julias Tod habe ich nichts zu tun.«

»Aber mit Philip Birkners Tod?«

Daniel Vogler schwieg.

»Haben Sie sich deshalb bei *Inoware* beworben, um sich an ihm zu rächen?«

Keine Reaktion.

»Hat Philip Birkner Sie denn ohne zu zögern eingestellt? Ich meine, immerhin musste er doch geahnt haben, dass Sie nicht gerade gut auf ihn zu sprechen sind.«

Schulterzucken. »Er hat mich eben eingestellt.«

»Und warum hat er Sie nie verdächtigt, die Software für *Wesseling & Kröger* manipuliert zu haben? Das lag doch viel näher, als Ihrem Kollegen Frank Jensen die Schuld zu geben.«

»Anscheinend nicht.«

Max schwieg einen Moment. »Sagt Ihnen der Name *Markman Solutions* etwas?«

»Nein.«

»Diese Firma hat von dem Datenleck bei *Wesseling & Kröger* profitiert. Anschließend hat sie eine insgesamt recht ansehnliche Summe an diverse Unternehmensberatungen gezahlt, die allesamt einem gewissen Holger Thies gehören.«

»Ach ja?«

»Holger Thies ist seit dreizehn Jahren tot.«

»Ich nehme an, es gibt noch andere Menschen mit diesem Namen.« Daniel Vogler betrachtete wieder voller Interesse seine Fingernägel.

Max sah den Mann nachdenklich an. Wenn er sich geschickt angestellt hatte, würde man ihm tatsächlich nicht nachweisen können, etwas mit dem Datenklau und Patentdiebstahl zu tun zu haben. Und wenn jemand in der Lage war, seine digitalen Spuren zu verwischen, dann Daniel Vogler. Trotzdem sagte er: »Glauben Sie wirklich, Sie könnten damit durchkommen, Herr Vogler?«

Daniel Vogler zuckte die Schultern. Einen Moment lang erinnerte er Max an Niels Hinrichsen, der sich einigelte, sobald man ihn bedrängte. Max holte tief Luft.

»Kommen wir zu dem Abend, an dem Philip Birkner starb. Wo waren Sie am Donnerstagabend vor einer Woche?«

»Zu Hause. Ich habe gearbeitet.«

»Waren Sie nicht im Niendorfer Gehege, um sich dort mit Frau Leyhausen und ihrer Freundin zum Konzert zu treffen?«

»Nein.«

»Sie haben also nicht gesehen, wie Ihre Freundin mit Philip Birkner geflirtet hat?«

»Nein!« Zum ersten Mal hatte Vogler seine Stimme leicht erhoben. »Ich habe an dem Abend gearbeitet. Ich war überhaupt nicht in der Nähe von diesem Wald.«

»Wir haben einen Zeugen.«

»Dann lügt der. Ich war im Rechenzentrum der Uni eingeloggt und habe gearbeitet. Das können Sie überprüfen.«

»Genauso, wie Sie letzten Dienstag eingeloggt waren?«

Daniel Vogler schwieg.

»Sie wurden am Dienstag zusammen mit Frau Leyhausen gesehen.«

»Wir haben uns getroffen«, gab Vogler schließlich zu. »Wir waren zusammen essen, und dann ging ich nach Hause, um noch etwas zu arbeiten.«

»Wann war das?«

»Keine Ahnung, ich habe nicht auf die Uhr geschaut. Gegen elf, halb zwölf war ich zu Hause.« Das Personal im Miro's, dem Restaurant in der Nähe des Jenischparks, in dem man sich an Franziska Leyhausen und Daniel Vogler erinnerte, hatte angegeben, die beiden hätten das Lokal gegen halb elf verlassen.

»Sind Sie zusammen aufgebrochen?«

»Ja.«

»Und dann?«

»Franka wollte zur S-Bahn, also sind wir ein Stück durch den Park zusammen gegangen. Ich bin weiter geradeaus, sie ist irgendwann nach rechts abgebogen. Da habe ich sie zum letzten Mal gesehen.«

»Sie haben Ihre Freundin allein durch den Park gehen lassen? Um halb elf war es doch bereits dunkel!«

»Na und?« Vogler zuckte die Schultern. »Franka hatte keine Angst. Was meinen Sie, wie oft sie bei ihrer Arbeit in irgendwelche abgeschiedenen Gegenden gekommen ist.« Er wischte sich mit der Hand übers Gesicht.

Max betrachtete den Mann schweigend. War es möglich, dass er die Wahrheit sagte? Er wirkte übermüdet, aber das war vielleicht auch kein Wunder. So eine Verhaftung nahm einen vermutlich ganz schön mit. Max konnte sich vorstellen, dass die Umgebung Vogler zusetzte, dass dieser Mann, der sich selbst als ungesellig und als jemanden beschrieb, der gerne seine Ruhe hatte, unter der ständigen Reglementierung beträchtlich litt, vielleicht mehr als andere.

»Warum haben Sie nicht schon am Mittwoch gesagt, dass Sie Frau Leyhausen Dienstagabend noch gesehen haben?«, fragte Lina. Es war das erste Mal, dass sie etwas sagte, und Daniel Vogler musterte sie stirnrunzelnd, als nähme er ihre Anwesenheit erst jetzt zur Kenntnis.

»Ich rede nicht gerne mit Fremden über meine Privatangelegenheiten«, sagte er schließlich.

»Worüber haben Sie am Dienstag mit Frau Leyhausen gesprochen?«

»Sie hat mir erzählt, was an dem Tag passiert war, dass sie im Wald mit so einem komischen Typen aneinandergeraten ist.«

»Und was noch?«

»Mehr nicht.«

»Hat Sie Ihnen nicht erzählt, wieso sie mit dem Mann aneinandergeraten ist?«

»Nein.« Daniel Vogler musterte interessiert seinen linken Ringfinger.

»Und Sie haben auch nicht danach gefragt?«

»Nein.«

Max schwieg. Er musste zugeben, dass die lakonische Art, mit der Vogler die Fragen parierte, ihn beeindruckte.

»Franziska Leyhausen hat Ihnen erzählt, dass sie am Donnerstagabend Philip Birkner getroffen und mit ihm rumgemacht hat«, sagte Lina. Im ersten Moment ärgerte Max sich über ihre polterige Art, doch dann sah er, wie Daniel Vogler die Stirn runzelte.

»Nein.«

»Doch. Sie wissen schon, rumkichern, knutschen, anfassen … das Übliche eben.« Lina hatte sich ein Stückchen vorgebeugt. »Es hat ihr Spaß gemacht, das hat sie mir am Dienstag erzählt.«

»Nein.«

»Sie wollte mit Philip in den Wald, um sich ein stilles Plätzchen zu suchen. Sie wissen schon … wo die beiden ihre Ruhe hatten.«

»Nein!«

»Sie sind eng umschlungen durch den Wald gelaufen, und Philip hat Franka immer wieder geküsst. Und durchs Haar gestrichen. Und Franka hat ihn zurückgeküsst.«

»Nein! Hören Sie auf!«

»Dann hat er ihre Brüste angefasst und …«

»Sie sollen aufhören, hab ich gesagt!« Daniel Vogler hielt sich die Ohren zu. Die Augen hatte er fest zusammengekniffen, den Oberkörper vornübergebeugt.

»Das hat sie Ihnen am Dienstag doch auch erzählt«, sprach Lina weiter, ohne den Mann aus den Augen zu lassen, der sich auf dem Stuhl nur stumm hin und her wiegte wie ein Kind. »Vielleicht haben Sie ja auch zugesehen, wie Philip sie angefasst hat, ihre Brüste, ihren Rücken, ihren Po …«

»Hören Sie auf! Bitte!« Auf seiner Stirn standen dicke Schweißperlen, und er atmete stoßweise ein und aus.

Eine Weile sagte niemand etwas, und Daniel Vogler beruhigte sich langsam wieder.

»Hat Frau Leyhausen Ihnen erzählt, was am Donnerstag letzter Woche zwischen ihr und Philip Birkner vorgefallen war?«, fragte Max schließlich leise.

Daniel Vogler saß immer noch zusammengekauert da. Die Hände vors Gesicht geschlagen, nickte er langsam.

»Wusste Frau Leyhausen, dass Sie Herrn Birkner aus der Schule kannten?«

Vogler schüttelte den Kopf.

»Dann konnte sie also auch nicht wissen, was Birkner Ihnen angetan hat.«

Max spürte, dass der andere sich erneut verschließen wollte. »Sie konnte nicht wissen, dass Philip Sie genauso angefasst hat, wie er jetzt Ihre Freundin angefasst hat.«

Vogler zuckte zusammen.

»Das muss wehgetan haben, die beiden so zu sehen.«

Die Schweißperlen auf Voglers Stirn zitterten.

»Philips Stimme zu hören, ihn zu sehen, Franka zu beobachten, wie sie seine Berührungen ...«

»Ich hab sie nicht gesehen! Ich war nicht dabei! Ich hab sie nicht gesehen!« Vogler schaukelte den Oberkörper hektisch vor und zurück und hatte die Hände so heftig vors Gesicht gepresst, dass die Fingerknöchel weiß hervortraten. Sein linker Zeigefinger blutete. »Sie hat es mir erzählt! Alles! Dass sie mit Philip ... Mit Philip!« Er stieß einen erstickten Schrei aus. »Mit Philip, mit diesem, diesem, diesem ...« Seine Stimme erstarb.

»Was geschah, nachdem Sie am Dienstag mit Franziska Leyhausen das Restaurant verlassen haben?«, fragte Max.

»Wir sind in den Park gegangen. Sie hat immer noch geredet. Sie hat gar nicht wieder aufgehört. Immer wieder hat sie davon erzählt, wie sie mit Philip in den Wald gegangen ist. Wie sie ... wie sie ... « Er schluckte. »Wie sie sich geküsst haben. Wie ...« Er schaukelte erneut vor und zurück.

»Und dann?« Als Vogler nichts sagte, sagte Max: »Hat sie erzählt, was Philip mit ihr gemacht hat?«

»Immer wieder. Immer wieder. Immer wieder hat sie das erzählt. Ich konnte es nicht mehr hören. Ich hab ihr gesagt, sie soll aufhören, aber sie hat nicht aufgehört. Sie hat einfach weitergeredet. Sie hatte schon viel getrunken, sie hat gelallt, dann hat sie geweint, und dann hat sie wieder von Philip erzählt.« Die Bewegungen wurden langsamer. »Irgendwann hat sie angefangen zu kichern, und dann wollte sie mich küssen. Mich! Küssen! Nachdem sie mit Philip zusammen gewesen war, diese ... diese ...« Daniel Vogler verstummte.

»Und dann?«

Daniel Vogler blieb stumm.

18. KAPITEL

In der kleinen Straße unterhalb des Michels reihten sich portugiesische Restaurants und brasilianische Bars aneinander, und um diese Uhrzeit roch es verführerisch nach Kaffee und frischem Gebäck. Vom nahen Hafen wehte Möwengeschrei und das gelegentliche Tuten eines Dampfers herüber, vermischt mit dem Autolärm der Hauptverkehrsstraße, die es schaffte, auf einer Länge von vielleicht fünfhundert Metern dreimal den Namen zu wechseln, was selbst für Hamburger Verhältnisse beachtlich war. Einer der Namen lautete St. Pauli Landungsbrücken.

Lina musste nicht lange suchen, bis sie das kleine Café gefunden hatte. An den Tischen davor saßen bereits die ersten Touristen in der Sonne, und Lina schielte sehnsüchtig nach den Milchkaffees, Espressos und Latte macchiatos. Sie schloss ihr Fahrrad ab, betrat das Café, und schlagartig umfing sie schummriges Licht und leise südamerikanische Musik. Sie ging am Glastresen vorbei, in dem Tapas und süßes Gebäck verlockend aufgebaut waren, und weiter drei Stufen hoch in das Hinterzimmer, das bei diesem Wetter menschenleer war, bis auf eine Frau, die ganz hinten am Fenster saß und in ihrer Espressotasse rührte. Katja Ansmann trug heute Jeans und Pumps, dazu eine weiße Bluse und einen hellblauen Blazer. Wie immer war sie sorgfältig geschminkt, doch selbst in diesem

Schummerlicht und obwohl sie mit dem Rücken zum Fenster saß, erkannte Lina die dunklen Ringe unter den Augen. Die Mundwinkel zeigten müde nach unten, als koste es zu viel Anstrengung, sie zu einem Lächeln zu heben.

Heute Morgen, Lina war gerade erst aufgestanden, hatte das Handy geklingelt. Die Nummer auf dem Display kannte sie nicht. Also hatte sie sich geräuspert, die grüne Taste gedrückt und sich förmlich mit ihrem Nachnamen gemeldet.

»Guten Tag, Frau Svenson.« Diese kühl-kultivierte Stimme kannte sie. »Hier ist Katja Ansmann.« Ein winziges Zögern. »Ich würde mich gerne mit Ihnen treffen.«

»Ach ja?«

Frau Ansmann hatte leise geseufzt. »Unter vier Augen, wenn es geht.«

Lina musste zugeben, dass sie neugierig war. »Gut, meinetwegen. Können Sie morgen früh um zehn ins Polizeipräsidium kommen?«

»Ich würde Sie gerne heute noch sehen, und ich würde einen neutralen Ort bevorzugen, ein Café in der Innenstadt, oder wo immer es Ihnen recht ist.«

Klar. Ein Gespräch unter vier Augen im Polizeipräsidium? Aber ein Versuch war's wert gewesen. Die Ermittlungen waren ohnehin so gut wie abgeschlossen, und Hanno hatte ihnen für heute frei gegeben. Daniel Vogler hatte zwar noch nicht gestanden, aber es war nur noch eine Frage der Zeit, bis sie genug Indizien beisammenhatten, um ihn auch ohne ein Geständnis festnageln zu können, vor allem die Auswertungen der DNA-Spuren von allen drei Tatorten.

Katja Ansmann blickte auf, als Lina den kleinen Raum betrat und mit wenigen Schritten an ihrem Tisch war. Sie nickten sich zu, ohne ein Wort zu sagen. Kaum hatte Lina Platz genommen, als der Kellner kam und sie sich einen Latte macchiato bestellte.

Aus dem vorderen Raum drang das Zischen der Kaffeemaschine zu ihnen, ansonsten war es still. Die Frauen musterten einander stumm, Lina wachsam und neugierig, was die andere wohl von ihr wollte, Katja aufmerksam und skeptisch, ob ihre Entscheidung richtig gewesen war.

»Danke, dass Sie so kurzfristig kommen konnten«, sagte die Unternehmensberaterin schließlich. »Ich nehme an, Sie haben Philips Mörder noch nicht gefasst?«

»Nein«, sagte Lina, ohne zu erwähnen, dass Daniel Vogler seit gestern in Untersuchungshaft saß. Sollte die Frau ruhig noch eine Weile schmoren.

Katja Ansmann seufzte und griff nach dem kleinen Löffel, als wollte sie erneut ihren Espresso umrühren, nur um ihn gleich darauf wieder aus der Hand zu legen. »Ich verstehe, Sie dürfen mir vermutlich nichts über den Stand der Ermittlungen verraten. Auch gut.« Sie holte tief Luft. »Der Grund, weshalb ich Sie um ein Treffen gebeten habe, ist ohnehin ein anderer. Ich habe mit Philips Tod nichts zu tun, wie Sie zweifellos über kurz oder lang selbst herausfinden werden, aber ich möchte Sie bitten, Ihre Kenntnisse bezüglich der finanziell prekären Lage meines Vaters mit äußerster Diskretion zu behandeln.«

Lina hatte bei der subtil angedeuteten Beleidigung die Fäuste unterm Tisch geballt und möglichst unauffällig tief Luft geholt. Sie hatte nichts gegen Reiche, wie Max angedeutet hatte, oh nein, aber sie hatte etwas gegen *arrogante* Reiche. »Ich versichere Ihnen, dass wir niemanden unnötig bloßstellen«, erwiderte sie höflich. »Allerdings habe ich absolut keinen Einfluss darauf, was unsere Presseabteilung an die Medien weitergibt und was nicht.«

Katja Ansmann wurde blass. »Das heißt, es ist bereits aktenkundig, dass dem Bankhaus meiner Familie möglicherweise die Insolvenz droht?«

Lina lehnte sich zurück und betrachtete die Frau vor sich. Wie viel Überwindung musste es sie gekostet haben, sich heute mit Lina zu treffen und mit ihr über dieses Thema zu reden? Eigentlich müsste sie Befriedigung empfinden, ihre Gegnerin so gedemütigt zu sehen, doch stattdessen empfand sie Mitleid, was sie selbst überraschte. Max könnte es mir bestimmt erklären, dachte sie unvermittelt, und bei dem Gedanken an Max wurde sie auf einen Schlag ruhiger. Sie holte tief Luft, blickte in Katja Ansmanns erwartungsvoll auf sie gerichtete Augen und sagte: »Nein.«

Jetzt hob die andere verblüfft die Augenbrauen. »Nein? Aber …«

In diesem Moment kam der Kellner und brachte Linas Latte macchiato. Lina lächelte dem Mann übertrieben freundlich zu und beschloss, ihm für das perfekte Timing später ein gutes Trinkgeld zu geben.

»Ich dachte«, sagte Katja Ansmann leise, sobald der Mann wieder fort war, »Sie müssten alles protokollieren, was Sie herausfinden.«

»Wir … haben da einen gewissen Ermessensspielraum«, sagte Lina vage. Der wahre Grund, weshalb nichts von dieser möglichen Insolvenz in den Akten stand, ging niemanden etwas an, schon gar nicht diese Frau. Ehe Katja Ansmann nachhaken konnte, erklärte sie: »Die Insolvenz Ihres Vaters taucht bislang nur als wilde Spekulation mit einem riesigen Fragezeichen auf ein paar Notizzetteln auf.« Sie bedachte Katja Ansmann mit einem leicht spöttischen Blick. »Ob der Polizeipräsident darüber informiert ist, müssen Sie selbst wissen. Sie kennen ihn vermutlich besser als ich.«

Der Ausdruck der Verblüffung auf dem Gesicht der Unternehmensberaterin wurde noch intensiver. »Der Polizeipräsident? Ich verstehe nicht … Sie haben neulich schon so eine seltsame Bemerkung gemacht, die ich nicht verstanden habe.«

»Nun tun Sie doch nicht so!« Lina war unbeabsichtigt lauter geworden, und Katja Ansmann warf einen warnenden Blick zum vorderen Teil des Cafés. Unwillkürlich senkte Lina die Stimme. »Sie wissen doch ganz genau, wovon ich spreche. Oder wollen Sie leugnen, dass Sie sich bei dem Herrn über mich beschwert und versucht haben, mich von den Ermittlungen abziehen zu lassen?«

Katja Ansmann beugte sich ein Stückchen vor und sagte leise: »Ich weiß nicht, wovon Sie reden. Ich habe mich nie beim Polizeipräsidenten über Sie beschwert, ich kenne diesen Mann nicht einmal!«

Lina runzelte die Stirn. Die Frau klang aufrichtig, ihre Verwirrung wirkte echt. »Haben Sie mit irgendjemandem über die Ermittlungen gesprochen?« Ihr ging ein Licht auf. »Mit Ihrer Freundin zum Beispiel? Könnte sie nicht …«

»Evelyn würde sich dergleichen niemals erlauben, schon gar nicht hinter meinem Rücken. Aber«, Katja Ansmann musterte Lina nachdenklich, »meinem Vater habe ich davon erzählt. Und er kennt eine Menge Leute. Es würde mich nicht wundern, wenn der Polizeipräsident darunter wäre.«

Lina schnappte sich den Zuckerspender, schüttete die weißen Kristalle über ihren Milchschaum und begann, beides zu einer süßen Masse zu verrühren. »Trauen Sie Ihrem Vater zu, sich ohne Ihr Wissen beschwert zu haben?«

Katja Ansmann nickte ohne zu zögern.

»Weiß er von diesem Treffen?«

Diesmal zögerte Katja Ansmann, ehe sie den Kopf schüttelte. Sieh mal an, dachte Lina, wie der Vater, so die Tochter. Nachdenklich nahm sie einen Löffel von dem süßen Milchschaum. Er hatte genau die richtige Konsistenz und lag wie weiche Seide auf der Zunge. Beinahe hätte sie vor Entzücken geseufzt, doch auch so musste sie schon ein verzücktes Gesicht gemacht haben, denn Katja Ansmann musterte sie skeptisch, als frage sie sich, ob mit Lina noch alles in Ordnung war. Wenn die Tochter, so überlegte Lina weiter, dem Vater nichts von diesem Treffen erzählt hat, welchen Zweck verfolgte sie dann damit? Sie sprach die Frage laut aus. »Was wollen Sie eigentlich von mir?«

Katja Ansmann beobachtete, wie Lina erneut den Löffel zum Mund führte, als bereue sie, für sich selbst nur einen Espresso bestellt zu haben, den sie schon längst ausgetrunken hatte. »Ich wollte Sie um einen Gefallen bitten«, sagte sie schließlich leise.

Aha, da kommen wir der Sache schon näher, dachte Lina. Sie merkte, wie schwer es der anderen fiel, sie um etwas zu bitten, legte den Löffel beiseite und sah Katja Ansmann aufmerksam an.

»Ich möchte Sie bitten, auf Ihren Vater einzuwirken, damit er über sein Wissen Stillschweigen bewahrt.«

»Wie bitte? Wie kommen Sie darauf, ich hätte irgendeinen Einfluss auf meinen Vater?«

»Aber … er hat doch mit Ihnen über die Lage unserer Familie gesprochen, deshalb ging ich davon aus …«

Lina konnte nicht anders, sie musste einfach lachen. Anscheinend glaubte diese Frau, sie und ihr Vater säßen in trauter Zweisamkeit zusammen und würden sich über die Geheimnisse der Hamburger Stadtelite austauschen? Sie sah Katjas entgeistertes Gesicht und schüttelte den Kopf. Sie schlug eine Hand vor den Mund, aber es half nichts. Immer wieder hatte sie das Bild von dem einzigen Treffen mit ihrem Vater vor Augen, er im feinen, distinguierten Zwirn, sie als Vollblutpunkerin, wie sie zusammen auf dem Friedhof Ohlsdorf Ränke schmiedeten. Schließlich beruhigte sie sich wieder und wischte sich die Tränen aus den Augen. »Tut mir leid«, sagte sie, immer noch grinsend, »aber ich hoffe, Sie haben gemerkt, wie absurd diese Vorstellung ist.« Sie schüttelte den Kopf. »Wie sind Sie bloß auf die Idee gekommen, mein Vater und ich könnten so ein enges Verhältnis zueinander haben?«

Katja Ansmann wirkte leicht pikiert über Linas Lachanfall, doch eine gewisse Neugier in ihrem Blick war ebenfalls nicht zu übersehen. »Ihre Schwester deutete so etwas an«, sagte sie. »Oder besser, Ihre Halbschwester. Johanna Steinhagen ist eine gute Freundin von mir«, fügte sie erklärend hinzu.

»Ach«, sagte Lina, »und wie kommt Johanna Steinhagen auf diese Idee?«

Katja Ansmann musterte Lina, inzwischen eindeutig interessiert. »Wissen Sie, dass Sie und Johanna sich schon einmal begegnet sind?«

Lina nickte. »Sie meinen dieses hamburgweite Schülertreffen.«

Katja Ansmann nickte ebenfalls. »Johanna hat damals zu Hause erzählt, dass sie in Hamburg offensichtlich eine Doppelgängerin habe, vermutlich fiel dabei auch Ihr Name. Damals hat sie es gar nicht gemerkt, aber Meinhart Steinhagen muss daraufhin geahnt haben, dass er noch eine Tochter hatte, von der er bis dato nichts gewusst hatte. Jahre später stieß Johanna zufällig auf eine Akte mit Ihrem Namen, in der Ihr Vater Informationen über Sie gesammelt hatte – beginnend kurz nach jenem Schülertreffen.« Katja Ansmann griff nach ihrer Espressotasse, stellte enttäuscht fest, dass sie immer noch leer war, und bestellte sich ein Mineralwasser. »Sie hat mir davon erzählt. Sie hatte diese Begegnung mit Ihnen längst vergessen, aber als sie die Akte sah, fiel ihr alles wieder ein, ohne dass es ihr irgendetwas bedeutet hätte. Sie hatte eine Halbschwester, na und? Johanna ahnte schon lange, dass ihr Vater es über die Jahre mit der ehelichen Treue nicht allzu genau genommen hatte, und dass es irgendwo noch weitere Kinder von Meinhart Steinhagen gab, hatte sie sich schon längst ausgerechnet.« Der Kellner brachte ihr Mineralwasser, und Katja Ansmann wartete, bis er wieder verschwunden war. »Vor ein, zwei Jahren hörte Johanna zufällig mit, wie ihr Vater mit Ihnen telefonierte. Er nannte Sie ›Liebes‹. Zuerst glaubte sie, er würde mit seiner Geliebten telefonieren, aber dann fiel Ihr Name, und Johanna schloss daraus, dass Sie und Ihr Vater in Kontakt stehen, und dass Sie sich zudem sehr nahestehen müssen.« Sie machte eine Pause. »Johanna hat er noch nie ›Liebes‹ genannt.«

Lina wurde zunehmend unbehaglich zumute. Ihr Vater hatte Informationen über sie gesammelt? Seine erste Tochter, mit der er zusammenlebte, bedachte er im Gegensatz zu ihr niemals mit diesem bescheuerten Kosenamen? Sie hatte das Gefühl, in einem Spiel mitzuspielen, dessen Regeln sie nicht kannte – und in dem sie nur der Spielball war. Ihr fröstelte. Eine ganze Weile starrte sie schweigend auf den kalt gewordenen Milchschaum am Glas vor sich, bis sie merkte, dass Katja Ansmann auf eine Reaktion von ihr wartete. Sie sah die Frau an. Erneut fiel ihr auf, dass sie graue Augen hatte, doch heute lag ein Hauch von Grün darin. »Kennen Sie meinen Vater?«, fragte sie leise.

Katja Ansmann nickte. »Unsere Familien sind eng befreundet, und ein Onkel meiner Mutter ist mit einer Cousine Ihres Vaters verheiratet.« Womit Lina über tausend Ecken irgendwie mit Katja Ansmann verwandt oder zumindest verschwägert war.

Irgendetwas in ihr wollte lachen und weinen und schreien, alles gleichzeitig. »Ich kenne Meinhart Steinhagen schon mein ganzes Leben lang.«

Unvermittelt musste Lina an das Treffen mit ihrem Vater auf dem Friedhof Ohlsdorf denken. An das Familienmausoleum und an dieses Gefühl der Verbundenheit, das sie damals kurz überkommen hatte. Diese fremde Frau kannte ihren Vater schon ihr Leben lang, sie selbst dagegen … sie hatte Christian. Kaum war dieser Gedanke in ihrem Kopf aufgetaucht, schämte sie sich. Christian *war* ihr Vater, sie hatte sich nie einen anderen gewünscht. Und dennoch …

Sie holte tief Luft. »Ich habe meinen Vater genau ein einziges Mal gesehen«, erklärte sie mit fester Stimme. »Das war wenige Wochen nach diesem Schülertreffen.« Sie erzählte Katja, was sie auch Max erzählt hatte: dass anschließend der Kontakt wieder abgebrochen war, und dass Meinhart Steinhagen vor einigen Jahren angefangen hatte, sie hin und wieder anzurufen. »Es ist mir nicht ganz klar, was er damit bezweckt, aber ich *weiß*, dass er irgendetwas im Schilde führt.« Sie zuckte die Schultern. »Ich weiß es einfach.«

Katja Ansmann lehnte sich zurück und atmete vernehmlich aus. »Das glaube ich Ihnen unbesehen«, sagte sie. »Meinhart Steinhagen tut selten etwas ohne einen Hintergedanken.«

»Sie mögen ihn nicht?«

»Nein.«

Lina lächelte. Mit dieser Antwort hatte die Frau sich bei ihr einen riesigen Stein im Brett verdient. Zu ihrer Überraschung erwiderte Katja Ansmann ihr Lächeln.

»Seit wann wissen Sie eigentlich, dass er mein Vater ist?«, fragte sie. Erst jetzt, als sie langsam begann, sich zu entspannen, merkte sie, wie sehr sie bis jetzt unter Strom gestanden hatte.

»Seit Sie die drohende Insolvenz meines Vaters erwähnt haben«, erwiderte Katja Ansmann. »Vorher fiel mir zwar Ihre Ähnlichkeit mit Johanna auf, aber ich wäre nie auf die Idee gekommen, dass Sie ihre Schwester sein könnten.«

Nachdenklich nahm Lina einen Schluck von der inzwischen lauwarmen Latte. »Bleibt die Frage, warum er mir davon erzählt hat«, sagte sie. »Er hat es so hingestellt, als sei es ein Vertrauensbeweis seinerseits, aber das habe ich ihm keinen Moment abgenommen.«

»Ich nehme an, er hofft darauf, dass über Sie bekannt wird, wie schlecht es um das Bankhaus Ansmann steht«, sagte Katja. Lina sah sie überrascht an.

Genau denselben Verdacht hatte Max auch schon geäußert, doch Lina blieb skeptisch. »Hat er dafür nicht seine Kontakte zur Presse? Ich würde meinen, ein Mann in seiner Position …«

Katja Ansmann nickte. »Natürlich kennt er die richtigen Leute an den richtigen Stellen. Aber auf die kann er in diesem Fall nicht zurückgreifen, weil dann sofort klar wäre, dass er etwas ausgeplaudert hat. Wie ich bereits sagte, der Kreis der Eingeweihten ist äußerst überschaubar.«

Lina ließ sich die Sache durch den Kopf gehen. »Wenn ich hingegen die Sache offiziell in die Ermittlungen hätte einfließen lassen und die Pressestelle der Polizei das veröffentlicht hätte … dann hätte niemand gewusst, dass diese Information ursprünglich von ihm stammt.«

Katja Ansmann nickte. »Die prekäre Lage der Bank wäre publik geworden, die Anleger und Kunden wären nervös geworden und hätten das Geld abgezogen …« Sie schloss die Augen, als sie versuchte, sich dieses Horrorszenario auszumalen. »Die Arbeit von fünf Generationen … einfach dahin.«

»Aber er hat nicht damit gerechnet, dass ich nichts sage. Oder zumindest *offiziell* nichts sage.« Plötzlich musste Lina erneut lachen. Prustend sagte sie: »Dass ausgerechnet ich einmal dabei helfe, eine Bank zu retten …«

Katja Ansmann lächelte. Ihre Mundwinkel begannen zu zucken. Dann fing auch sie an zu lachen.

Am Morgen hatte Max bei Frau Meyer angerufen und sie gebeten, Niels Hinrichsen irgendwie so lange bei sich in der Wohnung zu behalten, bis er da war. Sie hatte ihrem Nachbarn ein ausgiebiges Frühstück bereitet, doch als Max um kurz vor zehn endlich ankam, war die arme Frau schon ganz verzweifelt, ebenso wie Niels Hinrichsen, der gar nicht begriff, warum er nicht in den Wald sollte.

Jetzt gingen die beiden Männer zu Fuß von Hinrichsens Wohnung ins Niendorfer Gehege, da Niels Hinrichsen nicht zu überreden gewesen war, in Max' Auto zu steigen. Er rannte fast, so sehr zog es ihn in sein geliebtes Grün, und Max blieb stets einen Schritt hinter ihm. Er betrachtete die große Brachfläche auf der einen und die Einfamilienhäuser auf der anderen Straßenseite, die nicht einmal über einen befestigten Gehweg verfügte. Wie auf dem Land, dachte Max erstaunt, und das mitten in Hamburg. Er hörte das unmelodische Krächzen eines Fasans, kurz gackerten irgendwo ein paar Hühner. Doch im nächsten Moment donnerte ein Düsenjet dicht über ihre Köpfen hinweg und verdarb den Eindruck einer harmonischen Idylle.

Sie kamen zur Unterführung unter dem Bahndamm, direkt daneben floss die Kollau. Niels lachte wie ein Kind, als er über die schmale Holzbrücke in die Kleingartenkolonie lief. Er deutete auf eine Parzelle direkt am Wald. Der Rasen war kurz gemäht, die Hecke auf die vorgeschriebenen ein Meter zwanzig gestutzt, die Blumenrabatte hatten ordentliche Steineinfassungen. »Hier hat mein Opa gewohnt«, erklärte er, »der war ganz groß und stark, und er hat auf den Wald aufgepasst.« Hinrichsen hatte seine Ungeduld vergessen und sah einen Moment wehmütig auf die Parzelle. »Aber das Haus da is nicht von meinem Opa. Das haben die Leute gebaut.«

In der Tat hatte das Gebäude auf der Parzelle wenig Ähnlichkeit mit einem Gartenhäuschen, sondern eher mit einem Wochenendhaus. Oder einem zu klein geratenen Wohnhaus. An der Pforte hingen sogar ein Namensschild und ein Briefkasten.

Kurz darauf hatten sie die Kleingartenkolonie hinter sich gelassen. Sie bogen links auf den Weg ab, hielten sich an der nächsten Abzweigung abermals links und standen kurz darauf an der Stelle, an der man Philip Birkners Leiche gefunden hatte. An einem Zweig flatterte noch das rot-weiße Absperrband der Polizei, doch sonst deutete nichts mehr darauf hin, dass hier vor elf Tagen ein Verbrechen geschehen war.

Niels Hinrichsen schien es nichts auszumachen, dass hier vor Kurzem ein Mensch gestorben war. Wie ein Kind rannte er vor und zurück, bleib hier vor einem Baum stehen oder beugte sich dort über eine kleine Pflanze, ohne sich von den vielen Spaziergängern, die sich an diesem sonnigen Sonntagvormittag in dem kleinen Waldstück drängten, stören zu lassen. Einmal berührte er die winzigen weißen Blüten eines Waldkrauts ganz zärtlich und liebevoll, als begrüße er eine gute Freundin. Max beobachtete ihn, wie er am Tatort stehen blieb und missbilligend den Kopf schüttelte. Niels Hinrichsen gruselte sich nicht, aber er war eindeutig ungehalten.

»Alles kaputt«, sagte er. »Die haben hier alles zertrampelt.«

»Ich glaube, die Pflanzen erholen sich wieder«, sagte Max. »Die wachsen wieder und werden wieder groß und stark.« Im Gegensatz zu Philip Birkner.

Niels Hinrichsen hob den Kopf und sah ihn an. »Glaubst du wirklich?«, fragte er mit großen Augen wie ein Kind.

Max nickte. »Ganz bestimmt. Pflanzen können das.«

Während er noch überlegte, wie er die Sprache auf die Tatnacht bringen sollte, sagte Niels: »Aber Leute können das nicht, ne? Der Mann ist tot, ne?«

Max ließ sich seine Überraschung nicht anmerken und nickte erneut. »Ja, Niels, der Mann ist tot.« Er machte eine kurze Pause. »Sie haben dabei zugesehen, oder? Nachdem Sie die Pflanze im Bach sauber gemacht haben.«

Niels Hinrichsen blickte zu Boden und trat verlegen von einem Fuß auf den anderen, und Max fürchtete schon, er würde sich wieder in sein »Ich weiß nichts« flüchten. Doch dann sagte er leise: »Hab Angst gehabt.«

Max hielt die Luft an. »Sie haben gesehen, wer den bösen Mann erschlagen hat, nicht wahr?«, fragte er schließlich sanft.

Niels nickte. »Der hatte ein Schwert. Wie die Ritter. Damit hat er den anderen ganz doll gehauen. Genau auf den Kopf.«

Ein Schwert? Was hatte Niels Hinrichsen gesehen? Laut dem Obduktionsbericht war Philip Birkner mit einem harten Gegenstand, wie zum Beispiel einem Stahlrohr, erschlagen worden. »Wie sah das Schwert aus, Niels, wissen Sie das noch?«

Niels Hinrichsen nickte erneut. »Hat geglänzt«, sagte er. »Wie ein Schwert vom Ritter.«

»Und wie groß war das Schwert?«

Niels runzelte die Stirn. Die Frage schien ihn zu überfordern. Max sah sich um und zeigte auf einen kurzen Stock neben dem Weg. Er wies deutliche Bissspuren auf, vermutlich hatten ihn schon unzählige Hunde als Beutestück stolz und schwanzwedelnd durch die Gegend getragen. »War das Schwert vielleicht so groß wie der Stock da?«, fragte er.

Niels hob das Stück Holz auf und untersuchte es gründlich. »Das ist Kastanie«, erklärte er. »Ganz hart, riecht gut.« Er sah Max an. »Tut weh, wenn man wen damit haut.«

Max wagte nicht, ihn noch einmal nach dem geheimnisvollen Schwert zu fragen, aus Angst, Niels Hinrichsen könnte sich wieder verschließen wie eine Auster.

»Niels, haben Sie den Mann gesehen, der das Schwert hatte?«, fragte er stattdessen vorsichtig.

Niels Hinrichsen umklammerte den Stock in seinen Händen. »Da war Blut«, sagte er. »Ganz viel Blut.« Er starrte den Stock an, seine Mundwinkel zuckten nervös.

»Und der Mann, der geschlagen hat? Der mit dem Schwert? Hat der auch geblutet?«, fragte Max, obwohl er wusste, dass das wahrscheinlich nicht der Fall gewesen war.

Niels sah ihn an und schüttelte den Kopf. »Nee. Aber böse war der.« Er sah sich um, als fürchtete er, der Mann könnte hinter dem nächsten Baum hervortreten. »Ganz, ganz böse. Noch böser als der andere.«

»Wissen Sie, wie groß der böse Mann war?«, fragte Max. »War er so groß wie ich? Oder kleiner? Größer?«

Ratlos sah Niels ihn an, dann senkte er den Blick. »Weiß nicht«, sagte er leise.

»Das ist nicht schlimm, Niels«, beeilte Max sich zu sagen, »Sie haben mir schon ganz viel geholfen. Richtig toll haben Sie das gemacht.«

Scheu hob Niels den Kopf, und Max lächelte ihm freundlich zu. »Der böse Mann war dick«, erklärte Niels schließlich leise, als sei er nicht sicher, ob das die Antwort war, die Max hören wollte.

Max runzelte die Stirn. Ein dicker Mann als Täter? Daniel Vogler war so ziemlich das Gegenteil von dick. »Der Mann mit dem Schwert war dick? Wie dick?«

Niels Hinrichsen sah sein Stirnrunzeln und blickte erneut zu Boden. »Weiß nicht. Weiß gar nichts.«

Nachdem die beiden Frauen sich wieder halbwegs beruhigt hatten, machte sich ein verlegenes Schweigen zwischen ihnen breit. Lina wischte sich die Tränen aus den Augen, und Katja Ansmann schnäuzte sich. Als ihre Blicke sich begegneten, lächelten sie kurz und sahen schnell wieder weg. Lina fühlte sich seltsam erleichtert, als sei eine riesige Last von ihr abgefallen, ohne dass sie sich dieser Last je bewusst gewesen wäre. Dabei ruhte nun eine ganz neue Bürde auf ihren Schultern: die Mitverantwortung über das Wohl und Wehe des Bankhauses Ansmann & Sohn. Bei dem Gedanken daran, dass sie, ausgerechnet *sie* Bankenretterin spielen sollte, musste sie erneut grinsen. Doch dann fiel ihr Blick auf Katja Ansmann, die sich bereits wieder vollkommen im Griff hatte. Ihr Make-up saß genauso perfekt wie immer, die weiße Bluse strahlte hell in dem schummrigen Licht, und ihr Mund hatte wieder diesen leicht spöttischen Zug bekommen. Auf der Stelle fand Lina wieder in die Realität zurück. Katja Ansmann war eine Verdächtige in einem Mordfall. Oder zumindest eine Zeugin. Eine Zeugin, die vielleicht wertvolle Hinweise geben konnte.

»Frau Ansmann, wo wir schon mal hier sitzen … Mich würde interessieren, was für eine Beziehung Sie eigentlich genau zu Herrn Birkner hatten.«

Falls Katja Ansmann von dem Themenwechsel überrascht war, ließ sie sich nichts anmerken. »Wir führten eine offene Beziehung«, erklärte sie, doch dieses Mal klang es weniger wie ein freizügiges Bekenntnis, sondern eher wie eine hohle Phrase.

»*Wie* offen?«, hakte sie nach. Als Katja Ansmann nicht antwortete, seufzte sie. »Frau Ansmann, es geht hier nicht um Sie oder um Ihre Beziehung zu Frau Riemann. Ich habe einen Mord aufzuklären, ob Sie's glauben oder nicht.«

Katja Ansmann hatte sich auf ihrem Stuhl zurücksinken lassen und sah Lina an. »Philip und ich hatten gar keine Beziehung.«

Irgendwie überraschte Lina das nicht. Schweigend legte sie den Kopf schräg, wie Max es immer tat, wenn er die Menschen zum Reden bringen wollte.

»Als ich ihn vor knapp drei Jahren kennenlernte, war ich bereits seit einem Jahr mit Evelyn Riemann zusammen. Wir lieben uns, wir sind ein Paar, aber wir können es uns nicht leisten, unsere Beziehung öffentlich zu machen.« Sie lachte bitter. »Ich weiß, was Sie denken, ich habe es Ihnen schon letzten Sonntag angesehen, als Sie von Evelyn erfuhren. In Zeiten, in denen sich niemand über schwule Bürgermeister oder Außenminister aufregt, sollte doch kein Hahn danach krähen, wenn zwei Frauen sich offen zueinander bekennen. Aber ich versichere Ihnen, dass es in der Wirtschaft sehr wohl ein ernstes Karrierehindernis sein kann. Frauen haben es ohnehin schon schwer genug, in Führungspositionen zu gelangen, aber können Sie sich eine lesbische Vorstandsvorsitzende, beispielsweise bei Siemens, BMW oder der Deutschen Bank vorstellen?«

Lina schüttelte den Kopf.

»Sowohl Evelyn als auch ich streben eine Karriere in der freien Wirtschaft an. Es ist also völlig ausgeschlossen, dass wir jemals zusammenleben oder gar heiraten.« Sie seufzte und strich mit dem Finger über das leere Glas vor sich auf dem Tisch. »Aber als alleinstehende Frau ist es mindestens genauso schwierig, aufzusteigen. Was meinen Sie, wie viele Frauen, und auch Männer, in unserer Lage eine Scheinpartnerschaft eingehen? Einen guten Freund, eine gute Freundin, die zu offiziellen Anlässen als Verlobte oder Verlobter herhalten muss? Als ich Philip Birkner kennenlernte, unterlag ich, wie vermutlich viele Menschen, seinem Charme. Sie haben ihn nie kennengelernt, aber ich versichere Ihnen, er hatte etwas an sich, bei dem man – und frau – weiche Knie bekam.« Sie lächelte dünn. »Ich bin zwar lesbisch, aber das bedeutet nicht, dass ich völlig unempfindlich für männliche Reize wäre. Philip interessierte mich tatsächlich, und er verhehlte nicht, dass ich ihm ebenfalls gefiel.« Sie lachte kurz auf. »Wobei ich vermute, dass ihm eher mein Geld und mein Name als meine Persönlichkeit gefielen. Ich sprach mit Evelyn darüber. Ich zog unauffällig Erkundigungen über ihn ein. Ich kannte seine Firma, schließlich hatte er mich als Unternehmensberaterin engagiert, weil er expandieren wollte. Er sah gut aus, hatte gute Umgangsformen, war intelligent – und träumte davon, es möglichst weit nach oben zu schaffen. Ich suchte einen Mann, den ich meinen Geschäftspartnern und meiner Familie als Mann an meiner Seite präsentieren konnte.« Sie schwieg kurz. »Außerdem wollte ich ein Kind. Ich hatte mit Evelyn schon öfter darüber gesprochen, aber in unserem Bekanntenkreis gab es einfach keine passenden Männer. Ich ließ mich also mit ihrem Wissen und ihrer Billigung auf Philip Birkner ein.« Sie schwieg erneut. »Es war … eine interessante Erfahrung, aber ich war auch froh, dass ich relativ schnell schwanger wurde und ihn deshalb auf Distanz halten konnte. Er zeigte großes Verständnis und ging ausgesprochen liebevoll mit mir um. Überraschenderweise war Philip ganz aus dem Häuschen, als er erfuhr, dass er Vater werden würde. Damit hatte ich nicht gerechnet, aber es bestärkte mich – und Evelyn – in dem Vorhaben, ihn zu meinem offiziellen Partner zu machen. Noch vor Leons Geburt begannen wir, eine Wohnung zu suchen.« Sie lächelte amüsiert. »Anfangs war er noch verunsichert, wenn der Makler uns eine Wohnung zeigte, diese Größenordnung war er einfach nicht gewohnt. Aber Philip war ein Chamäleon und passte sich schnell an.« Katja Ansmann schüttelte den Kopf. »Es war wirklich erstaunlich, aber nach kurzer Zeit merkte ihm niemand mehr seine kleinbürgerliche Herkunft an.« Sie sah an Lina vorbei und winkte den Kellner herbei. Beide Frauen bestellten einen Latte macchiato, dann nahm Katja Ansmann den Faden ihrer Erzählung wieder auf. »Es gelang ihm auch wunderbar zu verdrängen, dass er in unserer Wohnung quasi nur zur Untermiete lebte. Natürlich bin ich die alleinige Eigentümerin«, sie zögerte kurz, »was allerdings niemand weiß, außer Evelyn und jetzt Ihnen.«

Lina nickte, sagte aber nichts. In ihrem Beruf kam es häufig vor, dass ihr Geheimnisse anvertraut wurden, von denen sonst niemand wusste. Der Job als Polizistin war nichts für Plaudertaschen.

»Philip störte das nicht. Er sprach ungeniert von *seiner* Wohnung, und ich merkte rasch, wie gern er damit prahlte. Vor seinen Eltern, seinem Bruder und dessen Frau, vor seinen Angestellten und Freunden.« Katja Ansmann unterbrach sich kurz, als ihr Kaffee gebracht wurde. »Sie haben sich doch unsere Wohnung angesehen. Zweifellos erinnern Sie sich an Philips Arbeitszimmer?«, fragte sie Lina, während sie den Milchschaum ungesüßt unterrührte. Lina nickte erneut, ohne ein Wort zu sagen. »Dort hat er auch geschlafen. Ausnahmslos. Kurz bevor wir zusammengezogen sind, habe ich ihm reinen Wein eingeschenkt. Wir würden zusammenwohnen, zusammen ausgehen, zusammen unseren Sohn erziehen, aber darüber hinaus würde nichts laufen. Dafür war jeder völlig frei, was die Wahl weiterer Freundschaften betraf. Philip willigte ein. Natürlich willigte er ein, denn diese Vereinbarung brachte ihm nur Vorteile: Er bekam diese Wohnung, eine Freundin aus gutem Haus, mit der er angeben konnte und die ihm den Weg nach oben ebnete. Und er konnte sich mit anderen Frauen nach Herzenslust austoben, solange er diskret vorging, was er auch immer tat.«

»Hatten Sie denn gar keine Angst, dass er diese Situation irgendwie ausnützen könnte? Dass er Sie erpressen könnte, zum Beispiel? Ich meine, er wusste doch vermutlich, dass Sie lesbisch sind, oder?«

Katja Ansmann schüttelte den Kopf. »Nicht mit Sicherheit. Ich nehme an, er hat sich seinen Teil gedacht, dumm war er ja nicht. Aber er hatte nichts gegen mich in der Hand. Was hätte er schon ausrichten können? Immerhin war da Leon, der Beweis, dass wir mindestens einmal intim geworden waren. Finanziell war alles geregelt – er beteiligte sich an den laufenden Kosten, ansonsten hatten wir getrennte Kassen. Was er mit seinem Geld angefangen hat, ging nur ihn allein etwas an, so wie mein Geld immer mein Geld blieb.« Beziehungsweise das deines Vaters, dachte Lina.

»Wie lange wollten Sie diese Fassade eigentlich aufrechterhalten?«

»Bis es aus irgendwelchen Gründen nicht mehr geklappt hätte. Bis Leon alt genug geworden wäre, um sich über die getrennten Schlafzimmer zu wundern, zum Beispiel.«

Oder bis Philip anfing, ihr auf der Tasche zu liegen, dachte Lina. »Was wissen Sie über die Insolvenz von *Inoware*?«, fragte sie.

Katja Ansmanns Gesicht bekam einen unwilligen Ausdruck. »Nicht viel, Philip hat mir so gut wie nichts erzählt, außer dass dieser Frank Jensen einen fatalen Fehler gemacht hat, möglicherweise sogar Industriespionage betrieben hat.«

»Haben Sie denn nie genauer nachgefragt? Ich meine, Sie haben sein Unternehmen immerhin einmal beraten, ich würde meinen, dass es Sie da doch interessiert, wie es mit *Inoware* weiterging.«

»Natürlich habe ich ihn gefragt, aber er hat immer wieder dieselbe Geschichte erzählt. Frank Jensen war schuld, und damit war das Thema für ihn erledigt.«

»Und Sie haben ihm den neuen Job verschafft?«

Katja Ansmann seufzte. »Natürlich. Das hätte mir gerade noch gefehlt, dass er den ganzen Tag zu Hause herumhängt und mir auf der Tasche liegt, so kurz nach Leons Geburt.«

Lina musterte die Frau interessiert. Sie schien nicht nur genau zu wissen, was sie wollte, sondern zudem auch den Mut zu besitzen, es sich einfach zu nehmen. Lina war unschlüssig, ob sie Katja Ansmann für die ungewöhnliche Art der Beziehung zu Philip Birkner bewundern sollte, oder ob sie die Tatsache, dass sie sich den Mann quasi gekauft hatte, eher abschreckte. Aber schlussendlich war es egal, was sie selbst davon hielt, solange die beiden mit ihrem Arrangement zufrieden gewesen waren. »Hat Herr Birkner eigentlich jemals Zweifel an Frank Jensens Schuld geäußert?«

Katja Ansmann schüttelte den Kopf. »Nein, jedenfalls nicht mir gegenüber.«

»Hat er Ihnen gegenüber vielleicht jemals den Namen Daniel Vogler erwähnt? Ich meine, im Zusammenhang mit der Insolvenz von *Inoware*?«

Erneutes Kopfschütteln. »Nein. Aber wie gesagt, Philip hat eigentlich so gut wie nie darüber gesprochen.« Sie lächelte dünn. »Vergessen Sie nicht, dass wir keine Beziehung im klassischen Sinn führten. Wir konnten uns gut über Themen wie Kunst, Theater oder die Hamburger Stadtpolitik unterhalten, aber Persönliches sparten wir mehr oder weniger bewusst aus.«

Kein Wunder also, dass sie nichts von Birkners Vergangenheit wusste, von dem Mord an Julia Munz oder davon, dass er und Daniel auf eine Schule gegangen waren.

»Dann wussten Sie vermutlich auch nicht, dass Philip Birkner im Alter von siebzehn Jahren einen Mitschüler vergewaltigt hat?« Lina beobachtete Katja Ansmann aufmerksam.

Diese wurde blass. Sie hielt eine Hand vor den Mund, und Lina sah ihr an, dass sie aufrichtig schockiert war. »Wie bitte?«

»Bei unserem ersten Gespräch gaben Sie an, Philip habe keine Feinde gehabt, bis Ihnen sein ehemaliger Angestellter, Frank Jensen, eingefallen ist.« Lina schwieg kurz. »Denken Sie bitte noch einmal nach. Können Sie sich wirklich nicht vorstellen, dass Ihr … Lebensgefährte hier und da Menschen vor den Kopf gestoßen haben könnte?«

Katja Ansmann schloss die Augen. Sie hob die Schultern, als sei ihr plötzlich kalt, und rieb sich mit beiden Händen über die Arme, vermutlich ohne sich dieser Geste bewusst zu sein. Schließlich nickte sie und sah Lina an. »Doch, im Grunde kann ich es mir sehr gut vorstellen. Zu mir war Philip stets charmant und zuvorkommend, ganz der Gentleman, ganz der formvollendete

Kavalier.« Sie lachte auf. »Sogar meine Mutter war ganz angetan von ihm, und sie legt wirklich großen Wert auf die Feinheiten der Etikette.« Dann wurde sie wieder ernst. »Aber ich vermute, dass er bei Menschen, die ihm nichts zu bieten hatten, ganz andere Seiten aufziehen konnte. Ich habe seine Eltern und seinen Bruder nicht oft gesehen, wir beschränkten die Kontakte zu beiden Familien auf ein Minimum. Aber wie er mit seinem Bruder umsprang … oder seinen Eltern.« Sie schüttelte den Kopf. »Unglaublich. Er hat ihnen seine Verachtung ganz offen gezeigt. Einmal hat er tatsächlich den Sonntagsbraten seiner Mutter mit der Begründung abgelehnt, er sei inzwischen so an die Gourmetküche gewöhnt, dass er das Zeugs nicht mehr herunterbringe. Seine Mutter musste ziemlich schlucken, und sein Vater hat nach Luft geschnappt, aber keiner von beiden hat etwas gesagt. Und geändert hat sich auch nichts, sie haben ihn weiterhin angehimmelt, vor allem sein Bruder und seine Mutter.«

»Haben Sie ihn einmal darauf angesprochen?«, fragte Lina neugierig.

»Ja, aber er spielte das Ganze herunter und meinte, seine Mutter könne einfach nicht kochen, und ich solle froh sein, dass er mich davor bewahrt habe. Ich habe es dabei bewenden lassen, denn schließlich ging es mich nichts an, wie die Familie Birkner miteinander umging.« Sie schwieg nachdenklich. »Wenn ich es recht überlege, war das mein letzter Besuch bei seinen Eltern.«

»Ist er mit seinem Bruder ähnlich grob umgesprungen?«

Katja Ansmann nickte. »Ich sagte Ihnen ja bereits, dass er sich mehrmals am Telefon verleugnen oder Verabredungen platzen ließ.« Sie schwieg kurz. »So auch an dem Tag, an dem er starb. Lukas rief an, kurz nachdem Philip aufgebrochen war. Mehr als ein Mal äußerte er sich abfällig über Lukas, weil er es nur zum Versicherungsmakler gebracht hatte, und noch nicht einmal zu einem besonders erfolgreichen. Aber dann wiederum«, fügte sie nach einer kurzen Pause hinzu, »sind sie stundenlang zu zweit durch die Kneipen gezogen.« Sie sah Lina an. »So richtig begriffen habe ich nie, wie die beiden eigentlich zueinander standen, aber wie gesagt, persönliche Themen haben wir stets ausgespart.«

»Kennen Sie irgendwelche Freunde oder Freundinnen von Herrn Birkner?«

Kopfschütteln. »Nein. Er war oft allein unterwegs, aber ich wusste nie, wo oder bei wem er war.« Katja Ansmann lächelte dünn. »Umgekehrt war es ja genauso. Etwas anderes wäre für mich auch nicht infrage gekommen.«

19. KAPITEL

Der Sand war weich, die Luft warm und der Lärm beträchtlich. Lina lag mit gefühlten zehntausend anderen Hamburgern neben Lutz am Elbstrand und genoss den Sonntag, oder zumindest das, was davon übrig war. Aus der nahen Strandbar wehte Gelächter und Glasgeklirr zu ihnen herüber.

Ungeduldig wartete sie darauf, dass sich bei ihr das Gefühl von Wochenende einstellte, doch der Gedanke an Daniel Vogler, der keine fünf Kilometer Luftlinie von ihr entfernt in U-Haft saß, ließ ihr keine Ruhe. Lina dachte mit gemischten Gefühlen an diesen Mann. Einerseits fand sie ihn arrogant und unsympathisch, und er hatte vermutlich drei Menschenleben auf dem Gewissen. Doch andererseits hatte man ihm auch übel mitgespielt. Lina erschauderte, als sie an die Schilderung von Björn Boysen dachte. Dass jemand da auf Rache aus war, leuchtete ihr ein. Wenn sie sich vorstellte, *ihr* würde so etwas passieren. Lina seufzte. Verboten war es trotzdem, von der Frage, ob es moralisch gutzuheißen war, einmal ganz zu schweigen. Das Bedürfnis nach Selbstjustiz war nachvollziehbar, war aber auch der direkte Weg zur Willkür und dem Recht des Stärkeren.

Sie tastete nach der Wasserflasche neben sich. Es war Sonntag, und sie hatte frei, also hätte sie sich eigentlich ruhig ein Bier gönnen können, so als krönenden Abschluss der Ermittlungen, aber irgendetwas hatte sie zögern lassen. Irgendetwas nagte an ihr, irgendetwas, was irgendwer irgendwann gesagt hatte, aber sie kam einfach nicht drauf, was. Alles sprach dafür, dass Daniel Vogler drei Menschen getötet hatte … aber trotzdem. Lina starrte in den blauen Himmel über sich. Blau mit einem Tick grau.

Wochenende. Fast ein bisschen wie Urlaub.

Und sie dachte an die Arbeit.

Sie lag auf dem Rücken, den Kopf in Lutz' Armbeuge, die Hände auf dem Bauch gefaltet. Erst als Lutz murmelte: »Jetzt hibbel doch nicht dauernd so rum!«, fiel ihr auf, dass sie die ganze Zeit nervös mit den Fingern trommelte.

»Sorry«, sagte sie und drehte sich auf die Seite.

Daniel Vogler hatte so gut wie sicher Franziska Leyhausen getötet, vermutlich auch Philip Birkner und Julia Munz. Er hatte für alle drei Morde ein Motiv, und seine Alibis, zumindest für die jüngsten Verbrechen, konnte man in der Pfeife rauchen. Lina stützte sich auf den Ellenbogen und schaute hinaus auf die Elbe. Die großen Containerschiffe zogen träge vorbei und betätigten sich als Wellenmacher.

»Oh Mann, jetzt entspann dich doch mal! Du hast Feierabend!«, stöhnte Lutz. Er beschirmte die Augen mit der Hand und sah zu ihr hoch. »Ich dachte, du hättest den Fall gelöst, Miss Marple.«

Lina ließ sich wieder zurücksinken. »Tut mir leid. Ich kann einfach nicht abschalten.«

Der Himmel war immer noch da.

Wer außer Daniel Vogler hatte denn sonst noch ein Motiv? Frank Jensen, okay, aber der war zur Tatzeit so abgefüllt gewesen, dass er vermutlich nur mit Mühe den Weg nach Hause gefunden hatte. Ins Niendorfer Gehege hätte er es nie und nimmer geschafft. Katja Ansmann? Lina verzog das Gesicht. Ihre Lieblingsfeindin hatte Max sie genannt. Aber dass sie etwas mit Philip Birkners Tod zu tun haben sollte, glaubte Lina inzwischen selbst nicht mehr. Sie dachte kurz an das Treffen von heute Morgen. Eigentlich konnte man mit der Frau ganz vernünftig reden. Und wie klar sie ihre Beziehung zu Philip gestaltet hat … ob sie wollte oder nicht, Lina musste anerkennen, dass die Frau sich nicht die Butter vom Brot nehmen ließ. Was natürlich nichts daran änderte, dass sie eine von *denen* war. Eine Hamburger Pfeffersäckin, die sich wer weiß was auf ihr Hanseatentum einbildete. Lina konnte sich lebhaft vorstellen, wie die wenigen Begegnungen zwischen ihr und der Familie Birkner verlaufen waren: Welten prallten aufeinander. Wobei sie sich nicht vorstellen konnte, dass Katja Ansmann die Eltern ihres offiziellen Lebensgefährten so offen brüskiert hatte wie Philip. Sie war wahrscheinlich subtiler vorgegangen. Feine Spitzen, in höfliche Worte verpackt. »Tut mir leid, aber Philip ist bei einem dringenden Termin. Ihr wart verabredet? Ach, Lukas, das tut mir wirklich leid, aber Philip ist gerade so beschäftigt …«

Plötzlich saß Lina kerzengerade im Elbsand. Das Wasser aus der geöffneten Flasche, die sie seit einer Ewigkeit in der Hand hielt, spritzte hoch und platschte auf ihre Oberschenkel und Lutz' Bauch. Er gab ein japsendes Geräusch von sich und fuhr ebenfalls hoch. »Was zum Teufel … Verdammt, Lina! Was ist denn heute bloß mit dir los?«

Lina antwortete nicht, schnappte sich wortlos ihren Rucksack und kramte nach ihrem Smartphone.

An warmen Wochenendtagen wie diesem war das Niendorfer Gehege heillos überlaufen. Sämtliche Parkplätze waren belegt, an den Straßen parkten Wagen dicht an dicht, die Gehwege waren so voll, dass die Spaziergänger unwillkürlich Rechtsverkehr einführten. Sobald ein Grüppchen stehen blieb, weil sich jemand einen Schnürsenkel zubinden wollte, weil der Sohn dem Vater oder die Tochter der Mutter eine ganz besonders knorrig gewachsene Hainbuche zeigen wollte oder die Oma es mal wieder im Knie hatte, bildete sich sofort ein Stau, den Radfahrerrudel und Joggerherden durch Ausscheren in alle Richtungen zu umgehen versuchten, wobei sie sich gegenseitig über die Füße fuhren respektive vor die Räder liefen. Am Wildgehege gab es kaum noch Stehplätze direkt am Zaun, die Schlange am Ponyhof reichte bis auf den Parkplatz, in der Waldschänke herrschte Hochbetrieb. Kindergeschrei hallte durch das lichte Unterholz, das an manchen Stellen zu kargen Sandflächen platt getrampelt war, Mütter und Väter riefen nach ihrem Nachwuchs, und über allem dröhnte jetzt zur Mittagszeit im Minutentakt ein schwerer Düsenjet hinweg, der jede Unterhaltung unmöglich machte.

Erholung in einer deutschen Großstadt im einundzwanzigsten Jahrhundert.

Sinnend blieb Max vor den Resten des Absperrbandes stehen. Nachdem er sich von Niels Hinrichsen verabschiedet hatte und dem kindlichen Mann noch einmal versichert hatte, dass er seine Sache richtig gut gemacht und ihm sehr weitergeholfen hatte, war er durch den kleinen Wald gegangen. Er setzte bewusst einen Fuß vor den anderen, ließ seinen Atem fließen und versuchte, sich nicht von den anderen Menschen um sich herum stören zu lassen. Doch heute fiel es ihm schwer, seine Gedanken zu beruhigen; zu Hause in seiner stillen Wohnung wäre es ihm vielleicht gelungen, oder im Dojo, in dem er regelmäßig meditierte, aber hier, wo ein Teil seiner Achtsamkeit von seiner Umgebung in Anspruch genommen wurde, kehrten seine Gedanken immer wieder zu dem letzten Gespräch mit Niels Hinrichsen zurück.

»Der böse Mann war dick«, hatte er gesagt.

Daniel Vogler war alles andere als dick.

Hatte Niels Hinrichsen sich geirrt? Nachts, im Dunkeln, mit der Angst im Blick? Oder hatten sie sich geirrt, und Daniel Vogler hatte Philip Birkner gar nicht getötet?

Aber wer war es dann?

Diese Frage ließ Max keine Ruhe. Er schritt die breiten Wege des Niendorfer Geheges ab, wartete geduldig, als er in der Nähe des Spielplatzes in einen Stau geriet, wich Großfamilien mit Kind und Kegel aus und ließ sich geduldig von einem weißen Golden Retriever beschnuppern. Keine zehn Meter vor ihm diskutierte ein Paar um die dreißig seine Beziehungsprobleme, und zwar in einer Lautstärke, dass jeder, der wollte, sich seinen Reim darauf machen konnte.

Der erste Verdächtige, der ihm einfiel, war natürlich Frank Jensen, aber der Mann hatte ein Alibi. Max war überzeugt, dass der

Programmierer nichts mit Philips Tod zu tun hatte. Es sei denn, er hatte ihm und Lina letzten Samstag seinen Kater nur vorgespielt. Max runzelte die Stirn.

»Verdammt noch mal, das ist unser *Urlaub*«, fauchte die Frau des streitenden Paares.

Dann war da noch Lukas Birkner. Er war eindeutig dick, aber er vergötterte seinen Bruder, und außerdem war er zum fraglichen Zeitpunkt im Urlaub gewesen.

»Du weißt doch genau, dass ich mir das nicht leisten kann!«, grollte der Mann vor ihm zurück. »Ich bin selbstständig, schon vergessen?« Dann wurde sein Ton versöhnlicher, und er legte seiner Partnerin den Arm um die Schultern. »Ach komm schon, Schatz, du machst dir ein paar schöne Tage, und ich besuche dich immer am Wochenende. Das ist doch auch …«

Max blieb unvermittelt stehen, sodass ein kleiner Junge, der direkt hinter ihm lief, fast gegen ihn prallte. Die Mutter nahm das Kind an die Hand und zog es von Max fort, den sie dabei strafend ansah.

»Können Sie nicht aufpassen? Sie sehen doch, was hier los ist!«

Max sah irritiert von der Mutter zu dem kleinen Jungen und wieder zurück. »Tut mir leid«, sagte er freundlich, doch die Mutter war bereits weitergegangen, um den Anschluss an Mann und die anderen zwei Kinder nicht zu verlieren.

Lukas Birkner vergötterte seinen Bruder. Seinen Bruder, der ihn schon als Jugendlicher gedemütigt und bloßgestellt hat, der sich hinter seinem Rücken über ihn lustig machte und sich am Telefon verleugnen ließ. Seinen Bruder, der Erfolg hatte, wo Lukas gescheitert war, und ihm mindestens einmal die Frau abspenstig machen wollte.

Max machte kehrt und rannte in Richtung Kollau.

Sie hatte das Telefon gerade aus dem Rucksack gezogen, als es zu klingeln begann. Lina schaute auf das Display und musste grinsen.

»Lukas Birkner war's«, sagte sie ohne ein Wort der Begrüßung. Das verblüffte Schweigen am anderen Ende war wie ein Sahnehäubchen für ihr Ego.

»Kannst du hellsehen?«, fragte Max schließlich.

»Nee, aber du offensichtlich. Ich wollte dich gerade anrufen.« Sie spürte Lutz' Hand an ihrem Rücken und schüttelte sie ab.

»Ich war heute Morgen noch einmal mit Niels Hinrichsen im Wald. Er hat den Mord tatsächlich beobachtet … und er sagt, der Täter sei dick gewesen.«

»Lukas Birkner ist dick«, bestätigte Lina. »Und er war zur Tatzeit vermutlich in der Stadt.« Sie war aufgestanden und hatte sich ein paar Schritte von Lutz entfernt, damit er das Gespräch nicht mitbekam. Immerhin ging es dabei um vertrauliche Ermittlungsergebnisse.

»Woher weißt du das?«

Lina senkte die Stimme. »Von Katja Ansmann«, sagte sie ohne weitere Erklärung. »Und du?«

»Von einem streitenden Pärchen im Wald«, sagte Max. »Die haben mich auf die Idee gebracht. Anschließend habe ich Sonja Birkner angerufen, und sie hat bestätigt, dass sie allein mit den Kindern in einem Ferienhaus an der Ostsee war und ihr Mann nur an den Wochenenden gekommen ist.«

Lina streckte ihr Gesicht in den Wind. Am Himmel waren die ersten weißen Schleier aufgetaucht, für den Abend war bereits wieder ein Gewitter angekündigt. Ihr Blick fiel auf Lutz, der sich aufgesetzt hatte und demonstrativ zur Elbe schaute anstatt zu ihr. Die Bierflasche in seiner Hand war leer. »Wie geht es Sonja Birkner?«

»Besser. Sie ist wieder zu Hause, und sie klang ziemlich entschlossen. Der Richter hat ihrem Mann verboten, die gemeinsame Wohnung zu betreten.«

»Weiß sie, wo er steckt?«

»Nein, aber sie vermutet, dass er bei seinen Eltern ist.« Max schwieg kurz, und Lina hörte eine Autotür ins Schloss fallen. »Wo bist du gerade?«

Lina sagte es ihm. Lutz stand auf und ging zur Strandbar, um sich noch ein Bier zu holen.

»Soll ich dich irgendwo einsammeln?«, fragte Max. Sie vereinbarten einen gut erreichbaren U-Bahnhof als Treffpunkt.

»Bis gleich«, sagte Lina und legte auf.

Lutz stand noch in der Schlange an der Bar, als Lina zu ihm trat und ihn in die Seite knuffte. »Du, ich muss noch mal los.«

»Das war ja klar«, sagte er und versuchte gar nicht, seinen Missmut zu verbergen.

Lina seufzte. »Tut mir leid, aber es ist echt dringend.«

»Klar.« Er schob sich einen halben Meter weiter vor. »Ist dieser Max auch dabei?«

»Ja. Wir sind nämlich zufällig Kollegen. Wieso fragst du?« Sie schob ihren Rucksack ein Stückchen höher und ließ ihren Schlüsselbund am Ring um den Zeigefinger kreisen.

»Nur so.« Lutz zuckte die Schultern. »Viel Spaß dann«, sagte er noch und wandte sich dem Tresen zu, von dem er nur noch einen Schritt entfernt war.

»Blödmann«, fauchte Lina und stapfte durch den warmen Sand davon.

Lina hatte gerade ihr Telefongespräch beendet, als Max neben dem Bordstein anhielt und sie einstiegen ließ. Noch während sie sich anschnallte, sagte sie: »Wir hätten Birkners Alibi schon längst überprüfen sollen. Verdammter Mist.«

Max blinkte und fädelte sich in den fließenden Verkehr ein. »Dabei hat er ja niemals irgendwas geleugnet. Wir haben ihn einfach gar nicht gefragt.« Er schüttelte den Kopf über so viel eigene Dummheit.

Sie hatten Glück, an diesem Wochenende standen weder der Stadtmarathon noch Hafengeburtstag oder Motorradcorso an, sodass die Straßen erfreulich leer waren.

»Ich habe übrigens gerade noch mal mit Katja Ansmann gesprochen«, sagte Lina, als sie an einer roten Ampel warten mussten. »Lukas hat am Donnerstag vor einer Woche angerufen, kurz nachdem Philip die Wohnung verlassen hatte. Sie meinte, Lukas habe so oft angerufen, und Philip habe seinen Bruder so oft versetzt, dass ihr das nicht besonders aufgefallen wäre. Deshalb hatte sie es vorher nie erwähnt.«

»Aber woher wusste Lukas, dass sein Bruder im Wald war?«, fragte Max stirnrunzelnd.

Lina zuckte die Schultern. »Keine Ahnung. Vielleicht hat er ihn zufällig gesehen und ist ihm gefolgt?«

»Ohne sich zu erkennen zu geben?«

»Vielleicht wollte er herausfinden, was Philip treibt, wenn er seinen Bruder versetzt.«

»Er beobachtet ihn bei dem Konzert mit Franziska Leyhausen, folgt ihnen in den Wald und erschlägt den Bruder? Aber warum?«

»So, wie Philip mit ihm umgesprungen ist?«, meinte Lina. »Vielleicht ist ihm am Donnerstag endgültig der Kragen geplatzt.«

Max sagte nichts, denn in diesem Moment fand er eine freie Parklücke vor dem Haus der Eltern Birkner, setzte den Wagen zurück und stellte den Motor aus.

Trotz des schwül-warmen Wetters hatten die Birkners alle Fenster und Türen geschlossen, und in der Wohnung war es heiß und stickig. In den neun Tagen, die seit dem Tod ihres ältesten Sohnes vergangen waren, waren Gisela und Klaus Birkner sichtlich gealtert. Das Gesicht des Mannes war aschfahl, und auf seiner Stirn sammelte sich der Schweiß. Die Frau wirkte eingefallen, als hätte sie in der letzten Woche mindestens fünf Kilo abgenommen.

Lukas Birkner war nicht bei seinen Eltern, und wie sich herausstellte, wussten sie auch nichts davon, dass er seine Frau krankenhausreif geschlagen und auf richterlichen Beschluss der gemeinsamen Wohnung verwiesen worden war.

»Das muss ein Missverständnis sein«, sagte Gisela Birkner. Sie saß aufrecht auf dem Sofa, die Hände nervös im Schoß gefaltete. »Lukas würde doch nie und nimmer eine Frau schlagen! Er ist ein guter Junge!« Sie begann zu weinen.

Ihr Mann saß mit gesenktem Kopf daneben.

»Haben Sie eine Idee, wo Ihr Sohn sein könnte?«, fragte Max behutsam.

Die Frau hob den Kopf. »Aber was wollen Sie denn von ihm? Er hat doch nichts verbrochen! Warum können Sie ihn denn nicht in Ruhe lassen! Erst Philip, und jetzt … er hat seinen Bruder so geliebt! Sie waren unzertrennlich, die beiden.«

Klaus Birkner murmelte etwas Unverständliches. Er räusperte sich, richtete sich ein paar Zentimeter auf und versuchte es noch mal. »Hohwacht. Er könnte in Hohwacht sein.«

Lina und Max sahen sich an. »In Ihrem Ferienhaus?«

Der Mann nickte.

»Aber Klaus, Lukas macht doch jetzt keinen Urlaub, wo Philip tot ist und wir uns um alles kümmern müssen, mit der Beerdigung und dem ganzen Papierkram!« Gisela Birkners tadelnder Unterton ließ ihren Mann wieder in sich zusammensacken.

»Was wollen Sie denn überhaupt von ihm? Sie haben doch schon mit ihm gesprochen, das hat er mir erzählt. Er hat Ihnen doch schon alles gesagt!« Ihre Stimme hatte einen schrillen, fast hysterischen Klang bekommen.

Max lächelte die Frau sanft an. »Es haben sich noch ein paar Fragen ergeben. Könnten Sie uns vielleicht den Weg zu Ihrem Häuschen beschreiben? Und uns den Schlüssel ausleihen?«

»Aber warum wollen Sie denn …«, begann Frau Birkner, doch ihr Mann unterbrach sie.

»Ich komme mit«, sagte er.

»Aber Klaus, du kannst doch jetzt nicht nach Hohwacht fahren! Es ist fast vier, das dauert ja ewig, bis du wieder zu Hause bist. Denk an dein Herz!«

Klaus Birkner tätschelte den Arm seiner Frau und stand auf. »Lass man, mir geht es gut.« Die Schweißperlen an seiner Oberlippe straften seine Worte Lügen.

»Herr Birkner, es ist wirklich nicht nötig, dass Sie mitkommen«, sagte Max. Lina sah ihm an, dass er hin- und hergerissen war. Es war offensichtlich, dass Herr Birkner allein mit ihnen reden wollte, aber sie wussten nicht, was sie in Hohwacht erwartete, und konnten ihn schlecht mitnehmen. »Sie können doch Ihre Frau jetzt nicht allein lassen.«

Birkner schien ihre Unentschlossenheit zu spüren. »Wenn Sie mich nicht mitnehmen, fahre ich alleine.« Er warf seiner Frau einen Blick zu. »Die Schwester meiner Frau müsste jeden Moment kommen.« Gisela Birkner hatte wieder angefangen zu weinen. »Sie kann das ohnehin besser als ich … trösten und so.«

Max seufzte verhalten.

Lina betrachtete einen Moment lang die zusammengesunkene Gestalt neben sich im Fond des Wagens. Der plötzliche Elan, den er vor wenigen Minuten oben in der Wohnung gezeigt hatte, war schon wieder verpufft. Klaus Birkner wirkte müde, doch es war keine kurzzeitige Müdigkeit, weil die aktuellen Ereignisse ihn überfordert und erschöpft hatten, sondern eine tiefe, bis ins Mark gehende Müdigkeit, die sich über viele Jahre angesammelt und tiefe Furchen in seinem Gesicht hinterlassen hatte. Der Motor summte gleichmäßig, als sie gegen den Strom aus der Stadt hinausfuhren, und die Klimaanlage sorgte für eine angenehme Kühle. Auf der Gegenfahrbahn staute sich der Verkehr. Vor der Abfahrt hatte Max Hanno angerufen und ihn gebeten, das Ferienhaus in Hohwacht von den Kollegen vor Ort unauffällig überwachen zu lassen. Hanno hatte in seinem Kleingarten gesessen und geflucht, weil Max und Lina ihm, wie er sagte, nicht einmal einen ruhigen Sonntag gönnten.

Klaus Birkner hatte das Telefonat teilweise mitbekommen, doch er zeigte keinerlei Regung. Er hatte den Kopf zurückgelehnt und die Augen geschlossen.

»Erzählen Sie mir von Philip. Von Philip und Lukas«, sagte Lina leise.

Eine ganze Weile geschah nichts, doch schließlich schlug der Mann die Augen auf und holte tief Luft. »Lukas hatte gegen Philip nie eine Chance. Philip war der Ältere, der Bessere, der Liebling der Mutter, der Lehrer und der Frauen.« Er sah Lina an. »Sie kannten Philip ja nicht, aber … er hatte so eine Art, mit Menschen umzugehen … Wenn er jemanden mochte oder etwas von einem wollte, hat er sich sehr bemüht, war charmant, hat Komplimente gemacht, hat dem anderen aufmerksam zugehört … Aber wehe, man gehörte zu denen, die ihm nichts zu bieten hatten. Wie meine

Frau und ich irgendwann. Oder wie Lukas.« Er wandte den Blick ab und sah aus dem Fenster. »Er konnte einen ignorieren, bis man selbst glaubte, man würde nicht mehr existieren. Er konnte so verletzend sein und einem das Gefühl vermitteln, der letzte Dreck zu sein. Gisela … meine Frau hat in den letzten Jahren sehr gelitten. Vor allem, seit er mit Katja zusammen war, aber es lag nicht an Katja. Philip hatte sich nicht verändert, er war schon immer so gewesen, aber nachdem er diese Katja kennengelernt hatte, brauchte er uns überhaupt nicht mehr.« Er wischte sich verstohlen über die Augen. »Wie er seine Mutter behandelt hat! Da steht sie stundenlang in der Küche und kocht und backt, weil der Junge kommt, und dann schaut er sich den Braten nur naserümpfend an und sagt, so einen Fraß bekäme er nicht mehr runter, er sei jetzt Besseres gewöhnt. Ich meine«, der Mann hob leicht die Stimme, »so was kann man ja vielleicht still für sich denken, aber das sagt man doch nicht der Mutter ins Gesicht!«

Lina erinnerte sich, dass Katja Ansmann ihr heute Morgen genau dieselbe Szene geschildert hatte. »Und wie hat Ihre Frau darauf reagiert?«, fragte sie leise.

Birkner schüttelte den Kopf. »Sie hat die Tränen runtergeschluckt und gelächelt. ›Der Junge meint es doch nicht so.‹ Entweder das, oder: ›Der Junge hatte einen schweren Tag, hat nicht darüber nachgedacht, was er sagt, es war ein Versehen, ein Missverständnis.‹ Sie haben es ja vorhin erlebt, Lukas nimmt sie genauso in Schutz. ›Lukas würde doch nie eine Frau schlagen!‹« Der letzte Satz triefte vor traurigem Spott.

»Das heißt, Sie sind nicht überrascht?«

Birkner schwieg lange. Inzwischen waren sie auf der Autobahn Richtung Lübeck und kamen zügig voran. Der Himmel hatte sich zugezogen, graue Wolken hatten das Sommerblau vertrieben.

»Nein. Man musste sich doch nur ansehen, wie er mit Sonja umgesprungen ist. Nicht anders als Philip mit uns.« Er seufzte schwer. »Aber egal, was ich gegen Philip oder Lukas vorbrachte, Gisela nahm die beiden immer in Schutz, vor allem Philip. Immer. Und nicht nur mir gegenüber.« Er holte tief Luft. »Wenn er früher andere Kinder geschlagen hat, wenn es in der Schule Streit gab, wenn Philip und Lukas sich prügelten – Philip war nie schuld. Er lächelte meine Frau treuherzig an, und sie glaubte ihm. Ausnahmslos. Es war zwecklos, mit ihr über Philip reden zu wollen, sie verteidigte ihn mit Zähnen und Klauen.«

»Und Lukas?«, fragte Max von vorne, als der Mann schwieg.

In einer hilflosen Geste hob Birkner senior die Schultern. »Das habe ich nie begriffen. Philip hat ihn getriezt und gequält, aber Lukas hat seinen älteren Bruder immer bewundert. Er war sein Held, und genau wie meine Frau ließ er nichts auf Philip kommen. Vielleicht«, fügte er kopfschüttelnd hinzu, »lag das an den Brotkrumen, die Philip ihm hin und wieder zuwarf. Ein Nachmittag auf dem Bolzplatz, ein Abend mit dem kleinen Bruder in der Kneipe. Ein besonders teures Geschenk. Ein gönnerhaftes Schulterklopfen. Das hatte ja schon ganz früh angefangen, schon in der Schule hätte Lukas alles für Philip getan. Dafür durfte er dann ab und zu mit Philip und seinen Freunden losziehen.«

»Sie meinen Julia Munz und die anderen?«, fragte Lina.

Birkner nickte müde. »Dabei hat Philip seinem Bruder das Mädchen ausgespannt, aber nicht mal das hat Lukas davon abgehalten, seinen Bruder zu bewundern.«

Lina und Max wechselten im Rückspiegel einen Blick. »Lukas und Julia Munz waren mal zusammen?«

Der Mann nickte erneut. »Philip hat Julia sogar erst über Lukas kennengelernt. Natürlich habe ich das alles damals gar nicht so mitbekommen, ich habe ja noch gearbeitet, und in dem Alter erzählt man den Eltern ja sowieso nichts. Aber Jahre später, bei irgendeiner Familienfeier, hat Philip seinen Bruder einmal damit aufgezogen, dass er ihm damals die Freundin ausgespannt hat.« Erneut wandte er den Blick ab und schaute aus dem Fenster.

Lina dachte an das, was sie inzwischen über Julia Munz erfahren hatte, und war sich sicher, dass das Mädchen sich ziemlich bereitwillig hatte ausspannen lassen. Am Abend ihres Todes hatte sie mit verschiedenen Jungs geflirtet – kurz nachdem sie sich von Philip Birkner getrennt hatte. Doch Philip hatte für den Abend ein

Alibi. »Können Sie sich noch an den Abend erinnern, an dem Julia Munz getötet wurde?«, fragte sie leise.

Birkner reagierte nicht, sondern hielt unverwandt den Blick aus dem Fenster gerichtet. Auf seiner Stirn hatten sich erneut Schweißtropfen gebildet, und er hatte seine Hände gefaltet, bis die Fingerknöchel weiß hervortraten. Lina beugte sich ein winziges Stück zu ihm hinüber.

»Ich habe an dem Tag meinen dreiundfünfzigsten Geburtstag gefeiert, in Hohwacht«, sagte er schließlich mit tonloser Stimme. »Dort bin ich aufgewachsen, und seit dem Tod meiner Mutter nutzen wir mein Elternhaus als Ferienhaus. Die Jungs waren beide dabei, das hatte ich mir gewünscht.« Lina merkte ihm an, dass seine Söhne diesem Wunsch nur widerwillig nachgekommen waren. Mitten im Sommer mit den Eltern in ein piefiges Kaff an der Ostsee? Wie scheiße war das denn! Aber es war nicht die Verletztheit über die lustlose Anwesenheit der Söhne, die den Vater jetzt bleich werden ließ wie eine Wand. Als er fortfuhr, musste Lina sich noch weiter zu ihm beugen, damit sie ihn verstand.

»Am nächsten Morgen stellte ich fest, dass jemand in der Nacht mit dem Auto gefahren war. Die Jungs hatten beide schon ihren Führerschein, und der Schlüssel hing am Schlüsselbrett. Ich weiß also nicht mit Sicherheit, wer es war – oder ob sie beide zusammen gefahren sind. Laut Tacho hat derjenige zweihundertsiebzig Kilometer zurückgelegt.« Er schluckte. »Einmal nach Hamburg und zurück.«

20. KAPITEL

»Warum haben Sie das damals nicht der Polizei erzählt?«, fragte Lina. Der Verkehr wurde wieder dichter, als sie an Lübeck vorbeifuhren. Schwere Gewitterwolken hingen am Himmel.

Klaus Birkner schwieg lange Zeit. »Mich hat nie jemand gefragt. Ich war damals viel unterwegs, auf Montage. Meine Frau wurde einmal befragt, ob sie Philips Aussage bestätigen kann. Natürlich konnte sie! Selbst wenn sie zugesehen hätte, wie einer ihrer Söhne einen Mord begeht, hätte sie für ihn gelogen. Aber sie wusste gar nicht, dass jemand nachts mit dem Auto gefahren ist.«

»Sie haben nie mit Ihrer Frau darüber gesprochen? Oder mit Ihren Söhnen?«, fragte Lina. Der Himmel war mittlerweile fast ein durchgehendes Dunkelgrau. »Hatten Sie jemals einen Ihrer Söhne besonders in Verdacht?«, fragte sie leise.

Klaus Birkner sah aus dem Fenster. »Am Morgen nach meinem Geburtstag waren beide Jungs auffallend still. Lukas war völlig übernächtigt, seine Hände zitterten.« Er schluckte. »Auf der Stirn hatte er einen frischen Kratzer. Auf die Frage meiner Frau, wo er den herhätte, antwortete er, er habe sich wohl an irgendeinem Dornenzweig gekratzt.« In dem Moment hatte Philip sich eingemischt und erklärt, sie seien in der Nacht noch mal unterwegs gewesen, am Strand. Und tatsächlich gab es auf dem Weg dorthin einige stachelige und dornige Pflanzen: Heckenrosen, Weißdorn, Brombeeren.

Die Eltern ließen die Sache auf sich beruhen und hakten nicht weiter nach. Erst später am Tag fiel dem Vater der Tachostand auf, doch er lächelte insgeheim über die, wie er vermutete, gemeinsame Spritztour seiner Söhne. Erst als sie wieder in Hamburg waren, eine Woche später, erfuhren sie von dem Mord an dem Mädchen, und Klaus Birkner fing an, sich Gedanken zu machen und seine Söhne zu beobachten. Lukas blieb in diesem Sommer auffallend oft zu Hause, traf sich kaum mit seinen Freunden, während Philip ein Praktikum in einer Softwarefirma machte und regelrecht aufzublühen schien. Mehrere Male wollte Klaus Birkner seine Söhne fragen, ob sie etwas mit dem Tod des Mädchens zu tun hatten, aber stets verließ ihn im letzten Moment der Mut.

Lina versuchte sich vorzustellen, wie es sein musste, mit solch einem Verdacht zu leben: dass einer der Söhne oder sogar beide ein Menschenleben auf dem Gewissen hatten. Sie schaffte es nicht. Es war still, nur das gleichmäßige Summen des Motors war zu hören.

»Sie wissen also nicht mit Sicherheit, ob einer Ihrer Söhne …?«

Klaus Birkner senkte den Kopf. »Zwischen den beiden hatte sich etwas verändert. Ja, Philip war schon immer der Erfolgreichere der beiden gewesen, und er hatte Lukas schon immer getriezt und geärgert. Aber bis dahin hatte Lukas sich wenigstens ab und zu noch zur Wehr gesetzt, hatte sich mit seinem Bruder gestritten oder sich hin und wieder geweigert zu tun, was Philip von ihm verlangte. Aber danach … es war, als stünde er vollkommen unter dem Bann seines Bruders. Philip sagte Hü, und Lukas kuschte.« Er holte tief Luft. »Bis dahin war Lukas immer ein recht guter Schüler gewesen, genau wie Philip. Doch in seinem letzten Jahr ließen seine Leistungen schlagartig nach. Sogar sein Abitur schaffte er nur mit Mühe und Not.«

Klaus Birkner blickte erneut aus dem Fenster, an dem endlose Maisplantagen vorüberzogen. »Ich bin mir sicher, dass Philip wusste, dass Lukas etwas mit dem Tod des Mädchens zu tun hatte. Entweder weil sie zusammen nach Hamburg gefahren waren, oder weil er Lukas erwischt hat, als dieser spätnachts wieder nach Hohwacht kam.« Er schloss die Augen. »Und er hat es Lukas spüren lassen, dass er ihn in der Hand hatte.«

»Und Lukas hatte keine Möglichkeit, sich dagegen zu wehren, wenn er sich nicht selbst ans Messer liefern wollte«, sagte Lina leise.

Klaus Birkner nickte stumm.

In Hohwacht, einem kleinen Ferienort direkt an der Küste, lebten normalerweise weniger als tausend Menschen, doch zur Hochsaison schnellte die Einwohnerzahl in die Höhe. Das kleine Häuschen der Familie Birkner hatte früher einmal etwas außerhalb des Ortskerns gelegen, war jedoch inzwischen in eine Ferienhaussiedlung eingebettet. Die kleine Wohnstraße war normalerweise wie ausgestorben, doch jetzt hatte sich vor einer Polizeiabsperrung ein kleiner Pulk Schaulustiger angesammelt.

»Unter unauffälliger Überwachung verstehe ich etwas anderes«, murmelte Max leise.

Ein Kollege winkte ihren Wagen durch, nachdem Max ihm seinen Ausweis gezeigt hatte, und die Feriengäste in Shorts und Sandalen lugten neugierig in das Auto mit dem Hamburger Kennzeichen.

Das Ferienhaus der Birkners war unschwer an dem davor parkenden Einsatzwagen in silber-blauer Lackierung zu erkennen. In der Auffahrt zum Haus parkte Lukas Birkners dunkelblauer BMW. Am Kofferraum prangte ein Aufkleber des HSV. Fenster und Türen des Hauses waren verschlossen, die Gardinen vorgezogen.

Vor einem Polizeibus mit Ostholsteiner Kennzeichen stand ein kleines Grüppchen Uniformierter. Einsatzleiter Ralf Hansen aus Lütjenburg begrüßte die Kollegen aus Hamburg mit kräftigem Handschlag. Er musterte das ungleiche Paar mit hochgezogenen Brauen, wobei sein Blick eine Spur länger als nötig an Lina mit ihren strubbeligen Haaren und dem leicht zerknitterten T-Shirt hängen blieb, dann begrüßte er Klaus Birkner, der wie gebannt zum Haus starrte.

Max deutete mit einem Kopfnicken auf das Polizeiaufgebot und die Absperrung. »Was soll das denn?«

»Sicherungsmaßnahme«, sagte der kräftig gebaute Mann mit den kurz geschorenen Haaren knapp. »Damit niemand zu Schaden kommt.«

Max atmete tief ein, ganz tief, und langsam wieder aus. Falls Lukas Birkner im Haus war, worauf der Wagen in der Auffahrt schließen ließ, und falls er sich bisher noch nichts angetan hatte, konnte es gut sein, dass er das jetzt nachgeholt hatte.

»Seit wann stehen Sie hier?«, fragte er Ralf Hansen.

»Seit etwa …«, er sah auf die Uhr, »… zehn Minuten.«

»Haben Sie jemanden im Haus gesehen?«

»Negativ.«

Max holte erneut tief Luft, dann wandte er sich an Klaus Birkner. »Bitte geben Sie mir den Schlüssel.«

»Ich komme mit.«

»Nein.«

»Das ist mein Haus, und ich habe ein Recht darauf.«

»Nein. Herr Birkner, seien Sie vernünftig. Wir wissen nicht, was uns da drin erwartet. Bitte warten Sie hier draußen.« Er sah den Mann ernst an, ohne jedoch etwas zu verbergen. Klaus Birkner erwiderte den Blick, und schließlich zog er einen Schlüsselbund mit zwei Schlüsseln aus der Tasche. Er hielt ihn am Sicherheitsschlüssel fest und reichte ihn Max. Er öffnete den Mund, um etwas zu sagen, doch dann senkte er nur stumm den Kopf.

Max ging zur Haustür, Lina folgte ihm wortlos. Er drückte auf den Klingelknopf. Nichts rührte sich. Er klopfte an die Tür, und als sich immer noch nichts regte, steckte er den Schlüssel ins Schloss und drehte ihn um. Vorsichtig stieß er die Tür auf.

Sie standen in einer winzigen Diele. Rechts befand sich die Küche, sie war leer. Zwei Schritte weiter führte eine steile, schmale Treppe hinauf ins Dachgeschoss, geradeaus lag das Wohnzimmer. Ein kühler Luftzug wehte in den stickigen Flur. Lina schob sich an Max vorbei. Ihr Blick fiel zunächst auf das Sofa direkt neben der Tür, auf dem eine zerwühlte Wolldecke und zwei zerknautschte Kissen lagen. Der Tisch war mit leeren Bierdosen, Chipstüten und Kekspackungen übersät, auch auf dem Boden lag jede Menge Müll herum. Hinter dem großen Panoramafenster lag ein kleiner Garten. Eine Pforte verschloss normalerweise den schmalen Durchlass in einer meterhohen Thujahecke. Jetzt stand die Pforte offen, genau wie die Terrassentür.

Lina hatte Max noch nie so wütend erlebt, doch selbst jetzt schien er sich vollkommen unter Kontrolle zu haben. Seine Stimme klang höflich, kühl und distanziert, doch von seiner üblichen Freundlichkeit war nichts zu merken.

»Ich hoffe um Ihretwillen, dass der Mann keine Dummheiten macht«, sagte er leise zu Ralf Hansen, der ihnen nachgekommen war und entgeistert auf die offene Tür starrte.

»Aber ...« Der Einsatzleiter schluckte herunter, was immer er sagen wollte, als er Max' Blick sah.

»Und jetzt beenden Sie Ihre *Sicherungsmaßnahme* und schicken Ihre Leute los. Alarmieren Sie die Küstenwache und Ihre Kollegen. Der Gesuchte ist dreiunddreißig Jahre alt, etwa einsfünfundsiebzig groß und dick.«

»Jawohl.«

»Wo geht's da lang?«, fragte Lina und deutete auf die Gartenpforte.

»Zum Strand.«

Max und Lina sahen sich kurz an und rannten los. Heftige Windböen wirbelten Sand und abgerissene Blätter auf, und mittlerweile war es so dunkel geworden, dass die Straßenlaternen flackernd ansprangen. Hinter der Hecke verlief ein schmaler Fußweg, der nach wenigen Metern in eine schmale, asphaltierte Straße mündete. Lina schaute nach links und rechts. Ein paar Familien eilten schwer bepackt mit kompletter Strandausstattung zu ihren Feriendomizilen, aber weit und breit kein flüchtender Lukas Birkner. Direkt auf der anderen Straßenseite begann die Steilküste. Knorrige, verwachsene Eichen klammerten sich verzweifelt in den mageren Sandboden. Die letzten Urlauber packten hektisch ihre Sachen zusammen und flüchteten über einen steilen Sandweg vor dem herannahenden Gewitter. Max und Lina stürmten an ihnen vorbei. Unten am Strand angekommen, sahen sie sich erneut um. Der Himmel war dunkelanthrazit, hier und da mit ein paar helleren Einsprengseln. Der Wind trieb Blätter, Sand und Zweige vor sich her. Links ging es zum Kurzentrum und dem bewachten Badestrand mit den Strandkörben. Am Flaggenmast stand die rote Flagge fast senkrecht im Wind. Rechts setzte sich die Steilküste fort, der Strand wurde steiniger und wirkte naturbelassener. Zu beiden Seiten waren nur noch vereinzelt Menschen unterwegs. Am Badestrand kämpfte ein Mann mit einer flatternden Plane, vielleicht von einer Strandmuschel. Rechts jagte eine Frau ihrem Strandtuch nach. In der Ferne lief schwankend ein Mann. Sein weißes Hemd leuchtete grell im unwirklichen Gewitterlicht. Die Luft roch nach Schwefel.

Max und Lina sahen sich an, dann rannten beide nach rechts. Lina trug Turnschuhe zu ihren kurzen Hosen, der vom Wind vorangetriebene Sand biss an ihren Beinen. Rechts ragte die Steilküste zwanzig Meter über ihnen in die Höhe, links hatte sich die brave, zahme Ostsee in einen tosenden Ozean verwandelt. Weiß schäumende Gischt fraß am immer schmaler werdenden Uferstreifen. Als sie durch eine weit hinaufrollende Welle rannte, spürte Lina den Sog des Wassers, und ein Stein prallte schmerzhaft gegen ihren Knöchel. Max rannte ein paar Schritte vorweg. Der Mann vor ihnen kam nur langsam voran, ein paarmal sah es fast aus, als würde er stürzten.

Der Wind dröhnte in den Ohren, das Donnergrollen wirkte bedrohlich. Lina konnte sich nicht entsinnen, wann sie das letzte Mal bei so einem Unwetter so weit von einem schützenden Unterstand entfernt gewesen war.

Hinter sich hörte sie Schreie und Pfiffe. Als sie sich umwandte, sah sie jemanden mit knallig orangefarbener Warnweste hinter sich herrennen. Sie konnte nicht erkennen, ob es ein Mann oder eine Frau war. Die Person schwenkte hektisch ein rotes Fähnchen und deutete immer wieder auf die Steilküste. Lina blickte nach rechts. Kurz vor ihnen hing ein Bäumchen bedrohlich schief an der Sandklippe. Nicht mehr lange, und es würde sich losreißen und auf den Strand wehen. Lina versuchte Max einzuholen, aber der hatte einen Sprint eingelegt und befand sich mindestens zwanzig Meter vor ihr. Der Mann, den sie verfolgten, drehte sich um. Lina erkannte Lukas Birkner, dessen bleiches Gesicht im ersten Blitz fast so hell aufleuchtete wie das Hemd. Er wandte sich wieder um und rannte überraschend schnell weiter. Jetzt erkannte Lina vor sich die Masten der Jollen, die wild im Wasser schaukelten. Gut möglich, dass sie bei schönem Wetter am Strand lagen, der hier wieder breiter wurde. Eine Holztreppe führte die Steilküste empor, und als der nächste Blitz aufzuckte, erkannte sie ein paar einfache Gebäude fast direkt an der Abbruchkante. Auf einer Flagge am Mast erkannte sie mit Mühe und Not das Wort Schule. Eine Segelschule, deshalb also die ganzen kleinen Boote hier unten. Nussschalen für Anfänger. Wollte Birkner etwa in einem dieser Dinger abhauen?

Hinter ihr krachte es. Lina wollte sich gerade umdrehen, als sie einen Schlag auf den Schädel bekam. Ihr wurde schwarz vor Augen.

Als sie die Augen wieder aufschlug, sah sie ein leuchtendes Orange vor sich. Jemand hielt ihren Kopf fest und schien sie nach Verletzungen abzusuchen. Hinter dem Orange war der Himmel immer noch grau, fast schwarz. Der Wind röhrte, ohne nachzulassen, und die Ostsee, diese winzige Badewanne, leckte an ihren Füßen. Sie lag halb auf einem kleinen Baum, der bis eben noch oben an der Steilküste gestanden und jetzt beinahe einen Polizistenmord auf dem Gewissen hatte. Lina war klatschnass, und die junge Frau, die neben ihr kniete, sah sie mit einer Mischung aus Erleichterung und Verärgerung an.

»Wissen Sie denn nicht, dass es lebensgefährlich ist, bei so einem Sturm an der Steilküste langzulaufen? Sind Sie wahnsinnig?« Die Frau musste beinahe schreien.

Max! Wo war Max? Lina setzte sich auf. Ihr war etwas schwindelig, aber nach einigen Momenten wurde es besser.

Die junge Frau mit dem DLRG-Abzeichen auf der Weste hielt sie fest und half ihr beim Aufstehen. Als sie Lina zur Holztreppe führen wollte, bloß weg aus der Gefahrenzone, riss Lina sich los. Sie sah zu den Booten der Segelschule. Kein Max. Kein Lukas. Die Frau ergriff ihren Arm und wollte sie erneut in Richtung Treppe zerren. Lina zog ihr Handy aus der Jackentasche, doch das Display war tot. Abgesoffen.

»Kommen Sie, wir müssen hier weg!«, brüllte die Frau ihr ins Ohr. »Jeden Moment kann die Steilküste runterkommen!«

Lina riss sich erneut los. Sie zückte ihren Dienstausweis, der zum Glück wasserfest war, und hielt ihn der Frau vor die Nase.

»Kripo Hamburg. Wo sind die beiden Männer, die vor mir waren?«

»Welche Männer? Ich habe nur Sie gesehen. Und jetzt kommen Sie.«

Linas Magen krampfte sich zusammen. Sie rannte zu den Booten, die Frau vom DLRG lief ihr schreiend hinterher.

Der Regen setzte ein. Erst nur wenige, schwere Tropfen, Sekunden später prasselte es in einem dichten Vorhang herunter, der die Sicht auf wenige Meter begrenzte. Die Frau hinter ihr schrie etwas und packte ihre Schulter.

Lina drehte sich um. »Haben Sie ein Handy oder Funkgerät dabei?« Sie wartete kaum das Nicken ab. »Dann fordern Sie Verstärkung an. Männer, Boote, Hubschrauber, was weiß ich. Zwei Männer werden vermisst. Ein Tatverdächtiger und ein Polizeibeamter.«

Die Frau öffnete den Mund, um etwas zu sagen, doch Lina schrie nur: »Jetzt machen Sie schon!« Sie hörte selbst die Panik in ihrer Stimme und holte tief Luft, um ihre Angst zu zügeln. Sie rannte durch das knietiefe Wasser von Boot zu Boot und brüllte laut Max' Namen. Sie sah den Strand hinunter, doch in diesem Chaos konnte sie kaum die Hand vor Augen erkennen. Das Meer war eine einzige schäumende Waschküche, und sie konnte nicht unterscheiden, wo die Gischt aufhörte und der Regen begann. Sie stolperte über eine Ankerkette und platschte kopfüber ins Wasser. Es war eiskalt, aber es vertrieb den letzten Rest Nebel von der Ohnmacht. Sie hielt sich an einem wild schwankenden Boot fest und kam mühsam wieder auf die Beine. Die Wellen wollten sie umreißen, aber sie weigerte sich, sich umreißen zu lassen, und starrte angestrengt hinaus in dieses weiße, brausende Toben. Die Blitze kamen jetzt im Sekundentakt, der Donner hörte gar nicht wieder auf. Ein Stück rechts von sich, vielleicht dreißig Meter vom Strand entfernt, meinte sie, eine größere weiße Masse zu erkennen, die in den hohen Wogen auf und ab tanzte. Sie watete näher ans Ufer und rannte auf den Schemen zu. Die Frau vom DLRG folgte ihr. Sie hatte den weißen Fleck ebenfalls entdeckt und deutete wild gestikulierend darauf. In der rechten Hand hielt sie ein Funkgerät. Lina verstand nur Bruchstücke von dem, was sie hineinschrie. Sie hatte ihre ganze Aufmerksamkeit auf den weißen Fleck in der weißen Gischt gerichtet. Im grellen Licht der Blitze erkannte sie das kleine Boot, das in den Wellen hin und her schaukelte und immer wieder im Wellental verschwand. Lina versuchte angestrengt, etwas zu erkennen. Waren Max und Lukas in diesem Boot? Oder nur einer von ihnen? War das dort vorne nicht ein Kopf? Ein ausgestreckter Arm? Der dürre Mast des Bootes ragte in die Höhe wie ein Strohhalm, an den sich Ertrinkende klammerten. Dreißig Meter, und doch unendlich weit fort. Konnte Max schwimmen? Mit Sicherheit, aber wie gut? Lina widerstand dem Impuls, sich ins Wasser zu stürzen und hinzuschwimmen. Sie drehte sich zu der Frau vom DLRG um.

»Kann man da nicht ein Boot hinschicken?«, schrie sie.

Die Frau schüttelte den Kopf. »Ist viel zu gefährlich. Wir würden uns nur selbst in Gefahr bringen.«

Lina richtete den Blick wieder aufs Meer, auf die Stelle dreißig Meter vor sich, wo sie das Boot zuletzt gesehen hatte. Ihre Kehle schnürte sich zu. Das Boot war fort. Untergegangen, und mit ihm Max. Nein, dort war es! Sie hätte beinahe vor Erleichterung geweint, oder weinte sie bereits und merkte es nicht, weil ihr Gesicht ohnehin nass war, weil alles an ihr nass war, nass und kalt und taub?

Da! Ein Kopf, ein schwarzer Schopf. Max. Es musste Max sein. Sie meinte einen Schrei zu hören, aber sie konnte sich nur irren. Niemand würde dreißig Meter Sturm und Tosen und Wüten überschreien können. Ein winziger orangefarbener Punkt. Der Punkt entfernte sich von dem weißen Flecken, der das Boot war und inzwischen weitere fünf Meter von der Küste abgetrieben worden war. Fünf Meter. Fünf Meter mal Regen mal Wellen mal Wind. Fünf Meter wie fünfzig, wie fünfhundert.

Lina packte die Frau vom DLRG am Arm. »Ein Seil! Wir brauchen ein Seil!« Hastig watete sie zu den Booten. Seile und Boote, das war eins, das gehörte zusammen. Sie fand einen blauen Plastiktampen, viel zu kurz. Im nächsten Boot ein längeres Seil, ob es reichte, wusste sie nicht, sie hatte keine Zeit, noch länger zu suchen. Sie dachte nicht nach, griff zu, band es sich um den Bauch, irgendwie, es würde schon halten. Das andere Ende drückte sie der Frau in die Hand, die immer noch ihr Funkgerät ans Ohr hielt und keine Hand mehr frei hatte, um sie aufzuhalten, und keine Zeit, um zu protestieren. Lina rannte ins Wasser, dachte an ihren Urlaub am Atlantik, da war die Brandung auch nicht höher gewesen, aber der Wind und die Sonne, der Strand, der Geruch und die Geräusche: Alles war anderes gewesen, und vor allem war es nicht um Leben und Tod gegangen. Ja, Leben und Tod, und vielleicht würde sie sterben, aber egal, besser tot sein als Max beim Sterben zuzusehen und dann damit zu leben, nichts dagegen getan oder es zumindest versucht zu haben.

Das Wasser war warm, es wirkte warm, so durchgefroren war sie. Als ihr Kopf einmal untertauchte, wurde es auf einen Schlag still, ein leises, beruhigendes Rauschen verstopfte ihre Ohren. Sie tauchte auf, peilte den kleinen orangefarbenen Punkt an, tauchte wieder unter, schwamm ein paar Züge, tauchte auf. Sie konnte nicht mehr stehen. Die Strömung zerrte an ihr, riss sie auf den hellen Punkt zu. Sie tauchte erneut, schwamm mit Zügen, die ihr kraftvoll erschienen, aber in Wirklichkeit nicht mehr waren als ein hilfloses Paddeln. Erneut tauchte sie auf, schnappte nach Luft, schluckte Wasser, verschluckte sich, trat Wasser, atmete Wasser. Sie schrie. Vor Wut, vor Zorn, weil sie nicht sterben wollte, hier in der braven, kleinen Ostsee, weil sie so blöd gewesen war zu meinen, sie könnte Max retten, der schließlich nur ein Kollege war, nur ein Kollege, irgendjemand eben, den sie von der Arbeit kannte, der selbst so blöd gewesen war, einen Kerl zu retten, der schon einmal einen Menschen umgebracht hatte, wahrscheinlich sogar zweimal, warum also wollte Max, dieser Blödmann, überhaupt diesen Birkner retten, sollte der doch ersaufen, sollte Max doch ersaufen, scheiß drauf.

Plötzlich war der orangefarbene Fleck direkt vor ihr, etwas packte sie am Kragen, hielt ihren Kopf über Wasser. Sie hustete ein paarmal, dann holte sie tief Luft, reine, regennasse Luft fast ohne Meerwasser. Max' Kopf ragte aus der Rettungsweste, mit der einen Hand hielt er Lukas Birkner umklammert, mit der anderen Lina. Als sie wieder denken konnte, nickte sie ihm zu, und er ließ sie los. Sie spürte den Zug des Seils um ihren Bauch. Gemeinsam mit Max hielt sie den erschöpften Birkner fest, sie trat Wasser, umklammerte die Rettungsweste und Max darin gleich mit und spürte, wie sie langsam an Land gezogen wurde. Die Frau vom DLRG hatte Verstärkung bekommen, drei, vier, fünf Männer mit roten Westen, Seilen, Taschenlampen, Decken. Sie zogen an dem dünnen Seil, das sich in Linas Bauch schnitt und ihr fast die Luft zum Atmen nahm, aber sie sagte nichts, keuchte und schnappte nach Luft, schluckte erneut Wasser, strampelte mit den Beinen, spürte die ersten Steine unter sich, dann festen Boden, den Strand, das rettende Ufer. Hände packten sie, zerrten sie hoch, trugen sie fort von dem Wasser, das töten wollte, von der braven Ostsee, die auch Max und Birkner nur widerwillig freigab und sich brüllend zurückzog, weil man ihr ihre Beute entrissen hatte.

Am Fuß der Holztreppe setzte man Lina kurz ab, gleich darauf Max, mit geschlossenen Augen, halb liegend, halb sitzend. Mit klappernden Zähnen kroch sie zu ihm. Als sie ihn erreichte, nahm sie sein Gesicht in beide Hände.

»Max«, flüsterte sie, »Max.« Was bist du doch für ein Idiot, wollte sie sagen, wieso machst du das, du hättest sterben können, und lohnt sich das denn für so einen, für einen Mörder, einen Schläger, einen Menschen, der so viel Schlechtes getan hat? Doch sie wusste, was er erwidern würde: Ja, es lohnt sich. Und sie hatte ohnehin nicht die Kraft für so viele Worte und sagte nur immer wieder: »Max, Max.«

Langsam öffnete er die Augen.

»Lina«, sagte er und sah sie an.

In diesem Moment packte einer der Männer des DLRG sie unsanft am Arm und zog sie hoch. »Kommen Sie«, schrie er ihr ins Ohr, »wir müssen hier weg.«

Lina richtete sich auf, jemand legte ihr eine Decke über die Schultern. Erst jetzt merkte sie, dass sie am ganzen Leib zitterte. Der Mann wollte sie die Treppe hochgeleiten, doch sie schüttelte seinen Arm ab und drehte sich suchend um.

Lukas Birkner richtete sich gerade mühsam mithilfe von zwei kräftigen Männern auf. Die Ostsee hinter ihm war im grauen Dunstschleier kaum zu erkennen. Mit langsamen Schritten, mehr getragen als gestützt, näherte er sich der Holztreppe, an der sich jetzt auch Max langsam aufsetzte. Der Regen stand fast waagerecht in der Luft, ihre Retter vom DLRG drängten zur Eile, doch Lina machte ein paar Schritte auf Birkner zu. Mit gesenktem Kopf blieb er vor ihr stehen, das Gesicht tropfnass.

»Lukas Birkner, Sie sind vorläufig festgenommen. Sie stehen unter dem Verdacht, Ihren Bruder Philip sowie Ihre damalige Mitschülerin Julia Munz getötet zu haben.«

Der Mann ließ den Kopf noch weiter sinken. Es wirkte fast wie ein Nicken.

EPILOG

Scheiße, wieso haben die mich nicht einfach absaufen lassen?

Stattdessen fischen die mich halbtot aus dem Wasser, verfrachten mich zurück nach Hamburg und sperren mich in den Knast. In so eine winzige Zelle, in der es nach Klo und Pisse stinkt.

Verdammte Scheiße, woher sollte ich denn wissen, dass der gleich abkratzt? Ich wollte doch einfach nur, dass er die Fresse hält.

Am Anfang war er ja sogar noch froh, mich zu sehen, als er da im Dreck hockte, von oben bis unten mit seiner eigenen Kotze besudelt. Hat über diese Schlampe geflucht, die ihm das eingebrockt hat, und über diesen bescheuerten Penner, der ihm auch noch eins übergebraten hat. Dann hat er die Hand ausgestreckt und gesagt. »Los, hilf mir mal.«

Ich hab' die Hand angeschaut und gedacht: Du kannst mich mal. Keine Ahnung, wieso ich das gedacht habe. Ist mir noch nie passiert.

Er fängt an, rumzumotzen. »Los, mach schon. Oder soll ich hier verrecken?«

Ich rühr mich immer noch nicht, sondern leuchte ihm nur mit der Taschenlampe ins Gesicht, mit so 'nem großen, schweren Teil, das sie auch in amerikanischen Krimis immer haben. Er blinzelt und versucht, allein aufzustehen, aber dazu ist er zu besoffen, oder die Eier tun ihm noch weh. Die Schlampe hat ja ganz ordentlich zugetreten.

»Verdammt noch mal, jetzt hilf mir endlich.« Er ist richtig sauer. Als ich immer noch nichts mache, sondern sogar noch einen Schritt zurücktrete, sieht er mich mit zusammengekniffenen Augen an. »Ach nee, jetzt wirst du plötzlich mutig?«

Ich zögere.

»Pass bloß auf. Denk dran, ich kenne dein kleines Geheimnis.«

Mir wird ganz heiß … *dein kleines Geheimnis*. Damit kommt er immer an, wenn er mich wissen lassen will, wer von uns beiden der Boss ist. Mein kleines Geheimnis, das er mit mir teilt. Ohne ihn … verdammt, ohne ihn hätte ich das nie durchgestanden. Ehrlich, er war immer für mich da, auf ihn konnte ich mich immer verlassen. Wenn er merkte, dass es mir mal wieder mies ging, hat er mich in die nächste Kneipe geschleppt, und dann haben wir geredet. Stundenlang. Über alles Mögliche, was echte Kerle eben so interessiert, Fußball, Autos, Weiber. Er hat mir Tipps gegeben, wie ich am besten einen eigenen Laden aufmache. Oder wie ich mal bei 'ner anderen Muschi landen kann, wenn meine Alte pissig wurde. O Mann, was hatten wir für 'nen Spaß! Trotzdem … diese eine Sache war immer nur *dein* kleines Geheimnis, nie unser Geheimnis. Weil ich derjenige war, der es getan hat. Aber erst, nachdem er mir erzählt hat, dass Julia auf der Party sein würde und dass man es dieser Schlampe echt mal besorgen müsste und dass ich doch auch allen Grund hätte, auf sie sauer zu sein. Und dann hat er damit angefangen, wie sie sich über mich lustig gemacht hat, flüsternd in dem winzigen Zimmer unterm Dach, weißt du noch, wie sie dich vor allen anderen damit aufgezogen hat, dass du keinen hochkriegst? Und ich war immer saurer geworden, und als er meinte, nimm doch den Wagen und fahr hin, musste ich nicht lange überlegen, bin runter und los, und dann war ich im Park, mit Julia, und sie war tot. Irgendwie hab' ich es zurückgeschafft, und da hat er schon gewartet und hat mich angesehen und sofort gewusst, was Sache ist. »Das bleibt unser Geheimnis«, sagte er. Aber es war nie unser Geheimnis, immer nur meins.

Und dann stand ich wieder im Wald, die Taschenlampe in der Hand. Es roch genauso nach Erde und Dreck wie damals, Philip stank genauso nach Kotze wie sie, und in seinen Augen las ich genau dasselbe wie in Julias Blick, als sie sagte: »Ach, du bist das.« Ach, du. Du nur. Du schon wieder. Du Null. Du Stümper. Du Nichts. Er sah mich an, den linken Mundwinkel leicht nach unten gezogen, wie immer, wenn er kurz davor war, den Mund aufzumachen. Doch ehe er etwas sagen kann, schlage ich zu. Die Taschenlampe liegt angenehm schwer in meiner Hand. Er schreit nicht einmal, sondern sieht mich nur erstaunt an und hebt die Hand, als wollte er sich schützen. Ich schlage noch einmal zu, weil ich nicht hören will, was er gleich sagen wird, dass ich ein Feigling bin und dass ich gefälligst mit dem Scheiß aufhören und ihm helfen soll und dass er verdammt noch mal keinen Bock auf solche Spielchen hat. Klar, denke ich und schlage ein drittes Mal zu, solche Spielchen magst du nur, wenn du oben stehst und der andere vor dir im Dreck liegt und du zutreten kannst, immer und immer wieder, aber damit ist jetzt Schluss, verdammt noch mal.

Es hat angefangen zu regnen. Er liegt da im Dreck und rührt sich nicht mehr. Ich sehe ihn an, sein weit aufgerissenes Auge scheint mich vorwurfsvoll anzustarren. Ich lasse den Blick über die schwarzen Haare gleiten, über das ebenmäßige Gesicht, die teure Lederjacke, die Designerjeans. Er hat immer alles erreicht, alles bekommen, was es zu erreichen und bekommen gab. Der Regen plätschert leise auf die Blätter. Ich merke, dass ich zittere, aber innerlich bin ich ganz ruhig, als ich ihm den Rücken zukehre und gehe. Mein Gesicht ist nass.

19573105R00207

Printed in Poland
by Amazon Fulfillment
Poland Sp. z o.o., Wrocław